娇娥 ◎ 著

A Love Story Full of Pathos

燎海倾城

当代世界出版社
THE CONTEMPORARY WORLD PRESS

图书在版编目（CIP）数据

燎海倾城 / 娇娥著. —北京：当代世界出版社，2018.1

ISBN 978-7-5090-1336-6

Ⅰ.①燎… Ⅱ.①娇… Ⅲ.①长篇小说—中国—当代 Ⅳ.①I247.5

中国版本图书馆CIP数据核字（2018）第015920号

书　　名：	燎海倾城
出版发行：	当代世界出版社
地　　址：	北京市复兴路4号（100860）
网　　址：	http://www.worldpress.org.cn
编务电话：	（010）83908456
发行电话：	（010）83908409
	（010）83908455
	（010）83908377
	（010）83908423（邮购）
	（010）83908410（传真）
经　　销：	全国新华书店
印　　刷：	北京盛彩捷印刷有限公司
开　　本：	710毫米×1000毫米　1/16
印　　张：	20
字　　数：	345千字
版　　次：	2018年6月第1版
印　　次：	2018年6月第1次
书　　号：	ISBN 978-7-5090-1336-6
定　　价：	49.80元

如发现印装质量问题，请与承印厂联系调换。
版权所有，翻印必究；未经许可，不得转载！

燎海倾城

CONTENTS

第1回：天台镜光·我是谁　　　　001

第2回：梦中谜雾·木斯塔　　　　012

第3回：木晶王宫·艾西丽塔　　　023

第4回：天眼预言·木斯塔　　　　032

第5回：王城交易·卡鲁尔　　　　041

第6回：帝国往事·艾西丽塔　　　046

第7回：木晶魔法·木斯塔　　　　054

第8回：公主之影·艾西丽塔　　　064

第9回：眼底温柔·艾尔塔　　　　072

第10回：罗姆水仙·木斯塔　　　079

第11回：驿路相逢·艾西丽塔　　084

第12回：树城黄鸟·木斯塔　　　091

第13回：木晶集会·艾西丽塔　　097

第14回：紫火银光·木斯塔　　　106

第15回：幻梦之间·艾西丽塔	115
第16回：惨月寒尸·娜菲赛	123
第17回：往日东方·木斯塔	132
第18回：星辰谜底·艾西丽塔	140
第19回：末路帝国·木斯塔	149
第20回：爱梦之旅·艾西丽塔	162
第21回：巫师之念·木斯塔	169
第22回：神秘红盒·艾尔塔	176
第23回：罗布浪花·艾西丽塔	183
第24回：禁宫谜团·木斯塔	189
第25回：秘密之谜·卡鲁尔	196
第26回：梦想成真·娜菲赛	207
第27回：巫师之语·木斯塔	221
第28回：诡异巫魂·迪丽亚	230
第29回：战场风云·艾尔塔	237
第30回：飞向王城·艾西丽塔	246
第31回：巫师大战·休曼金	252
第32回：爱藏心间·娜菲赛	259
第33回：皇宫塔楼·木斯塔	270
第34回：地火海妖·艾西丽塔	275
第35回：穿岩破焰·木斯塔	283
第36回：地狱之门·休曼金	291
第37回：丝雨私语·娜菲赛	298
第38回：地角天涯·艾西丽塔	303

第1回：天台镜光·我是谁

我看到昏暗的屋顶上有一个方形的洞，黑得发蓝的夜空里有星星在闪烁。奇怪，我竟然知道那是夜空和星星。

我这辈子第一次产生意识的时候，就看到了屋顶上那个洞里漏出的夜空和星星。我正坐在地上，两腿并拢着、弯曲着，阵阵酸麻袭击着我，让我不时想动一动身体，好抵挡这不舒服的姿势。我看到很多人，起码有三四百人，都像我一样蜷坐在地上，坐在一间十分宽敞但相当破旧简陋的庞大房子里。

奇怪，我在连自己是什么都不知道的情况下，竟然知道他们是人。"人"这个字忽然闯进我的大脑，就像"夜空""星星"一样，说来就来了。可我的脑海里却不曾装着自己的来历。

我是谁？我长什么样子？我怎么会在这里？……这一切我都不知道。在我的意识中，我第一眼看到的，就只是从屋顶那个洞里漏进来的夜空和星星。

我想伸伸手脚，却发现手脚上都有锁链，是那种坚硬、粗糙、生满锈的锁链。环顾大屋，只见屋里所有人都和我一样戴着锁链，不论男女老少。再看，我又发现，这些人都有一头浅色长发，不是偏向金色，就是偏向银色。大多数看上去越沧桑的人，发色越没有光泽，色浅而枯，像深秋时被北风刮残的干草。对，是干草。我不知道"干草"这个词和它的样子是怎样闯进大脑的，只知道我能清楚地想象出干草的模样，就像我曾经亲眼见过一样，然而我又不记得我曾有过那样的经历。

我看到这些人中，有花样年华的少年和小孩子，比起年长者，他们的头发就闪亮多了，犹如夜光下的金子和银子。还有他们的眼睛，有蓝色，有绿色，有紫色，有青色，有橙色，都是一些纯净色彩，没有一丝灰度。只是，这些色彩美丽的眼睛大多像失去水分一样干枯，没有光泽，缺少闪亮。当然，也有几个小孩子和年轻人的眼睛保有亮光，宛如浸在水中的美石，透过水幕显现出晶莹夺目的亮彩。

看到他们的眼睛，我再一次感到奇怪，为什么我会认为眼睛就该是亮的，而不是干涩无光的？

我看这些人时，这些人却不看我。他们睁着眼睛，却目光迷离，五颜六色的眼珠里没有任何内容，像一个个白痴。"白痴"这个词冒出来时，我吓了一大跳，我竟然连如此抽象的词汇也知道！

一时间，我感到大脑里像在炒一盘内容过多的菜，有一把大铲子不停地翻腾着里面的东西，而里面的各种东西正不断被从上面翻到下面，又被从下面翻到上面，越翻越多，越翻越让我头疼。

我是谁？从哪里来？我仿佛从未经历过幼年、童年、少年时代。自打有了第一道意识，我就觉得自己是一个青年人，而且是一个女子。我是如此缺乏关于自己的记忆，是否表示我也和那些目光呆滞的人一样，是个白痴？

"唉！"

我轻轻叹息了一声，耳朵里立刻飘进一个细弱、甜美的声音，这是我第一次听到自己的声音。我用戴着锁链的手抱住头，摸到丝丝长发，它们又滑又顺，一直垂到地上，与地上的细沙掺和在一起，却纤尘不染。这头发是银色的，很亮很亮，比这屋子里所有呆若木鸡的人的头发都要亮。

我开始打量我所能看到的自己。我看到我穿着一件宽大的粗麻布袍子，注意到这屋子里的其他人也都和我一样穿着同样的袍子。这种麻布袍子传递了新的信息给我，让我意识到，这种衣袍其实是奴隶或囚犯的服装。这突如其来的感受，让我惊恐万分。

忽然，我发现这些人所共有的另一个特征是如此明显，我竟没有在一开始就发现它：在他们前额眉心上方都嵌有一颗透明的七芒星形小东西，屋顶漏下的星光不经意地洒在几个正好处于星光下的人的脸上，那七芒星形的小东西便散发出几抹幽幽的光，宛如无色的宝石。

我下意识地摸了一下自己的前额——呀，我也有这个东西！我用力抠了几下，有点痛，好像这东西不是粘上去的，而是从额骨里长出来的，是我身体的一部分。

一声狼嚎从屋外很远的地方响起，瞬间便穿过寂静的夜空，传进屋子，传到我的耳朵里。我知道那是狼嚎。有狼的地方一定有草原、山林、荒漠或山野。这所大屋子外面是草原吗？或是荒漠？我用力吸了吸从窗外透进来的空气，感到那空气非常干燥，有沙漠的味道。

天色渐渐亮了，我闻到了黎明的气息。我站起来，光着脚，拖着脚链向一扇很像门的破木板走去。我不知道为什么要去找门，但就这样走了过去。墙壁上那块竖形大木板很结实，以我的力量根本无法动摇它。我只好退回来，在屋子里的一根木柱边坐下。

忽然，我听到了由远及近的车轮声，然后是很多脚步声。在那些脚步声中，有一串很独特，能听出来是属于一个年轻强壮的男人：他的步伐很有力，显示出他的青春与力量，但同时也透露着些许无聊和不知所以然的轻漫。

"王子殿下，脚下当心一点，这里的路可不是皇宫的钻石大道。"一个男人的声音响起，听上去像是个随从。

被称作王子的人没有说话，他的脚步声离大屋的门越来越近。我知道，那独特的脚步声就属于那个王子。

跟着，木板门外面响起凌乱的铁器声，我来不及多想为什么王子会来到这里，门就被人从外面推开了。

我正好面向着门，对整个情景一览无余。

领头的是一个年轻英俊、身材英武的高个子男子，一头打卷的黑发散着，直披向肩头。他有硬朗的眉毛，深邃的黑眼睛，铁线般的唇廓，外加有力的下巴和阳光般偏棕色的肌肤。他的身形也非常健壮魁伟，身上的每一块肌肉都坚实有力地像要从他的衣装里跃动出来。他宽阔的肩膀和铁一样的手臂，让人感觉他一定孔武有力；在他光滑、有弹性的肌肉下面，骨骼一定也是如钢铁般坚韧。

我看着他，目光无法移动。

他的穿着也令我惊讶。丝绸里衫套兽皮长马甲，皮马甲上印有一个盾形图案，像是王室徽章；硬皮宽腰带上佩着手柄闪亮的宝剑，剑鞘是镶钻石的；他的靴子很新、很结实，上面镶着银色金属片。这个英俊男子的全身色调以暗红色为主，有一种武神般的霸气。

"这些木晶仙子，就是今天的人选吗？"美男子问身后的三个男人。

"是的，殿下。已经给他们熏了风干的萨拉曼那草，随时可以出发。"一个男人俯首说道。

"你们认为，他们中间有没有可以送往麦提格尔岛的人选？要知道，帝国已经有两年没有发现一个符合上岛要求的木晶仙子了。他们的钻石只能用来铺路，这可不是父皇期待的结果！"王子用冰冷的口气说道。

"皇帝陛下和王子殿下的期待也是我们的期待。但是有没有上岛的人选，还得看罗布海神的意愿。我们衷心希望在今天这批木晶仙子中能选出可以送往麦提格尔岛的人，愿海神保佑我们！"

"但愿如此。"王子以居高临下的语气说着，然后潇洒地一转身，走出门去。出门的一瞬，他又回头看了一下，目光落在我身上。

我暗暗地打了个颤。

我仍然看着他。他是我自打有意识以来见到的最美、最具力量的生物，不像这个大破屋里的人那么沧桑、憔悴和痴呆。然而，看得多了，我不由得自惭形秽起来。我虽不知自己的样子，但在这一屋子人的参考下，我想我必定形容枯槁，不堪入目。

王子只看了我两眼，就转开眼光，出门时对身边的随从说："该出发了。"

"是。"随从们异口同声，跟着王子出去了。

看着王子离去，想到他曾经洒在我身上的冰冷目光，羞愧和自尊马上使我产生了一种奇怪的哀伤。我抬头望望屋顶上那个洞，洞外深蓝色的天空已经变淡，光线射进大屋，带来清晨的味道。

王子的形象依旧徘徊在我心里，久久不去。我明白"王子"的意思，王子就是皇帝或国王的儿子，而我所在的地方，就是他所拥有的帝国的一部分。我是一个奴隶或犯人，他则是金贵之躯，也许有朝一日，他还会登上皇位，成为一国之主。这么看来，这里就是一个国家。可这是个什么样的国家呢？从王子与其随从的对话中，我获得的信息少得可怜，但我至少知道这个国家的皇宫里有一条用钻石铺成的路，国中有一片大海，名叫"罗布海"，海上有一个岛，名叫"麦提格尔岛"。不过，最令我百思不得其解的是关于我们这一屋子人——他们所说的"木晶仙子"的命运。

脚步声又来了，一队士兵打开屋门走了进来。他们都一个模样，深肤色、黑头发，个个佩刀挂剑。他们挥舞着手中的刀，对大屋里的老老少少横眉冷目，喝道：

"出发了，出发了，你们这些贱民和奴隶，全都起来！"

我离大门很近，有点害怕，不敢抬头仔细打量这些士兵。一个士兵走过我身边，他的长刀从我额前挥过，削断几根飘在额前的银色长发。断发飘落时，恐惧包围了我。我站起来，感觉手脚上的镣铐格外沉重。

"起来，别磨磨蹭蹭的，不然我会叫人用鞭子抽着你们走！"这个人继续大声喝道。

他的声音很有效。我看到其他人的目光虽然呆滞，却好像也听懂了武士们的呼喝，这些人陆续站起来，一言不发地挨个向门口走去。我低着头，也跟在这些人中间往门口走，预感到这样的出行必定不会有什么好事，却身不由己。

我们被赶上一辆辆由四匹马拉的囚车，囚车上的木头笼子里片刻间便装满了人。清晨的阳光下，我更加清晰地看到了这些长着浅色长发、眉心有一个七芒星形透明物体的老老少少，他们比在夜晚时更显苍白，表情也更加木然，眼睛都很大，却一只比一只空洞。在士兵们恶声恶气的命令中，所有戴着锁链的人都沉默着，一个接一个地登上囚车。当一辆车装满后，就被加上锁，然后再装另一辆车。

我也在囚车上，和十几个人挤在一起。囚车被锁住的时候，我的脑海中有一个声音在说：我们为什么要被锁住？我们为什么不能像那些长着黑色卷发、深色肌肤的漂亮人那样自由自在地走动？难道就因为他们丰满俊美，而我们却干瘪沧桑？这是不对的，但我对这个世界一无所知，对自己的命运也一无所知。我所能做的，就是随着这群痴痴呆呆的人一起向前行。他们出门，我也出门，他们上囚车，我也上囚车，至于将被带到哪里，只能听凭命运的摆弄。

很快，士兵们驾起马车，上路了。

手握囚笼木栅，我的眼光向车外的世界扫去，只见天地无限广阔，脚下淡黄色的细沙也绵延不断地向遥远处伸展，细细的沙中有一些颗粒，在阳光下不时发出细小却可见的光芒。

在囚车缓缓前行的过程中，我看到了此前身处的那个大房子的外观，它是圆的，灰白的，有一圈木头围墙和一个并不很尖的穹顶。让我惊讶的是，这样的大房子不是只有一座，而是很多很多。它们一座挨一座，在漫漫沙海中显得可悲又壮观。

忽然，那抹英武的暗红色在我眼前一闪而过，我的目光立即追踪而去，看见王子骑在一匹黑色骏马上。沙子是软的，马在沙子上走路并不轻松，但王子的马却如履平地，矫健地载着主人向前跃去，很快便跑到了车队最前方。我看不到他了。

太阳渐渐升高，我热了起来，嘴唇也开始发干，饥渴渐渐袭击了我。我看见车内其他人的嘴唇也干得发白，有几个人的嘴唇已经裂了，裂缝中隐现着红红的血痕。但是没有人大叫，也没有人拼命挣扎，他们依然痴呆无语，只是时不时地扭动身躯，以忍受干渴的折磨。我不安地紧握木栅，同时不断用舌头搜集口中少得可怜的唾液，用以对抗越来越剧烈的干渴。

这趟旅程漫长得犹如走在滚烫的铁板上，灼热与干渴越来越强烈地折磨着我。就在我几近昏厥的时候，王子领着两个随从，从车队前方骑着马走了过来。他一辆囚车一辆囚车地审视，似乎在寻找什么。没过多久，王子和随从就来到了我所在的囚车跟前。他的目光再次落在我身上，眼神古怪。

"我要她！"王子对身旁一个骑马的武士说，"我要让她当我的女奴，把她从车里带出来。"

"殿下，这些木晶仙子都是准备好要送往罗布天台的，一个也不能少。如果皇帝陛下发现少了一个，一定会降罪的！"一个随从说。

"用别的奴隶来换她不就行了？"

"我们没有时间了，我们不能迟到。"

王子坐在马上想了想，然后对他身边的另一个武士说："泰亚，通知前面的队长，路还很长，先就地休息。你们去给我搭一顶帐篷，然后把她给我带来，既然不能让她当我的女奴，让她陪我一会儿总是可以的。这该死的沙漠，还是春天呢，就这么热！"

"可是，殿下，时间紧迫，我们傍晚前必须赶到罗布天台，现在不是寻欢作乐的时候。"这个名叫泰亚的随从小心翼翼地劝道，"如果误了时辰，皇帝陛下怪罪下来，可是六亲不认的。殿下难道忘了伊丽塔公主的不幸结局吗？而且这里人多眼杂，即使所有随从都忠于殿下，皇宫那里还有大巫师的天眼，她如果一时心血来潮，往这边看几眼，殿下就会很麻烦了。殿下虽贵为王子，但皇帝陛下的命令还是不能违抗的。傍晚之前，我们一定要赶到罗布天台！"

王子的眼珠转了几圈，看得出他很犹豫。想了几秒钟后，他听从了随从的意见，但也想出了一个折中的办法："这样吧，车队不用停下，你们把她给我弄出来，我要把她抱在马上。春天是寻欢作乐的好时节，我可不想错过！"

一个随从笑了："这个主意不错。"

王子也笑了，笑得玩世不恭："她不过是个木晶仙子，我为什么不能用她寻个开心呢？楼兰帝国的法典里不是说，下贱人种能得到的最大的抬举，就是供上等人役使和取乐吗？"

一个士兵用一把大钥匙打开囚车的门，粗暴地抓过我的手，把我从车上拉下来。

"打开她的镣铐！"王子命令道。

士兵用一把小钥匙解下我手上和脚上的锁链。

"把钥匙给我！"王子又说。

士兵把钥匙递给了王子。

接着，王子俯下身来，用手臂搂住我的腰，像抓一只小羊那样，轻而易举地把我提上了他的马。

　　他一手握着缰绳，另一只手搂着我的腰，一路奔跑，片刻间便离开了随从，来到最前面。

　　这时，他的手从我腰间移开了，轻轻做了几个动作。接着，他搂着我的脖颈，把我的头转向他，同时，他的头也尽力转向我，然后，他就朝我的嘴唇吻下来。

　　触电的感觉向我袭来，同时，有一汩清凉甘甜的水从他嘴里流进我的口中，我贪婪地吞下了那汩水流，绝处逢生。

　　我望着他黑如深夜的眼睛，想对他说声"谢谢"，可身为他所说的"贱民"，我又无论如何开不了口。

　　王子忽然朝我浅浅一笑，然后帮我调整了一下坐姿，这使我感到舒适起来。他又让我的头靠在他胸前，使我疲惫的身体得到惬意的休息。我不渴了，但很疲惫，靠着王子魁梧的胸膛，我闭上了眼睛。

　　"睡吧，"王子小声呢喃，"我无法救你，只能给你喝口水，让你睡一小会儿。"

　　我没有对王子的话多加思索，我太累了，不一会儿便沉沉地睡了过去。

　　不知过了多久，一阵清爽的风吹醒了我。我睁开眼睛，发现自己已经不在王子的马背上了，而是蜷缩在囚车里，手脚也被重新锁上。囚车里的人都从一开始的站姿变为现在的蜷缩姿势，看来大家都累坏了。

　　太阳已不再毒辣，空气也不再灼人，反倒有了丝丝凉意。沙漠里，温差向来都是这么大，我在心里说。然而我马上就注意到，我们已经不在沙漠了，而是在海滩上，在他们所说的罗布海的边缘。

　　我用目光前后搜索，想寻找王子的身影，但找了半天都没找到。此时，车队已经靠近大海，漫漫黄沙绵延到这里，已经变成细白的海滨沙滩，沙滩尽头，就是罗布海。

　　罗布海边，传来很有节奏的鼓乐之声，走近了，还能感受到人群聚集的喧嚷之气。我想把头尽可能地伸出囚车的木栅栏，去看看前面究竟发生了什么事，但木栅栏的间距却不足以让我把头伸出去。

　　近了，近了。车队终于驶到海边一个巨大的广场上，人群中辟有一条路，车队就沿着这条路一直向广场中心前行。前行中，两边的人群不停地冲囚车里的人尖叫和大笑，似乎是在给本就热闹非凡的广场增添更多的热闹。

囚车终于停了下来。士兵们上前打开囚车门，持着刀剑，呼喝车上的人下来。等到人都下来之后，士兵们就押着这支三四百人的囚犯队伍，浩浩荡荡地朝广场中心面朝大海的一块面积极大的高台上走去。一时间，锁链碰撞之声不绝于耳。所有戴着镣铐的木晶仙子都不反抗，更不说话，只是睁着无神的眼睛，顺从地向前走去。

队伍中的我心潮起伏，不知道接下来的命运是什么。

在这个高台上，木晶仙子呆呆地站着。我处于前排，背对着潮湿的罗布海和既将落去的太阳，面向着前方的另一个金碧辉煌的高台。在我和对面远处的那个高台间，是一排全副武装的士兵，士兵的头领背对着我所站的高台，从背面看正是王子。虽然我看到的只是他的背影，但他的俊美与英武丝毫不减。我的心不禁酸楚起来，望向他，他的目光却在别处。

对面的高台上有一个闪着金光的宝座，金光之中还有钻石光泽，宝座下的台阶同样光芒四射，而这华丽的台阶一直向下延伸，延伸至高台下的广场。我这才注意到，在广场地板上那一块块白色的巨形石板中间，每隔一段距离，就嵌着一颗颗磨得平滑闪亮的透明石头，这些石头不大，但在傍晚的阳光照射下闪着星星点点的光，煞是好看。这样透明的闪光石头一路铺了过来，一直铺上这边的高台，铺到我的脚下。我低头一看，脚下的白石板上就嵌着一颗闪光的小石头，那小石头不是圆的，也不是方的，而是一种让我心惊肉跳的形状——七芒星形！

这时，高台下响起一声高亢悠长的号声，号声中充满了令人畏惧的强权之音，人群顿时安静下来。只见一辆宽大豪华的马车缓缓驶来，停下后，一个身着华服的侍从上前打开马车门，放下脚踏板。车里下来一个男人，看起来已有了些年纪，两眼如炬，头上灰发卷曲，脸上灰须同样卷曲，从头上佩戴的金冠可以看出，这就是楼兰帝国的皇帝。皇帝驾到，十几个侍从分侍左右，护拥着他走上了那个雕金琢玉、富丽堂皇的高台。随后，他就在宝座上坐下来，侍从分列其左右两侧。

我盯着宝座上的皇帝看了又看，他虽然离我很远，但我的目光却穿越了层层空气，落在他的皇冠上。那金光灿灿的皇冠正中央，镶着一颗七芒星形钻石，在夕阳的照耀下显得异常华贵。我的身体深深颤抖了一下，觉得自己认识那块钻石，它曾经属于一个非常美丽高贵的女人。

"木斯塔，我的儿子，可以开始了。看看我们今天的运气如何，看看我们能否为罗布海神送上她所渴望的祭品。"皇帝微笑着，轻轻地朝站在那排士兵前面的王子做了个手势。

这时，一个侍从捧着一个银色盘子走到王子跟前，银盘里有一个像镜子一样的、小小的圆东西。王子取了那个镜子样的东西，转过身来，面朝我所在的高台，打开并举起镜子。镜子的一面迎向夕阳，原本平静无光的小圆面渐渐发出白光。白光扩散开来，罩住了这边高台上的所有人，包括我在内。白光中，还有更亮更炫的点点碎光在不断闪烁和移动。它们照耀着我的眼睛，让我睁不开眼。

白光在照，碎光在闪，皇帝、王子、侍从、士兵和围观的人们都屏息以待，他们目不转睛地盯着白光下的我们，似乎在等待着什么事情的发生。我勉强睁开眼睛，望着对面所有的人，他们古怪又肃穆的表情让我诧异——他们在看什么？在等什么？

忽然，人群里传出激动的气息，皇帝两眼发光，就连王子也露出不易察觉的异样表情。他们盯着白光里的人，盯着我所在的这个方向。

"快，把她给我带下来！"王子大声对两个士兵说。

两个士兵得令，走到我所在的高台上，拉住我的手，把我拉了下来。他们把我拉到王子身边，牢牢地抓着我的胳膊，让我面向着我刚才站立的那个高台。

白光里，我看到一幕奇异的情景。那些人，那些被称为下贱种族的木晶仙子，正浑浑然地接受着白光的照耀，脸上没有表情，眼里也没有光泽。在他们平静木然的外表中，一个奇怪的变化却在发生。在他们前额正中间，原本无色透明的那块七芒星形钻石此时竟有了颜色，而且每个人的颜色都不一样！这些五彩缤纷的彩钻在白光中显得无比璀璨，一闪一闪的，非常好看。

皇帝还在看，所有的人也都在看。他们在看什么？我大惑不解。

又过了一会儿，皇帝似乎已经对某件事情的发生失去了耐心和希望，他的声音从我背后的高台上传来："木斯塔，我看就这样了，今天不会再有了，这就结束吧！"

"是，父皇。"王子应道。

我不知道皇帝的话是什么意思，于是扭头去看王子。王子没有大动作，只是把手中那个镜子般的小东西动了动，然后把它交给身旁一个面目狰狞的武将。那男人接过去，就将镜光重新照向天台。原先的白光很快变成红光，红光闪耀时，我感到背后高台上的皇帝站了起来，因为他的声音此时听起来是那样高亢和雄壮："万能的罗布海神！感谢你对楼兰帝国的慷慨馈赠，请接受你的楼兰帝国、你的子民为你献上的第一轮祭品，请保佑我们国泰民安，世代昌盛！"皇帝话音刚落，红光下的木晶仙子就发出了凄厉的惨叫。

我大惊,只见高台上的人们全都痛苦万分。他们惨叫着,撕着头发,扯着皮肤,仿佛末日降临到他们身上。我看见他们飘逸的浅色头发首先燃烧起来并化成了灰,然后皮肤开始冒烟,身上的粗麻布袍子也很快碎落。他们痛苦地叫着,扭动着发焦变瘪的躯体,一个个像火炉上的活鹌鹑那样,突突地抖动着身子,在惨烈的呼号声中一个接一个地倒地不起。

"不——不要——你们——太残酷了!"我的喉咙里发出了自有意识以来的第一句话,同时,我以为早已干涸的眼睛里也迸出了长串眼泪。但是,我的声音被围观人群发出的山呼海啸般的尖叫声淹没了。

士兵的手如同钳子一样,死死抓着我的两臂,让我不能动弹。我睁着绝望的泪眼,望向王子,王子根本没有看我。我愤怒地想,面对这样血腥、残忍的场面,他竟然可以做到安之若素?

"你们这些杀人者!你们这些恶人!"我大叫着,眼睛望向高台,上面的惨状冲击着我的心。可是疯狂的人声依旧淹没了我的叫声,没有人能听见我的呐喊,就连我自己都听不见。

我又将目光转向王子,忽然看见他正盯着我,眼神异常古怪。

惨叫声很快就平息了,因为所有木晶仙子都在灼热的红光下悲惨地死去了。可就连死,也没能落得平静,他们的身体迅速萎缩、变焦,然后就像融化了一样,很快就消失无踪了。不一会儿,红光下的高台上,只遗下一块块彩光闪闪的七芒星形小东西。

那名武将把小镜子交还给王子,王子关起镜子,红光戛然而止。人群中立即爆发出一阵疯狂的叫喊!

我呆呆地望向面前的高台,只见红光散尽后的高台上空无一人。红光下五彩斑斓的七芒星形小钻石也尽皆归于无色,回到了它们原本的样子。

王子转过身,将小镜子交给一个侍从,侍从又把小镜子呈给皇帝。王子指着对面高台上散落的透明七芒星说:"父皇打算用这些钻石来做什么?"

"让奴隶工匠拿去铺路吧!"皇帝轻描淡写地说,"现在,请开始第二项,看罗布海神是否喜欢这个两年才出了一个的特别礼物。等她沉下去之后,就派人去打捞她的尸体,取下她的钻石,尽快交给我,然后让她的身体沉入罗布海,那将是海神最为喜爱的礼物。"

"是。"王子应了一声,朝我走过来。

看过其他木晶仙子的命运，我对自己的命运已经不抱希望了。王子走近我，抓住我双手间的锁链，把我拉向海边的小船。我愤怒地望着他，他却不看我。在行进中，我忽然感到他的一只手握住了我的手，并飞地快把一个小东西贴在我的手心里，我下意识地捏住那个东西。我不知道那是什么，但我本能地感到，那会是一件能给我带来一线生机的东西，就像此前的清水。

士兵走上来，从王子手中接过我，把我带到高台下的海边，那里停着一只放满木柴的小船。我被赶到船上，站在那堆木柴中间，木柴上还洒了油脂，只要有一个火星就能点燃。人群尖叫时，我放眼向广袤无垠的罗布海面望去，只见海的远处，隐隐有一座岛，在朦胧的海雾下，岛呈现出一种浅浅的青黛色，边缘十分模糊，似有似无。这就是麦提格尔岛吧。我悲怆地想。

粘满油脂的木柴被一枝飞来的火箭点燃了，小船也被推入海中。很奇怪，海水一般都会向岸上扑腾，但这一片海水却不这样，而是由两边的海水聚拢而来，在这里碰头并向海的深处拐去。载着我的船就在这激流之中，被它强大有力的回流冲进海里，然后迅速向着远处缥缈闪现的麦提格尔岛荡去。

我的耳中是广场上人群的欢呼号叫，脚下是着火的木柴。在火焰还没有烧到我的皮肤时，我抬起双眼，看了看伫立在海边、静观仪式的王子。王子正看着我，用一种毫无表情的目光。王子的英武和俊美恐怕就是我在这个世上所能看到的最后美景了，但他冷漠的脸却给我的心留下了伤痛。

船上是火，船下是水。当火焰像猛兽一样向我袭来时，我选择了水。我跳下小船，陷入一股巨大的海流之中。来到海里，我忽然觉得自己会游泳，我的身体和四肢本能地做出游泳动作。然而，沉重的镣铐束缚了我，并把我一点点地拖向海底。我挣扎着，拼命地让自己的头露出水面。海流力量强大，不需要我用力，就把我飞快地推向岛的方向。我需要做的，就是拼力浮起身体，维持呼吸。

终于，我累极了，疲惫的身体再也没有力量上浮，镣铐像是海底的铁索，拉着我一步步地沉向深渊。

第2回：梦中谜雾·木斯塔

　　萨拉曼那草是楼兰帝国王城独有的奇草，从我记事起，它就生长在皇宫花园里。父皇对这种草很青睐，一直亲自管理它们，并一手掌握着将它们风干的秘密技巧。

　　萨拉曼那草有着细细的草叶和从草叶中心伸出来的细茎，细茎长到超出草叶的高度后，就结苞开花了。花瓣有七个，透明无色，整体花朵像是透明的七芒星，仿佛帝国贱民木晶仙子额头上的钻石。花心为黄色，十分娇嫩。萨拉曼那草很奇怪，不论是日晒还是火烤，它都不会变干，一旦脱离泥土和根茎，就只会迅速腐败。在帝国里，只有父皇知道这个秘密，他说这是他的父亲即我的祖父在死前传授给他的，他也会在临死前把这个秘密传授给我。

　　小时候，宫廷教师就曾对我说过萨拉曼那草的一些药性和魔力。带花风干的萨拉曼那草是一种可以使人类和动物丧失意识的迷魂毒药，但我们布鲁斯达人不会中毒。我们布鲁斯达人是楼兰帝国主宰者，有着强大的力量和高能智慧，天生就能够对抗这种草毒。

　　父皇曾对我说：" 木斯塔，你要记住，布鲁斯达人永远都是强者！但是，要想让帝国内外所有人种都明白这一点，并不是件容易的事。所以，每当有人想要与皇庭对抗时，我们就必须进行打击。在所有武器当中，最强有力的是军队，另一个武器则是萨拉曼那草。它虽然不至于使成千上万的奴隶变呆，但只要在房子里，让它的烟保有一定浓度，就能把不听话的贱民统统变成毫无心智之人。而且，萨拉曼那草的魔力不仅在于这方面，它还有很多神奇功力，也包含着许多可怕的力量。你总有一天都会知道。"

　　想要得到这种草，就得向皇帝讨要或想办法去偷。我有时会向父王讨要几株鲜嫩的萨拉曼那草，可无论我怎样让风吹它们、用火烤它们，它们都不会变干，而是很快就自动腐烂成一股黄绿色的液体。我也曾把这液体收集起来用狗和马做过实验，结果证明这种液体既无魔力，也毫无药效。

风干萨拉曼那草的秘方由父皇一人掌握。

父皇此刻去哪里了？

如果是在许多年前，他一定是在他的后宫和嫔妃们乐作一团。父皇的后宫曾经有过上百名漂亮的嫔妃，她们自打被送进后宫，就成了高贵的皇妃，她们的生活和我自己的妃子们一样，整日穿着性感美艳的华服在花园散步，有时互相聊聊天，有时会驾着马车出城游玩。除了不能随便找其他男人寻欢作乐，她们几乎想做什么就做什么。父皇的嫔妃，以及我的，当然全都是高贵的布鲁斯达人。至于低贱的女人，父皇是不会娶进宫的，最多只是临时抓来，把她们关在宫里，玩乐一下，然后再把她们发配到各处去当奴隶。当父皇和我同时看上一个年轻美丽的木晶女奴时，开始总是互相谦让，最后父皇总是用慈爱的命令让我接受他的好意，于是，美人就归我了。那时父皇总会说："好好享受她吧，对于一个男人来说，没有什么比享受女人更快乐的事了。"

于是，享受女人成了我的爱好，没有其他事情时，我就在宫中和妃子们一起嬉戏。

父皇曾像我一样喜欢美丽的女人。但多年前，他却渐渐没有了这份雅兴。他遣散了他所有的布鲁斯达妃子，让她们带着钱财自由地去过她们想过的生活。从此之后，他身边就不再有女人了。

我回到我的宫殿里，斜靠在榻上。硕大的拱形窗外，月色撩人。

"殿下，想吃水果吗？今天奴隶们采摘了最新鲜的草莓，还有早熟的白杏。或者，叫那几个女奴来陪伴殿下？"我看到地毯上摆着不少鲜嫩欲滴的草莓和白杏，几个妩媚的妃子在旁边等着用她们美艳的姿容侍奉我。

妃子所说的女奴，是几个美若天仙的木晶仙子，是我从奴隶堆中选出来关进宫中供我随时取乐的。可我不想吃水果，也记不起那些女奴，脑海里冒出来的是一张洁白绝美的脸，一双紫色大眼睛，一头闪亮垂坠的银色长发……想到这些，我感到全身的热血开始奔流。

"殿下在想什么？"一个妃子悦耳的声音传到我耳边。

我没有回答，却一把抓住这个嫔妃的手，把她拉到榻上，就势将她按倒。其他嫔妃见状，立刻知趣地起身离开。

好几年前，我就知道了肌肤相触的神奇快乐，并无数次地从我的嫔妃身上得到这种醉生梦死的感受。我痛苦地想，从来没有哪一次，从来没有哪一个美女，能带给我像今天白天遇到的那种强烈的感觉！

我不想睁开眼睛，只想把怀里这个妃子当成那个脑海里挥之不去的美丽的木晶仙子，想像我覆盖的这个女子就是她。

闭着眼睛结束这次疯狂的掠夺后，我忽然心酸起来。

"你走吧！"我对这个妃子说。

妃子永远是顺从的，她马上一声不响地退了出去，甚至连一片衣衫也没有穿。

"等等！"我忽然又想把她叫回来。

妃子又折回来了，裸着美丽的身体，望着我，眼里的神情很平静。

"你叫什么名字？"我一向不在意这些妃子的名字，她们似乎也不在意我是否分得清她们谁是谁。但这一次，我想知道一下。

"迪丽亚。"妃子说。

"迪丽亚，"我点点头，"那些木晶女奴怎么样了？"

"我把她们安排在舒适的房间里，供给她们充足的美食，让她们在香奶中沐浴，享受阳光的抚慰。"

"她们只是奴隶，你为什么要这么待她们？"我问迪丽亚，又像在发泄自己内心的隐痛。

"她们是殿下的女人，她们吃得好，休息好，不逃跑，不自残，才能保持美艳无瑕的外表，才能更好地服侍殿下。"迪丽亚毫无惧色地回答我的问题。

我轻轻耸了耸肩："别的妃子怎么看？"

"她们并不关心这些女奴，更不在意我怎么对待她们，大家看到我主动承担了看管她们的任务，就乐得清闲，懒得管这种事呢！"

"你这样做，就没有别人发现吗？"

"大巫师感觉到了，她有时心血来潮，会用她的天眼到处打量皇宫里的情况。"迪丽亚美丽的眉头轻轻皱了一下，"前天在花园里遇到她，她相当不高兴地责问我，为什么要把奴隶当主人一样对待？我就对她说，那些女奴是王子的女人，我只是为了王子而把她们打扮了一下，要是王子想用她们时，她们又瘦又弱、身上又有伤痕，那他一定不会高兴的。结果大巫师还是很不高兴，但又没法反驳，只好叫我在你厌弃这些女奴后把她们投进猪圈，以抵消她们曾经受到过的高贵待遇！为了不使大巫师发怒，我只能当面向她表示一定照做。"

"但你不会照做，对吗？"

"有什么必要那么做呢？"

一阵沉默弥漫在我和她之间。良久，我对她说："很好，你做得很好。你继续吧，把她们喂得白白胖胖的，那样我才喜欢。而且即使我不要她们了，你也可以违抗大巫师的意愿，把她们变成你自己的奴隶，有一群健康的奴隶总好过一群病快快的奴隶。要是大巫师再来找你的麻烦，就说这是我的命令！"

"谢谢殿下！但现在，她们还是你的女人。"

"她们不会永远都是。"

迪丽亚微微一笑，没有说话。

"好了，你可以走了。"我说。

"是。"迪丽亚微微地笑了一下，轻轻地从地毯上拿起一袭华美的披肩，裹起赤裸的美体走开了。

迪丽亚走后，我披上泛着亚光的丝绸睡服，对着华丽的拱窗，看着外面天空里的月亮和星星，眼泪不知不觉地流了下来，滴到地板上。地板上没有盖着地毯的地方，镶嵌着几颗七芒星形小钻石。在楼兰帝国的皇宫以及王城主要街道上，都铺有这种七芒星形小钻石。不仅如此，连建筑的墙面上也有，因为这个缘故，许多楼兰国民都把王城叫作钻石城。远远望去，整个楼兰王城宛如一轮从大地上升起的太阳，呈规则的半球形，各种圆顶建筑围绕着最高处的皇宫。繁荣景象中犹以钻石光彩最为壮丽，夕阳下的王城就像一块巨大的宝石。

这些钻石都来自低等下贱的种族木晶仙子的额头。我的眼泪也来自木晶仙子，来自那个身份下贱但容貌旷世绝美的木晶仙子。她乘着火焰四起的小船飘向麦提格尔岛的情景一直刻在我的脑海里。我想救她回来，却做不到，高贵的布鲁斯达人不能怜悯低等人，这是帝国法典所规定的，就是王子也不能越规。我只能眼睁睁地看着她沉入海中，脸上还不能流露出痛惜的表情。

木晶仙子祭海，是楼兰帝国每年都要举行的一项盛事。自打有记忆起，这项祭海活动就在每年春天举行，一次不落。按照传统，父皇会叫人提前选出四百名木晶仙子，男女老少都有。因为木晶仙子额头的钻石有大有小，小孩子的小些，成年人的大些，个别人的钻石更是特别大，大小都不一样。在祭典时，父皇会拿出他的一面小镜子，上面有红白两种发光按钮，父皇就让人用它的镜面去照这些木晶仙子，因为这就是海神最喜欢的祭典方式。父皇说那是罗布海神赐给皇族的礼物，名叫焚仙魔镜。焚仙魔镜这个名词在帝国中广为流传。

传说，罗布海神喜欢木晶仙子做他的奴隶。但海神对奴隶的要求是，在白色镜光照耀下，他们额头上透明无色的七芒星形小钻石不会变色。我不知道为什么罗布海神需要这样的木晶仙子来做奴隶，只知道这样的传统已经深入每一个布鲁斯达人的内心。如果祭海时能找出这样的木晶仙子并给海神送去，大家都相信，海神会保佑帝国长盛不衰，保佑每一个高贵的布鲁斯达人永远富贵幸福。

为了纪念每一次祭海活动，每一代皇帝都会把最后送给海神的那个木晶仙子从海里捞出来，留下他或她的七芒星钻，再把他们的身体抛回海里，让海神将他们带到深不可测的海底国度。而那些很特别的七芒星钻将会交给皇帝本人，由皇帝将它们放置在一个神秘的地方，以继续向海神表示敬意。那地方只有皇帝知道，等他们离开人世之前，才会将这个秘密传给下一位皇帝。我不知道这为什么要成为秘密，也并不期待知道谜底。

当然，如果祭海时没有发现符合要求的木晶仙子，也就是说，所有祭品额头上的七芒星钻在焚仙魔镜的白光下都会变色，那么就无法获得特殊的七芒星钻，就要等下一次的运气了。至于那些用作祭海的木晶仙子，如果没有机会坐火船，就要在红色镜光的照耀下化为乌有，最后留下的只有他们的钻石。基于帝国祭海活动的悠久历史，这种普通的、不能当作神秘纪念品的钻石，已经多得在王城很容易就能看到。

罗布海上有一座被有毒迷雾环绕的岛屿，传说那就是海神的奴隶居住的地方，是低贱种族与世隔绝的聚居地，是禁止任何人涉足的地方，楼兰帝国的任何人都不能踏上麦提格尔岛。如果有人胆敢上岛，那么在此之前，罗布海神就将赐他死亡。

父皇的权威是任何人都不能挑战的，即使是他的孩子也不能。否则，就会遭到和我妹妹伊丽塔公主一样的悲惨结局。伊丽塔！我美丽可爱的妹妹，楼兰帝国高贵而唯一的公主！只要想到她，我就会陷入迷茫和悲苦之中。

我正在漫天思索时，一个侍女走进寝宫，对我说："已经很晚了，殿下，该睡了。"

我没有说话。她便扶我上床，为我盖好羽被，并在榻前焚起一枝薰衣草香。做完这一切，宫女准备吹熄榻边烛台上的烛火时，我说："不，让它烧着。"

侍女听了，朝我行了个礼，便轻轻地退了出去。

我闭上眼睛，进入睡眠之中。我常常会做一些不可思议的梦，梦见我那已经不在人世的妹妹伊丽塔。那些梦大同小异，却令我越来越不安，也越来越迷惑。今夜，我也许又会做一个这样的梦，期待着这些梦能告诉我，我的不安究竟来自何处。

伊丽塔真的来了！她穿着镶金边的碧绿色长袍，系着印有皇族星章的宽腰带，长袍的开缝处不时露出墨绿色的宽长裤，卷曲的黑色长发在胸前和背部随着她的脚步一下一下地颤动，每一次颤动，都闪出幽幽的亮光。她还是那么美，永远都有一种帝国公主的高贵气势。

可是奇怪，当伊丽塔掀开钻石垂帘走到我的榻前时，我睁开眼睛，心里很明白这是一个梦。然而这个梦，竟真实得像是活生生的现实。

"木斯塔，亲爱的哥哥，"美丽的伊丽塔跪在我的床前，轻握着我的手，她那双又黑又大又亮的眼睛急切地看着我说，"你准备好了吗？"

"是的。"尽管我不知道自己为什么会这么说。

"现在，请跟我来吧，船就在海边。"

我起身，迈开脚步，跟着伊丽塔走出了皇宫。

当我的眼睛看见罗布海时，不禁有些奇怪，皇宫离罗布海竟然只有一步之遥，连马都不用骑就到了海边？然而眼前的景象的确是罗布海，落日的金红中正透出一丝昏黄的光晕，周围缤纷的海水和彩云水天一色，宛如正在燃烧的烈焰。波光与雾霭中，一轮七芒星形白色淡月清晰地挂在头顶的天空里，于是，日落在下，月升在上，更与梦境相配。是的，只有在梦境中，月亮才会呈现出七角形。我坚定地走到海边，清楚地知道自己是在梦中。

一艘美丽的白色帆船停在海边。伊丽塔登上帆船，转身对我做出一个邀请的姿势。我跟着上了船，看到掌舵的是一个长有一头垂坠金发的健美英俊的年轻男子，是木晶仙子。因为他那非凡俊美的容貌，我不免多看了他两眼，看着看着，我惊讶了，他那白净有型的脸竟是似曾相识！

我在哪里见过他呢？我一时想不起来，但他的样子我一定见过千万次。忽地，我明白过来，那张脸，不就是我自己的写照吗？真的，所谓我见过千万次的脸，就是镜中的自己啊。要说不同之处，无非是他的肤色比我白皙，额头上又多长着一块七芒星形小钻石而已。

我吃惊地朝伊丽塔望了一眼，只见她从容地朝这个金发男子摆了一下手，随即船就开了。船其实根本用不着自身的动力，因为我注意到，它正好处在两股海流相撞并回拐的地方，也就是天台祭海时将被选中的"祭品"送进海里的那道能够不断自动往返的海流。这海流会自动把船向海里送，送往远处一个缥缈如雾的小岛。

"怎么，要去麦提格尔岛？"我惊道，"那可是帝国的禁地，除了祭品以外任何人都不能涉足,是受到海神诅咒的岛屿,是囚禁蛮族的监狱,是被毒气包围的邪恶之地……"

"别紧张,木斯塔。"伊丽塔上前握住我的一只手,"我以前曾有过任何一点点伤害你欺骗你的时候吗?"

"没有。"我一颗悬着的心又放了下来。

我并不是真的要去麦提格尔岛,我是在做梦,我的身体正睡在寝宫舒适的锦榻上,而此时站在白船上的,只不过是我的思想。我是高贵的王子,和伊丽塔及父皇一样,是帝国中拥有尊贵姓氏的皇族成员之一。我们的姓氏是"厄斯",虽然我们平时并不以姓氏称呼对方,但姓氏之于我们,就是皇室地位的象征。我们的姓氏常常被刻在自己使用的宝剑上、绣在衣袍上,以此表明我们的不凡身份。

对于传说中的麦提格尔岛,从我记事以来就对它充满了好奇,其实,关于不能去麦提格尔岛这件事,根本不需要禁令,它那环岛的毒气就像天然屏障,隔绝了一切,也让传说中的那些岛民无法离开这座孤岛。

我渴望看到麦提格尔岛的真容,却无法活着到达那里。日有所思,夜有所梦,伊丽塔能来梦中请我登船上岛,或许就是我的思绪所致。这只是梦,如果不是梦,我如何能够乘船漂海,去往这座神秘的、与世隔绝的奇异之岛?

"在你的脑海里,麦提格尔是一座什么样的岛?"伊丽塔打断了我的思绪,她眯起美丽的大眼睛,带着一抹神秘的笑容,问我。

"死亡之岛,神秘而不可知的地域,是木晶仙子最后现世的地方!"我转眼看她,只见海风吹起她的长发,使她宛若海中仙女,"伊丽塔,你和我知道得一样多,我们打小就知道这些,那是大自然的禁区,也是帝国法令的禁区。"

"那木晶仙子呢?帝国献给海神的祭品会怎么样?"

"不知道。被选中的木晶仙子坐着起火的小船在海里前行,他们为了躲避烈火,必定会跳进海里,纵使他们会游泳,也无法长时间藏在水里以躲过那层厚厚的毒气,最后,精疲力竭的他们只能沉入水中死去。而海流会带着他们不断往返于麦提格尔岛和这边的海岸,然后,父皇的打捞队会找到他们,把他们的躯体捞起来,挖走他们的七芒星钻,再把他们抛下海。至于他们最后的去处,我想,只能是深海大鱼的腹中。你为什么要问这个?你和我一样清楚。"

"难道这些不是你日日夜夜都在想的问题吗?"

我看了伊丽塔一眼。她真了解我,知道我从小时候起就时常在想这个问题,想着前因后果。这个问题对于帝国国民来说也许是丝毫用不着想的，因为他们的头脑十分简单，一向顺从皇帝的意志，并相信这还算悠久的祭海传统能够给帝国高贵者带来永恒的快乐。

面对伊丽塔的话，我不知该说什么。也许当自己内心的某样东西突然被另一个人说出来时，就有了这种不知该说什么的感觉。

"我也许在想着这些，伊丽塔。"我感到心绪无力，"但又觉得，我其实什么也没想过。帝国的一切就是这样，由来已久。既然我贵为王子，享受着舒适的生活，就该这样浑浑噩噩地活着，过一个王子该有的生活。可有时候，我会产生奇怪的感觉，似乎我从来就没有得到过什么，也不知道将来会得到什么，甚至，我觉得根本就不存在将来。"

"你不认为你会得到帝国皇冠吗？"

"我指的不是这个。"我说，"我是说我的迷茫，我不知道活着是为了什么，或者，活着该做什么。民众可以为衣食财富和高贵身份为帝国效劳，而我生来就拥有这些，我还需要做什么呢？说到皇位，那也不需要我去做什么，只要等待时光流逝，皇冠总会落在我头上。然而说到皇冠，我好像并不那么想要它，甚至还觉得，它有可能是一个我根本就不会喜欢的东西。"

"你也许该去读一本书，那会让你知道你该干什么。"

"什么书？"

"我的书。"伊丽塔说，"我的书都还好吗？"

"你的书？对，它们都好，没人敢动公主的遗物。"伊丽塔的书当然还放在她生前居住的宫殿里，除了宫中女奴常去打扫灰尘外，没有人敢动它们。

"我说的是我最喜欢的《雅鲁达恋歌》？"

"《雅鲁达恋歌》和其它书都在，都放在你的书阁里没有人动。"我向她保证，"有时我也会去你那已经没有人居住的宫殿里看看，所有的书都依然完好地摆在书架上。"

"你应该看看那本书。"

"伊丽塔，你知道我对这种年轻男女情爱的书不感兴趣。"

伊丽塔小时候就喜欢看《雅鲁达恋歌》。她那时要我看，我不屑。我想告诉她，身为王子，我不能像公主那样沉迷在那种轻软无力的情爱书籍里，况且我对那些内容也没有兴趣。

这时，我忽然看到，原本还在远处迷雾中的麦提格尔岛，此刻居然已经可以看到岛边沙滩了！

"怎么？"我惊呼，"这就到了？"

伊丽塔重复了一遍我说的话作为回答，之后就对掌舵的那个金发男子说："艾尔塔，可以停船了。"

艾尔塔？我对这个名字吃了一惊。

"他是谁？"我问。

"他是艾尔塔。"伊丽塔说。

"艾尔塔？那个传说中的木晶王国国王？我以为他早就死了，他怎么会在这儿？你怎么会和他在一起？"

"死了和活着的区别是什么，亲爱的哥哥？木晶仙子和布鲁斯达人的区别又是什么？"

"伊丽塔，请你不要这样总是带着疑问说话，好吗？我的脑子已经够乱了。"我不解地摇摇头。

"那你也不要问了，好吗？我们要下船了。"

船在海边一处天然港口停了下来，我跟着伊丽塔和艾尔塔下了船，穿过距离海边不远的一片茂密的金色胡杨林，来到林中一片巨大的空地上。我回头望望胡杨林，落日的炫彩使得原本就黄得灿烂的胡杨树叶显得更加金光四射，微风吹过，黄叶纷纷颤动起来。我听着簌簌的响声，满眼都是缤纷流转的金黄，景观如此壮丽。然而我又疑惑起来，现在不是春天吗？胡杨树叶怎么会是金黄色？

"木斯塔！"伊丽塔优美的声音打断了我对胡杨林的欣赏和疑思，我回过头来，眼前的景象又令我大吃一惊。

不知什么时候起，原本只有满地青草的空地上竟然站满了人，布鲁斯达人！人群在我面前分开了一条小道，小道前方是一个空空的高台，很像帝国祭海时让木晶仙子登上去的那座罗布天台。

我看看伊丽塔，只见她淡淡地微笑着，对我说："来吧，哥哥，到那高台上面去。"

"什么？"我的疑问刚刚出口，就发现脚下的草地已经发生了变化，变成了用灰白色大石块砌起来的一方地面，地面上有一些闪闪发亮的小东西，我定睛一看，不禁倒吸一口冷气。那是木晶仙子钻石！

在帝国王城许多地方，我都可以看到这些美丽的钻石。正是它们，将王城点缀得宛如璀璨的宝石。可是，在麦提格尔岛上，在我的脚下，当我看到这些镶嵌其中的木晶仙子钻石时，却感到了一股彻骨的寒冷！

我想向伊丽塔求救，可她却已经不在我身边了。那个刚才还在掌舵的金发木晶仙子艾尔塔更是不见了踪影。我发现自己正站在人群前方的高台上，眼里所见的已不再是麦提格尔岛上的金色胡杨，而是另一座金碧辉煌的高台。那座高台的最高处，有一张金碧辉煌的王座，王座上正端坐着我那满身金碧辉煌的父皇！

父皇一摆手，说："可以开始了。"

一个侍从端着一个盘子走上前去，盘子里有一个小小的圆形镜子——焚仙魔镜！父皇将焚仙魔镜打开，让镜面对准面前的高台，对准高台上手足无措的我。接着，一片白光就从镜面里发出，照在我身上。

我想离开高台，可这时手脚却根本不听使唤。我想大声告诉父皇，高台上的人是他唯一的儿子，但喉咙已嘶哑，根本发不出声音。接着，我恐怖地看到，父皇的大拇指已经按到了魔镜的另一个按钮上，我很清楚这个按钮被按下去之后会出现什么后果。

父皇把那个按钮按了下去，白光煞时变成红光。我张着嘴想呼喊，但什么声音也发不出。

红光里，我并不觉得痛苦。这似乎很奇怪，但我转念一想，这是在梦里啊！况且，焚仙魔镜是对付木晶仙子的，只对木晶仙子有效。即使红光在我身上贪婪地流动，我也用不着有丝毫担心。

"木斯塔！你是最特别的！"

有人在叫我，我顺着声音望去，看见叫我的人是站在父皇身旁的伊丽塔。她依然在笑，但这时的笑容明显变了样，好像她不是我妹妹，而是我的敌人。

"伊丽塔，让我下去！"我朝她喊道，"我是布鲁斯达人，是帝国王子，我不该站在这儿，即使是在梦里。"

伊丽塔冷笑了一声。她离我并不近，但我却觉得她的声音就来自我身旁。她说："你以为你是布鲁斯达人吗？你以为，你正在做梦吗？"

"当然！"我坚定地说，"这是梦，只有在梦里，我才能见到你！"

伊丽塔轻叹一声："木斯塔，摸摸你的额头，你到什么时候才醒呢！？"

我不明白她在说什么，但本能地照她说的那样摸了一下自己的额头。一摸，我的心便突突地跳了起来，一样小小的七芒星形东西长在我的额头上。它很光滑，还带着一些体温。我下意识地抠了一下这东西，发现它是从里面、从我的额骨上长出来的！这七芒星形小东西，就是钻石吗？这时，我的长发又垂了下来，那竟然是金发，是闪光发亮、垂直无波的金发!

我的额头有钻石,我的头发是金色的,那么,我是什么?

父皇在对面那个金碧辉煌的高台上轻笑,伊丽塔也在用异样的眼光看着我。我的大脑这时已经变成一片空白。

忽然,我感到身上一阵灼痛!我想喊,但仍然喊不出声。

"你到什么时候才醒呢?木斯塔,你到什么时候才醒呢?你到什么时候才醒呢?……"伊丽塔的声音近在咫尺,一遍又一遍地响起。

"我要醒,我要醒,我要醒——"我终于喊出声了,那声音真大,大得连我自己都吓了一跳。

……

一个侍女跑来,先将掉在我身上的蜡烛拿掉,又替我脱下粘了热蜡的睡袍。

"怎么回事?"我睁开眼,揉着被烫得发疼的左胸。

"殿下大概是翻身的时候碰倒了烛台,有几支蜡烛掉了下来……"侍女小声说。

我长长地吐了一口气,挥了挥手,叫她出去。她朝我行了个礼,便退了出去。

我揉了揉惺忪的眼睛,向高大的落地拱窗望去。天已经蒙蒙亮了,可以看见几片薄云飘浮在空中,迎接着即将升起的帝国骄阳。

寝宫里有一面大镜子,我走到镜前,认真地照了照自己的样子。黑色卷曲的头发,黑色有神的眼睛,阳光般泛黝的肤色,光滑无物的额头……看到镜中的自己,我长长地舒了口气。好极了,我不是木晶仙子,我是楼兰王子!

"殿下,"一个侍从走来,对我说,"陛下决定在早膳后召开一个重要的临时会议,请殿下务必参加,会议就在帝国议事厅召开。"

"还有谁参加?"我问。

"还有红摩奇将军、棕海奇将军、黑里奇将军,以及子法大巫师。"

"知道了。"

侍从行了个礼,退了出去。

我讨厌会议。其实我讨厌一切和国事有关的事务。但是皇命难违,我必须得去。

第 3 回：木晶王宫·艾西丽塔

我模糊听见一串细小的歌声，曼妙好听，穿过寂静的海水，直闯入我的耳中。奇怪，人在水里可以听见声音吗？我不由得睁开眼睛，只见眼前有十几双又圆又大又蓝的眼睛正好奇地望着我。

我在心里惊叫一声，口中的声音也顺着海水传了出去，而且我也能听到自己的叫声。我一喊，那些蓝蓝的大眼睛立刻像受惊一样四下逃去。这回我看清了，这些眼睛长在一条条多须的软体鱼身上。它们游走之后，我看到了蓝莹莹的罗布海，海底布满奇巧巨大的怪石，水草浮动，各种鱼儿游弋石间。虽然天色暗了，但海里的景象我还是可以看得一清二楚。这些景象，对我来说多么熟悉，我叫得出那种蓝眼睛鱼的名字。蓝带鱼，对，就叫这个名字，它们是一种会发出细小歌声的可爱的鱼。

我不知道自己昏沉了多久，只觉得依然疲惫。忽然，我意识到一个怪现象：我在水里没有窒息！我还在呼吸，用一对长在我耳朵里面的鳃在自由呼吸！

我靠在一块怪石上，觉得自己应该打起精神游到一个什么地方去，总不能就这样待在水里。可我又不知该向哪里游，手脚上的锁链也让我感到沉重不堪。而且，我不知道我所在的这个位置是离罗布天台近些，还是离麦提格尔岛近，但我至少还能感觉到，这里不是罗布海深处，而是一处浅滩，因为我的头顶离水面并不远。

深蓝色的海水一层层地在我周围荡漾，漫无边际，我能够明显感到有一股海流在不断吸引我顺着它的方向漂荡，但我不想被它带走。这时，我看到自己的腰上不知什么时候被一些结实的水草缠住了。正是这些水草绑住了我，才没有让我顺水漂流。现在我醒了，不再需要水草，我便把它们一一扯开。

隐没在海水中的我，虽然觉得这一切都是我所熟知的，但我依然感到孤独和恐慌。

王子，我又想起那个名叫木斯塔的英俊王子，想起他吻我时喂给我的清水。他一路搂着我走，坐在他的马上，我感觉很舒服，可最终他却无情地目视那些老老少少被红光杀死！他脚踩地面上闪光的小钻石，表情却没有一丝顾忌。

木斯塔是我空旷大脑里唯一存在的人。然而这个人的存在，并不能缓解我的迷茫和对未来的绝望。

想到王子，我猛然记起他塞在我手中的小东西，我的那只手依然紧握着，里面的东西依然还在，那是一把钥匙。我试着把钥匙插进脚链锁的锁孔里，一转，锁被打开了。接着，我又打开了手上的链子锁。扔掉这份重量，我感到轻松多了。

他是想救我的！他先是给我水喝，然后偷偷给我钥匙。他身为王子，既然想救我，难道不能用命令解决吗？为什么要这样防人耳目？

海水涌动起来，我感受到水波的震荡，这预示着有巨大的东西游过来了。直觉告诉我，应该快逃。我虽浑身无力，却也努力地从怪石上漂起，向水面浮去。然而，那个东西来得太快，我还没有游开，它就来了。那是一条有六只小船那么大的月白色大鱼，骨骼如刀，长鳍如剑，牙齿锋利，浑身散发着令人骨寒的青幽光泽。这是大食人鱼！是的，我知道它的名字。

我已经没有逃跑的时间，更没有逃跑的力气。我停在水中，瞪大眼睛望着那张巨大的鱼嘴朝我逼近。想不到，我的意识出生不到一天，身体就面临了死境。

千钧一发的时刻，海水再次涌动，一只巨大的、仿佛属于鸟的爪掌从空中探进水中，将我拦腰抓起，提离了海水。

湿漉漉的我被一只巨鸟携着，飞在日落后幽蓝幽蓝的罗布海上。这里想必离麦提格尔岛极近，只一会儿，我就看见了暮色下黝黑墨绿的岛屿。

扭过头，我好奇地起看了看我的救命恩鸟，才发现那不是鸟，而是一只全身布满驼色鳞甲的龙。它正展开宽硕的无羽之翼，飞速滑翔在麦提格尔岛上空。

终于，龙下降了。它下降时，我看到地面上毛茸茸的森林中有一棵巨大无比的树，树上晶莹闪烁，微微泛蓝的钻石般的光遍布其间。龙小心翼翼地把我放在大树下宽阔的草地上。

我倒在草地上，无力站起来。抬眼看龙，这才发现龙背上还坐着一个人，一个长着金色垂直长发、额上有一颗七芒星钻的木晶仙子。

我怔怔地望着他，觉得曾在哪里见过他，搜索了一下我那少得可怜的记忆库，结果发现，他的脸形居然和木斯塔一模一样。他的身形，也像木斯塔那样健美，只不过他更加白皙。

"你还好吗？"木晶男子从龙背上下来，走到我面前，带着淡淡的微笑。

"还好。"如坠云中的我喃喃地说，眼光无法从他的脸上移开。其实我已经筋疲力尽了，但我还是想看着他。

"你浑身都是水，一定累坏了。来吧，跟我到宫里去。"他的声音很温柔，同时向我伸出一只手。

我把手交给他，他就把我拉了起来。

"这是什么地方？"我望望眼前，看到一棵巨大的树，树上环建着众多美丽的宫殿，它们都沿着树的枝干而建，墙柱是透明材料做的，还会发光。

"这是木晶王宫，是我的家，建在森林中最大的一棵胡杨树上。忘了告诉你，我叫艾尔塔。"他说。

木晶王宫？森林？艾尔塔？我的记忆中好像不曾有这些名字，就像我的记忆中也不曾有过木斯塔这个名字一样。我看到艾尔塔对我做出一个恭敬礼貌的手势，意思是要我跟他进宫殿。

我走了两步，身体一晃，眼见着就要倒在地上。艾尔塔眼疾手快，一下子扶住我，随后就势将我抱起。

王宫大门打开了，从里面走出三个长相清秀的男子，他们也是木晶仙子。

"国王回来了。"其中一人高兴地说。

原来艾尔塔是个国王！

艾尔塔抱着我，三个清秀的木晶仙子伴在他左右。就这样，我进入了这座漂亮宏大的淡蓝色宫殿。

宫殿清新雅致，装饰简洁自然，宽敞的回旋楼梯两旁立着一根根优美抽象的树雕柱子——不对，确切地说，是很像雕塑的树干，因为它们仍然生长着古老的树皮，还生有绿叶，都是活的。这些树饰都呈人形，有的像男人，有的像女人，形态若舞。地面由淡蓝色石块铺就，石块像被海水冲刷过，平坦光亮，仿佛蒙着一层水。

回旋楼梯内侧站着四个侍女，她们手拿扇子，见了抱着我的艾尔塔，就轻轻扇起来。一阵暖风飘来，我身上湿淋淋的粗麻长袍顿时就干了。

艾尔塔走过一段有树柱装饰的、环绕胡杨主干的楼梯，接着进了一间宽敞的大房间。这里安静舒适，竖立的椭圆形窗子又高又大又明亮，可以直接看见外面已经变黑的夜和夜空中格外闪亮的星星。我看见一张木雕大床，配有松软的被褥和轻飘的帏帐。对于这时的我来说，这里就像天堂。

"你累坏了。"艾尔塔直接把我放在床上,为我盖好软被,拉好帏幔,然后隔着帏幔轻声说,"现在,睡吧。"

我已经闭上了眼睛。

"她的手脚上有镣铐的勒痕,叫医师来给她上点药膏。"艾尔塔说。

我没再听见艾尔塔的声音,松软温暖的被子和褥子在我周围轻轻地裹着我。在经历了沙漠之行、天台之痛和海水之涌的动荡后,我身心放松地进入了梦乡。

仿佛一瞬间后,我醒了。

眼前阳光清透,明亮雅致的大房间漂亮宜人,花与叶的香气随清风飘入房内,落地大窗前垂坠的白色丝帘不时被一阵微风吹起,露出帘外迷人的绿景。

我睡了多久?我不知道。但我现在舒服极了,从头到脚都不曾像现在这么轻松过。不知是谁在什么时候给我换上了一件轻软丝滑的白色睡袍,它盖过脚踝,触及地面,而且胸前和袖口都有用闪闪发光的银色丝线精心绣出的图案,像是图腾化的胡杨树,又像是一朵朵奇异的花。

我从床上起来,顺着美丽的地板向窗边走去,轻轻撩开丝薄的垂帘。呵!窗外是一个多么美丽的世界啊!

我这才发现,木晶王宫所附着的这棵胡杨树是多么高多么大,大到我说不清它的直径。宫殿依树环建,一切都自然而美丽,又晶莹生辉。我所在的这间大卧室是处于整个宫殿的高处,放眼远望,可以看见绿树葱茏的山,碧波荡漾的海。向下看去,淡蓝色的宫殿绕树而建,与树相依,亭台楼宇、游廊立柱都层层叠叠,宛如仙境。

几只美丽的鸟从窗前飞过,悦耳的鸣叫声让我无限陶醉。这究竟是什么地方?我兴奋地问自己,是不是我已经死去,是不是站在这里的其实是我的灵魂?

"睡得好吗?"一个声音从我背后响起。

我回头一看,是艾尔塔。我还记得他的名字,也知道这里的人把他叫作国王。

"侍女们说你醒了,所以我才冒昧地进来。我敲过门,但你可能没有听见。"艾尔塔的嘴角停留着一个迷人的微笑。他穿着灰绿色罩袍,镶金的宽腰带,灰绿色的靴子……在他那件飘逸罩袍的胸前和袖口上,有用金线绣的图案,那图案和我现在穿的睡袍上的图案一模一样。我想,这一定是王室的专有图案。

"多谢陛下关心,我睡得很好,我这一生都没有睡得这样好过。"既然他是木晶仙子,又是国王,他也就是我的国王。

"早餐已经准备好了,你一定饿了,因为你已经睡了七天还多。"艾尔塔说,他对我说话的口气一点都不像国王。

"早餐？七天？"我轻轻闭上双眼，回味着"早餐"这个词。自打有了意识之后，竟然都没有机会想到食物，我唯一吞咽过的东西就是木斯塔借吻我的机会喂给我的水。

"是的，早餐。你很久没有吃过了，不止七天，对吗？"

"我不记得了。"我真的很饿，"不，这样说不对，事实上我根本就没有什么事可以记，我不知道自己是谁，不知道我为什么来到了这里，不知道为什么那个黑头发、深色皮肤的皇帝要让我死，更不知道陛下为什么要救我……"

"叫我艾尔塔，"他温和地对我说，"我知道你的迷茫，但在我告诉你这一切来龙去脉之前，你得先用餐。来吧，我带你去餐厅，你不用换衣服，这样就好。"

他说完，走上前来，轻轻揽过我的腰，引领我走出这间华美雅致的大卧室。

走过一段树柱林立的长廊，就来到了餐厅。木晶王宫的每一间房子都有巨大的落地窗，窗面宛如透明水晶，干净得一尘不染。窗开时，令人置身于绿意浓浓的森林中，闻得到林木的清香，听得见小鸟的歌唱。

在一张石雕餐桌旁，艾尔塔让我在一头坐下，他则在另一头坐下。两个体态优雅、面貌清秀的侍女为我们摆好银色餐具，端来数样精美饮食，食物都被盛在树叶形的透明器皿中。

"你面前有胡杨蘑菇羹、烤山鸡翅、烧蓝带鱼，还有主食原味米糕，以及岛上特有的紫珠葡萄酒和奶茶。奶茶旁的两个小碟子里分别是炒麦粉和酥油，放一些在奶茶里，味道特别香，还有酸奶软酪，是岛上特有的小食，我们还有酸奶干酪，不过那个一般都用作干粮。"艾尔塔说，"吃吧，你一定饿坏了。"

我的确饿了。于是我拿起餐具，那是精巧的银制刀叉和汤匙，有好几件，大小宽窄不同。我吃了烤山鸡翅、烧蓝带鱼和原味米糕，又贪婪地几下就喝光了胡杨蘑菇羹，又喝了一小碗加了炒麦粉和酥油的奶茶。

艾尔塔吃得很少，他不时地望着我，脸上显出欣慰的微笑。

"早餐后，你愿意跟我一起骑马去森林里走走吗？"他提议。

"当然，我很想看看这里的风景。"我咽下最后一口胡杨蘑菇羹。听他这样提议，我有些兴奋。

于是早餐后，我换上一件侍女为我准备的淡紫色衣袍，再穿上一双紫色靴子，和艾尔塔一起，分别骑着健美的骏马，离开王宫，去逛麦提格尔岛。尽管自打我有了意识以来根本就没有骑过马，但上了马背就觉得我会骑，而且骑得有模有样。

"紫色衣服很配你的眼睛,这是我为你选的。"艾尔塔一边策马领路,一边对我说。

"是吗?我的眼睛是什么颜色?"

"你不知道你的眼睛是什么颜色吗?"

"我还没有见过自己的样子,只看见我的头发,因为它很长。"

"你会看到的。"艾尔塔意味深长地望着我,眼里有一种特殊的光。

木晶王宫周围是一大片绿油油的草地,再远处,就是一眼望不到头的森林。森林中除了胡杨,还有其他古老的树木,有云杉、松树等等,都生长得非常高大。各种野花在林中开放,清脆的鸟鸣声不绝于耳。

蓦地,我看见两个手掌大小、浑身发光的小人在叶间飞舞。他们是一男一女,长得和木晶仙子很像,都有洁白的肌肤和闪亮的长发,不同的是他们很小,又会飞,虽然没有翅膀,但身体看起来非常轻巧。我看得入了神。

"他们是野花精灵,也叫野花仙,是森林里众多可爱的精灵之一。"艾尔塔告诉我。

两个野花精灵看见我们,都飞上前来,在半空中向我们分别鞠了一躬,然后就飞走了。

"他们在向你致意。"艾尔塔说。

"向我?不,是向陛下。"

"他们也是在向你致意。"他坚持道。

"他们为什么要这么做?"

"因为你拥有特殊、高贵的身份。"

"我不明白。"

"你很快就会明白的,"他温柔地说,"现在,让我带你继续观光吧。"

我轻叹一声,为自己不明的身份。不过我的叹息没有持续多久,就被森林的静谧和美丽迷住了。

"这片古老的森林名叫圣美森林,它形成的年代和罗布海一样久远。圣美森林里有很多美丽的生灵,他们都很善良,又有爱心,和木晶仙子一样,是森林的一部分,和这些充满灵性的树木相依而生。"艾尔塔看出我对森林的着迷,便对我介绍起来。

我默默地听着他的讲解,痴痴地欣赏着森林美景。阳光不时从树枝和叶缝里洒下,在林地上形成一片片金光,炫丽又温暖。阳光照着的野花会从蓝色和紫色转变为明亮的红色、黄色和白色,而在阳光游开的时候,野花又会从红色、黄色和白色转变成蓝色和紫色……我从来没有看到过这样神奇美丽的景观。

"那是变色花,神奇的一族!"艾尔塔说。

"的确神奇,而且非常美丽。"

在森林里走了很长一段路后,我们身处的地方恰好是一片空地。艾尔塔抬头望向天空,然后伸长手臂向空中挥舞了一下。随即,一声悠长的龙鸣由远而近地响起,天空里出现了飞龙的身影。它巨大的双翼一时间遮住了头顶的阳光,在森林里形成一片阴影,随后呼啸着降下来,落在我们面前。我看到,这就是将我从海里带我脱离险境的那只飞龙。

"现在,我要带你离开圣美森林,去岛上最高最险的雅鲁达山峰看看,在那里,你可以看到麦提格尔岛的全貌。这座岛的中心有一座群峰林立的山脉,我们称它为玉玺山脉,雅鲁达山峰是玉玺山脉中最高的山峰,它正好位于麦提格尔岛正中间。"艾尔塔从马上下来,然后走过来轻轻地、温柔地把我扶下马来。

这只飞龙生得虽然强悍,但在艾尔塔面前,却非常温顺听话。它跪下来,摆出一种邀请我们坐上去的姿势。艾尔塔先扶我坐在飞龙背上,然后又坐在我身后,他的一只手穿过我的腰侧,在前面握着环绕龙颈上生长的刺状硬骨,另一只手则轻轻地揽在我的腰上,把我扶稳在他身前。我也学他一样,用手握住别的刺状硬骨,让自己坐稳。

"要飞了。"艾尔塔在我耳边轻轻地说,微微的气浪吹着我的耳朵,"不要害怕,有我在。"

"我不怕,我很高兴,真的很高兴。"

飞龙腾空跃起,跃出高高的森林,一对潇洒有力的大翼划出完美弧线,快速朝岛的中心、玉玺山脉和雅鲁达山峰飞去。

在空中向下俯瞰,我已不是第一次。但这次是在白天,视线极好。圣美森林现在已在低处,参天的古木环绕着麦提格尔岛,包围着位于岛中央的一座高大雄伟、仿佛刀劈斧凿的山脉,群峰耸立,威风凛凛。其中有一座山峰最高,非常显眼,那应该就是艾尔塔所说的雅鲁达山峰。在飞翔的龙背上,我可以看到山顶聚积的白雪,眼前,白雪与蓝天、蓝天与白云、白云与碧绿青翠的圣美森林,联合起来构成了一幅壮美的画卷。

"太美了!"我惊叹。

"的确很美。"艾尔塔在我身后说。

飞龙离雅鲁达山峰越来越近,山中已不再有胡杨,而是成片成片的白桦林、云杉、冷杉、红松及落叶松遍布山间，山巅处有树，也有雪。忽然，我惊奇地看到，在雅鲁达那白色雪峰之上，居然还有一座晶莹闪亮、寒光幽幽的白色宫殿。它雄踞在最高处的绝壁之上，依崖而立，气势独绝。因为这座宫殿是白色的，像山峰的色泽一样，尽管它在阳光下会发出温润的光，但若离得远，仍然是看不清的，你会以为那只是山顶上皑皑白雪的一部分。

"一座宫殿！"我说。

"那是幽雪城堡，是木晶王国的另一座宫殿，它非常寂静，因为很少有人会去那里。"

"是因为太远太高太冷了，才没有人去吗？你从来不住在里面，对吗？"

艾尔塔若有所思地说："这里是木晶仙子亡灵的宫殿，里面住着一位先知的灵魂，为了让这个灵魂和这个灵魂的陪伴者得享安宁，岛上所有生灵都极少前去打扰。"

"可是，既然这样，我们岂不是……"

"我想带你来看看，没关系的，先知不会生气。"

飞龙离雅鲁达山峰绝壁上的幽雪城堡越来越近。说话间，它就在城堡的一个大露台上降了下来。来到冰与雪的世界，我感到一股清凉气息扑面而来。

幽雪城堡建在尖锐的雪峰之巅，也与山峰一样有着硬朗的结构和坚实的棱角，没有一处是圆弧形。整体看去，它坚硬、晶莹、光润，铮铮而立，直冲天空。

"雅鲁达山峰是由羊脂白玉石构成，可以说，整座山峰都是白玉。幽雪城堡就是从山峰顶上雕凿出来的，它与山峰一体，不可分割。"艾尔塔轻轻将我从龙背上抱下来，一边引着我往前走，一边说道。

"整体雕凿的？"我说，"这一定是举世无双的！"

"没错。"

幽雪城堡静悄悄的，我们降落的地方并不是城堡的前广场，而是城堡高处一个很大的露台。这个露台由一个大房间延伸而出，露台的雕栏上雕塑着一个个大型树状花瓶。此时，原本空空如也的花瓶里，竟然冒出了绿叶，绿叶竟然还在渐渐生长，不一会儿就在我的注视下长出花苞，花苞很快就开了，开出一朵朵淡绿色的花。那是一种七瓣、双层、尖瓣的花，花瓣竟是半透明的绿色，花心则是金色，娇艳之中蕴含着勃勃生机。

片刻时分，在我还没有完全反应过来时，忽然就发现，原本寂静空寥的幽雪城堡已经变得花影如织，不仅是我所在的这个露台的雕栏上开满淡绿色的花，城堡各处都有花开。它们迎向阳光，发出晶晶亮亮的柔光。

"我从来没有见过这种花，更没见过这样开放的花！"我惊讶地说。

"是绿钻宝花。"艾尔塔面露欣喜之色，"绿钻宝花极少开放，只有在贵客光临时才会成片开放。我知道先知的灵魂不会生气，因为你是这里的贵客，王国的贵客。"

"我？"

"是的！"

"可我只觉得自惭形秽，我的到来只是对这个神圣地方的打扰。"

艾尔塔望着我："你想知道自己是什么样子吗？你一定一直没有机会照镜子，也不曾从平静水面的倒影中看到过自己。来，跟我到这儿来。"

顺着艾尔塔的眼光，我看见这个巨大的露台上有一个美丽的圆形喷水池，水池中央是一个姿态优雅的玉雕女子。她身披垂坠的织袍，长发飘然垂地。她两手向上，捧着一个高过头顶的细颈玉壶，壶中涌出汩汩清泉，透亮的水向下流动时，形成了圆润闭合的一片水幕。

"这是哪位女神的雕像？"我不禁问道。

"她是一位公主，你会有机会了解她的。"艾尔塔让我站在喷水池边，对我说，"这是一面拥有神奇魔力的镜子，它能照出你的样子，也能告诉我们岛外发生的事情。"

我依言望去，只见玉壶中涌出来的那层薄而完整的水幕上，清晰明亮地映着我的身影。这是我第一次看见自己的样子。

我的脸，像一块雕琢完美的白玉；我的眼睛是紫色的，那么透亮纯净，让我惊讶；我的头发，那丝丝垂顺的耀眼银发一直长到膝下，像眼前的水幕一样光彩照人；我的身姿，也许只有喷水池里的白玉女子可以比拟……

"你非常美。"艾尔塔喃喃地说，"你现在知道自己是什么样子了，你高兴吗？"

"艾尔塔，陛下，对于我的样子，我的确是高兴的。"我转过身来，走到露台边缘的雕栏旁，一边眺望玉玺山诸峰的奇绝景致，一边说，"也许你知道我有多么……多么迷茫。我喜欢这里，喜欢森林，喜欢木晶王宫，喜欢这些高耸的雪山和这座洁白的城堡，也喜欢你对待我的这些礼遇。但是，我不知道我是不是属于这里，从根本上说，我连自己是谁都不知道。"

"你是艾西丽塔，是先知预言里所说的希望与未来的引导者，你将给灾难深重的木晶子民带来平等与自由！"

我听不懂艾尔塔的话，除了他说我的名字是艾西丽塔外，其他内容我都感到一头雾水。我不解地望着他，他也望着我，但眼里充满了希望之光。

第4回：天眼预言·木斯塔

父皇这么早就召开会议，而且帝国三大将军和子法女巫师都要出席，究竟有什么重大国事？父皇的权威是不容忽视的，就算他半夜要开会，参加会议的人也得从卧榻上爬起来，王子也不除外。

匆匆用过早膳，我就穿戴好正式礼服，来到了帝国议事厅。议事厅位于父皇宫中，父皇的宫殿是宫群中最大、最华丽、最气派的区域。走过父皇宫殿里宽敞高大的长廊，掠过一排排佩剑武士，我走进了有着高大拱顶的议事厅。议事厅里有一张巨大的长方形圆角桌，此桌由整块青色美玉雕成，桌面上精嵌着一幅帝国疆域图，那图是用各色玉石雕拼合而成的，一城一色。

红摩奇将军、棕海奇将军、黑里奇将军，还有子法女巫师，都已经在那里了，他们看见我，都向我微微躬身施礼。

三大将军是三兄弟，是我已故姑母的三个孪生儿子。据说姑母嫁的不是凡人，而是有妖魔血统的怪人，所以生下的儿子就具有一定的魔相。他们的面容和身材一模一样，全都生得凶狠酷霸，只是发色不同，他们头发的色彩被起进了名字里，所以只要看名字和发色，就知道他们分别是谁了。在帝国早期，森林里的妖魔也拥有较高地位，直到现在，他们那些拥有妖魔血统的后人也像布鲁斯达人一样受宠，很多都已经被归为布鲁斯达人范畴，就像这三位将军。

帝国不设文官，所有指令全都由皇帝掌握。皇帝只需要武将，以及巫师，就足以治国了。

其实，父皇麾下最重要的人物还不是这三位威武冷面的将军，而是站在他们旁边名叫子法的大女巫。子法女巫师生得奇瘦，脸上几乎看得出每一块骨头的形状，要不是她还穿着灰白色长袍，她身上的骨头也必定一一尽现。女巫师有一头长发，呈惨白色，眼光如鹰。没有人知道她活了多少岁，但只要看到她的眼睛，你就会觉得，她再活上一千年似乎也不成问题。子法女巫师法力之强大，不是凡人所能想象。据说她可以一挥手就摧毁一座城池，可以隔着山、隔着海向遥远的地方施放咒语，可以变幻出任何生灵做她的耳目。她还有分身术，可以同时出现在两到三个不同地点……她的魔力唯一不能穿越的就是环绕麦提格尔岛的毒气。这些传闻中的法力我并没有亲见，但我见过她一些阴暗奇毒的魔法，所以对她的能力，任何人都不能不敬畏。

不过，一个如此强大的巫师却肯屈就于父皇麾下充当谋臣，我不得不钦佩父皇的力量。子法是在我还小的时候就被父皇召到宫中为他所用的，是他最强有力的武器，用于对敌作战和镇压贱民，据说她的巫术所到之处，无不灰飞烟灭、生灵涂炭。我常常想，子法大巫师如此强大，她挥一挥手，念几句咒语，就可以将皇宫乃至王城夷为平地，这般有力之人，为何却没有想过推翻父皇由自己称帝？这种想法常令我心中冷气陡生，但一看到子法在父皇面前平静恭顺的样子，我又不能不感叹父皇的权柄，他一定有某种控制子法的法宝！

父皇来了。

父皇走路的姿势都带有至高无上的气势，令人一见便情不自禁地对他行礼，子法也不例外，只不过她躬身的幅度比别人都要小一些，时间比别人要短一些。父皇一定知道这个，但他从不表示什么，这也从一个侧面表明子法在帝国的地位是多么高。

父皇示意与会者在大玉桌前站定，父皇站在上首，我和其他人随意站着。

"这次祭海，发生了一件很不寻常的事。"父皇说道，"仆从没有从罗布海中打捞到那个木晶仙子！海流已经往返了数次，但始终都没有见到那个女贱民的影子。这是不该出现的情况！"

"也许她被海里的大鱼吃掉了，也许是海流把她头上那块小石头推到了别的地方，再打捞几天，也许就找到了。海神应该不会为了这点事就大发雷霆。"我编出一些想象中的图景来安慰父皇，而我心底，却因为听到这样的消息而感觉一阵喜悦。钥匙！一定起了它应有的作用。

"这件事非常蹊跷，子法告诉我，她的天眼已经看到，在帝国东北方的树城，又有一股叛乱势力正在云集。我们不能让他们形成气候，要把这些零星叛乱消灭在襁褓里！也许，这次离奇失踪的木晶贱民就与这件事有关！"

父皇说着，如炬的目光望向彩玉地图的东北方，那里有一座城市，名叫树城。

树城里住着少量布鲁斯达人，他们负责管制那里的低贱种族，像山人、独目人等等，最多的则是木晶仙子，让他们耕种、纺织、铸造，为帝国创造无穷财富。

"只不过是些乌合之众，不难平息。"我对这件事从心底里感到无聊，"这些贱民怎么会叛乱？父皇应该询问一下树城执政官，他是不是总让他们挨饿？父皇早就说过，对待这些低贱种族，要像对待猫和狗一样仁慈，要适当地让他们吃饱，这样他们才不会跳起来咬人。"

红摩奇将军说："树城执政官的信使今天黎明时送来一封急信，信中说，执政官始终按照陛下的旨意，在对待低贱种族时采用的是分而制之的办法，不让他们私藏财物，也不让他们饿死，一段时间里减少一批人的饮食，一段时间后再增加一些，同时减少另一批人的饮食。这样就使得挨饿的贱民总是势单力薄，挨饿后又吃饱的贱民也不再想闹事。"

"既然是这样，为什么又云集了一股叛乱势力？"父皇问。

我看看父皇，说："也许应该再给贱民多一些食物，就像我的马，跑得久了，就要多喂一把草。贱民和马是一样的。"

"贱民不可能再得到更多的好处了！"父皇的大手拍在玉制疆域图上，"楼兰是布鲁斯达人的帝国，那些贱民应该明白，帝国让他们活着，让他们生养后代，是怜悯他们，他们并不比我的战马更高等。如果他们胆敢反叛，那就把这份怜悯收回来。"

"的确如此！"一直没有说话的子法女巫师开口了，"在挨饿和死亡中，大部分贱民都会选择挨饿，何况他们也不是一直挨饿，每隔一段时间，他们总能吃上一点陛下赏赐的饮食，而且每当他们生育了新的小贱民，都能得到额外的食物。陛下一定要拿出威严，告诉这些下等贱民，要小心努力地为帝国服务，这样就能平平安安地活着。不然，谁敢犯上，就叫谁生不如死！"

在楼兰帝国，除了高贵的布鲁斯达人以及一部分妖精之外，其他种族在贵族眼里都不能算人，这已形成共识。父皇曾经对我说："帝国需要农耕狩猎，需要纺织建筑，帝国的需要很多很多，但这些都用不着高贵的布鲁斯达人动手，布鲁斯达人只要呼喝那些低等种族去工作就行了。不过要记住，低等种族也要吃饭喝水，对待他们，要像对待牛马一样，要适当地给他们一点点仁慈，这样，他们才有力气为帝国效劳，并源源不断地生养新的奴隶。"

父皇的策略一向很奏效，低等种族有了维持生命的吃喝之物，很长一段时间里都让布鲁斯达人放心。

但现在出了问题，子法在她的天眼里看到叛乱势力正在云集。子法的眉心里据说藏着一只眼睛，自称天眼，以能看见千里以外正在发生或即将发生的各种大事件的迹象而著称，父皇的许多决策都依赖她的预言。

"红摩奇，"父皇道，"你做好准备，一天后出发去树城，带上一千骑兵。到了树城，凡是愿意平安活下去的贱民，叫执政官给他们每人每天多赏一块饼，对那些执意要跟帝国作对的贱民，一律给我捉回来，关进贱民营，以备明年祭海！"

"是。"红摩奇摩拳擦掌，一副恨不得立即出发的样子。

"你，我的孩子，"父皇面向我，"我要交给你一个重要的任务。"

"什么任务？"我的骁勇不在三位将军之下，父皇很清楚这一点，但我却对任何任务都不感兴趣。尽管我精于剑术，可那也是作为打发无聊生命的一种方法才学会的。

"子法，你来说。"父皇说。

子法女巫师的眼光凛冽如刀，她非常奇怪地瞟了我一眼，然后说道："我预见到，帝国将要面对两个强有力的敌人，两个来自帝国内部的人，他们拥有世上罕见的超强魔力，他们很快就将出现！"

女巫师说完，议事厅里一片寂静。大家都明白子法女巫师的话不是耸人听闻的，她曾经说过的许多事都应验了。正是靠着她的先见之能，父皇才能提早做准备，打赢一场又一场混战。

"那两个人一定是贱民，布鲁斯达人绝不会背叛帝国，"棕海奇将军口气肯定地说，"要盯住木晶仙子，他们有不死之身，说不定也会得到强大魔力！我建议，把所有木晶仙子都抓来，焚化他们的身体，再把他们的灵魂统统砌进墙里！"

"不，木晶仙子要留着祭海。"父皇说，"何况我们现在并不知道究竟是不是木晶仙子，帝国里的贱民那么多，哪一个都有可能。"

"是啊，如果都杀光，谁来为布鲁斯达人干活？只有牢牢地控制他们，才是对我们最有利的方法！"黑里奇将军说。

"两个人？贱民，还是布鲁斯达人？大巫师的法力在帝国堪称第一，有大巫师保护，帝国一向安然无恙。难道还有人比大巫师还强大吗？"我接口问道。

这时的我，越来越觉得这次会议很无聊，而且对子法的讨厌也加深了一层。

子法女巫师没有理会我对她的嘲笑，接着说道："虽然我的天眼还看不清这两个人是什么样子，以及他们具体都会用什么样的法术，但我却可以看到他们的一些大

第 4 回：天眼预言·木斯塔

体特征。他们一个可以横行于世,一个可以入水而居;一个可以看透人心,一个可以左右人心!"

我说:"如果真是这样,他们简直无所不能!单单是看透人心和左右人心,这差不多是万能的力量了!如果真有这种人,帝国还有胜算吗?当他们其中一个人跳出来改变人心的时候,他就会是最高统治者!"

"的确很可怕。天眼告诉我,他们到现在为止还没有对帝国发起攻击,这说明他们的能力还没有完全形成,目前只处在初步酝酿阶段。我们还有时间扭转形势。"子法说。

"有多长时间?"我淡淡地问。

"最多一年,或是半年,他们就会出现,带着他们已经完全成熟的法力,向帝国发起进攻。"

"如果他们像大巫师说的那样无敌,他们根本用不着进攻。只要那个能左右人心的人给所有人的脑子里注入他所希望的想法,那么,皇权马上就会是他们的,不花一点力气。"我说。

"绝对不能让这种事发生!"父皇说。

黑里奇将军对父皇说:"陛下,不能手软,要对任何敢于反抗的贱民赶尽杀绝!木晶仙子也不除外!"

"不,木晶仙子还要用来祭海,要留下足够繁衍的数量。"父皇威风凛然地说,"何况,杀光贱民,只能使贵族失去可以驱使的奴隶,帝国向来是以豢养贱民为富国策略,没有了贱民,布鲁斯达人就将无以为生。要找出那两个人,在他们发现并学会运用魔力之前,杀死他们!"

"怎么找?这两个人有特征吗?是男是女?什么种族?出没在哪里?关于他们,我们一无所知!"我毫不留情地说。

"别急,木斯塔。"父皇的语气变得温和一些了,他轻轻地拍了拍我的肩,"这正是我要交给你的任务。子法告诉我,她在天眼里还看到一件事,这件事对我们很有利。"

"什么事?"

"她说,虽然看不出那两个人是谁,什么样子,但她至少看到一个机会,那就是你,木斯塔,将会具有辨别谁是那两个人的本领。"

"我?我怎么会有这种本领?"我疑惑地看了看父皇,又看了看子法女巫师。

父皇从不怀疑子法洞析未来的法力，帝国里任何一个人都不怀疑，因为她总是对的。可是，我是凡人身躯，怎么会有她说的那种本领？

"是你，我的孩子。"父皇坚定地说，"你是帝国王子，身上流着我的血，当然也具有我的智慧。也许你现在还没有感觉到，但我相信子法。你一定会在将来的某个时候发现自己拥有这种能力，为帝国找出那两个危险人物。"

"父皇是想让我到帝国各地去走走，以便发现那两个人？"我明白父皇的想法。

"不愧是我的儿子。"父皇说，"我正是这个意思。我建议你尽快出发，只带随身武士，化妆成平常的布鲁斯达人，去帝国各处游逛，探查你遇见的每一个人！"

"是。我明天就出发。"我答道。

父皇的命令是必须要遵守的，尽管我对此丝毫不感兴趣。

"很好！"父皇说，"一旦你的本能发现可疑之人，不论能不能确定，都先杀了他。"

"是。"

父皇朝大家挥了挥手，这就表示会议结束了。子法女巫师和三位将军对父皇行过礼就退了出去。

我也对父皇行了礼，正要退出议事厅，父皇却说："你先不要走，陪我到前花园走走。"

我闻言停步，顺着父皇的意思，和他一起走出议事厅，穿过皇宫里罗列巨柱的宽敞长廊，来到前花园。

皇宫有两个花园，一个是前花园，一个是后花园。前花园其实并没有花，只有广阔的绿草地和修剪有致的树木，气势宏大，绿意宽广，中间还有一个巨大的喷水池，池中立有一尊高大的开国帝王也就是我们家的祖先休曼金大帝的白玉雕像。后花园则是花木繁盛之地，有池塘，有水廊，宛如大自然的花园。通常，贵族男子喜欢在前花园漫步，后花园则是后宫嫔妃和众多贵族女子游玩的地方。

我和父皇漫步在一排排修剪得方方正正的大树间，呼吸着花园里清爽的风。父皇的手搭在我肩上，显得和我非常亲近。

"木斯塔，"父皇说，"自从一年前你妹妹离开我们以后，你有了很大的变化。"

"我还是过去的我。"我面无表情地说。

"别以为我看不到你身上发生的变化，我是皇帝，也是你父亲，我对亲生儿子的关心从来都是最多的。"父皇边走边说，"你不像过去那样会开怀大笑了，也不像过去那样开怀畅饮，你对嫔妃的宠爱也不像过去那样热烈了。这些变化都发生在你妹妹离开之后。"

"那是因为我更加成熟了。"我说,"我不能再像从前那样随意欢笑和酗酒,也不能总是沉溺于女色,我要拿出王子的样子来。"

"你才二十五岁,以我们布鲁斯达人的长寿年龄来讲,你只不过才活了整个人生的十分之一,所以不要让自己变得死气沉沉。当我二十五岁的时候,我比你活跃多了,我打猎,骑马,到处搜罗漂亮女人,购买美貌女奴,在宫里大摆宴席,常常一连狂饮好几天。你看,尽管我已经九十五岁了,可我的内心,还没有像你这样苍老和厌世。你还年轻,还不需要像我一样忙于国事,为什么不让自己痛痛快快地玩个够呢?当然,我也看到你现在还是会有一些游乐活动,但你的心境已经和过去不一样了。"父皇用亲切的语气对我说。

我低下头,没有说话。父皇真是洞察秋毫,有时,连我都不觉得自己和过去有什么变化,可父皇却看出来了。

其实,我的生命始终是一团乱麻,活着如同行尸走肉。无论是读书习剑还是纵情酒色,都不知道自己为什么要这样做。我拥有王子该有的知识,练成帝国第一剑手,像父皇过去那样疯狂搜罗各种美女,常常在宫殿沉迷不醒。这就是我的王子生活。也许旁人会觉得丰富多彩,而我却永远不知道自己在干什么,更不知道自己究竟想要什么。如果说,我生活到现在,有什么事情能让我感到自己还是个活人,那就是伊丽塔的死。她的死让我尝到了悲痛的滋味,与纵情欢乐完全不一样的情感,让我有生以来第一次有了生活的真实感。

"伊丽塔是我的女儿,她美得像夜空中的星星,神知道我有多么爱她、宠她,希望她一生幸福快乐。"父皇接着说道,"可是,她竟然违背帝国法律,爱上木晶仙子,还要私奔……我不得不把她和那个木晶贱人一起处死!我知道这件事对你来说是沉重打击,对我来说又何尝不是?我亲爱的女儿死了,是我亲口下令处死的。那时候,我的眼泪虽然没有流出来,但它们却像汹涌的河水一样流进了我的心……"

"那为什么还要处死她?为什么不能把她关在皇宫里,让她慢慢忘掉那个奴隶?!只要父皇不下令,谁敢把公主处死?"我望着父皇,眼中迸发出两道热泪,大声质问。

"你太单纯了,我的孩子。"父皇慈爱的声音里融进了些许威严,"我是皇帝,你是王子,我们身为布鲁斯达人的首领,生来就肩负让这个高贵种族世代昌盛的使命。我们制定法律,培养军队,限制一切下等种族的自由……我们做的这一切,都是为了布鲁斯达人的利益！世上万物都各有归属，山要屹立在大地上岿然不动，海要守在巨大的洼地里安静地平躺。如果山脉飞起来随意下落，如果海水到处翻涌，那世上所有秩序都会被打破，想想，那会是一个多么混乱破败的世界！我们要让帝国的一切都井然有序，只有这样，帝国才能永远昌盛。而你，我的孩子，你也愿意做帝国主人，而不是奴隶，对吗？"

"是的，我永远都不会做奴隶。"我坚定地说，"可这跟伊丽塔有什么关系？"

"伊丽塔犯的错不仅仅是爱上一个低贱奴隶并打算跟他私奔，她被愚蠢的爱情冲昏了头脑，竟然受到蛊惑，打算对付她所在的布鲁斯达一族！"父皇的语气加重了，"我决不容许这种事情的发生，即使是我的亲生女儿，也不允许。如果纵容了她，我就无法对帝国里其他贵族的卑贱行为进行管束。如果规矩就这样被打破，以后想要重新建立，就会难上加难。"

"伊丽塔不会这么做的，她是公主，她为什么要对付自己的种族？"

"子法探察到了她的行为，她的确有这个念头，而且已经开始有了行动！"

"子法这样说？"我痛苦地闭上眼睛。

"是的！大巫师法力无边，从她来为帝国服务时起，就没有做出过一次错误的预言！"

"就算是这样，也可以劝她回头，为什么一定要她死？"我仍然心有不平。

"你以为我没有劝过她吗，我已经使尽全身力气，可她却执迷不悟。她为了那个贱民可以放弃生命，却不肯为了我、为了帝国和布鲁斯达人的利益离开他！如果留着她，她一定会想尽一切办法和帝国作对。我只能忍痛夺去她的生命，从此让她活在我的心里。"

我深深地闭上眼睛，眼前出现伊丽塔的身影，她黑色的长发就像帝国的星夜。

"为什么要跟我说这些？"我平静了一下。

"为了让你不再死气沉沉。"父皇的声音有一种斩钉截铁的意味，"刚才的会议你也参加了，你知道子法的天眼是从来不会失误的，我们必须在有限的时间里尽一切力量扫平危险！"

"我明白。"

"我不仅要你明白这一点，还希望你能够不遗余力地去做，去发现那两个人，去把他们消灭掉！"

"我会的。"我说。

"你能这样，我就放心了。"父皇说着，继续向前走去。

帝国皇宫位于楼兰王城中心，居高临下，可以看到王宫外的臣民居所，可以让眼睛飞越成片的石头建筑，看到居民建筑之外的景观。南边是一望无际的罗布海，西边是一望无际的塔齐沙漠，东北边是茂密的胡杨森林，西北边是高耸入云的安提西尔山脉。在塔齐沙漠中，还有一个城市，名叫沙城，建在沙漠中的一个绿洲上。

在这些土地上，木晶奴隶照看着属于布鲁斯达人的农田，让小麦、稻米和玉米年年丰收，也照料着布鲁斯达人的杏树林、核桃林和葡萄园。只是，收获的果实从来不属于他们。

罗布海和塔齐沙漠的尽头一直让我憧憬。我很想知道那里会是什么地方，是什么国家，有什么生灵。然而，从我出生到现在，没有听说过有人离开过帝国。如果将来有机会，我很想驾船策马，走向远方，去看看楼兰以外的世界。

"木斯塔，你看。"父皇站在花园尽头的白玉雕栏前，眺望着远处，"帝国的土地一边是海，一边是沙漠，还有大片山脉和森林，只有很少的绿洲可供生存。布鲁斯达人想要永世昌盛，就要永远掌握帝国的最高权力。你是我的儿子，我相信你不会让我失望！"

我顺着父皇的目光遥望，只见碧色的天、蓝色的海、金色的沙、绿色的树、壮丽广博的土地呈现在眼前。

我没有说话，只是朝父皇淡淡地微笑了一下。

"你准备什么时候出发？"父皇问。

"后天。我需要两天时间做准备。"

"好的，要尽快，我们要依靠运气，也要依靠努力。"

"我知道。"

"相信子法，她不会说错。你准备往哪个方向去寻找？"

"树城或是河城。"

第5回：王城交易·卡鲁尔

八百年来，帝国里一直有一个秘密，它最初存在于开国皇帝休曼金的脑海中，在他死前，他将这个秘密传给了继任的新皇帝。并定下规矩，只有掌握秘密的皇帝感到自己将不久于人世时，才能将这个秘密传述给将要接任皇帝大位的王子。

我知道这个秘密的方式就是这样，而我也必须严守这个秘密。直到我认为自己时日无多，才会将这桩秘密的一切告诉我唯一的儿子木斯塔。

然而很多年前，在木斯塔出生后不久，有迹象表明，隐居在帝国深处的大巫师子法洞悉到了这桩秘密中极小的一部分，那一定是当她无所不能的咒语突然受到阻碍时，忽然间察觉到的。虽然只是极小的一部分，但她已经感觉到了秘密的存在，哪怕她并不知道这秘密是什么，对我而言，也是相当可怕的事。我料定子法必会采取行动。

果然，子法自己跑到王城，要求在秘密环境下觐见我，然后提出向我效忠。我还记得她当时用沙哑的、不辨男女的声音这样说道："陛下，我本是一个隐居的巫师，不渴望权力。我的法力很强大，只要我愿意，就能统治帝国。但我并没有这么做，我隐居在沙漠中，森林里，甚至是河流的尽头，一边逍遥自在地过着无忧无虑的生活，一边运用法力，看看这个国度是否还有我的咒语不能到达的地方……这种试验是我的主要消遣。我向着很多地方施放无关紧要的咒语，从河城到树城，从沙城到王城，从塔齐沙漠到罗布海，从胡杨森林到罗姆河，可以说，几乎没有一处是我的咒语所不能到达的……"

她说到这里时，我打断了她的话："你是说几乎吧？想必你一定去不了麦提格尔岛。"

"是的，那是强大的自然所限，我的法术不能透过毒气。但我要说的不是那座与世隔绝、住满低下种族的小岛，而是别的地方。"

"什么地方？"我用平稳的声音问道，努力按下心中的不祥预感。

"我做了很多实验，在我能够到达的任何地方施以各种咒语，哪怕是我的分身前往的地方，咒语都能灵验。可是，当咒语在陛下巍峨的皇宫里念动时，我却发现，它们在一个地方失灵了，那个地方是魔法无法穿透的，甚至这个不能施咒的地方有时还会扩大——"

我不由得紧张起来。这该死的女巫！她在我的皇宫里念咒！她一定非常想成为统治者，于是不断怀着邪恶的念头偷偷把我的宫殿变成巫术实验场。假如我没有秘密和隐忧，假如我也懂得巫术，我一定立即叫人把她推出去乱刀砍死。

她发觉自己的咒语失灵了！是的，当然，自打我从父皇那儿得知那个秘密之后，我就知道会是这样。不但皇宫里的一个秘密所在如此，在帝国的另一个重要城市——河城城墙的一个地方，也一样会使任何巫师的法术和咒语失灵。子法没有提到河城，想必她还没有发现那个地方，也许在她心中，王城的皇宫要显眼得多了。我曾想，通常没有巫师会跑到皇宫来施咒，可子法却偷偷让咒语穿越了宫墙。

"陛下，"子法静静地说道，声音里有一种逼人的气息，"皇宫里藏着一样东西，一样了不得的东西。这样东西，我虽然不知道是什么，还没能探个究竟，但那一定非常重要，而且绝对不能让任何人知道。不但不能让人知道那是什么，就连这桩秘密本身都不能让人知道，除非陛下自己决定说出来！我猜得对吗？"

我倒吸一口冷气。这个女巫给了我当头一棒，不过幸好她知道的还不多。

"不错。"我抬起头威严地说，"是有一样东西，它属于皇室。怎么，你打算用魔法威胁我，从而得到它吗？"

"陛下误会了。"子法沙哑的声音意外地多了一些恭顺，"当然，陛下也可以认为这是一个威胁，但我却把它看作交易。我有一种预感，预感到一次大危机将要出现，而皇宫里那件神秘的东西具有对抗危机的能力！我说得对吗？"

我对她的问话不予回答，而是转向另一个话题：

"交易？危机？你准备用妖术来和我做交易？"

"是巫术！是魔法！陛下阅历丰富，一定不会轻视魔法的力量，而我就拥有这种力量。我请求为陛下效忠，运用我的法力为陛下的统治提供力量。陛下可以发现，我的法力比军队更具杀伤力！当然，我的效劳不是不求回报的，我的条件是，当危机来临的那一天，陛下能够赐我权利享用那件东西！"

"我不明白。听说你有天眼，你应该比任何人都能预见未来，你看到了什么？"

我的语言十分平静，但是心里却不平静。

"我没有看到什么，但是我感到了大地的震动，山峦的不安，海浪的喘息，还有奴隶的愤怒和恐慌，以及布鲁斯达人的哭泣……这些加在一起，预示帝国将会有一次巨大的危机！"

"如果你能看到危机，而我却什么也感觉不到，那你为什么不用你强大的法力解救你自己，却要跑到我这里来威胁我？我是帝国皇帝，决不会接受巫师的威胁！"我冷冷地说。

"陛下，请不要把我的要求看成威胁，这是一个交易。只要陛下同意让我在可能发生的危机中享用那件藏在皇宫中的神秘物件，那么，我的魔法也就听凭陛下指挥。"

子法的声音回荡在大殿里，在空旷中产生一种无形的压力。交易？其实还是威胁。

我虽然不悦，但只能接受。我知道，在这个魔法丛生、咒语横行的世界，当军队遇到咒语，谁输谁赢必定难测。好在，这个名叫子法的女巫并不清楚那桩秘密的详情，也不知道那桩秘密究竟会在什么时候被使用，更不知道它藏在哪里，那就先让我利用她的法术，让她的咒语来为我的权力服务。

"很好！同意交易。"我语气很硬，我要让她知道，她虽然拥有强大法力，但我却拥有秘密。

"陛下不会后悔的，在我的法力之下，奴隶会更听话，帝国将更加富有，布鲁斯达人的生活也将更加优越舒适。当然，陛下的皇权也会更加坚不可摧。"子法用她那阴光闪闪的小眼看着我，嘴角扬起得意的笑容。

她这样的一张脸，让我无比厌恶，但面对她的法力，以及统治的需要，我决定将这股厌恶深藏起来。

自那以后，我和子法之间就形成了一种旁人不知道的交易关系。子法坚守诺言，在帝国诸事中听凭我的调遣，她的魔法成为我统治帝国的工具之一。当我的皇后去世后，我就请她住进了皇后的宫殿，并允许她把那里弄成自己的私人领地。我不知道子法究竟懂得多少魔法，但也无须知道，只要我手中握有那个秘密，就足够让她俯首称臣。从她主动提出交易这一点来看，她必是一个怕死的巫师，利用这一弱点，她就将为我所用。

我正在思索，殿前守卫前来通报："陛下，子法大巫师求见。"

"这个老巫婆，又来了。"我没好气地说。

就在这时，忽然有一阵小小的心悸袭击了我，我的心脏有了片刻不规则的停顿。我本能地皱起眉头，右手放在心脏处，用力按着。

"陛下不舒服吗？"守卫的声音流露出些许不安。

"没事。"那阵心悸很快就过去了，我又恢复了原样。

"那么，子法大巫师……"

"让她进来。"

以子法的法力，她想进入皇宫的大部分地方都是轻而易举的。我和她达成的交易，让她必须对我持有礼节和敬畏。托那个秘密的福，我让她明白了谁才是帝国主人，以及谁才是她的主人。

子法拖着她那身鬼魂般的白袍子无声地走进大殿，在我的王座前停下来，并把她那张连鬼看了都会作呕的皮包骨的脸向我迎上来。

"有事吗，大巫师？"我淡淡地说。

"陛下，今年应该增加祭海大典，我们需要的那种木晶仙子的七芒星钻还没有达到足够的数目。"子法也用平淡的口气说道。

我不喜欢她的口气，但我不能表现出来。

"请准确用词，大巫师，那是我的七芒星钻，"我纠正道，"你被允许探知我的喜好，是因为我给了你高贵的身份和与众不同的地位，但帝国皇帝仍然是我，这一点你必须明白。所以，是否增加祭海大典，也由我决定。而我认为暂时还没有这个必要，因为那种特殊的七芒星钻并不是那么容易就长成的，给那些贱民一个喘息时间也是好的。如果我们把太多的木晶贱民送上焚化台，他们的七芒星钻就不会再有变化了。暂时留一下，兴许有些普通的七芒星钻就会变成我想要的那一种了。"

"可是时间会允许吗，陛下？"

"我相信我们还有时间，我保证。"我看了她一眼，心里很清楚她在想什么，"如果真的有那么一天，你将和我一起分享那个不为人知的秘密。"

"木斯塔王子呢？"

我很不悦。这个子法，竟要我在儿子和她之间进行选择，然而我不能激怒她。

"木斯塔是我儿子，他当然也有权享用。"

"可是，陛下所知的那个秘密，够三个人享用吗？"

我的怒火从胸腔升起，但又不得不把它压下去。看来，子法朝着她觊觎但却不甚了解的秘密又走近了一步，难道她的预知力和洞悉力又比过去修炼得更高深了吗？这加深了我的紧张，只是还不会构成威胁。因为，她仍然不知道那个秘密是什么。

"是的，够用。大巫师可以放心了吗？"我冷然地回答。

"陛下，从木晶仙子的额头上获得特别的七芒星钻，不断积存这些七芒星钻，都是陛下的命令。我从不过问陛下头脑中这些奇思妙想的原因，是因为我明白这些特别的七芒星钻一定有特别重要的用处。请陛下不要忘了我们早已达成的交易，如果有一天我发现自己遭到了欺骗，那么，帝国和皇室就要为此付出代价。"

"不会有那一天的，大巫师。"我和子法之间的空气可怕地沉寂着。

由我的父皇那里，我得到了一条真理，那便是种族与种族之间、国与国之间、人与人之间是没有永恒朋友的。如果说有什么东西可以使这些关系维系长久，那样东西就是利益。布鲁斯达人最懂得利益，也懂得运用和享受利益。我们对待布鲁斯达人所需要的各种人时，若对方强大，就动之以利，用利益拴住他们；对于弱小者，只要用刀剑和皮鞭就足够使他们奉献出利益了。尽管子法那阴冷的目光使得整个大殿都变得像个冰窖，也动摇不了我和她的交易。她再强大，也不能动摇我的帝国半个分毫，因为我的手中有她无比需要的秘密。

"还有事吗，大巫师？"我用高高在上的威严目光和冷然口气打破了沉默。

"是的，陛下。"子法的一对眼睛像蛇一样看着我，"萨拉曼那草……"

"那是帝国的另一个秘密。大巫师，你今天的问题似乎多了点。"我的语气明显露出了送客的意思。这个女巫越来越贪婪了，我必须让她记住她的对手是谁。

"那么，如陛下所愿，我没有问题了。就此告退。"她向我行了个礼，转过身，退出了大殿。

望着子法那几乎可以看见骨头的背影，我冷冷地想，她的法力一天比一天更强大，她脑子里的怪念头也一天比一天多，没有一样不触及帝国里那桩只有我才知道的秘密！这样的情况，不能不让我担心，对于那桩秘密，她究竟知道多少？这个疑问使我不安。

这个令帝国中大部分人毛骨悚然的女巫，多年来就待在我赐她居住的宫殿里，她用咒语将宫殿封起来，除了我，没有人可以进入。她的法力在增长，我必须想办法控制她，或者，想办法除掉她。

"守卫——"我一边想，一边走下宝座，向大殿外走去，"告诉园丁，到我的小花园里采十株萨拉曼那草，送到我的内宫，放在门口。"

第6回：帝国往事·艾西丽塔

月光洒在麦提格尔岛上空，柔媚又清灵。时间的漫步比我想的快，一眨眼，我和艾尔塔就在幽雪城堡待到了天黑。我们坐在城堡前那个神奇的喷水池边，我问着我想知道的事，而他就一一为我解答。

"很久很久以前，在罗布海和它周围广阔无垠的土地上，快乐平静地生活着许多智慧生灵，有像你和我这样的木晶仙子，有浑身长有长毛的山人，有长着一只眼睛的独目人，有你刚才看到的野花仙，还有一些各种各样的智慧生灵，他们互不相扰、互为邻居，共同生活在这片土地上。他们吃着各自喜爱的食物，从事着各自擅长的营生，与大自然相依，生活在其中，就像是大自然的一部分。那时候，罗布海水比现在更蓝，海面更宽，海边的森林一直延伸到看不见的地方，沙漠从来没有在这里出现过……"

"那是多久以前？"我轻轻地问。

"八百年前。"

"太久了。"我说，"他们都有国王吗？"

"是的，那时各个种族都有自己生活的地点，也都有自己的国王。那时的国王们住在他们各自的宫殿里，每日最关心的都是子民的生活。国民快乐幸福，他们也能安心享受富贵高尚的王室生活。"

"像是神话。"我说。

"可是，这美好的一切却被打破了。"他接着说，"八百年前，有一群人，大约一百多人，有男有女。没有人知道他们是什么人、从哪里来、怎么来的。当他们突然出现时，各个种族、各个王国的人们还是对他们极尽欢迎，用最热情的笑脸和最丰盛的饮食招待他们。这群人表示想留在这里，当时最强大的木晶仙子国国王艾提卡也就是我父亲首先同意了，而且非常欢迎他们。于是，他们就在罗布海边一片广阔的森林里安了家。这群人中间有一个名叫休曼金的年轻人,他很特别,很聪明,也很有魅力,是那群人的首领,他为他们那个种族起名布鲁斯达人。休曼金常常到位于麦提格尔岛上的木晶仙子王宫做客,与王室成员相处得很熟。休曼金对木晶仙子额头上生长的钻石非常感兴趣,他常常会静静地凝视这些钻石,眼里流露出好奇的光。后来,我妹妹艾西丝爱上了休曼金,决心嫁给他。虽然木晶王国没有这样的传统,但艾西丝爱他爱得不能自拔,我父亲只能同意这桩婚事。"

"他们结婚了?"

"是的。他们结婚后,休曼金就住进了王宫,成为木晶王室的一员,并渐渐成为一个很有影响力的王室成员。在他的影响下,好几个布鲁斯达人也走进了王宫,成为国王身边的大臣。仅仅三年之后,我父亲艾提卡就离奇地死去了。这件事震惊了整个木晶王国。"

"国王是被人害死的吗?"

"一定是的。"艾尔塔说着,神情变得更加严肃。

"究竟是怎么回事?"

"木晶仙子是'不死'的!"艾尔塔认真地告诉我,"木晶仙子的'不死',当然不是指他们刀枪不入,而是说,木晶仙子不像其他人类种族那样有生老病死,而是像野花精灵那样可以长生不死。只要没有外力入侵,只要不被伤害,木晶仙子就不会死。你明白吗?"

"你是说,只要没有人来杀我们,没有那些能使凡人丧命的事发生在我们身上,我们就能永远地活下去?我们不会像凡人那样老死病死,但却可以被杀死,是这样吗?"

艾尔塔点点头,接着说道:"我的父亲死得离奇,身上没有一点伤,没有人知道他是怎么死的。国王死后,休曼金一边下令调查国王的死因,一边声称国王在死前曾留下暗示,要他接任王位,而王国里的布鲁斯达大臣也都赞成。当时,支持我继位的木晶仙子大臣也在,但他们人数太少。大家环顾四周,才猛然发现,掌控宫廷的臣子竟然大多数都已经是布鲁斯达人了,而我妹妹艾西丝因为是休曼金的妻子,当然对他的继位没有表示异议。于是,休曼金登上了王位。他当上国王后不久,木晶仙子国就发生了巨大灾难,成千上万的木晶仙子失去意识变成痴呆之人,一批接一批地神秘消失,国中土地上到处可见木晶仙子额上的钻石,它们在主人的身体化为灰烟后孤零零地散落在大地上。几年以后,王后艾西丝也消失了,只在花园里留下一块曾经长在她额头上的木晶钻石。休曼金把艾西丝的钻石镶在新打造的王冠上，并将他的身份从国王更改成皇帝，把这片众多生灵共同生活的广阔土地纳入他的统治，将其他的小王国都吞并了，把权力集中在他一个人身上。随后，他给这个重新组合起来的国家起名叫'楼兰帝国'！"

"原来这就是帝国的来历。"我叹息，"木晶王国就这样沦落了。你认为是他杀害了你的父亲和妹妹吗？"

"我没有证据，只能推想。"

"但你认为就是他干的。"

"是，我就是这样认为的。"艾尔塔坚决地说。

我静默了片刻，问道："后来呢？"

"布鲁斯达人的寿命很短，只有不到一百年，只有少数人可以活过一百年，但也从来没有人能超过一百五十岁。休曼金一直渴望长寿，但他知道这很困难。不过，他和艾西丝所生的儿子比他幸运，他拥有一半木晶仙子血统，所以寿命比休曼金长了许多。因为休曼金向往和木晶仙子一样拥有'永生'的能力，一时间，追求长寿甚至永生几乎成了所有布鲁斯达人的梦想。他们在以惊人的速度繁殖的同时，也在不断和森林里其他一些长寿的种族通婚。随着时间的流逝，融合了许多种族血液的布鲁斯达人越来越多，渐渐占据了楼兰帝国的主导地位。每当他们与外族人通婚后生下了儿女，他们就进行有选择地取舍，外形与他们相似的，就留下来作为后代，不相似的就杀死或贬为奴隶，以此保持后代的优越性和与前辈的相似性。这些新出生的布鲁斯达人不习惯住在树屋里，于是就砍倒树木，建筑房屋，森林在他们的砍伐下越来越少，沙漠不知不觉侵蚀了这里。就这样，帝国首个皇帝休曼金活了九十八岁，但他的后代却一个比一个长寿，过了八百年，帝国皇位也只不过传了四代。现在的楼兰皇帝名叫卡鲁尔，是第四代，他已经九十五岁了，可仍然强壮有力，他的儿子木斯塔现在二十五岁……"

我的心颤动了一下——木斯塔！

"你也许在罗布天台的祭坛上看到过这对父子，"艾尔塔说，"据说他们非常威猛，有以一敌千的力量，有最高超的剑术，还有强大的军队。"

"木晶仙子后来成了奴隶，对吗？"我轻轻地问。

"除了布鲁斯达人和少量妖魔以外，几乎所有种族都成了奴隶。尽管布鲁斯达人曾无数次地吸收过其他种族的血统，他们仍然把那些种族视为奴隶，而且，他们后来不再与异族通婚，因为他们已经有了足够的数量，可以承担种族繁衍任务。在帝国，布鲁斯达人是主人，统领各个行业，其他种族是奴隶，日夜为布鲁斯达人劳作，却只能得到勉强糊口的食物。帝国军队由布鲁斯达人组成，所有将士都有特权，哪怕是军阶最低的士兵，也有供他们奴役的奴隶。在被奴役的种族中，木晶仙子最为悲惨，不但身为奴隶，而且还是祭品。"

"我就是祭品。"我叹息，想起死在祭台上的族人，"他们为什么要这么做？"

"休曼金死后，帝国渐渐形成一个风俗，那就是'木晶祭海'。每年春天，皇帝都要命令手下从众多木晶奴隶中选出四百个左右不同年纪、不同性别的木晶仙子，先用一种特殊手段把他们都变成没有意识的白痴，然后把他们带到罗布海边的祭坛上，用一个魔镜将他们统统烧死。当他们的身体消失后，皇帝就命令手下将他们留下的钻石拿去镶嵌在建筑墙壁上或是石板路上。这已经成了帝国每年例行的仪式。所有布鲁斯达人都认为，罗布海神需要木晶仙子，木晶仙子是献给海神最好的礼物。"

木晶祭海！艾尔塔的讲述让我的思绪一下子回到了那个可怕的傍晚。可是，我并没有被烧死，而是被他们拉下祭台，最后被赶上一只小船。

"他们似乎在寻找什么，"我脑中回想起让我心脏发怵的情景，"我当时被带下祭台，亲眼看着其他人在魔镜的红光烈焰下悲惨地死去，最后我单独被他们送上一条着了火的小船，朝罗布海里漂去。我不明白他们为什么要这么做？难道只是为了多一桩可以观赏奴隶惨死的消遣吗？"

"这的确很费解。"艾尔塔也摇着头。

"布鲁斯达人这样强大，他们的皇帝又那样残忍，在这样的情况下，麦提格尔岛是怎样成为安全宁静的世外仙境的呢？"我又问道。

"麦提格尔岛是木晶仙子的王城，岛上的木晶仙子能够幸存下来，是因为在休曼金迁都王城后，岛屿周围的海域里突然被一片环形毒气包围起来。这片毒气是从哪儿来、怎么来的，都没人知道，但来得非常及时，挡住了外面穷凶极恶的布鲁斯达人，也使岛上生灵无法离开。几百年来，我们就在麦提格尔岛上孤独却安全地生活着，凭着幽雪城堡里的魔法喷泉了解岛外的世界。我们知道，在麦提格尔岛以外的帝国土地上，木晶仙子和其他种族都过着极其悲惨的生活，他们没有自由，没有财产，吃不饱饭，穿不到完整的衣服，长年累月被布鲁斯达人驱使劳作，永远没有休息的时候……在布鲁斯达人眼里，他们根本不算人，不但过着凄苦的生活，还时时都有杀身之祸。

"太不幸了！"我闭上眼睛，内心为这个帝国里的不幸种族颤抖，我又不禁为自己的境遇感到庆幸。与那些悲惨的种族相比，我太幸运了，竟然能够来到麦提格尔岛，来到这个乱世中仅存的宁静的世外桃源。

静默了一会儿，我问："木晶仙子和其他受压迫的种族为什么不反抗？"

"反抗了很多次，都失败了。休曼金拥有一样威力无比的武器，就是那面被他称为'焚仙魔镜'的小镜子。那面小小的魔镜会发出两种可怕的光，一种白光，一种红光，红光能像炽烈的火焰那样将我们烧为乌有！当年，木晶仙子和其他种族曾多次联合起来反抗帝国暴政，但最后都在休曼金的魔镜前失败了。他凭借那面镜子，让这片土地生灵涂炭，除了他所属的布鲁斯达人，其他活着的种族大都成了奴隶。"艾尔塔说到这里，叹了一口气，"如果不是岛外的海上突然出现一圈剧毒气体，把麦提格尔岛和帝国其他地方隔绝开，如果那时候我不是正巧在岛上组织兵力准备出战，那么，我即使不死，也会沦为奴隶。"

"我很高兴你能幸免，也很庆幸我能来到这里，这里让我感到很安全。"

"岛外的木晶仙子是我们的同胞，其他受难种族也是我们的朋友。"艾尔塔看了我一眼，深深地说，"我们不能丢弃他们，为此，我们一直在寻找拯救他们的方法。"

"找到了吗？"我的心里有一种奇怪的感觉。因为在幽雪城堡的神奇喷水池前，他说我的名字是艾西丽塔，是先知预言里所说的希望与未来的引导者。他的话让我产生了深深的担心和恐惧。难道我就是他们的希望吗？可我有何德何能？我要做什么才能成为苦难种族的希望？

"是的，我们有了拯救他们的希望。"艾尔塔带着希冀的目光落在我眼里，"那就是你，你将给我们带来希望。"

我重重地摇头："你一定是弄错了，我是一个渺小的生命，我连自己从哪里来都不知道，我什么都不懂，怎么可能担当那样一种巨大责任呢？我不可能是那个人！"

艾尔塔那双充满希望之光的迷人蓝眼睛并没有因为我的话而变得暗淡，相反，他微笑着，嘴角的曲线是那样富有魅力，恍如我曾看到过的另一张脸："艾西丽塔，你越是不知道自己是谁，就越是令我深信，你就是先知预言中所说的那个人。"

"什么先知预言？"

"在幽雪城堡里，住着一个木晶仙子的灵魂。"艾尔塔说道，"她就是八百年前嫁给休曼金的木晶仙子公主、我的妹妹艾西丝。她死后，灵魂没有离去，而是无声地飘游在幽雪城堡，并通过那个神奇的喷水池，为我们指出未来的希望。"

"灵魂与活人的交流？"

"是的！就在六百年前，有一天，我去了幽雪城堡，意外地在喷水池的水幕上看见了艾西丝。她对我说，木晶仙子和其他受困的种族虽然在苦难的深渊里挣扎，但是不要绝望，要等待希望的出现。她告诉我，将有一个美丽的木晶仙子从麦提格尔岛外来到这里，这个木晶仙子可以在水里呼吸，可以躲开罗布海上的毒气，自由地往来于这片土地之上。更重要的是，这个木晶仙子将会找到另一个非常重要的人，那也是一个拥有神奇力量的人。等时机到时，那个人就可以左右许多人的思想，一旦他出现，木晶仙子和其他种族的命运就会出现转机！"

"一个有神奇能力的人？会是另一个木晶仙子吗？"

"关于那个人，她没有确切明说，但我想，那个人如果不是木晶仙子，也是其他受难种族。"

"那么，公主所说的木晶仙子就是我吗？"

"艾西丝的灵魂告诉我，这个美丽的木晶仙子将被命名为艾西丽塔，她将有非同一般的来历，尽管她出现的时候并不知道自己是谁。"

"这样说，倒真的像是我。可是，你不会弄错吗？我只是有一点点切合你妹妹的预言，也许还会有一个更加切合预言的人来到这里。"我疑惑地问。

"一定是你。"艾尔塔肯定地说，"艾西丝的预言出现了六百年，一直没有任何木晶仙子能从外界来到这里，但是你来了，一切都跟艾西丝的预言非常吻合。你可以在水里生存，躲开毒气，穿越那片没人能够穿越的剧毒屏障来到麦提格尔岛；在幽雪城堡，绿钻宝花为你开放；你对自己一无所知，甚至不知道自己的容貌和名字……关于这一点，艾西丝也对我说过。不管你相信与否，你都是我们深信了六百年，等待了六百年，要来改变帝国的真命天女！艾西丽塔，你是我们的希望，是我们改变世界、开创未来的机会！"

艾尔塔带着一种明显的激动握住了我的肩，眼中的希望之光进入我的眼里，让我明白他的喜悦和期盼有多强烈。可是，我依旧茫然，茫然里还增加了沉重的担忧和不安。

我看着他的眼睛，希望能在他的眼里找到答案："如果我真的是预言里说的那个木晶仙子，那要怎么做才能拯救大家？我什么都不会，就像一个傻瓜！而且，预言里说的另一个可以让我们的命运发生转机的人又是谁呢？这些，艾西丝公主都说了吗？"

"她没说。"艾尔塔说，"预言里所说的转机只是一个希望，并不是板上钉钉的结局。

艾西丝凭借她对未来的洞察力为我们指出了一条路，让我们心怀希望。如果我们不去努力，纵使有一万条对我们有利的预言，帝国暗无天日的景象仍然不会改变。"

艾尔塔的话让我陷入了沉默。

月光洒在雅鲁达山峰，山间白雪在月光的映照下显出幽幽的光，有蓝，有白，有灰，如梦如幻。也许正是因为这种非人间所有的山色雪影，这座依山而雕的美丽城堡才会叫作"幽雪城堡"。这般绝美宁静，应该就是我想要生活的地方。可是，我竟不能安享宁静，因为艾尔塔希望我去改变这一切，尽管我根本不知道该怎么做。

我轻轻地说："我很害怕。"

"我们都会害怕。"他伸出有力的臂膀，温柔地揽住我的肩，"可是，为了以后不再害怕，我们应该努力改变这个世界。"

"你不明白，我是从噩梦里来的，从死神眼皮底下溜出来的。"我眼前再现罗布天台上木晶仙子祭海的过程，红色镜光下呼号惨叫的人们让我全身抑制不住地发起抖来，"我不想，不想再回到那可怕的噩梦中去，我渴望远离这可怕的一切，甚至愿意领受死亡，只要不再接触那场噩梦。艾尔塔，不管我是不是预言中的那个人，我都不知道该怎么做。你看看我，这么一个弱小的身体，没有力量对抗邪恶残暴的帝国……"

我说不下去了，恐惧和激动让我不停颤抖，大颗大颗的眼泪狂涌而出。艾尔塔把我搂进怀里，让我的头靠在他的肩上。他一边用轻抚安慰我，一边用柔和的声音对我说："好了，不要害怕，你现在很安全，你在布鲁斯达人进不来的麦提格尔岛，他们伤害不了你。"

我抬起头，泪眼迷蒙地望着他："我是不是很没用？"

"你只是吓坏了。"

"我可以留下来，住在这里吗？"

"当然，"他冲我微笑了一下，"你是上天赐给木晶仙子的礼物，我的王宫就是你的王宫，你现在是王国公主，只要你愿意，你可以一直住在宫里。"

"谢谢陛下。"我用手抹去脸上的泪对他说，"感谢你的宽容和仁慈。"

艾尔塔搂着我，静静地坐着，很久都没有说话。

我的颤抖渐渐平息下来，心中的恐惧也慢慢抹平。在这美丽的城堡里，在这高耸如剑的山峰上，在这无限空灵的月光下，我们就这样静静依偎，仿佛时间已经停止流动。

良久，我看见一片片飘着淡淡幽香的指甲大小的六瓣雪花不知从哪里飞了过来，它们轻盈的花形在我和艾尔塔眼前翩然飞舞，虽然无声，却似有言。我看呆了，我那依然空旷的记忆里，何曾有过这样奇异美丽的雪花？更令我惊奇的是，雪花们飞着飞着，很快便有序地组成一串串优美字符，那些字符不断飘动，美仑美奂，冰爽宜人。

我竟看懂了那些字符的意思！那是一个邀请，请我和艾尔塔今晚就留住在幽雪城堡。面对这些文字，我又吃了一惊，似乎很久以前，我就懂得了木晶文字。

艾尔塔略略放开我，脸上露出高兴的神情："雪花是艾西丝的信使，我妹妹邀请你和我今晚住在这里，她已经让别的木晶灵魂为你收拾好了寝宫。我相信，雪花使者排列出来的语言你是能够看懂的，因为你也是木晶仙子。"

"我看懂了，可艾西丝公主为什么请我们住在这里？"我惊讶地问。

"雪花使者是艾西丝的侍从。每次我来到这里，如果她想招待我品尝一杯幽雪茶什么的，就会随时让雪花前来通知，并让雪花把茶盘和茶杯送来。不过雪花使者只承担一些简单的告知职责，复杂的事情艾西丝会在适当的时候利用喷泉上的水镜现出身影来亲自告诉我。"艾尔塔微笑地看着我，"现在，她知道她预言中的木晶仙子来了，想好好款待你，为你安排一夜美妙的睡眠。至于我，从来没有过这种荣幸。喜欢寂静的艾西丝从没邀请我在幽雪城堡里过夜，她总是在天黑以后就让雪花使者出来把我赶回王宫。我是托了你的福！"

雪花们改变了木晶文字的排列，自由地飘成了随意、抽象的形状，它们飘飘动动，动动飘飘，示意我们跟着它们走。于是，我和艾尔塔离开露台，走进了幽雪城堡。

幽雪城堡有两个最明显的特征，一是幽，二是雪。那种幽深灵洞的感觉，在我一走进它那高大宽敞的大厅时就产生了，这里的一切都是那么洁白，玉做的雕柱，玉做的台阶，玉做的地板……白玉做成的一切都是那么素洁和庄严，又是那么神奇和玄妙。雪花图案在这里出现得很多，地板上有玉雕雪花，高大的圆柱上也有，给人带来一种清爽的凉意。

领路的雪花将我和艾尔塔带上一道优美的旋转楼梯，穿过楼上一段列满玉雕的长廊，来到两个房间的门口。艾尔塔推开其中一间的房门，对我说："这是你的房间，好好休息吧。我就在你旁边，如果有什么事，随时可以叫我。"

我的目光已经被房间里素雅幽然的美丽吸引住了。我走进房间，艾尔塔微笑着说："晚安，艾西丽塔，祝你有个好梦。"

"晚安，艾尔塔。"我也同样对他说。

第7回：木晶魔法·木斯塔

　　帝国宫苑分为数个宫群，其中最大、最宏伟、最金碧辉煌的宫群是属于父皇卡鲁尔的，帝国议事厅就在这个宫群里面。我的宫群位于父皇宫群的左边，辉煌和宏大的程度仅次于父皇的宫群。帝国第三大宫群位于父皇宫群右边，那里原本住的是我的母亲——帝国皇后尼丽雅，可是母后在二十年前就去世了。父皇为了巩固统治，把这所漂亮的宫群划作子法女巫师的住所。在父皇宫群后面，还有一座规模小一些的宫殿，它非常秀雅，曾是我妹妹伊丽塔的宫殿。两年前伊丽塔死了，这座宫殿也就空了，没有守卫，平时宫门紧闭，只有宫中奴隶会去打扫以保持洁净。

　　父皇居住的各个宫殿我并没有机会常常光顾，即使是父皇召开军机会议，也只是去议事厅而已。父皇的宫殿守卫森严，任何人都不能轻易进出。同样，子法女巫师居住的宫殿也非常森严，但她从不关门，她用魔法作为守卫。凡是未得到她的允许擅自进入的人，都会受到魔法的惩罚。但是，子法却能容忍父皇进出。

　　我一直对父皇和子法居住的宫殿感到好奇，从小就想偷偷溜进去看一看。记得我十二岁时的一个夜里，我和十岁的妹妹伊丽塔一起偷偷溜到子法女巫师那座时刻萦绕着魔法气息的森严宫殿前，伊丽塔比我还想去看，她说她不怕魔法。那时天很黑，我们已经来到宫殿门口。我很担心地对她说："你确定要进去吗？女巫可能把我们变成任何东西，没准就把我们变成蜈蚣或蜘蛛！而且，你既然这么好奇，为什么不先去父皇的宫殿探险呢？那里至少没有魔法！"

　　伊丽塔嘲笑我："我对父皇宫殿里的禁区也很好奇。根据我的猜测，父皇宫里有很大一片空间都是不为人知的秘密所在，大到可以放下一艘大帆船。我爱父皇，还不想冒犯他。大巫师就不一样了，我讨厌她，真不知道父皇为什么那么器重她！"

　　"可能是因为她太可怕了，父皇也怕她三分吧！"

　　"父皇才不会怕她呢！父皇一定有别的理由。"

"可我们还是怕她的好，免得给自己惹麻烦！"

"胆小鬼哥哥，亏你还是王子。"

"我才十二岁。"

"你就算只有一岁，也是王子，王子就该什么都不怕。再说，父皇爱我们。要是我们被女巫变成石头或蛤蟆，他一定会叫她把我们变回来的。来吧，好哥哥，大胆一点，我们不是普通人，我们是王子和公主！"

我不能被娇小的妹妹瞧不起，于是只好硬着头皮，拉着她的手，小心地往女巫的宫门走去。

就在这时，我们身后飞来两只金光闪闪的萤火虫，煞是好看。萤火虫吸引了我们的目光，我们不由得停下来看着它们。萤火虫不会知道这是谁的住处，只是一个劲儿地朝宫门里飞。我和伊丽塔就睁大眼睛看那两点小光飘着舞着，很快就飞进了宫门。

这时，魔法出现了。两只萤火虫身上的亮光忽然变大了十几倍，小光点随即燃烧起来，发出嘶嘶声，转瞬之间，火光熄灭，光点消失，它们成了两颗比夜色还黑的小石头，从空中掉落。

我一把拉过伊丽塔，把她拉得离开宫门有好长一段距离。

"我们不能进去！你都看到了，老女巫让邪恶的魔法环绕宫殿，连萤火虫都飞不进去！"

伊丽塔瞪大眼睛，尽管她不想放弃这次英勇行为，但还是有点怕了。见她这样，我趁机把她拉得更远：

"别再想了，伊丽塔，父皇的宫殿和子法的宫殿都是不能乱闯的。这一点你必须明白！"

伊丽塔没有说话，默默同意了我的主张，和我一起离开了。

那次之后，子法的宫殿更成为我心中的禁地，那里充满可怕的魔法，无论我有多么想去看个究竟，也终究不敢行动。

父皇的宫殿我倒是时常进入，但只能在父皇允许的范围内走动。父皇宫殿里的许多房间都很神秘，我从未去过，也从未见到任何人进入那里，就连清洁房子的奴隶都没有去过。

时间一年年过去，这两座宫殿在我心里已经有了完全不可侵入的定式。

不过，这个定式里不包括伊丽塔生前居住的宫殿。

父皇没有明说不许去伊丽塔的宫殿对她进行缅怀，但从他的表情上可以看出，他并不喜欢皇室人员去打扰那座宫殿的宁静，所以，谁都不想触犯他的威严。

然而现在，我忽然很想去伊丽塔的宫殿里看看。不知为什么，我有一种预感，这次奉命出行会大大改变我的生活。我觉得有必要去伊丽塔的宫殿看看，去体会一下她那美丽、勇敢的气息。

天黑了，整个皇宫都陷入一种辉煌的黑暗中，虽然有星有月，还有宫窗里透出的烛光。我让嫔妃在宫中休息娱乐，自己一个人带着一柄烛，走出宫门，穿过花木葳蕤的宫内庭院，来到伊丽塔生前住过的宫殿。

宫门紧闭，一向如此。我轻轻推开宫门，里面静悄悄的，一切都还是伊丽塔在世时的样子，地面光亮，墙壁和柱子上也像这宫中其他地方一样镶嵌着木晶仙子钻石。顺着旋转楼梯，我走到三楼，这里有伊丽塔在世时的卧室和图书室。伊丽塔喜欢读书，她的卧室就在图书室旁边。

见到图书室，我蓦地想起梦境中情景，不由自主地走了进去。烛光下，只见她的书依然都在，密密地立在精美高耸的书阁上。我拿烛光照在书阁前，顺着书阁一处处地寻觅，寻觅梦中的伊丽塔曾对我提起过的书《雅鲁达恋歌》。

《雅鲁达恋歌》是一本情爱诗集，伊丽塔曾经对我吟咏过里面一些缠绵动人的诗句，那些诗句令她陶醉。也许，她后来违背律法，爱上木晶奴隶，估计就是受了这本书的影响。

在楼兰帝国，善待低贱种族，就是背叛自己的种族。伊丽塔爱上低贱的木晶奴隶，并决心和他结婚，这是布鲁斯达人不能逾越的火线。

我爱伊丽塔，为她的死伤心欲绝。我在痛恨很多说不清的事情时，也痛恨《雅鲁达恋歌》，认为就是这本书毁了我美丽可爱的妹妹。父皇那时很宠爱伊丽塔，只要是帝国内可以找到的书，都许她买来看。

啊，找到了。

我从书阁上把它取下来。它不厚，封面为蓝色，画着一座顶峰有雪的山，山上还有一座白色城堡。我没有马上翻看，而是把它揣进怀里，离开了这里。

依原路返回我的宫殿，幸好路上僻静无人。

宽衣就寝时，我又思考起那本《雅鲁达恋歌》，但不想阅读。我曾在帝国版图上看到过一座名叫雅鲁达的山峰，它位于神秘的麦提格尔岛。几百年来，从来没有人能活着前往那个被称为海神领地的岛，渐渐地，雅鲁达山峰就成了一个传说，大概已经很少有人相信它的存在了。我不知道伊丽塔从哪里得来的这本书，也许是那个她爱上的木晶仙子给她找来的，她说那里面写的是两个木晶仙子的爱情，说那爱情动人得像山，美丽得像海。

爱情？我不知道爱情，对爱情诗也没有兴趣。但伊丽塔想让我看这本书，为了她对我的关心和爱，也为了使旅程不太无聊，我决定把这本书带上。

一夜无梦。

天亮后，去父皇宫殿向他辞行。父皇看到我要出发了，很高兴，嘱咐我用心寻访，说神赋予我的能力一定会在某个时候显现出来。

然后，我就出发了。我穿着普通布鲁斯达人的服饰，除了随身携带的长剑和短剑，没有任何东西上带有皇室印记、我的姓氏"厄斯"，而我的短剑放在怀里，长剑上的"厄斯"刻标也朝着里侧。

我带了三个随从和必要的给养、装备。我们的给养和装备都放在另外三匹马上，化装成布鲁斯达商人的样子。三个随从一个叫泰戈，一个叫泰吉，一个叫泰亚，都是剑术高超的帝国高级武士。当然，他们的剑术还比不上我，我才是帝国最好的剑手。

我们向东北方进发，因为树城的形势不太妙。两天前，红摩奇将军已经奉父皇之命，带了一千骑兵前去镇压可能出现的贱民暴动。我的任务很微妙，没有具体目的，虽然帝国除了王城外还有四座大城市，北方的莲城，西方的沙城，东方的河城，东北方的树城，但想来想去，我还是决定先去树城，那里距离帝国王城最远，骑快马不停飞奔也要将近十天才能赶到。子法说树城在酝酿叛乱，也许会有不少奇怪的人物夹杂其中。在这些人中，没准就有她所说的那两个危险的奇人。

从王城到树城，要经过一片古老的胡杨森林和一条宽阔的河流——罗姆河。罗姆河发源于帝国西北方一座连绵的山脉——安提西尔山，从安提西尔山奔流出来之后，便向东流去，然后拐向东南，绕经位于王城东方的河城，向南注入位于帝国南部的罗布海。

胡杨森林非常大，里面古树参天。之所以被称为胡杨森林，是因为森林中数量最多的树木是胡杨。这片森林虽大，但好在大都处于平地，因此帝国为了便于通行，于五百年前修了一条穿越森林的胡杨大道。这条路从王城起，贯穿森林，通往森林东北尽头处的罗姆河畔，我们在那里渡过罗姆河，再向东北方向行进一两日，就可以到达树城。

说是胡杨大道，其实行走起来依然煞是费力。道旁树木多年来已经侵入了石铺的路面，无法策马奔跑。好在我并没有限时到达的目标，所以就这样慢行也无妨。

"以我们这样的速度，要穿过森林，没有十五天是不行的。"泰戈对我说。

"不要紧，慢慢走，也许迎面碰上的商队里就会有我们要找的人。"我淡淡地说。

"殿下要找的人难道一点特征都没有？就这样漫天去找，怎么找得到？"泰吉在旁说道。

"就是因为不知道特征，才像这样漫无目的地寻访。寻找那两个人也是一件不知道怎么找的事。巫师说，到时候我就能感觉出来。可我根本没有感觉，不知道她所说的那种感觉什么时候可以冒出来。"

"如果殿下还没有认出他们，他们却认出了殿下，怎么办？"泰亚接口说。

"那倒没关系。"我耸耸肩，"想跟帝国做对的一定不是布鲁斯达人，我们只要小心奴隶就行。"

"可奴隶其实人数更多。"泰吉说。

"说得也是。不过，也没有人命令我非得找到他们不可，只是说我可以找出他们。如果我没有找到，那并不能说我无能，倒可以说大巫师失算。"我懒懒地说。

"大巫师可不想失算。"泰亚接口道，"我猜，如果真的找不到那两个人，大巫师会自己指定两个，然后把他们干掉。"

"那最好不过。至于我，则可以把握这次旅行机会，好好看风景，也许还能遇到一两个高贵的布鲁斯达美女，或是买上几个漂亮的女奴。我听说王城以外的木晶仙子都生得闭月羞花。而且，说不定大巫师所说的那两个人，就是两个漂亮的女奴！"

"是有这样的可能。殿下这样想倒是不错，把任务变成游乐。"泰亚呵呵地笑着。

"我一向喜欢游乐多过喜欢任务。"我满不在乎地说。

我的随从都笑了。

森林里，古木遮天蔽日，透出千种幽深，万种神秘。阳光于枝叶间射入，斑驳陆离，像是被打碎的金子和银子那样洒在地面上，闪闪发光。

当我们走累了，马儿也饿了时，就找一棵树根平整的大树休息，让马就地吃草，我们也吃些干粮和熏肉，喝一点森林里清澈的溪水，饮一点带来的美酒。森林里有不少小型飞禽走兽，这正合了我喜欢打猎的爱好，有时兴起，我会和三个随从一起挥剑拉弓，打一两只野物拿来烤煮。

太阳渐渐西行，原本光线就暗的森林变得更暗。泰吉点起一盏树脂灯，在前面引路。等到天色暗得难辨树影时，我就命令道："今天就走到这儿吧，把马拴好，找个地方扎营。"

随从得令，都下了马。泰吉把树脂灯挂在一棵树上，拴好马，就和泰戈、泰亚一起找了几处小小的空地，支了四顶帐篷，里面铺着舒服的兽皮。等我们填过肚子，我就命他们三人轮流守夜，然后拿了一盏树脂灯，钻进了帐篷。

夜深了，我却睡不着。灯下，我忽然想到了伊丽塔那本《雅鲁达恋歌》，它一直揣在我怀里。我翻出这本书，在灯下打开。这本书虽然很薄，页数却相当多，纸张薄如蝉翼，上面密密麻麻地写满了字，不像印制品。我安下心看了起来。

书中不是布鲁斯达文字，而是一串串奇怪难懂的木晶文字，看那行文风格，俨然出自我妹妹伊丽塔之手。我大吃一惊，这是她写的吗？帝国一向禁止布鲁斯达人读写木晶文字，因为那是低等语言。但是我懂木晶文字，还是因为伊丽塔。伊丽塔小时候，就偷偷和在宫里充当粗使奴隶的个别木晶仙子有来往，这些奴隶当中有人精通木晶文化，时间一长，伊丽塔就懂得了木晶文字。她学会了，就非要给我传授，我也不得已学会了不少。起初我很害怕，劝她："你千万不要再学这种鸟语了，也不要再让我学，如果父皇知道了，肯定饶不了我们。"

但伊丽塔不怕，她撅起可爱的小嘴："父皇怎么会知道，除非你跟他说。"

"我不会跟他说的，可你自己要小心。"

伊丽塔不听我的话，反而赞美木晶文字："你知道吗，木斯塔，我觉得木晶文字是我所知道的最优美的文字！"

我那时生气了："别说了，伊丽塔，你真想让父皇发现吗？你是不是很想尝尝帝国刑罚的滋味？你真的以为父皇不会对你动手吗？"

伊丽塔伸了伸舌头，像是有点怕。她虽然不再赞美木晶文字，但以她那种任性，我的话她是绝对听不进去的。我并不是想对她多么严厉，而是希望她不要惹出麻烦。可后来，她终究惹了祸，还送了命。

为什么伊丽塔会在梦中提醒我去读《雅鲁达恋歌》？这并不是一个爱情故事，而是连篇累牍、莫名其妙的木晶文字。我能够读出那些文字，却不明白在讲什么。那不是句子，只是一些奇奇怪怪的文字，无论怎么串连，都形不成一句能够说得通的、有含义的句子。

翻了几页，我觉得无趣，又重新将书揣进怀里，然后吹熄树脂灯，和衣而睡。

不知过了多久，一阵小而玄异的风将我的门帘吹起一道细缝，透出一片星星点点的光。很快，点点星光中，帘子被人掀开了，掀帘子的是一个美貌的男人，散着

第7回：木晶魔法·木斯塔

一头垂直金发。他把帘子掀开,跟着就走进来一个美丽的女子,点点星光在她的碧色长裙上闪烁,她长长的黑发也发出美丽的幽光。

星光慢慢散去,静下来的场面让我的眼睛将这两人看了个真切。

"伊丽塔!"我喉咙哽咽,心脏大跳,一下子从铺着兽皮的卧榻上站了起来。

"亲爱的哥哥,是我。"伊丽塔正用一种温柔的目光看着我,她的深眸大眼犹如两颗晶亮的黑色星光宝石。

站在她身后的那个美男子我也认出来了,他就是上次在梦中掌过船舵的木晶仙子。我还记得他的名字:艾尔塔!

可是伊丽塔却对那个木晶仙子说:"伊尔穆,请在外面等我。"

木晶美男向伊丽塔轻施一礼,退出了帐篷。

"他不是艾尔塔吗?"

"他是伊尔穆。"

"我在做梦?"只有在梦里,我才能见到亲爱的妹妹,以及跟在她身边的奇怪又英俊的木晶男子。

"说得没错,你的确在做梦。"伊丽塔说,"但我是在生活,因为梦就是我的世界。我看到了你的困惑,也看到你正在读《雅鲁达恋歌》,你根本看不懂。"

"我以为这是爱情诗歌。"我从怀里掏出《雅便达恋歌》,打开第一页,不知所以然地看了看,"可这不是,难道你过去只是在看这些奇怪的、连不成句子的木晶文字吗?"

"这原本是一本爱情诗歌,但现在它不是了。"伊丽塔走过来,踏上兽皮垫子,抚着我的肩,让我和她一起在兽皮上坐下来。她拿过我手中的书,轻轻翻开,望着上面的木晶文字,对我说,"我很高兴你能找到它。要知道,我在这本书里倾注了太多心血,它已经不是一本爱情诗歌了,而是一本只在木晶仙子亡灵世界才存在的虚无缥缈的魔法记录!"

"魔法?"我吃了一惊。

"是的。"

"这是真的吗?"

"当然。哥哥,你生活的时代并不是一个魔法昌盛的时代,即使这个时代依旧存有一些魔法。在很久很久以前,魔法曾经盛行,木晶仙子有,山人有,独目人有,野花仙也有,几乎所有的智慧生灵都有大大小小的各种魔法。后来,学习魔法的人越来越少，各个种族的魔法大都渐渐失传。木晶仙子魔法也失传了，活着的木晶仙子不再懂得魔法，只有极少数曾经精于魔法的木晶仙子亡灵还没有忘记。亡灵有亡灵的世界，极少有亡灵能与活人沟通，即使有能力沟通，也很难让活人领悟魔法的玄妙。魔法是一种深奥的学问，是要用'心'和本身所带有的灵气去学习的！这就是为什么有些人永远不可能成为魔法师，而有些人却生来就有成为魔法师的悟性和灵气。"

"你认为我有这种灵性？"

"是的，你有！我亲爱的哥哥，这本书的封面还是《雅鲁达恋歌》，可里面的纸张已经被我换掉了，那里面记录着我在世时在每一个奇怪的梦里听到的东西。那时我并不明白，我梦中出现的那个木晶仙子为什么要对我说这些奇怪的话，并且要我在醒来后把她说的话都用木晶文字记录下来。她说，以她的力量，不能常来梦里找我，所以先不说那是什么，只是让我记下来。"

"那是失传的木晶魔法？"我吃惊地从伊丽塔手中接过《雅鲁达恋歌》，看着上面她亲手写下的木晶文字，一种奇妙的感觉涌上心头，头一页头一句的意思似乎一下子冲进了我的大脑，我觉得我看懂一些了。

"是的，那就是失传的木晶魔法，是我在木晶仙子的亡灵世界遇到了当初在我梦里出现的那个木晶仙子时才知道的。她并不是普通的木晶仙子，她曾是公主和王后。我明白得太晚了，作为亡灵，我已经失去了使用这些魔法的能力。"

"所以你把它给了我。"我望着伊丽塔，茅塞顿开。

"我想这对你很有用。"

"你说的那个木晶仙子是谁？"

"她先是一位公主，后来是一位王后。"

"我不明白，既是公主又是王后，像这样的人，除非她是……"

我的疑惑被伊丽塔打断了："以后你慢慢就会明白的，现在你要做的是好好读这本书，学会这里面记载的所有魔法。如果你学得好，还可以将它们进行创编和发展，从而创造出新魔法。"

"可我看不懂，即使将来我看懂了，你要我拿它做什么？"我问，"我不想用魔法对付我的奴隶，父皇的刀剑和贵族的皮鞭已经足够了。而我又不可能用它们去对付自己的族人！"

"这需要你自己去想，我给你我认为你需要的东西，你能不能看懂或是你看懂了要怎样运用,这都得你自己去把握。但我相信你,我亲爱的哥哥,你一定会把它用在好的地方,而不是随随便便、任性地使用它们!"

"怎样才是用在好的地方?为了帝国更加昌盛,还是为了布鲁斯达人永世不变的高贵地位?我知道你一向讨厌这些,你会希望我用魔法来加固我未来的统治吗?"我心里充满困惑。

伊丽塔看着我,眼神变得幽深:"你是王子,是帝国皇位继承人,这一点谁都知道。可是木斯塔,摸摸你的额头,你要到什么时候才醒呢?"

我下意识地摸了摸额头,心跳顿时加快。不知什么时候起,我的额头上竟又多出一个硬硬的小东西!我转过头来看着伊丽塔,正想问她点什么,却见她对我投来一个意味深长的笑容,站起来,淡淡地说:"再见,木斯塔,我知道你一定会做好你应该做的事。"

"等一等——"我的话还没说完,就见眼前又闪现出点点星光。星光闪烁中,伊丽塔不见了。

"别走,别就这样走,我还没有完全明白呢?——"我叫道,冲到正待散去的星光里寻觅伊丽塔的身影,可哪里还有她的踪影呢?我一不小心,脚下被兽皮绊了一下,跌倒了⋯⋯

帐篷的门帘被泰亚掀开,他探头进来,问:"殿下,发生什么事了?我正在外面守夜,听见你在叫什么人别走,就进来看看。有人闯入了吗?"

我发现自己正坐在兽皮上,手里捏着《雅鲁达恋歌》。看看帐篷外依然深黑的夜色,再看看泰亚那张充满惊讶的脸,我明白我又从梦境回到了现实。

"没什么,只是做了一个梦。"我淡淡地说,"你继续守夜吧,当心野兽就行,这个时间应该不会有商队和旅人经过。"

"是。"泰亚应了一声,退了出去。

我摸了摸自己光洁无物的额头,又看了看手中那本《雅鲁达恋歌》,稍稍放了心。

仍然是个梦,我对自己说。然而这又是一个特别的梦,很真实,像刚刚发生过一样。《雅鲁达恋歌》是久已失传的木晶魔法?我点亮树脂灯,捧着书,凑到灯下,带着满心的好奇,翻开了它。

看了第一页第一行,我大大地吃了一惊:我竟然看懂了!

第一页第一行,就是一条魔语,说的是在黑夜中如何制造光亮以及如何让这光亮消失的法术。那句魔语很复杂,很难读,更难记住,但凭着我多年积累下来的对木晶文字的知识，或是伊丽塔所说的某种神秘灵性，我还是轻轻地把这条咒语读了出来，并把它们默默记在了心里。

就在我读出这条魔语后的瞬间，整个帐篷里就充满了一种亮光，不像白天的阳光，却比阳光更玄妙，更神奇。我握着书，掀起门帘走出帐篷，亮光也跟着我一起来到外面的森林里，照亮了我身边好大一片古老的胡杨林。

泰亚见状惊奇地跑来，面对这片神奇的光，一句话也说不出来。泰戈和泰吉也都被亮光耀醒了，都钻出帐篷好奇地看着。

我连忙小声念了一遍这条魔语的下半部分，也就是如何令光亮消失那部分。默念完，光亮就消失了。我在心里大喊，真是太神奇了！如果书中魔法都像这一条那样灵验，那么，帝国可以不需要子法了。我不喜欢那个面容干枯可怕的女巫，只是因为父皇，因为她持有魔法，才对她抱以不得已的敬畏。

"老天，这是怎么回事？漆黑的夜里突然出现了一片光！殿下，你能想象吗？"泰亚说。

"是啊，真奇怪。"我也跟着说，"不过，森林里本来就有很多怪事，像这样古老的森林，发生什么事都不足为怪。"

"难道这林子里藏着一个巫师？我们得小心一点了。"泰亚说。

"什么巫师啊，别想太多了，这才半夜。"泰吉揉揉眼，"既然殿下说没什么事，我们还是快去睡吧，明天还要赶路。"

"你们不守夜的去睡吧。泰亚，再给我拿一盏树脂灯来，我觉得点着灯睡更舒服一些。另外，我不叫你们，就不要来打扰我。"我说着转身钻进了帐篷。

泰亚拿了灯来，就去守夜了。泰吉和泰戈又睡了。

我拉紧帐篷门帘，把两盏松脂灯都靠在眼前，然后再次打开那本书，如痴如醉地读了起来！

父皇若知道我竟对一本用木晶文字记录的书如此痴狂，定会暴跳如雷。我得格外小心，得把这个秘密锁在心里，不让任何人知道。

第8回：公主之影·艾西丽塔

这是我在麦提格尔岛上度过的第二个夜晚。

我躺在床上无法入睡，时刻都在回想艾尔塔对我说的那些话。

我不想去当什么预言中的救世主，我甚至不知道怎么救世。木晶仙子的期待让我害怕，艾尔塔的希望更让我不安。我但愿自己不是那个人。从可怕的祭台走到这里，我现在唯一的愿望就是安安静静地活下去。如果艾尔塔能赐我一小块生存之地，让我宁静地生活，那便是我最大的幸运。

艾尔塔虽然假装平静，我还是从他脸上看到了微微的失望和伤感。艾尔塔是麦提格尔岛上的木晶国王，却以极低的姿态出现在我面前，他如此温柔友好，我又怎能忍心让他的希望化为泡影？

在岛外，木晶仙子悲惨的命运我已经看到了一部分，在我没有目睹到的地方，应该还有更多更惨的事正在发生。而我自己也是侥幸逃离死亡的幸运儿。很多智慧生灵和木晶仙子一样在受苦，我真的可以做到视而不见吗？

这间素雅卧室的门忽然开了一道细缝，有一片亮晶晶的小光在闪烁，是雪花使者。他们从细缝处飞进来，伴着一阵窸窸窣窣，在我眼前排成一行木晶文字："我们知道你无法入睡，不如，去喷水池看看吧。每逢有贵客光临幽雪城堡，午夜的喷水池时常会有异象出现。"

我鬼使神差地从床上下来，披着一件雪白轻柔的睡袍，跟着这些凌空飘舞的雪花走出卧室，走过寂静的长廊，来到大露台。

静谧的月光下，白天我已经见过的喷水池此时显现出一种蓝幽幽的基调，除了细腻的水声，整个山顶没有其他声响，好像这一刻，万物都已沉入梦乡。

雪花使者飞舞着，把我引领到喷水池的一面，然后又在喷泉顶端组合成一个圆形时钟，时针、分针都指向十二点，秒针则在运动，一格一格地向那个十二点靠近。

午夜十二点。我紧盯着面前反射月光的水幕。

水幕变亮，从中间向外，泛起一层层幽蓝光晕，泛着泛着，光晕中出现一个人影，从模糊到清晰，一点点呈现出来。

水幕上站着一个浑身散发着淡雅奇光的绝美女子，她披着一头长到脚踝的浅金发，穿着一身淡粉色亮丝绣边长裙，闪着雅光的腰带让她的身形显得无比婀娜，她的眼睛是靛蓝色，像月光照在雅鲁达峰顶的颜色，她的头上戴着一顶纤细晶莹的冠状饰物，她的额上还有一颗七芒星钻……

"艾西丝公主！"我不由自主地说出了这个名字。

"很高兴你一眼就看出了我是谁。"她的声音像空渺幽谷中的百灵。

我怔怔地望着她，不知道该说什么。

"艾西丽塔，你现在看到的是我的灵魂，木晶仙子的灵魂极少能与活人交流，不论是直接交流还是通过梦境，都是一件非常困难的事。我之所以拥有这样的能力，多少与我的王族血统有关，木晶王族的血液千百年来都有一种神奇能力，这使得个别王室成员拥有了一些这样或那样的特殊能力。我活着的时候是一个平凡的公主和一个失败的王后，我死之后，却幸运地拥有了这种能力，所以我现在才可以站在水幕中和你说话。当然，这种能力实现起来也很艰难，我必须积蓄很多能量才能出现一小会儿。我们要格外珍惜这种穿越生死界限的交流。"

"为什么要为了我浪费这宝贵的能量？"

"浪费？不，我正是为你而来！"艾西丝微笑着望我，神情里含有无限期待和憧憬，"你是这片土地的希望！"

"我已经听艾尔塔说过了。"我说，"可我不明白，为什么偏偏是我？我什么都不会，怎么承担得起这么沉重的希望？"

"你知道你是谁吗？"

"艾尔塔说，我叫艾西丽塔，是个木晶仙子。"

"艾西丽塔这个名字，是我和另外一位美丽的亡灵共同给你起的。你只知道你是一个名叫艾西丽塔的木晶仙子，但却不知道来自哪里、父母是谁，对吗？"

我点点头。的确，艾西丽塔只是一个名字，关于这个名字的一切，我一无所知。

艾西丝的笑容是那么美，像女神一般，有一种神奇的震撼力："你没有父母，你是两股亡灵的能量汇聚而成的精华，一个是我，另一个也是一位公主，日后你会知道她是谁。我和那位公主一心想要拯救楼兰大地上遭受苦难的生灵，但我们都已不在人世。我在亡灵世界里修行了几百年，想靠我的亡灵之力创造一个神奇的生命，由她去完成我的心愿，但这个设想仅凭我一人的力量是办不到的。后来，我终于等到另一位亡灵，她也有奇能。她还活着的时候，我就常常去她的梦中与她见面，她死后在亡灵世界见到我，我们便运用各自掌握的亡灵之力，透过生死界，合力造就了你！"

"我？"我喃喃地说。

"是的。我们把你创造在帝国的木晶仙子人群中，让你在亡灵之光中悄然出现，出现在一个屋子里。那里的木晶仙子已经失去意识，没有人会发现你，就连帝国武士都不会知道你是谁。我们赋予你别的木晶仙子没有的神奇力量，你因此博学多识，能在熏过毒气后自己醒来，能在水中呼吸，你还有很多其他能力，它们会慢慢地一一显现！"

听到这里，我不由得慨叹一声。

"我们希望你能够运用自己的奇能，穿梭在帝国与麦提格尔岛之间，最终改变楼兰现状。我给你起名艾西丽塔，这名字我在六百年前就想好了。巧合的是，这名字的另一半正好是那位公主名字的一部分。"

艾西丝的话，让我瞬间透析了自己的身份，我的大脑里又零星出现许多似曾相识的画面。

"那一位公主，是叫伊丽塔，对吗？"

"对！"艾西丝欣慰地笑了，"瞧，你已经有不凡的洞察力了，以后还会有更多的力量，我相信你会通过天生善良勇敢的心和自己的努力，最终变得强大起来。"

明白了自己的来历，我的困惑仍然没有落下眉头："创造我，是为了给帝国中遭受苦难的生灵带来希望。可是，我不知道究竟该怎么做，才能真正改变这些生灵的命运。我对自己的存在感到恐慌，我并没有能力改变这些现状，甚至连保护自己的能力都没有。我并不想让你和艾尔塔失望，他说你懂得预言术，那么，请看看我的未来，我要做什么才能成为大家的希望？"

"我非常理解你的心情。所谓大预言，只是一个遥远的方向，并不是说，一切细节都在预言中。我们只是心怀希望，并朝着这个希望的方向去努力。"

"你是说，没有预言吗？"

"远方的理想需要我们的努力，预言才会成真。这就像是，假如天上掉下很多神奇的金子，如果有人想要，那也得伸手去接，不然，金子就会从他们的手边溜走，钻进泥土里，消失得无影无踪。我的预言就像从天而降的小金子，它需要你伸开双手去接，否则，一切希望都会化为泡影。"艾西丝眉头微蹙，"但是，近处的危机已经向麦提格尔岛逼近，不管有没有预言，你们都必须要开始防范了！"

"危机？"我吃了一惊，固若金汤的麦提格尔岛会有什么危机？

"楼兰皇帝觊觎这座岛屿已经很久很久了，虽然每一代皇帝都拥有强大的军队，但因为岛屿周围有一片深厚的毒气，谁都无法靠近。毒气使麦提格尔岛与帝国隔绝，成为人间乐土。但是，这毒气将在未来一年的某一天消失殆尽，到那时，麦提格尔岛就将落入帝国手中！"

我倒吸一口冷气。几个时辰前，我还把麦提格尔岛当作可以栖身的天堂，可现在，艾西丝的话打破了我的美梦："难道在帝国，就不会再有一块宁静安全的土地了吗？"

"如果你们不反抗，就会如此。"

"我们还有时间，对吗？"我吐出一句坚定的话，"我该怎么做？"

"用你的大脑去想，付诸行动。现在，树城有一个机会，你可以想办法和那里的人联合起来。"艾西丝对我挥了一下她那优美的手臂，"去找艾尔塔，他会帮助你的。"

艾西丝在水幕上的身影变淡了一些。

"你要走了吗？"我感到她在和我道别。

"我必须节省和你沟通的时间，也许在以后的日子里，你还会需要我的帮助，那时，你可以再来这里找我。"

"艾西丝公主！"我跟着叫了一声。

艾西丝很快在水幕的光晕里消失了，只留下淡淡月光下的晶莹水幕。雪花使者从喷水池顶端飞下来，在我身边轻轻飘舞。

"艾尔塔——艾尔塔"我绕过喷水池呼唤着艾尔塔的名字，向城堡里走去。

"我在这儿！"一个声音在我身后响起，是艾尔塔。

我吃惊地转过身，看见艾尔塔就站在距离喷水池不远的一丛绿钻宝花旁。夜色中，绿钻宝花的叶子葳葳蕤蕤，让站在一边的艾尔塔看起来更加神秘俊美，他的眼神就像这天上灿烂的繁星。

"你什么时候出来的？我以为你睡了呢。"我向他走去。

"我怎么可能睡得着，在幽雪城堡，在这特别的夜晚？"他伸手揽过我，让我靠在他身边，"我听见你离开了卧室，就跟着你一起出来了。"

"那你也看到艾西丝了？"

"当然。"

"艾尔塔，请原谅我先前的胆小和自私。现在我不再是一个只想在麦提格尔岛永远躲藏起来的懦弱的木晶仙子，我希望能和你一起想办法改变这个世界！你说我是大家的希望，可我不知道我要怎么做才能成为希望！艾尔塔，你得帮助我！"

"是艾西丝让你改变了？"

"是，但最重要的是灭亡的威胁。艾西丝说，麦提格尔岛周围的毒气将会消散，如果我们不趁着还有时间和机会时做点什么，岛上所有人的命运就会和罗布天台上献祭的木晶仙子一样了！"

"艾西丝曾在梦里告诉我，树城正酝酿着一股反抗势力，但那些奴隶没有足够的能力对抗帝国军队。只要皇帝发兵镇压，他们就抵挡不了多久。所以，我们要去帮助他们。"

"是的，她也告诉我了，说树城有一个机会！可我们怎么才能帮助他们？岛上的生灵都无法离开这个岛，你就是有一支浩浩荡荡的军队，也无法帮到他们。但如果只是我一个人去，又能做些什么？"

"你可以做很多事，你可以为他们带去武器。"

"武器？"

"是的，木晶王宫里密存着一些非常有用的武器。而且，我们在岛上也有一支军队，驻扎在圣美森林的几个秘密之处，将士们拥有锐利的刀剑和杀敌的勇气。但是没有人能够将他们带出麦提格尔岛。现在有了你，我相信你会有办法的！"

"那是什么武器？"我问。

"天亮后我们回去，我带你去看。"

"不，不要等天亮，我不累，也不困，我们现在就走。你的飞龙在哪儿？"我坚决地说。

"好吧，现在就走。"艾尔塔说罢朝空中喊了一声，"奥吉——"

话音落下没多久，空中就有了风声，飞龙轻轻降落在城堡露台上。

艾尔塔扶我坐上龙背的动作依旧温柔优雅。

"对了，我们应该向艾西丝公主道别。"

"不用了，你看——"艾尔塔用手向前指去，只见雪花使者飘舞着飞了过来，舞着舞着就排成了一行木晶文字：公主祝你们一路顺风，她相信你们能够战胜帝国皇帝，给受难生灵带来宁静和幸福！

我微微地朝雪花使者笑了笑，说："谢谢艾西丝公主！"

"是的，谢谢她！"艾尔塔也说。

雪花飘飞中，我和艾尔塔坐在飞龙奥吉的背上，在点点晶光里飞腾起来，霎时间，月色中的幽雪城堡已经退到很远的视线之下。奥吉又发出一声悠远的啸声，巨大有力的双翼每滑出一道优美的弧线，我和艾尔塔就距离木晶王宫近了很大一段距离。

不久，月光下的圣美森林出现在眼前，晶莹华丽的木晶王宫也在森林中显现，飞龙奥吉开始下降。

奥吉一落地，我和艾尔塔就从它背上跳了下来。艾尔塔引着我，从王宫大门走进去，顺着饰有树形美柱的晶莹台阶向上走，走过一道道长廊和美丽高耸的房间，最后来到一个大房间门口。

这个房间的双扇大门紧闭着，上端呈现出优美的弧形，镶嵌着一幅晶光轻闪的花朵图案。这图案，在艾尔塔的衣服和他给我穿的衣服上都有精绣，既像一棵幻化了的胡杨树，又像一朵绽开的绿钻宝花。

我靠近这高大美丽的门，伸手轻轻触摸着这个图案。

"这是绿钻宝花，"艾尔塔轻声说，"是我们的圣花，代表希望，代表未来。"

站在门前，他只是轻轻念了一句奇怪的话，门就缓缓向里面打开了。

艾尔塔说："你冰雪聪明，一定听见我念的是什么了。"

"是一句只有发音，没有具体意义的话。"的确，我听清了，而且记住了，"我恍惚觉得，在今天夜里见到你妹妹艾西丝公主之前，我好像还没有这么好的记忆力。"

"艾西丝的灵魂拥有你难以想象的力量，以后，你还将不断拥有新的能力。"

"我只怕辜负了她。"我喃喃地说。

"不要担心这个，我们的所做，不是为了辜负哪一个人。只要我们用尽全力去做，不辜负自己的心愿，天地万物都会明白我们的心意！"

我看了艾尔塔一眼，他也正看着我。他的眼里除了有对楼兰苍生的责任和义务之外，还有一种说不清的情绪在闪烁。这情绪投射进我的心里，让我的心为之一颤，这使我想起了另一个人，那个人和艾尔塔长得几乎一模一样。

走进已经洞开的门，门便在我们身后轻轻关上。入眼所见的情景让我吃了一惊，原来这里并不是武器贮藏室，而是一个超大图书室，高大林立的书架前都有回旋楼梯。想拿到书，必须登上那些形状优美、宛如树枝的楼梯。书架上露出来的书脊五光十色，有些还散发着晶莹的光芒。一股淡淡的植物清香飘来，让人觉得仿佛置身的不是王宫图书室，而是圣美森林，我的鼻息舒畅不已，精神放松下来。

"武器在哪里？"我望着又高又密的书架问艾尔塔。

"就在上面。"艾尔塔说着，引我走上一道旋梯。

我跟在他身边，走到旋梯最高处。我猜想，在某个书架后面，可能藏着密室，而木晶仙子的武器就藏在密室中。

艾尔塔停下来，在他身边的书架上伸手取出一本淡蓝色封面的书。这本书看起来很普通，封面描绘的是城市景观，在城市中央，有一座宏伟高大的皇宫。

我吃了一惊："这是楼兰王城和皇宫？"

"没错，就是楼兰皇宫。"艾尔塔把书递给我，这时我看到了书的名字——《王城恋歌》。

我翻开这本书，看见里面是一排排长短不一的木晶文字，像是诗的样子："是爱情诗集？"

"你再看看，它曾是一本爱情诗集，但艾西丝运用亡灵的神力将书的内容改变成了武器，能读懂这些武器的人，只有你！"

"这就是武器？"我疑惑地看了他一眼。

我一直以为，武器是一柄剑、一把刀、一个有魔法的水晶球，或是像楼兰皇帝拥有的焚仙魔镜那样的东西。我的目光停留在这本书的第一页上，那些美丽优雅的木晶文字描述的是一种恋爱中的心情，句式唯美，情感既幸福又忧郁。看着看着，书上的木晶文字忽然像小鱼一样在纸上游动起来，原本的字母排列换了位置，组成了一行行新内容。

我大吃一惊。

艾尔塔也在看书上的内容，但他平静的眼神告诉我，他没有看出书上游鱼般移动的文字。

移动后的文字让我惊讶：那不是诗歌，而是一条条咒语。顷刻间，我就把这一页的咒语记在了心里。我又连续翻了几页，只要我的眼光碰触过的文字，就会即刻进入我的脑海。我重新抬起头，睁大眼睛望着艾尔塔。

"你读懂了。"艾尔塔的嘴角漾起一个会意的笑容，眼里则充满了欣喜。

"是咒语！强大的咒语！"

"艾西丝真是用心良苦。"他感叹道。

"这真是太好了,艾尔塔!"我感觉自己的眼里放出了激动的光芒,"我可以记住这些咒语,从水里游出麦提格尔岛,然后前往树城,去联合那里的反抗力量,把他们组织起来,共同对抗帝国军队!"

"我也这么想。可是,尽管你懂得运用这些咒语,但咒语不是万能的,我还是不能让你一个人去,我必须跟你一起去!"

"跟我一起去?"我把手中的《王城恋歌》合上,放在胸前,然后望着他,"可你不能在水里呼吸,又不能在水面上穿越毒气,你怎么能跟我一起去?"

"有你的帮助,我就能出去,"他看着我,"艾西丽塔,你会有办法的!"

他的信任让我感到一种莫名的激动,虽然眼下我还没有想到办法,但有了这本书,我也就有了信心。

"好的,我会想到办法的。我们什么时候出发?"

"三天后的黎明。"他说,"这三天,你需要好好读一读这本《王城恋歌》,我也需要去岛上的驻兵基地做好其他准备。"

第9回：眼底温柔·艾尔塔

从表面看，麦提格尔岛上的生活犹如八百年前般地宁静。日升日落，朝阳与晚霞一次次温柔地抚过森林中那华丽的、与大自然相生相息的木晶王宫。木晶仙子在王宫周围，在岛的每一处，祥和地生活着，日出而作，日落而息，让森林更加幽深碧绿，让田野更加肥沃多产。人们安静地工作着，享受着劳动的愉悦和安宁。这里的木晶仙子和其他许多生灵一样，自八百年前起，就习惯并乐于安享这样的生活。在布鲁斯达人打碎这个世界的宁静并统治了麦提格尔岛以外的世界后，岛上生灵的平静中就多了一份不安与悲戚。人们会想起正在岛外受苦的同族，以及那些连生命都被剥夺的不幸的人们。

麦提格尔岛上的智慧生灵没有一天不想扭转世界的方向。这被毒气环绕的岛屿虽然保护了大家的命运，但是也使人们失去了离开小岛去帮助外部族人的机会。

如果没有艾西丝的预言，麦提格尔岛的人们或许也会失去改变的意志，会在漫长的时间之河里渐渐失去悲凄的记忆，一点一点地忘掉岛外沦为奴隶的族人。因此，麦提格尔岛需要预言。而艾西丝预言中的人物，已经在几天之前来到了我的面前。

今天，是我给艾西丽塔看那本魔法书的第三天。

清晨的阳光淡淡地洒在她正坐着的树藤之下，让她的银色长发看上去多了一点点金色。她正在如饥似渴地阅读那本神奇的、只有她能读懂的《王城恋歌》，以便用最快的速度掌握书中的魔法和咒语。她想要尽快运用自如，甚至达到融会贯通的地步。这是不容易的，我知道。

自打我抱着她湿漉漉的身体进入王宫的那一刻起，她就像一团火焰，瞬间点燃了我心中深藏的悸动。

她不会知道这些，因为无论我心中涌起多少对她的异样情愫，我都要藏起来。她为未来而生，为所有木晶仙子而生，不是为我。我将努力抚平心中的波涛，以兄长和国王的目光去看待她。

我一边拿着一枝刚刚从森林里拾起的小枯枝把玩,一边站在距离艾西丽塔不远的垂着树藤的树雕柱子旁,静静地凝视着她。她没有发现我的目光,她太专注了。

忽然,她的嘴角露出一丝笑容,像是书中的某个法术令她感到新奇和愉快。然后,她又轻轻闭上眼睛,心中仿佛念念有词……刹那间,我惊讶地看到,她的上空出现一道道垂直光晕,光晕中花瓣点点,如雪般飞舞,即刻又变成了灵动的各色彩蝶,在光晕中不断舞动,香翅振处,还有金光闪闪的粉末飞出,此闪彼落,好不耀眼。伴着这阵迷人的奇景,我又闻到了一股随着微风飘来的香气。那种香,不属于岛上任何花草,那别样的味道让我心神荡漾。

一会儿,艾西丽塔睁开眼睛看着眼前这神奇的一切,伸出一只手去轻捧那些下落的金粉,金粉触到她的手,就如一阵烟般消失无踪了。她还去轻触在她周围飞动的彩蝶,蝶儿仿佛也在和她游戏,不让她触到,也不离她远去,只是在她身边讨巧地舞着。

我怎能放过这奇美的画面而去观看别的地方呢?我的眼睛情不自禁地被她和她演绎的魔法紧紧捉住。我知道我必须放弃对她的私人想法,一旦我露出内心感觉,就会影响我鼓励她去从事的事业。

这时,艾西丽塔看见了我,她上方的魔境也随即消失。

"艾尔塔,你看到我变出来的东西了吗?我只是那么一想,然后念了咒语,结果那些情景就出现了!"她欢快地喊道,肩头银瀑抖动,眉下紫眸晶亮。

"我看到了,真是太美了!"我微笑,"我想,岛上有任何庆典的时候,只要有你的魔法,就能把整个王宫装饰得更美。"

"我知道真正需要的并不是这种魔法,但要试试我究竟有没有这个能力。毕竟,我不能在木晶仙子的王宫里施放任何攻击性的大咒语,只能试验这些可爱的小咒语。"

"那个不用试验,我知道你一定能行。"我发自肺腑地给予肯定,望着她时不得不压抑心底的悸动。

"不过可以小试一下。我想再让你看一个小魔法,你手里是一根枯枝吗,你把它拿在手上向外伸着,好吗?"她的笑容绽开在美极了的脸庞上。

"当然,我等不及要看了。"我如实照做。

她正灿烂地朝着我微笑,但从她的眼里,我可以看出她正在心里念咒。很快,艾西丽塔像是念完了咒语，轻轻地伸出纤细玉指指向我手中的小树枝。霎时，我就看见有一道细细的华光从她的指尖射出，伴着五彩色泽，瞬间便击中我手中的小树枝。小树枝起火了，是一团一层层向外闪动着蓝色和白色光芒的火焰，在那无比美丽的小小烈焰下，小树枝顷刻便化为细细的灰烟从我手中落下去，在地上摔成一片灰迹。我手中只留下枯树枝的根部。

"太神奇了，这是什么魔法？"我惊讶地问。

"这是被我缩小的一种攻击性魔法。"艾西丽塔从容地解释道，"如果依照原样使用它，它的攻击目标可以是一座城堡、一面城墙抑或聚集在一起的一整支军队，又或者是和这个魔法类似的其他攻击性魔法！"

"嗯，是一个很强大的魔法，也许当一座城市中只有敌人时，你就可以使用它了。"

"摧毁城市？"她问。

"万不得已的时候。"

"我不确定这能不能对付更强大的巫师，"她静静地说，"但我会努力的。"

"你愿意休息一下，和我去罗布海边看看吗？海水在白天蓝极了。"

"当然，我很想坐在海边，听听风吹海浪的声音。"

"那我们这就出发。"

飞龙奥吉依我的命令降落在王宫前的空地上，看到我和艾西丽塔走出来，就欢愉地叫了一声。

"你好吗，奥吉？"艾西丽塔微笑着抚了抚奥吉的长颈。

奥吉又叫了一声，声音里透出欢快和荣幸。我知道，它和我一样，以艾西丽塔为荣。

"它等不及要带美丽的公主去看海了。"我说。

"我很高兴和它一起飞行。"艾西丽塔让我扶着她坐上奥吉的背，我坐在她身后，搂住她的纤腰。

奥吉长鸣一声，舞动着巨大的双翼，腾空而起，越过木晶王宫，飞过碧绿的森林，一直飞向岛的边缘，那与罗布海水相接的地方。

不久，奥吉落在一处沙石细洁的海边，那儿正好有一块较平的大石可以供我们静坐。此时，海水一层层涌上岸来的声音已经传进耳中，蓝色罗布海的壮观浩渺落入眼帘，令人心头一震，神情倍感清透。

我和艾西丽塔面向着海水，遥远处迷漫着的毒气在这时看来也有着朦胧的美丽和神秘。生活在麦提格尔岛上的一些生灵并不知道八百年后的帝国大陆究竟是什么样子,如今只有艾西丽塔亲眼看过。而她正坐在我身边,我甚至可以闻到她身上飘来的肌肤清香和发间气息。

"艾西丽塔,"我压下胸中的情感问道,"在麦提格尔岛之外,你所看到的现在的帝国是什么样子?"

"我只看到一小部分,"她没有把眼光从海面上收回来,只是双手抚膝叹息着说,"最开始,我在沙漠里一间奇怪的圆形房子里醒来,那里有很多木晶仙子。他们大多非常憔悴,金色长发黯淡无光,多彩的眼睛也寂寥无神,就像被施了咒语,不说话,也没有任何表情。后来我知道,我们都是帝国用来祭典罗布海神的活祭品。我醒后不久,帝国王子就和其他布鲁斯达武士一起把我们押上囚车,走过一段长长的沙漠,一直把我们押到王城海边的罗布天台,在那里进行献祭仪式。"

"原来是这样。"我轻声附和着,看到她的眼睛忽地向下垂去,仿佛有个令她感觉异样的事物进入了她的心脏。

"在路上,"她很快平静了一下,接着说道,"我先是看到酷热的沙漠在烈日下显得苍白耀眼,后来我昏了过去,等我醒来就到了海边。在海边,我看到所有被驱使的都是木晶仙子,还有少量其他种族、生灵,而所有耀武扬威、享受豪华马车和其他美好事物的都是布鲁斯达人。远远望去,王城非常雄伟,但在我的眼中,却充满无尽悲情。你知道吗,在王城宽阔坚固的石砌道路上,嵌着一颗颗闪光的七芒星钻!那曾经都是一个个鲜活的生命,如今他们的一部分就嵌在那儿!"

我揽住她颤抖的肩,内心也因愤怒而震动。

"更悲惨的是,他们祭海的方式竟是用一个魔镜里射出的可怕的红光将木晶仙子活活烧死,身体化为轻烟,最后只剩下七芒星钻无声地躺落在祭台上。"

"焚仙魔镜!"我痛苦地说道。

"对,就是休曼金的魔镜。开始它发出的是白光,那时我还在祭台上,没有什么感觉。随后我就被带下来,我不知道我为什么会在半中央被带下祭台。在我目睹了其他人惨死的情景之后,我被迫登上一只小船,船上放着沾满油脂的木柴,他们射来一枝带火的箭,点燃了小船。"

"残忍的布鲁斯达人!"我怒道。

"我不想被烧死,所以就跳进水中。我发现自己能在水中呼吸,就一直在水底游动,真到我筋疲力尽被奥吉救起。"艾西丽塔转头看着我,动人的双眸中闪动着思维的火花,"我猜想,布鲁斯达人一定是要我死的,但要我死得和其他人不一样,也许他们期望我死在海里。可我一直不明白,我死在海里会对他们有用吗?罗布海中真的有一位海神等着拿我当美味晚餐,或是让我成为永远的奴隶?艾尔塔,你见过这位海神吗?"

"没有人见过罗布海神,倒是有人见过海里隐隐游动的奇怪鱼类。海底深处危机四伏,生活着种种我们想象不到的可怕生物。"

"你是说海怪吗?我想是有的,比如大食人鱼,我的脑海里潜藏着这种怪鱼的名称,也潜藏着很多事物的名称以及来龙去脉,我并没有见过或经历过这些,可当我遇见时,我的脑海里马上就会有回应,这些回应让我立刻明白了很多事,就像我曾经经历过一样。"

"你非常勇敢。"我由衷地赞美她。

她轻轻地摇摇头:"我只是愤怒,外加悲伤。"

"我们愤怒和悲伤了八百年。有时,漫长的时光流逝似乎会令人忘掉那些远去的不幸,麦提格尔岛周围浓密的毒气隔绝了我们看到同胞受难的路。即使这些热血和勇气都已沉睡,身为国王的我也有责任和义务将它们重新唤醒。"

"我们会顺利离开这里的,艾尔塔,我们会找到复兴的路。"她望着我,目光郑重而果断。

我迎向她的目光,发现那绝色倾城的紫眸里有一种不解,有一些惊奇,还有一些谜。艾西丽塔美丽的眼睛望着我,让我心动不已。然而她的眼里似乎还存在着另一个人,她在看我,又像是在看别人。

"你在想什么?"

"我想到一个人,一个跟你长得很像的人。"

"是谁?"我感到奇怪,也有些伤感。这么说,在她产生意识后的短暂生命里,已经有一个男人给了她深刻的印象,而我只是令她想起了他?

"说来你都不会相信,那个人就是帝国王子,我在祭海仪式前后都看到过他。你和他只是肤色、发色和眼睛的颜色不一样,你的额头有七芒星钻而他没有,但你们的脸形、身材、五官、高度,甚至走路的样子,都那么像!也许说像不太合适,应该是一模一样。"她仍然看着我,目光中流露出想要探求谜底的意愿,"也许这只是一个偶然,你和他完全没有任何联系。"

"我们其实是有联系的。"我淡淡地说,"布鲁斯达人很早的时候喜欢与木晶仙子通婚，特别是王室。如果他是帝国王子，那么他的身体里多多少少也有一点点木晶仙子的血，而且是木晶王室血液，而我就是木晶王室成员。即使经过了漫长的八百年，说到根本上，我和这位王子还真的有血缘关系，因为他是我妹妹艾西丝和休曼金的后裔。"

"但他仍然是布鲁斯达人！"

"是的。"

一阵带着潮湿气息的海风从海面吹来，吹起她那银光闪闪的长发和我的金发，一金一银两道闪亮的丝光在风中缠绵舞动。

艾西丽塔将眼光转回海面，迎着风，远望着前方遥远处那片迷离致命的雾气，轻叹一声。

"艾尔塔，多告诉我一些木晶仙子的事吧。"

"你想知道哪方面的事？"

"当我还是帝国送给海神的活祭品时，我看到了很多木晶仙子，他们有的像老人，有的像孩子，有的像青年人。如果木晶仙子拥有不死即可永生的能力，又怎么会有老幼之分？"

"木晶仙子也会像其他生灵一样繁衍，木晶男人和女人也会相爱，结婚，生育他们的孩子，你当然会看到小孩子。木晶仙子的小孩子也会长大，有些人长大到青年，会永远停留在那个样子上，一直不变。有些人也会长得老一些，但也有可能再从很老的样子变回年轻的样子。怎么说呢，这应该叫作个体差异吧。在和平年代，木晶仙子也会有意外的死亡，比如不小心掉进海里、从高高的树上跌下来，等等。"

"你恋爱过吗，艾尔塔？"艾西丽塔的目光直率地投进我的眼里。

我低下头，不知该如何回答这个问题，最后我说："没有。"

"一直没有？"

"是的。"

她也低下头，轻轻地说："我一直在想，爱上某个人会是一种什么感觉。如果你也从来没有恋爱过，那我就无从知道那是什么感觉了。"

我的确从来不曾恋爱过，并不知道相恋是什么感觉，是否真的像吟游诗人描述的那样令人魂牵梦萦。但我已经知道暗恋或是单恋是什么感觉了，那是一种火热的渴望，一种酸涩的甜蜜，一种心脏的震动。如果艾西丽塔的心房不曾为我开启，那么，我决不刻意将她的心打开。

"你拥有可以永生的生命,会惧怕死亡吗?"她问。

"如果必须死亡,我不会惧怕,只会遗憾。"

"遗憾有些事还没有来得及做就要离开这个世界,对吗?"

"但愿不会有遗憾。"

"其他人呢?"

"我不知道。毕竟,永生是一笔极大的生命财富,一旦失去,就永远失去了。所以,木晶仙子最擅长的可能是等待,用他们无止境的生命去等待黑夜离去,就像冬眠中的动物那样,并不急着醒来。只是他们沉寂得太久了,需要有人让他们醒来。"

"争取自由将是一个漫长和艰难的过程。"

"很漫长,已经等待了八百年。"

艾西丽塔缓缓站起来说:"我想沿着海边走一走,这温和清爽的地方,我还从来没有好好感受过。"

轻轻的海风中,我眼中举世无双的美丽女神漫步在小石遍布的海边,过膝的银色长发丝丝顺滑地垂在她身后,随着她的脚步轻轻飘动。我慢慢地走在她身后,静静地欣赏她无与伦比的美丽与优雅,即使是背影,这世上恐怕也找不出第二个美到如此极致的人,哪怕是我的妹妹艾西丝!

一直停在一边的飞龙奥吉这时轻轻地叫了一声,我回头看了它一眼,发觉它的眼中有俏皮的神情。

第10回：罗姆水仙·木斯塔

策马走出胡杨森林，我和泰戈、泰吉、泰亚来到流经帝国东北方的罗姆河畔。罗姆河在这一段，水量已具相当规模，河边草木丛生，野鸟群栖，到处都看得见鸟窝和它们的鸟蛋，偶尔会有一两只黄色小鸟从我们头顶飞过。那是一种普通小鸟，我们把它们叫作黄鸟。

这里的情景和王城西面的塔齐沙漠完全不同。塔齐沙漠只有干旱、酷热、死寂和一批被关押在那里的木晶仙子。即使是建在一个小绿洲上的沙城，也远远没有罗姆河畔洋溢出来的这种湿润、碧绿的盎然生机。

"殿下，"泰戈骑着马向我靠过来，"是不是派个人先到附近的河城渡口，过罗姆河到树城，看看红摩奇将军和他带领的一千骑兵是不是已经恢复了城里的秩序？我担心，如果形势不好会危及殿下的安全。"

我并不担心自己的安全，我是帝国第一剑手，不敢说一人可敌千军万马，但也从来没有为自己的安全担心过，何况我现在不单单是个剑手。自从我读了伊丽塔的《雅鲁达恋歌》，头脑里已经装进了一部分巫师的智慧。我有锋利的宝剑，有奇异的法术，区区树城的叛乱分子，能把我怎么样？何况在我心底，并不像父皇、大巫师或将军们那样对叛乱充满担忧，而是感觉无所谓。

不过，派人先去探探情况仍然是有必要的，这能让我了解树城的情况。于是我对泰戈说："是个好主意，就派你去吧。我让泰吉和泰亚先在河边扎营，你到了树城，了解到情况后，马上原路返回向我报告。"

泰戈得令，立即与泰亚和泰吉简单说了几句，便向我告辞，一路朝附近的河城飞驰而去。

泰戈走后，我命令泰亚和泰吉选一处不错的地方就地扎营。

此时，罗姆河畔景色旖旎，我看得出了神。

这次出行，我不知道要寻觅的那两个危害帝国命运的奇人究竟是谁、在哪里，所以，我什么时候停留、什么时候走，都凭我自己的意愿。也许那两个人并不在树城，也许在我悠然自得地欣赏罗姆河风光时，在路遇的旅人中正巧可以发现他们的踪迹。谁知道呢？就这次出行来说，我对赏玩风景的兴趣远远高于去寻找女巫口中的那两个危险人物。

　　我又想到了子法。她号称帝国第一巫师，法力强大，但并不是万能的。瞧，她只能看到两个危险人物的存在，却不能看清他们是谁。要找到他们，最终还要借助我的力量。

　　扎营的地方没有村落，金子和银子都买不来晚餐。我们都是狩猎好手，在这野鸟纷飞、小兽横行的罗姆河畔，美食随手就来。泰亚搭炉生火，我和泰吉持剑拿弓在河畔射野鸭、拣鸟蛋，泰吉甚至还用他的长剑在浅滩里扎到一条大鱼。

　　我放下王子身份，开心地和泰亚、泰吉一起在火前烧烤我们的猎物。新鲜的野鸭和鱼在火上发出嘶嘶的声音，撒上盐和香料后，飘出一阵阵令人垂涎的香鲜之气。泰亚拿出带来的美酒，我们一边嚼着香喷喷的野鸭肉，吃着烤蛋和烤鱼，一边喝着美酒。

　　晚餐过后，又是一个宁静爽朗的夜。

　　我酒足饭饱后，坐在营地旁的一棵树下，就着一堆柴火，反复阅读《雅鲁达恋歌》。这时，泰亚走过来，像是想跟我说些什么。

　　"有事吗？"我合上书。

　　"没什么大事，殿下。"泰亚在我身边坐下，若有所思，"殿下听说过罗姆水仙吗？"

　　"当然，这是连小孩子都知道的传说，罗姆水仙也是神，就像罗布海神一样，只不过，她总是静悄悄地，从不打扰人类。"我笑着说。

　　在帝国臣民心中，罗布海神很凶悍。帝国每年都要举行一次的木晶仙子祭海活动，都是这个海神凶悍的证明。

　　但罗姆水仙被认为是一位美丽的女神，居住在罗姆河深水之中，性情平和，喜欢隐居，不喜欢插手人类的事。

　　"有人说，来到罗姆河边，坚持一夜不睡，在河边静立，心中不间断地一遍遍念：'尊敬的罗姆水仙，请为我指引方向。'念到清晨，罗姆水仙就会出现！只要她出现，就会回答你的一个问题。殿下不想问问她，那两个要找的人究竟是谁吗？"泰亚说。

　　"我也听过这个说法，据说来河边尝试的人很多，但都做不到一整夜心无旁骛。"

我说。

"殿下想试试吗?"

"一夜都不能有杂念,这怎么可能?"我说着,摇摇头。

"的确太难。"泰亚笑了笑,"小时候,当我听说之后,每次有机会跟着父母来到罗姆河边,我就要试着那么做,做了很多次,觉得根本做不下去。不知道是我们布鲁斯达人无法定下心来想一件事,还是罗姆河里根本没有水仙。反正,从没听说有谁见过这位女神。"

"是啊,是个谜。"我叹息了一声,"再说,见到罗姆水仙又能怎么样?她真的能给我指引方向吗?"

"传说她无所不知。"

"只是传说,嗯?"

泰亚笑了笑,没有接我的话。

暮色深了,罗姆河上闪耀的点点晶光消失了,河水像一袭被风吹得飘摇不定的深灰色丝绸。

"殿下早点休息吧,我去看看泰吉。"泰亚说着,站了起来。

"你们轮流守夜,小心些。"我说,"我不叫你们,就不要来打扰我。"

"是。"泰亚应着,大踏步地走开了。

我的心却没有了此前的悠然和平静。罗姆水仙,她真的存在吗?

我把《雅鲁达恋歌》揣进怀里,站起身,走到河边。我在河边铺满的大大小小的卵石上走着,听着河水奔流的声音,望着漆黑的河面。

"尊敬的罗姆水仙,请为我指引方向!"我在心里说。

"尊敬的罗姆水仙,请为我指引方向!"我又在心里说了一遍。这期间,我的脑海里没有别的东西,只有这句话,只有这个念头。

"尊敬的罗姆水仙,请为我指引方向!"

……

从夜幕降临,到东方快要露出微微的鱼肚白,这一夜,我竟然没有一丝睡意,竟然没有一丝杂念。我面向罗姆河水,在心里一遍遍地念着那句话,不曾停过,不曾想过其它任何事。我一直念着,连晨曦降临都没有注意到。

忽然,河上飘过一阵若有若无的美乐,轻灵美妙。

随着这阵仙乐而动的是罗姆河水。水面上,腾起片片滚动的水珠,在淡淡的晨曦中转动，温和清凉的光一层层闪起。水珠群向上升起，渐渐形成一个窈窕多姿的女人身形，然后，水珠扩散开来，连成一片，薄薄的水层构成的，是一个更加晶莹剔透的美女形象。

音乐仍然在回响，人形的水幕开口说话了，声音动人："木斯塔王子，很高兴你完成了没有杂念的长夜祈祷。你那专注的意念唤醒了我，现在我来到你面前，你有话要问我吗？"

我惊呆了。罗姆水仙，一个像钻石一样晶莹剔透的美神，真的出现了？

河上那张透明的、水做的美丽脸庞对着我微笑："能把我叫醒的人一定有话想问，你想知道什么？我只有很短的时间可以回答你的问题，你也只能问一个问题。等到东方探出清晨的第一缕阳光，我就要重新回到河底继续沉睡。所以，你要尽快选一个你最关心的问题来问我。"

我明白了，眼前的一切都是真的，罗姆水仙的确存在。

现在我有一个机会，最应该问问父皇要我寻找的子法女巫师嘴里说的那两个将会拥有异能、对帝国充满威胁的人是谁、在哪里。然后我就不需要这样满帝国寻找，只要直奔他们而去，挥剑杀死他们就行。

然而神使鬼差地，我听见自己的声音正把这难得的寻找帝国危险人物的机会葬送掉："我曾经遇到过一个美丽的木晶仙子，她有银色长发，紫色眼睛，不幸在木晶仙子祭海后被送上一条燃烧的小船，漂向麦提格尔岛周围的毒气带。尊敬的罗姆水仙，我想知道，她怎么样了？她在哪儿？她有名字吗？我还能再见到她吗？"

罗姆水仙露出一种奇怪的表情，带着颇有深意的笑，望着我："一夜冥想之后你只能提一个问题，可是瞧你，一下子提了这么多。"

"请原谅我的贪心吧，请把我刚才说的有关于这个木晶仙子的问题当作一个问题来回答吧！"

罗姆水仙想了想，说："你真让我为难，王子。不过，我可以满足你这个要求，因为你是一个很特别的人。你牵挂的那个木晶仙子名叫艾西丽塔，眼下正准备启程从麦提格尔岛前往树城，你在树城会再见到她的。"

"从麦提格尔岛启程？这么说，毒气没有伤到她？"

"很抱歉，你不能再问了。"

我对罗姆水仙行了一个礼："谢谢，尊敬的水仙。"

"记住，如果有需要，只要在这里纯粹地冥想一夜，我就会出现。我愿意帮助每一个为我冥想成功的人。"水仙说。

"我会再来的。"

这时，东方露出鱼肚白。

"再见，木斯塔。欢迎再来河边冥想——"罗姆水仙用优雅飘灵的声音说。那声音渐渐飘散，如同聚成水仙形象的水珠渐渐坠落一样，片刻工夫，水珠落尽，只留下奔流的河水。

我站在河边，轻轻揉了一下眼睛，又认真回想了一遍，这才完全相信了。

那个美丽绝伦的木晶仙子，那个让我至今难忘的女子，她还活着！艾西丽塔！多美的名字，和我妹妹伊丽塔的名字一样美丽。最让我吃惊的是，她正前往树城！而我，也正在向树城进发！

她为什么要去树城？树城有什么魅力，能让我和她一同决定前往？

我离开河边，回到营地，钻进帐篷，想小睡一会儿。不久，一串马蹄声闯进我的耳中，是飞马前往树城探情形的泰戈回来了。他马不停蹄，一夜之间完成了一个往返。

我掀开帐篷帘子，泰戈跑到我跟前说："殿下，红摩奇将军已经到达树城，并和树城的沙米尔执政官就叛乱之事进行了沟通。执政官说树城现在还没有叛乱迹象。如果子法女巫师说叛乱正在云集，那就有必要对树城的低等种族进行盘查，所有布鲁斯达人的家奴都不能放过，如果发现有叛乱正在暗中运作，就将杀光每一个与此有关的低等人。不过，树城总体来看情况还很正常，殿下可以放心前去。执政官听说殿下要去树城，表示要请殿下到他的大宅下榻。我告诉他，殿下此行相当低调，希望混迹于民间，而不是引起城中居民的注意。执政官听说这样，也就不再要求，只说如果有财物、护卫方面的需要，他愿意相助。"

"很好。你休息一下，然后，我们去河城歇息一晚。明天一早，就去渡口，过河直奔树城。"

第11回: 驿路相逢·艾西丽塔

麦提格尔岛的清晨，薄雾笼罩着碧翠的森林。森林中，叶的仙子、花的仙子和草的仙子，都像蜻蜓一样轻盈飞舞，他们薄薄的翼在淡淡晨光下散发微光，令森林更显幽静。

佩着宝剑、背着背囊的艾尔塔站在我身旁，用深邃美目望着我。他的目光、他的一切，都时时令我想起另一个人。

"都准备好了，我不在岛上的时候，大臣会代替我的职责管理全岛。"艾尔塔拍了拍肩上结实的背包，"这是用小晶蚕吐的丝织成的行囊，不会漏水，也不怕火烧，里面有《王城之恋》和干粮。"

"干粮够吃几天？"我问。

"这是从圣美森林里采集的树莓配上蜜蜂仙子的凝蜜和新鲜香米做成的圆饼，这些食物领受天地日月精华，凝聚丰厚能量。"艾尔塔微笑着看着我，眼里有一种骄傲的神色，"别看不多，却可以让我们坚持好几个月！"

我朝他微笑了一下，把目光转向罗布海，向北方遥望。远处，依然是茫茫雾气。如果这道屏障可以永远存在，我情愿永远生活在岛上，过安全无忧的生活。可是，艾西丝的话再一次回响在我的耳边：毒气会消散！

"准备好了吗？"艾尔塔问我。

"是的。"我说。

艾尔塔将一只小船推进海里，我们一起坐上去。小船在艾尔塔的双桨划动下，向海里驶去。过了相当长的一段时间，我们就到了弥漫着毒气的海域。

"就从这里开始吧，"我说，"不能再近了，太危险。"

"好的。"

我靠向艾尔塔，他拥紧我，我们一起从船上跳进水里，潜进水中。

入水后，我们的嘴唇贴在一起，我让他呼吸我体内的空气，他在水中拥抱着我。我又想起了另一个人。

不久，水里有一个东西迅速向我们游过来，是大食人鱼！艾尔塔也看到了。那是一条巨大的月白色食人鱼，身体足有六条小船那么大，像我曾经见过的那样，骨骼如刀，长鳍如剑，目光凶残，牙齿锋利，浑身散发着青幽光泽。

艾尔塔松开我，并把我向他身后推去。他屏住呼吸，在水中抽出长剑。大食人鱼那暗红色的巨大鱼嘴朝艾尔塔逼近，在灰蓝海水中，它张开的嘴看起来很恐怖，它的身躯更是非常庞大，行动速度却一点也不慢，闪电般地向我和艾尔塔冲来。

艾尔塔灵活的身体迅速向旁边一让，躲开了饥饿的鱼嘴。旋即，他挥动宝剑，长剑刺中大食人鱼的身躯，并随着它的游动划出一道长长的伤口，红色血液从食人鱼月白色的躯体上渗出来。

艾尔塔的这一剑，使大食人鱼暴怒起来。它瞪起眼睛，张大血盆大口，扭转方向，凶狠地朝艾尔塔冲去。艾尔塔这次躲闪不及，被食人鱼一口吞下！

"艾尔塔！"我心里惊呼。

大食人鱼吞下艾尔塔后，贪婪的目光又投向我。我用目光与它对峙，心里则在搜寻《王城恋歌》里的咒语。

忽然，大食人鱼张开了嘴，这次不是受"食物"吸引，而是痛苦的干号。它的身躯也跟着扭动起来，好像体内有一种巨大的痛苦正在折磨它，它的扭动使周围的海水荡漾起来，强力的水流将我包裹其中，上下波动。

一个亮闪闪的东西从大食人鱼身体一侧露出来，那是艾尔塔的宝剑！很快，我看到这条不可一世的鱼被剑切成了两段！在食人鱼身体断裂处，浓浓的血水散漫在海水中，将我眼前的海水染成一片红色。

很快，红色鱼血被海流带走，大食人鱼的两半巨大的身体也向罗布海深处沉去。我定了定神，看见手握利剑的艾尔塔闭着眼睛，好像失去了意识。他肺里的空气已经消耗尽，身体正在向下沉。

我连忙向他游去，把他抱紧，让我的唇紧贴着他的，让我身体里的空气通过我的嘴，流动到他的肺里。

他开始呼吸。

片刻之后，恢复过来的艾尔塔睁开眼睛。我们相依相偎着向北方游去，没有停歇，终于来到了罗布海的另一边。

为了避免让布鲁斯达人发现我们，我和艾尔塔在偏离王城很远的地方上了岸。这里非常寂静，绿草如茵。

晒干身上的水，艾尔塔在草地上采起了草，一边采一边说："我们需要改头换面，如果像现在这样进入树城，马上会被布鲁斯达人抓住。"

"这草有什么用？"我也像他一样把脚边长着的那种细长叶片的草摘下来。

"这是乌斯曼草，把它的汁挤出来擦在皮肤上，在短时间里可以让皮肤看上去不那么白。"艾尔塔说。

我学着艾尔塔的样子，把采到的乌斯曼草放在手心里揉碎，挤出浓绿的草汁，涂在脸上、颈上、手上等不容易遮住的地方。艾尔塔把我领到海边，让我像他一样捧起清透的海水冲洗刚才涂过乌斯曼草汁的地方。草汁洗去了，肌肤奇迹般地呈现出宛如布鲁斯达人的那种小麦色。

"这能维持多久？"

"一天一夜不成问题，然后就再涂草汁。"

艾尔塔满意地看了看我的样子，然后又采了不少乌斯曼草放在背囊里备用。

"现在，披上这个。"艾尔塔从背囊里拿出两件看似平常但却薄如蝉翼的驼色披风，"我们需要把头发藏起来，还要用兜帽把额头挡住，七芒星钻会让人一眼就把我们认出来。"

我们把长发用绳带系在脑后，披上披风，并把它宽敞轻巧的帽子拉到头上，只从眼睛开始露出脸庞。

看到乔装后的艾尔塔，我吃了一惊，他这样子，分明是另一个人啊！

"你在看什么？"艾尔塔问。

"没什么。"我连忙收回神志。

"我们休息一下，然后绕着王城外围向偏东北的方向走，渡过罗姆河，离树城就不远了。"

"要是奥吉在这儿多好，我们就能一下子飞到树城去了。"我说。

"奥吉飞不过毒雾区，它的目标也太大。我们最好悄悄进入树城，找到那里的反抗者，看看他们有多少人。"

"说得对。"我说。

披挂停当，艾尔塔拿出一张地图，看了几眼，然后和我一起步行向偏东北方走去。

脚下是一片既有草地又有荒滩的土地，走起来并不轻松。再往前，就隐约可以望到位于帝国东北方的胡杨森林了，胡杨森林的东北方就是罗姆河，渡过罗姆河，不远处就是树城。在胡杨森林东方、弯曲的罗姆河西方，还矗立着一座城池，那就是河城。如果想渡过河宽水深的罗姆河，最好的办法就是去河城，那里有渡口和渡船。

渐渐地，我们以木晶仙子的灵动和速度走了大半天，已经可以看到零星的胡杨树了。一两只黄色小鸟掠过我们的头顶，我不禁抬头看了看。

"那鸟，真可爱！"我一边走，一边指着刚刚飞过去的黄色小鸟对艾尔塔说。

"那是黄鸟。麦提格尔岛上没有。"

走着走着，我们看到前面一小片胡杨树丛间有一座小木屋，木屋外的树上拴着五匹俊朗的棕色马。

"如果我们有马，速度就能加快很多。"艾尔塔说着，从背囊里摸出一块金子。

"但愿马的主人愿意卖给我们两匹。"我说。

我们的到来很快惊动了木屋里的人。屋门吱呀一声打开了，一个金发白肤、额上长着一颗七芒星形小钻石的男性木晶仙子走了出来，他的身体很瘦。看见我们，他连忙弯下腰向我们行礼。

"我们想买两匹马，这块金子够大了，相信你的主人不会反对。"艾尔塔没有显示自己的身份，只是把金子拿到这个奴隶眼前。

"真抱歉，我只得到看管和放牧这些马的命令。"这个木晶仙子低头拒绝了，"这些马属于树城执政官沙米尔，这片土地也是他的。没有主人的命令，我不能擅自卖掉他的马。"

"沙米尔在离树城这么远的地方也有土地吗？"艾尔塔问。

"是的，他在更远的地方也还有土地及奴隶。"

"真的不能卖马给我们吗？"我问。

"请不要逼我，我绝不敢这么做！"

我挥手将挡住前额的披风帽子向后拂去，露出了额头上的七芒星钻："请你帮助我们，我们是木晶仙子，我们需要两匹马，好尽快赶到河城！我们正在做的事，也许有一天，所有木晶仙子都会受益！"

艾尔塔默认了我的选择，也揭开了披风帽子。

这个木晶仙子看着我们。他那苍白、空洞的脸上很快出现一种欣慰的神情，但是也有怀疑："可是，你们的肤色？"

"那是乌斯曼草汁染的。"艾尔塔说。

"乌斯曼草？我不知道它还有这样的功能。"

"现在能帮助我们了吗？"我说。

"你们从麦提格尔岛来，要到树城去，对吗？"他的声音也带有了感情色彩。

我吃了一惊："你怎么知道？"

"是预言！"他看起来很激动，长久的奴隶身份又使他习惯了使一切情绪都回归平静。

"什么预言？"艾尔塔问。

"首领的一个梦。"他解释道，"在树城，木晶仙子有一个秘密首领。他是个聪明的奴隶，让一种忠诚的黄色小鸟为我们传递各种消息，把分散在各处的木晶仙子尽可能多地联合在一起，然后，等待机会。首领的上一次消息是半年前黄鸟带来的，有一个美丽智慧的先知托梦给他，说会有两个木晶仙子从麦提格尔岛前往树城，还带着树城木晶仙子没有的武器，可以帮助我们对抗帝国强大的军队。"

"先知的预言？"我再次吃了一惊，一定是艾西丝公主走进了树城这个木晶仙子首领的梦境。

"是的！两位，请到屋里坐。"激动的木晶仙子将我们领进简陋的小木屋，在他的木床上坐了下来，"我叫路卡，六百年来都是奴隶，但我相信，木晶仙子的命运是可以改变的！树城的每一个木晶仙子都相信这个预言，树城以外所有黄鸟飞抵过的地方，那里的木晶仙子也都相信。首领正期待着你们，来使木晶仙子的心更加坚强，坚强到可以对抗帝国军队！"

路卡起身用木杯为我和艾尔塔沏了水。我连忙接过水，道了谢，就喝了一大口。

"首领叫什么名字？"我问。

"我不知道首领是谁，但他一直在不断鼓励大家起来反抗。"

"树城的木晶仙子决定与帝国对抗了吗？"艾尔塔问了我也想问的问题。

"还没有。"路卡叹了一口气。

"为什么？"我问。

"因为长久以来，没有人认为反抗帝国能获得成功。"

艾尔塔喝了一口水，沉默着没有说话。

路卡忽然又微笑起来，刚才凝重的神情变得开朗了不少："不过，你们来了，就好了！"

我决定不在这里久留，于是放下木杯对路卡道了谢，然后提出了我们一开始的要求:"可是,我们眼下需要尽快赶到树城,但我们没有马……"

他马上说:"我可以给你们马。"

"谢谢你,"艾尔塔说,"可执政官要是发现少了两匹马,你怎么办?"

路卡笑了:"不要紧!预言里的人来了,我当然不再惧怕失败。你们走后,我会找到附近的其他木晶仙子,和他们一起逃往树城,去找你们和首领!"

路卡将我们送出小屋,并精心为我们套上两匹强壮漂亮的好马。

"它叫风影,另一匹叫箭影,"他亲热地抚摸着两匹棕色马,并望着那匹名叫风影、额上有一道风般细长白印的马说,"去年,帝国王子木斯塔到执政官府上做客,执政官邀请他一起打猎,就给王子推荐了这匹马,王子骑着它打到了一只健壮的野羊。"

木斯塔!我的心颤动了一下。

路卡把风影的缰绳递到我手里,艾尔塔牵住了箭影。我们便双双策马,背向夕阳,向东北方向的河城奔去。

暮色渐近,路上来来往往赶路的布鲁斯达人渐渐多起来,我和艾尔塔没有引起他们的注意。我们的披风质地高贵,我们的马品质优良,我们的表情和仪态也显示出高人一等的气势,布鲁斯达人猜不出我们的身份,反而向我们投来敬畏的眼神。有时,过往的布鲁斯达人还带着他们的木晶奴仆。这些奴隶没有漂亮的马骑,更没有华丽舒适的马车可坐,只是陪侍在主人的车马旁,辛苦地奔跑。

奔行一段时间后,我们的速度放慢了。

"天黑之前要搭好营帐,"艾尔塔说,"就在前面停下吧。"

此时,在我们的侧面方向、胡杨繁茂的地方,远远走来骑着高头大马的四个年轻布鲁斯达男人,他们还牵着三匹背上驮着物品的马,看起来像是有钱的商旅,却又没带多少货物,还个个身佩宝剑。这四个人赶路的方向告诉我们,他们也去河城。

我把披风帽子的一侧拉过来遮住了半边脸,艾尔塔也和我一样。但愿暮色能让他们忽略我们的模样。

当我们与这四个人走近时,我看到有一个人策马走在最前面。如果我没有看错,他就是帝国王子木斯塔!我的心怦怦地跳了起来。

木斯塔的目光与我的眼神接触了几秒钟,他平静的外表下掩藏着一缕让我捕捉到的疑惑与惊讶。但他很快移开了目光,转向艾尔塔,他身后的三个身材强健的男子也望着艾尔塔。艾尔塔显然非常吃惊,原因很明显:他发现眼前这个布鲁斯达贵族的五官长得几乎和他一模一样!而对方也同样意识到了这个十分明显的现象。

躲避已经来不及了，在这种情况下，我和艾尔塔只能披牢披风，显出高傲又若无其事的样子。

很快，我们与狭路相逢的四个旅人在同一方向相遇。

木斯塔对艾尔塔微笑了一下，并用傲然中带有敬意的口气对艾尔塔说："高贵的布鲁斯达骑士，请问你和你的同伴是要去河城吗？"

艾尔塔用同样的口气对木斯塔说："是的。"

我望着这两个如此相像的男人，心里波涛汹涌。

"既然我们都去河城，不如一起扎营，夜里也好有个伴，这样更加安全。你们看呢？"木斯塔说。

"不，我们还要赶路。"艾尔塔拒绝了木斯塔的提议。

"那真遗憾。"木斯塔盯着我的眼睛看，而后又对艾尔塔说，"阁下，你的同伴一定累了，她需要休息。"

"谢谢你费心，可我们有急事，不能耽搁。"艾尔塔平静地说着，继续策马前行。

我默不作声地跟着艾尔塔，从木斯塔和他的三个随从身边走过。

可以感觉到，木斯塔的眼光一直跟着我们，但他没有再说什么。我们向前走出一段距离后，就听见背后传来木斯塔的声音，他对一个随从说："泰亚，我们就地扎营。"

第12回：树城黄鸟·木斯塔

又是一个夜晚。

我躺在篝火旁的青草地上，看着满天星辰。不知是谁撒了这数也数不清的闪亮小星在夜晚的上空，让我在此时对着它们凝神思索。

泰亚、泰戈和泰吉照旧轮流守夜，我只是静静地看星星。

那两个路人是谁？我一直无法把他们从脑海中赶走。

他们的衣着非常保守，露出来的面孔极尽秀美，一个拥有一双美得让我想起些什么的紫色眼瞳，另一个的眼睛虽是蓝色，却让我觉得像是自己在照镜子！布鲁斯达人中也有人是彩色眼瞳，但数量并不多。这两个人，我似乎都在什么地方见过！

以王子身份，我可以强行邀请他们与我同行。但我的身份是旅人，只能放走他们。

守夜的泰亚走过来，看见我在篝火旁仰望天空，便问："殿下，怎么还不休息？明天一早还要赶路。"

"我睡不着。"我望着星星，又望了望魁梧的泰亚说："你坐下，我们聊聊。"

泰亚依言在我身边的草地上坐下来。

我用随便淡然的口气问道："你有没有过一种感觉，当你在某个时候看见某个从未谋面的陌生人时，会有一种似曾相识的感觉？"

"有。当我对一个人有了这种感觉后，我会拼命想到底在哪里见过他。最后都会被我想出来，我真的是在之前的某个时候见过那个人。"泰亚说，"殿下遇到什么似曾相识的人了吗？"

"是的。"

"殿下努力想想，一定是在什么地方见过，哪怕是在梦里，也算见过。"

"梦里？"我心里一惊。

"是的，梦里。人会在梦里见到各种奇奇怪怪的人，那些人都不算存在。如果现实中真的有个人长得和梦中的人很像，那么当你遇到那个人时，就会觉得好像在哪里见过一样。不仅仅是人，有时某个场景也是这样。"泰亚说。

我努力想了想，似乎没有在梦里见到过那两个有着大海般美丽双眼的布鲁斯达年轻人。作为王子，有一件发生在我梦中的事很奇怪，那就是，除了伊丽塔，父皇卡鲁尔和几个皇室成员，我几乎不曾梦见过其他布鲁斯达人，倒是常常会梦见木晶仙子，梦见那些奇奇怪怪的低等种族和生灵。那么，我究竟是在哪里见过他们呢？

想不出所以然，我无奈地摇摇头，不愿再想了。

"你去守夜吧，让我一个人待着。"我说。

"我这就去。殿下早点休息吧。"泰亚应着，站起来向我行了礼，就走开了。

群星依旧璀璨，让我能够借着星光看见身边摇曳的野草，野草飘着青涩的味道，让我的心在夜的宁静中漾起一阵苦涩。

漫长又短暂的夜晚总会过去。当第二天的朝阳升起后，我们启程向河城赶去。

河城，位于帝国王城东边，因为城市就建在罗姆河边而得名。河城的布鲁斯达人和帝国其它地方的布鲁斯达人一样，聪明地按着皇帝的策略管理自己的领地。也就是说，尽可能多地让低贱种族为布鲁斯达人劳作，但也要适当地使他们有一些生存空间，不饿死他们，也不累死他们，如果奴隶们都死了，谁来为主人效劳？当然，也少不了对他们进行死亡和酷刑的恐吓。

父皇曾经对我说："通常一个人，能活着就不会想要去死，除非生不如死。木斯塔，那些木晶仙子早就没有了曾经的气概，他们在漫长岁月中变得奴性十足。我们统治他们，使用他们，不过度严苛，让他们可以活着，但要拼命劳作，然后再对任何反抗行为处以严酷的极刑！那么，这些人就会永生永世对我们俯首帖耳！"

父皇一向自信，即使子法用她的天眼看到有叛乱势力正在树城云集，也打乱不了他深思的眼神。我感觉到，他总是会有办法解决这些事。

一路想着就到了河城。

河城因罗姆河与胡杨森林的存在，成为一个依林傍水的绝佳地方。城墙内外，罗姆河细密的小支流贯穿其内，清澈的水道随处可见。水分充足，碧树红花也极尽葱茏，配着城中布鲁斯达贵族漂亮精巧的圆顶府第，更显秀美。

河城有四个城门，分别是东门、西门、南门和北门。河城渡口在东门外，我们从西门进城，要穿过城区，来到东门，从东门出城，才能到达渡口。

进了西城门，泰吉策马走到我身边，为避免路人知道我的身份，他小声问道：

"殿下，要在河城停留，还是直接出东门去渡口？"

"出东门去渡口。"我说。

若是往常出巡，我必定会在这个异丽的城市逍遥一番，赏美景，探美人，开怀畅饮。然而现在不同，我的心在树城。我记着罗姆水仙的话，那个让我朝思暮想的美人也许已经从麦提格尔岛出发了。我不知道她如何从毒雾中穿过，但罗姆水仙的话是不容置疑的。

我们一行四人骑着马，牵着驼有食物装备的另外三匹马，从河城的西门跑到东门。出了东门，直奔河城渡口。

渡口有五条渡船，一条华丽大气的船，四条平常的船。这些船的过河时间不定时，有客人时便渡河，没客人时便停在渡口。高贵有钱的布鲁斯达人都会坐那条大船渡河，贫困的其他族类只能坐平常的船。

泰亚把船钱交给渡口的布鲁斯达管事，然后我们便一起牵着马上了大船。船上的客人多了，没过多久，四个木晶仙子便解开缆绳，扶橹摇船，开始渡河。

罗姆河既深又宽，水量丰足。河城渡口处在河面较窄的一处河段，阳光下，河水泛起一层层晶亮闪耀的光，像碎钻一样涌起又落下。

船行不久，我走到摇橹的一个木晶仙子身旁，问他："你在这里当船夫多久了？"

"一百三十年，老爷。"这个皮肤苍白、金发干枯的木晶仙子回答道。

"今天渡河的人多吗？"

"不算多。"

"有没有看到过两个年轻漂亮、披着驼色披风的布鲁斯达人？"

"像是有，前一趟有，他们牵着马，已经过河了。"

我给泰吉使了个颜色，泰吉马上从怀里掏了掏，他想掏一个小铜子，但却没有，不得已掏出一个小银币丢在船夫脚边。

这个木晶仙子马上俯身把银币捡起来，揣进怀里，脸上现出惊喜的神色。我望着这个对我们俯首帖耳的木晶仙子，心想，父皇的确很有智谋，能让做工的低等人为一个银币窃喜和满足。

坐渡船过罗姆河，我们立即向北进发。

从离开王城到现在，我一路上也遇到了不少人，但我却没有任何感觉。是我还没有遇到那两个危险人物，还是巫师错了，我根本就不具备这个能力？我更像一个游山玩水、微服出巡的王子，不像一个身怀重要任务的王子。罢了，树城近了，无

第12回：树城黄鸟·木斯塔

论能不能找到那两个异人，我都有一份莫名的激动潜藏在心底。罗姆水仙说过，那个美丽绝伦的木晶仙子也将要来到树城呢！

"殿下，需要休息的话，前面那片空地正好合适。"泰吉的声音忽然在身边响起。我顺着他指的方向向前望去，果然有一片绿草如茵的平坦空地。但是，我不想休息。

"不，继续走，加快速度，天黑之前，争取可以赶到树城外的小村子，到那里过夜，喂马。"我说着，让马跑得更快了。

"是。"泰吉答应着，和泰亚泰戈一起，策马扬鞭，加快速度，紧紧跟在我身后。

天黑之前，我们赶到树城外的一个小村子，这里的土地属于一个布鲁斯达贵族，我们走过田边简陋低矮的奴隶居住的破屋，来到一幢漂亮的大宅前，然后就投宿在这座房子里。泰亚向宅主通报了我的身份后，我们得到了恭敬的接待，我们的马也得到了美味的青草燕麦和安静干净的马房。

第二天一早，我们又启程了。从这个村子出发，约莫再过半天，就可以到达树城。

树城，就是有很多树的城市。楼兰帝国诸城的名字大都很直白。比如河城，意为毗邻罗姆河，城中布满罗姆河支流；比如王城，当然是皇宫所在的城市，帝王居住的城市；比如王城西边的沙城，意为建在沙漠里的城市，这个城市真的就是建在塔齐沙漠里的；还有莲城，以莲花多而得名。

树城树多，不仅有能在帝国各处见到的胡杨，还有其他树木：杏树、梨树、桃树、李树、核桃树、无花果树等，都生长在树城的城内城外。不但有为布鲁斯达人带来大量美味水果的家生树，也有大量野生果树遍布城外。每到春天，果树开满了花，到了秋天，则硕果累累，即使是城外的野生树，也会结出不错的果实。不用说，树城城外环绕着大片树林，城中也到处生长着各种树木，林荫遍地，鸟声随处可闻，是个清新美丽、碧绿无比的城市。

树城与河城一样，也有东西南北四个城门。不同的是，这四个城门各有名字，东门叫胡杨门，西门叫沙棘门，北门叫红柳门，南门叫马兰门，都是因城门内外生长颇多该种类植物而得名。按赶路的方向，我们将从马兰门进城。

不久，我们就远远望见了树城那高耸巍峨的城墙。泰吉望着我微笑了一下："殿下，这样固若金汤的城防，任何叛乱者都别想攻破。"

我摇摇头："外敌倒是别想攻破，如果是内乱，这城防却正好能让叛乱者抵挡来自帝国其它地方的军队！"

"殿下说的是。"泰戈接过话来，"不过红摩奇将军和城里的沙米尔执政官都派人细细查访过,还没有发现叛乱迹象。说不定,是大巫师看错了。帝国四处繁荣昌盛,低等种族都安分守己,哪里会有叛乱者的影子?"

"父皇说过,子法女巫师从来没有看错过任何事。"我严肃地说。

"即使是这样,"泰亚跟着说道,"树城原本就有的三千人马加上红摩奇将军带去的一千精骑兵,就足以对付了。"

"但愿如此。"我说。

"我们不是来作战平叛的,所以进城后不要惊动执政官和红摩奇将军,要像平常的布鲁斯达人出行一样,找个像样的旅店住下就行。"我一边策马一边说。

"是。"泰亚、泰吉、泰戈一起应答。

很快,我们就来到了树城高耸坚固的城门口,城墙厚重,坚不可摧。白天,城门洞开,守城的布鲁斯达武士站在城楼上威风凛凛地望着城门前来来往往、进进出出的布鲁斯达人及他们的奴仆。我们走进马兰门,没有引起守城武士的注意。

城内绿荫遍地,布鲁斯达人的宅前别墅后,无不环绕着油绿碧翠的树。纵使人来人往,树间也不乏小鸟的歌声。我抬头向路旁的树梢望去,看见有几只黄色小鸟站在枝上,叫得十分起劲。

"小鸟的叫声真好听。"我说。

"树城内外有不少这种鸟。"泰吉说,"这里的人把它们叫作黄鸟,长相普通,叫声却很悦耳,数量很多,是一种很平常的鸟。"

"虽是平常,但也可爱。"我说。

此时马走得不快,我又抬头望了望树梢上正站着的一只小黄鸟,忽然产生了一种奇怪的感觉,这鸟好像是在朝我鸣唱!我侧耳倾听,让清脆的鸟鸣钻进耳中,那原本还叽叽喳喳的鸟鸣竟渐渐变成了人的语言!我大吃一惊,听出这只鸟正在一遍遍说的话:"木斯塔,艾西丽塔在这儿!木斯塔,艾西丽塔在这儿!……"

"在哪儿?"我朝着树梢问。

黄鸟像是被我吓着了,振振翅膀,飞走了。

"殿下在说什么?"泰亚奇怪地问我。

"没什么。"我连忙收回神志,"只是想问问,这种小黄鸟在哪里筑巢?"

"也许是在城外。殿下想打两只玩玩吗?"泰吉问。

"不,随便问问。小鸟有什么好玩的,要玩也玩大隼。"我若无其事地说着,用腿轻轻夹了一下马肚,加速前进。

第12回:树城黄鸟·木斯塔

在树城繁华喧嚷的一条大道两旁，有不少华丽的旅店。我选择了一处相对幽静的地方下榻，这里树木更多，旅店漂亮的圆顶楼体掩映在树丛中，虽然处在大道旁，却闹中取静。店里除了舒适的贵族房间外，还在马厩附近建有奴仆房间，以供布鲁斯达人所携的奴仆落脚。

我们四人一人住一间，房间内极尽奢华，内壁雕花，丝麻软饰装点其间，还有一大瓶鲜花。

此时已到下午，年轻不知疲惫的我叫上泰吉、泰亚和泰戈，一起骑马到城中各处去走走。

树城是布鲁斯达人享受奢靡生活的天堂。这里木晶仙子极多，他们为布鲁斯达人耕种城外数不尽的良田，建造华美大宅，制作各种各样的手工艺品，还洗衣煮饭扫屋……即使是军队里的一员士兵，也骄傲地拥有着自己的木晶奴仆。

树城大道上，不时会有一些华丽的马车来往行驶。敞开的车窗里，时常会露出几张美艳的面孔，她们是布鲁斯达贵妇和小姐。

"树城这样宁静富庶，木晶奴隶又是这样安静听话，我看不出这里有一丁点叛乱的迹象。"泰亚对我说，"殿下怎么看？"

"有时候，罗布海平静的外表下会掩藏着强大的巨浪，但我宁愿子法女巫师看错了。我不喜欢叛乱，甚至不太关心叛乱。我宁愿去打猎。"

"殿下想试武艺了，不如到南门外打打猎吧。"泰戈提议。

"南门外？这里树林是多，但只有真正的森林才会有够劲的动物。"

"我不是说南门外围那些小林子，我听说只要出南门，走出那些离城门不太远的树林，再往西南方向骑马大约一个时辰，穿过一片荒原，就会看到一片小森林，里面有参天古木，还有不少够劲的动物。"泰戈说，"打完猎，傍晚回来，把猎物交给旅店厨师去烹饪，殿下还能品野味呢！"

"是吗？"我的兴致来了，"那还等什么，这就去！"

第 13 回：木晶集会·艾西丽塔

黄色小鸟在这个傍晚飞来得特别勤，一只接一只落在我和艾尔塔下榻的旅店露台上，抖动着黄绒绒的羽毛，对着我们清脆地鸣叫。艾尔塔来我的房间和我说话时，黄鸟也来了。那叫声起初还是鸟鸣，但转瞬之间，就变成了一种语言。

"听，那是木晶仙子才懂的语言！"艾尔塔握住我的手，眼里流露出欣喜的神色。

一只黄鸟说："首领知道你们来了，他非常非常高兴！说今天夜里在一个秘密的地方，有一个集会，到时候，我们会飞来带你们到那里去，他会在那里等你们。"

"几时？"我问。

"夜半时分。"

"为什么要等我们？"我又问。

"预言！"

黄鸟说着，朝我们眨了眨明亮的眼睛，拍了拍翅膀就飞出了露台。

我和艾尔塔相视一眼，又放眼向露台外望去。露台外树影婆娑，绿意浓浓。掠过树梢向西方望去，还能看到落日留下的一抹红霞。

"他们在等你，艾尔塔，等他们的国王。"

"也在等你，等待预言中的希望。"他看着我的眼睛，"我在麦提格尔岛上做了数百年孤岛国土，把岛外的臣民丢给残暴的布鲁斯达人，我愧对这些国民！虽然我无时无刻不在苦思拯救他们的方法，但最大的希望却汇聚在你身上！"

"我只有《王城恋歌》，别无长物，但会尽我所能。未来会如何，我真的不敢去想！"

"不要去想，我们只要去做，相信上天会成全我们的愿望。"艾尔塔揽住我的肩，向我投来鼓励的目光，还传递着一种别样的柔情。我们肩并着肩，静立在漂亮的露台上，望着远方渐暗的天空和缓缓出现的星斗。

"你休息一下吧。深夜时，黄鸟会来带我们去参加集会。"艾尔塔说，"我就在隔壁。"

"好的。"我点点头。

倒在华丽舒适的床上,我闭上眼睛。朦胧恍惚中,我看见一个人飘然走来,不知道是从房门处进来的,还是从露台上进来的。那个人走近我正睡着的床,轻轻揭起柔软轻盈的垂帘。

我睁着迷蒙的睡眼看着他,他也用一种别样的神情看着我。他的衣着无比精美,绛红色的骑士装扮,从披肩到腰带,无不是上佳材质。他的面庞无比俊美,就连乌黑的头发也透露着魅力。他的眼睛清澈无比,而我的眼睛却似乎蒙着一层薄雾。我想把他看个够看个透,却始终不能如愿。

"木斯塔王子!"我低声惊呼。

"艾西丽塔!"他回应了我的低呼,脸上没有笑意,语气平静。

"你不在王城陪伴你父亲,不帮着他一起屠杀我的族人,到树城来干什么?"我的声音含着怨怒。

"来找你。"他说。

"找我?为什么?"我的心不停地跳。

"你是帝国遗失的祭品,海神得不到你的钻石,就会发怒!"

"海神在哪里?"我辩解,"为什么海神偏偏喜欢木晶仙子,而不喜欢你们布鲁斯达人?我看你该把自己放上祭台试试,也许那才正中海神之意。"

"你威胁着帝国的安全,关系着帝国的存亡。"他握住佩剑,刷地一下拔出,大叫道,"我要杀了你!"

我一惊而起,缩进床里。

眼看着剑就要朝我刺过来。情急之下,我连忙念起咒语,将他手中寒光四射的宝剑变作一枝纤细美丽的沙枣花枝。枝头开满淡黄的沙枣花,当花朵伸到我的衣袍上时,就纷纷落下,伴着四溢的香气。

他只看了一眼手中的沙枣花枝,就像明白了什么,一甩手把沙枣花枝扔到地板上。

他口中也念念有词,我正蜷坐的床上的华丽丝绸霎时化成一团团红艳艳的火!我赶忙念动咒语让满床火焰变作一丛鲜花,我坐在花丛中。与此同时,我让他脚下的地板化为流沙,看着他陷进沙中。

他没有罢休,也念动咒语,让流沙变成一朵朵凝聚在一起的白色云朵,这云很有弹性,将他下陷到膝盖的身体托了起来,他一个跳跃就轻而有力地落在了地板上。

我用力盯着他,他也盯着我。在这短暂的时刻里,我们都没有念动咒语。

"艾西丽塔!"他再一次低低地念着我的名字,只用了三步就走到我的床前。然后,他温柔却有力地按住我的肩,向我俯下身来吻住了我的唇!

我惊讶自己居然没有念咒还击,只是闭上眼睛,静静地、默默地感受着他的吻。

恍然间,我觉得王子开始摇我了,他不再拥着我吻着我,而是用双手摇撼着我的肩膀,并且不断地在我耳边喊着:"艾西丽塔!快醒醒!"

我睁开眼睛,看见了坐在我床边的人,不是木斯塔,而是艾尔塔!

"你没事吧?"艾尔塔关切地问。

"我很好。时间到了吗?"

"是的,黄鸟来了。"艾尔塔见我醒了,长舒了一口气,"看你睡得很沉,不想打扰你。但现在夜深了,我们要去看看集会了。"

"已经是深夜了吗?"我看了看四周,一切都和我入睡时一样,没有沙枣花枝,没有鲜花丛,没有白色浓云……只是窗外的天色已经是夜色了。原来,我做了一个梦。

露台前的丝绸帘幕被一阵小风吹得轻飘起来,帘幕飞掀处,传来几声清脆的黄鸟叫声,那声音在说:"跟我们走,去参加木晶仙子集会!"

我连忙从床上起来,抓过床边的披风披在身上,掩住我的银色长发和额上的钻石。

"你还好吗?"艾尔塔看着我问,"你的脸有些苍白。"

"我很好,只是做了个梦。"我轻描淡写地说。

黄鸟依然在叫,我和艾尔塔离开房间,下楼到旅店院中的马厩里牵出马,带上未点燃的火把,悄悄走出旅店。

夜空中,星斗灿烂,看得见树影,也看得见黄鸟在夜色中那黑漆一团的小身影。数只黄鸟一路飞飞停停,在树梢间低声鸣叫,用它们的身影和声音引导我们走过一个个街区。

"深夜集会,布鲁斯达人就没有察觉吗?"我有些担心。

"这种深夜,他们大都在放心地睡觉,或者在纵情享乐,不会去管奴隶们在干什么,他们以为奴隶们会老老实实地待在奴隶房中干活儿。"一只黄鸟说。

"真的?"

"在树城,贵族们的宴会此开彼谢,布鲁斯达的骑士和美女无所事事,就在各种宴会上消磨漫长的时光。对了,下个月初十,执政官沙米尔就要开一个盛大晚宴,为他的女儿娜菲赛庆祝十九岁生日。到那天,树城里有地位和权势的布鲁斯达贵族都会聚集在执政官那幢宏伟的府第,带着他们好吃懒做的纨绔儿女,来享受无聊生活中的又一次纵情时光……"小黄鸟一边飞,一边轻轻地鸣叫。

"沙米尔有个女儿啊。"我喃喃自语。

"他还有个儿子,比娜菲赛大六岁,名叫沙里克。"黄鸟说。

"布鲁斯达人几百年来已经形成了优越的习惯,这是我们的机会。"艾尔塔说。

"趁其不备?"我说。

"对,趁其不备!"

我们小声说着话,小心地策马穿过许多华丽的街巷,向城南走去。

"我们要去哪里?"我问引路的黄鸟。

"城南马兰门外靠东边的一片树林。"黄鸟叽叽地叫着,"为了集会,城外的木晶仙子已经寻找机会赶到了那里,城内的木晶仙子也有很多想了办法留在城外过夜,以便参加这个集会。"

"我们深夜出城,布鲁斯达守卫不会怀疑吗?"我又问。

"你们看起来像是布鲁斯达人。"黄鸟说。

我看了艾尔塔一眼,他也意味深长地看了我一眼。我差点忘了,我和他那被乌斯曼草汁染深的肤色还没有褪去。

到了马兰门,守城的布鲁斯达武士只看了我们一眼,就将厚重坚固的城门打开了。待我们默不作声地通过后,布鲁斯达武士还朝我们行了一个礼。

出城后,我们策动坐骑,加快了速度,跟着黄鸟朝西南边那片大树林奔去。一个多时辰后,我们就进入了树林。林中枝叶繁茂,很快便遮蔽了夜空中可以照路的璀璨繁星,我们陷入一片黑暗之中。

艾尔塔拿出两个火把,我默念咒语,火把便不点而燃。艾尔塔朝我钦佩地微笑,将其中一个火把递给我。

黑暗中的树林和火光中的树林在我眼里是两种不同景象,在亮晃晃的火焰下,这片树林显得神秘非凡。

就林中古树的年龄和密度来看,这里算是一个小森林。深夜的林子里,时不时可以听到草丛里的虫鸣和躲藏起来的动物的呜咽声。林子里没有路,脚下是盘根错节的树根和杂乱丛生的草。我们不得不放慢速度,跟随黄鸟的指引,小心地策着马,向林子深处走去。不久，我们就听到林子里传来越来越清晰的人声。

"看来，集会已经开始了。"艾尔塔说。

"那我们就不要冒冒失失地闯进去了，先在一旁听听吧。"我说。

艾尔塔同意了我的建议。

跟着黄鸟，循着声音，我们很快就看到林中深处有一片空地，那里聚集着上百个木晶仙子。他们拿着火把和油灯，把这片夜中的林子照得十分亮堂。

我和艾尔塔下了马，悄悄牵着马走近人群，站在一棵大树后面静静地观看着这场集会。

木晶仙子聚集在林中一棵巨大古老的胡杨树前，正在倾听一个木晶仙子的演讲。此人是个看起来很精炼的英俊男子，于褴褛中见力量。看来，他正是那个神秘首领。我和艾尔塔赶来时，首领正在激情澎湃地演说："不要忘记，我们是木晶仙子！我们，就像我身后这棵古老苍劲的胡杨树，是千年不死的生灵。即使有一天真的死了，我们的灵魂也会像胡杨树干一样屹立千年也不倒下！我们为什么会被帝国邪恶的布鲁斯达人奴役了这么久？因为我们懦弱！一开始，是我们的善良用错了地方，后来是我们的胆怯使我们委曲求全，而现在，却是我们的习惯在让我们安于被布鲁斯达人奴役！该醒醒了，难道我们要永远忘记曾经自由自在的生活吗？那些神话般的森林，那些和睦相处的自由生灵，就让那些美好生活永远成为过去吗？不！我们不能！我们必须反抗，必须向帝国示威，告诉邪恶的卡鲁尔，木晶仙子要掌握自己的命运，木晶仙子不做奴隶！"

他说到这里，暂停了一下。这时，人群中有人窃窃私语，一个男人向他喊道：

"维尔，怎么掌握命运？我们的命运被卡鲁尔用焚仙魔镜牢牢地掌握在罗布海的祭台上，我们稍有一点反抗，就会被送去祭海，被活活烧死！卡鲁尔有强大的军队，还有一个法力无边的巫师在给他助阵，而我们，除了漫长的生命，什么都没有。没有财富，没有军队，甚至我们赖以维持生命的那一点点食物也要依靠布鲁斯达人的施舍！我们能够生存下来就已经很艰难了，让我们靠什么去掌握自己的命运？靠什么去获得自由？"

人群静了下来，一双双眼睛迷茫又怀疑地盯着胡杨树前那个名叫维尔的首领。维尔深吸了一口气，用坚定的语气说："靠战斗！我有个计划，树城的木晶仙子人数远远超过布鲁斯达人，是他们的六到七倍。只要我们联合起来，周密部署，就可以从里面占领树城！然后由树城开始，召集起帝国其它各城的木晶仙子，一起向王城

第13回：木晶集会·艾西丽塔

进发！"

另一个人插话道："我们虽然藏了不少武器，但我们已经有好几百年没有练过剑术刀术了。占领树城？只怕还没开始，我们自己的头就已经先行落地了！"

一个女人也跟着说："我不会打仗，也害怕打仗，我只想平静地生活下去。"

又一个人的声音跟着响起："我们虽然当了奴隶，可毕竟还活着！"

还有一个人走出来说："如果早一些做出这个决定，也许能有机会。但黄鸟已经给我们传来了信息，卡鲁尔派红摩奇带领一千骑兵来到了树城，现在正驻扎在这里。他们骁勇善战，血冷手狠，都是以一敌百的武士，而且卡鲁尔还有一个法力强大的巫师。他们很快就能杀光我们！你真的以为，我们只要战斗，就能获得自由吗？"

持不同看法的人也有，这时就有一个木晶男子站出来说："我同意维尔的打算，我已经受够这种当牛作马的日子了。即使我们拥有永世不死的生命，那也不过是让我们更久地活在这种无法忍受的生活中！我愿意听从维尔的话，为自己找一条更好的出路！"

一个女人马上接口说："你觉得死了都比现在好吗？"

"是的！"那个男子坚定地答道。

一时间，人群嘈杂起来，你一言我一语地发表着各自的看法，支持首领的人似乎不太多。

"安静！安静！"维尔提高声音，双臂向空中扬着，"活着？活着？我们什么时候把对生活的要求降到了这样一个从未有过的最低点？你们只要活着吗？看看我们，年复一年、日复一日地为布鲁斯达人拼命劳作，帝国里最重最累最肮脏的工作都是我们在做，而布鲁斯达人却高高在上，享受着世上的一切！权利属于他们，财富属于他们，一切美好事物都属于他们，而有了这一切的他们却视我们为低贱生灵，对待我们还不如对待他们的马！如果我们听话，只能得到维持生命的一点点粗劣食物；若稍有反抗，就会被送去祭海！是的，比起那些死在罗布天台上的同胞，现在我们的确活着。可是，就这样活着吗？为什么我们不能去争取原本就属于我们的自由和幸福？"

维尔带着急切和忧愁的眼光看着面前的同族，似乎在期待他刚才的一番话能激活他们的心。

躲在大树后面的我和艾尔塔听到这里，相互对望了一眼。

艾尔塔轻声叹息："想不到，几百年的奴隶生活，竟让这里的木晶仙子变得这样怯懦。"

"不要叹息。"我把手放在他肩上,"他们的心沉睡得太久了,要给他们时间!"

这时,人群中有人打破了沉默:"也许我们不必急着做什么,也许卡鲁尔会慢慢地给我们一些更好的生路,毕竟帝国需要我们。如果没有我们,布鲁斯达人就没有好日子可过。毕竟,我们现在还活着,如果反抗,就可能悲惨地死去!我们没有力量对付帝国强大的军队,一条必死的路真的值得我们去走吗?既然我们拥有不被杀死即能永生的生命,为什么就不能等待呢?也许再过几百年,帝国便不会是现在这个样子了!"一个男子说道。

跟着,不少木晶仙子或大声或小声地附和起来,主张不去反抗的人一时间占了大多数。

就在这时,艾尔塔快步穿过人群,走到首领身边。我紧随着他。

我们的出现,令大家吃了一惊。维尔警惕地站在原地,冷冷地问:"你们是什么人?"

"我们是木晶仙子!化了妆来参加集会!"艾尔塔有力地回答,然后揭开头上的风帽,露出他的金色美发和额上的小钻石。我也揭开风帽。

人群中又发出一阵私语,那些惊恐的表情又恢复了平静。

艾尔塔大声喊道:"你们还想要自由吗?"

"当然想,"人群中有人回答,"可看样子还要等待!"

"自由——"艾尔塔的声音有一种王者之气,"从来都不是等着恩赐的;自由,必须自己去争取!"

人群安静了下来,他们全都望着他,用一种崇敬的眼神。首领也用同样的目光望着艾尔塔,眼里露出欣喜的神情。

艾尔塔接着说道:"我们绵长不绝的生命,的确令我们留恋和不舍!布鲁斯达人不能'永生',因而他们在一开始就愿意用短暂的生命去争取想要的一切。因为反抗的赌注太大,你们害怕了,对吗?"

艾尔塔面前的人群中飘出一个小小的声音:"你是谁?你不怕吗?你舍得失去你'永生'的生命吗?"

另一个人也说:"也许我们可以再等几百年,只要我们活着,自由也许会在前面等着我们,因为世界是会改变的,布鲁斯达人也会变。我们为什么不能再等等呢?我们又不会死!"

第13回:木晶集会·艾西丽塔

在短暂的安静之中,我不想再忍耐这种气氛,开口说道:"不会死?是你们都忘了天台祭海吗,还是你们一向觉得那种情况永远不会轮到自己?这个帝国,并不是只要你们安守奴隶生活,就会安全不死。死亡的阴影笼罩着每一个人,也许下一次祭海就会轮到你们,轮到你们的家人,你们的孩子!那些布鲁斯达人可曾有一点点考虑过让听话的奴隶免于祭海?如果今天不去反抗,那么总有一天,你们会被送上罗布天台!因为在这之前,你们又不会死!"

人群因我的话而变得更加安静。

艾尔塔没有气馁,他接过我的话,朗朗有力地说:"死亡看上去是很可怕,是的,我也怕失去生命。怕有那么一天,我会再也看不到湛蓝的天空上飘飞的白色云朵,看不到秋天森林中那些金黄灿烂的胡杨树叶,看不到罗布海水在阳光下泛起的晶莹光彩……我害怕失去生命,但我更怕的,是这绵长不息的生命可能带给我的遥遥无期的奴隶命运,以及让我眼睁睁看着自己的同胞永远沦为奴隶的不幸现实!当我害怕自己及同胞永远为奴的程度超过了我害怕死亡的程度时,我就愿意去冒险,为自己、为我的同胞努力争取一个自由的机会!我请求你们衡量一下自己内心的恐惧。假如你们对生命的保卫超过了对自由的憧憬,那么,我将不再站在这里对你们说话;但如果你们和我一样,不愿意让自己永生永世都是一个可怜的、被布鲁斯达人称为低贱种族的奴隶,不愿意让自己、让你的孩子时刻笼罩在成为祭品的可怕阴影下,那么,就起来争取自由吧!"

寂静的人群中,一种被震动了的气氛洋溢其间。我看到人们脸上的表情明显地起了变化,他们在审视内心,并且很快就得出了答案。

"你究竟是谁?你和你的同伴是树城的木晶仙子吗?"一个女人从人群中走出来问艾尔塔。

艾尔塔还没有回答,首领维尔忽然大声说道:"你们一定来自麦提格尔岛!预言,预言成真了!"然后他立刻转向人群,用激动万分的语调大声地宣布,"让我们用最崇敬的心欢迎我们的艾尔塔国王和艾西丽塔公主!"

人群立刻轰动起来,欢呼声响起了一大片,响了一阵又一阵!每个人的脸上都呈现出激动和喜悦的表情,似乎一切都突然间充满了希望。

"预言!预言是真的!我们有希望了,我们一定不会败给布鲁斯达人!"

"跟着预言走,我们会成功的!"

"我相信预言,既然预言中的人已经来了,那我们就跟着干吧!"

......

　　树城的木晶仙子一直相信的一个预言由其首领的一句话引发了出来。他们相信艾尔塔和我,相信我们这两个来自麦提格尔岛的木晶仙子有强大的能力可以对抗帝国军队,可以保证让他们在这场争取自由的赌博中拥有必胜的把握。

　　然而预言是什么呢?我记得艾西丝公主那睿智的灵魂曾对我说过的话:"所谓大预言,只是一个远期的方向,并不是说,一切细节都在预言中。我只是心怀希望,并在朝着这个希望的方向去努力。远方的理想需要我们努力,然后预言才会成真。"

　　在高亢的欢呼中,我走近艾尔塔:"你知道,并没有什么预言,一切都是艾西丝公主那高贵灵魂的不懈努力!"

　　"我妹妹知道,应该给需要预言的人一个美好的预言!"

　　"你打算怎么做?"我问。

　　"制定一个计划,选定一个日子,让黄鸟传信,发动全城的木晶仙子,在城内各个角落发起进攻,占领每一栋布鲁斯达贵族的房子,进而占领整个树城。"艾尔塔说。

　　"不如就定在下个月初十,趁执政官为女儿开生日宴会的时候行动,那天晚上,全城的布鲁斯达权贵都不在家,我们可以很容易地控制他们的庄园。只要集中力量进攻沙米尔的家,就能一举俘获树城的布鲁斯达权贵!"

　　"好主意!"他说。

第13回:木晶集会·艾西丽塔

第14回：紫火银光·木斯塔

十几天来，我一直流恋树城城外的风光，尤其是南门外靠西边的那片林子，我到那里骑马打猎，与路遇的布鲁斯达女子调笑谈情。

一个傍晚，我独自出城，策马慢行，向那片我在白天去过多次的小森林走去，去感受这片无名之林的夜晚美景。我命令三个随从不要跟着我，想一个人去寻找可能出现的奇遇。

这时，迎面传来车马声，一辆由木晶奴隶驾驶的华丽马车从我对面慢悠悠地驶来。与我擦身而过时，马车窗口垂着的丝幔被一双纤美的手轻轻掀开。丝幔开处，一张布鲁斯达美女的脸在傍晚余晖的映照下露出来。她有浓浓的弯眉，有一双美丽的黑色大眼睛，有高挺的鼻子，有丰美莹润的红唇。我的目光立刻被她吸引住了。

布鲁斯达美女的马车停了下来，我也勒住缰绳，预感到她也被我吸引了。因为她看我的眼神是那么与众不同，仿佛我一直在她梦中出现，而在这一刻才见到我的本尊。

美女走下马车，指示驾车的奴隶："留下一匹马，把我的剑挂在马鞍上，把马拴在一棵树上，然后把马车赶回去，不必等我。"

"我不想知道你是谁。"她对我扬起弯月般的黝黑眉毛，"无论你是谁，我都是一下子就喜欢上你了，因为你长了一副最能令我倾倒的外表。"

我对她直率的赞美报以微笑，下马向她走去。

没有过多的语言，她就在傍晚树林的婆娑阴影下靠入我的怀中，与我尽情缠绵。

当夜色渐渐轻染城外这片树林时，她笑着对我说："我在树城没见过你，你这样神秘，是想把我折磨得更深吗？告诉我吧，你是谁，你来自哪里？"

我躺在草地上，怀里的布鲁斯达美人用她的香唇蜻蜓点水般地亲吻着我的脸。

"你真想知道吗？"我看得出她是个贵族，她对我的身份和来历产生了兴趣，但我不能告诉她。

"算了,也许你不说会更好,更神秘,更有意思。"她发出一阵花枝摇动般的笑声,"但是,我还是想知道。"

"好吧,我告诉你,我从麦提格尔岛来。"

"麦提格尔岛?"布鲁斯达美人一下子从我怀中挣脱出来,坐在草地上,带着不可思议的神情望着我,"你在说笑吗?那儿可是罗布海神的领地,是传说中木晶仙子的聚集地。要不是有毒气环绕着那个岛,皇帝早就把它征服了,也许我父亲或祖父也能享有征服它的荣耀呢!你一定是瞎说,你不可能从那儿来,你连登上那个岛都不可能!"

"我在梦里去过。"

"梦里?你现在和我在一起也是梦?"

"你分得清什么是梦,什么是现实吗?"我淡淡地说。

"当然,现在是现实,睡着了才做梦,梦是会醒的。"

"现实也是会醒的。"

她用怪怪的眼神看了我一眼,扭开头去,说:"讨厌,跟你说这些真没意思,我不如回家好了。"

"你舍得从我身边走开吗?"我把她搂下来靠在我身上,征服美女是我从皇家血液里继承到的天生才能。

布鲁斯达美人果然归降了,重新依偎进我的怀里。

"那就告诉我你住在哪里、叫什么名字吧。今夜,我父亲在家里举办了一个宴会,专门为我举办的,因为今天是我的生日。这会儿,客人们想必正在一边开怀欢乐,一边等着我的出现!我不想就这样跟你分开,我要把你带到我家去,去参加我的生日宴会。"她甜甜地说。

"你的生日?恭喜!可是你这个寿星竟然都不在家里,客人们显然要失望了。"

"生日不过是找个理由寻点开心,在宾客的眼里也只不过是可以让他们聚在一个地方纵情吃喝玩乐的借口。我不在乎生日,我要到半夜才回家去看那些贵族们喝醉后的丑态。我父亲说过,酒,是一个能让高贵者现出原形的东西!就连我哥哥也这样说,可尽管这样,他们两个还是像别人一样喜欢喝酒,喜欢把自己灌到腾云驾雾的地步。"

"你父亲,他是谁?"我随口问道。

第14回:紫火银光·木斯塔

"他是树城执政官,掌管树城的一切。这职位是世袭的,将来要由我哥哥沙里克继承。"

"沙米尔是你父亲?"我吃了一惊。

"你这样称呼他很不礼貌。"她嗔怪地看了我一眼,眼光随即又充满了风情,"不过他没听到,我就不怪你了。看来,我父亲真是声名远扬,连你这个外城的公子哥都知道他的名字。好了,现在你已经知道我是谁了,我就是树城执政官沙米尔的女儿娜菲赛。"

"娜菲赛?"我喃喃地念着她的名字,想不到,我竟艳遇到了树城执政官的女儿。沙米尔执政官的家我曾去过一次,因为时间很短,没有见过娜菲赛,那时她正在外面郊游。"你就是娜菲赛?你是执政官的女儿,可你却在这里,和我这样一个陌生人待在一起?"

"没错,就是我。"她撇了撇嘴,"我讨厌布鲁斯达人那些所谓的高贵礼仪,我就是喜欢不寻常的事。现在,告诉我你是谁?"

"我只是一个四处云游的旅人,你不必知道我是谁。"

娜菲赛一笑:"那么,四处云游的旅人,我邀请你参加我的生日宴会,我们可以在这里待到午夜再去我家,而你也会看到来自王城的贵客,那可是不多见的。"

"王城来的贵客?谁呀?"我笑着问。

"红摩奇将军,皇帝麾下最骁勇的将领之一!不但他来了,他还带领了五百个王城骑兵驻守在我家周围,用来给今晚到场的所有贵宾增添荣耀,以及保卫他们尊贵的性命!怎么样,你难道不想来看看这种场面吗?"

"这有什么好看的?"我有意吊她的胃口。

"口气那么大,难道你是王子?"

"你说我是,我就是。"

"不和你胡说。我们再待一会儿,然后就带你去我家。"她望着我,忽然就咯咯地笑了起来,声如银铃。

树城外的树林在晚上是一片静谧可人的地方,月色与依稀的星光穿过细碎的树叶,斑斑驳驳、朦朦胧胧地洒向树底的草丛,让我可以看到娜菲赛的美艳姿容。

"快午夜了,你不回家,你父亲会发怒的,宾客们也会认为你很无礼。"

"我父亲管不了我,他一向都管不了我,我是一个叛逆的女儿,我父亲对我的管教也就只剩下一条底线了,只要不触犯这条底线,我做什么都可以。至于那些宾客，他们可不会在乎我，只在乎自己能不能尽兴地玩。再说，宴会要进行整整一夜，甚至会持续到明天中午，所以，即使我明天清晨时分才回到家，也不会让大家感到奇怪。"

"什么底线？"。

"禁止和低贱种族发生感情！这也是帝国对所有布鲁斯达人的要求。我认为这个规定非常愚蠢！"

"愚蠢？难道保护布鲁斯达人的权利和地位是一件愚蠢的事吗？"

禁止和低贱种族来往这个规定来自帝国先皇。父皇把这个规定执行得非常有力，他曾为此处死了自己的亲生女儿、我的亲妹妹伊丽塔！没有人敢说这个规定愚蠢，至少此前，除了伊丽塔，我没有看到或听到别的布鲁斯达人对此规定的质疑。

"对我来说，所有禁止去做的事都很有诱惑力，这项规定对我产生了诱惑力，那它就有可能被违反。你一定知道伊丽塔公主的事，公主就是受到了禁令的诱惑才丢掉了性命。假如没有这项规定，也许公主就不会满怀好奇地去和木晶仙子接触了。你知道，有些人的内心是非常叛逆的，就像我。只不过上天怜悯我，还没有叛逆到像公主那样无法挽回的地步！"

听她说到伊丽塔，悲伤就袭上我的心头。

"你怎么了？"她问。

"那是一个悲剧。"

"的确，公主的美貌和聪颖在帝国闻名遐迩，皇帝竟然就把她和那个奴隶都杀了。她的死讯传开的时候，帝国所有仰慕她的布鲁斯达贵族公子都黯然伤心。公主绝色倾国，拥有来自皇室的地位权势和财富，暗恋她的布鲁斯达男子数都数不清，他们都想不通，尽享人间福祉的公主，为什么会对一个木晶仙子……"娜菲赛叹了口气，又接着说，"不说这个了，至少，我还没有让自己被这条愚蠢法令害死，尽管我有的是机会。要知道，我家也有一些木晶奴隶，他们美得就像天上的星星和月亮！我喜欢他们，胜过喜欢布鲁斯达男人。到现在为止，你是第一个让我感兴趣的布鲁斯达骑士！"

"这真是我的荣幸！希望你的这份钟情不要散去得太快。"我投给她一个微笑。

"这我可不能保证。"她笑了起来，银铃般的声音让我心魂荡漾。

一阵微微的小风拂来，娜菲赛乌黑的发丝轻轻飘动起来，我的黑发也飘向她的方向。

第14回：紫火银光·木斯塔

这个夜晚似乎格外宁静，没有唧啾的虫鸣，没有如歌的鸟叫，就连这些日子以来我常常见到的黄鸟也没有出现。

"如果你还不想回家，而且你父亲和你家那一城堡的贵客都不急着见你，那就和我一起看一夜星星吧！"我对她说，"我喜欢这样宁静的夜晚，喜欢躺在野外的草丛里仰望星空，尽管这种宁静有时候也会让我不安。"

"为什么不安？"娜菲赛亲热地拥紧我，"有我在，你整晚都用不着不安。在树城，我就是公主，我会维护你的！"

我的这种不安，连我自己都不太明白是什么，她又如何知道？但是她的笑颜是如此美丽，像绝黑夜空中洒着的星光。

"我不需要你的保护，树城公主。"我翻身抱紧她，把她放在柔软的草地上。

"那你需要什么？"娜菲赛的眼里闪出醉人的光。

"需要这个……"我说完，便深深吻住了她的唇。

我闭上眼睛，只凭感观去亲吻娜菲赛，去触摸她妖娆的身体。

这时，我忽然在娜菲赛光滑如丝的颈项上摸到一样东西。我睁开眼睛，看到一件此前都没有注意的东西，一个精巧玲珑的小七芒星钻镶在精美的纯银托架上，在一根细长银链的穿引下，安静地挂在她的项下。

我感到好奇，忍不住伸手抚摸起它来。

"别碰那个！"娜菲赛声音不大，却透着深沉和蚀骨的冰凉。

"你为什么戴这个？"我收回手，对她突变的表情感到诧异。

有些布鲁斯达贵族喜欢收集木晶奴隶的七芒星钻，把它们当作玩乐观赏的器物，但是把七芒星钻当成项链戴在身上，我却是第一回见到。

"这是一种炫耀。"她换成轻松的语气对我说，"这颗星星是从我家一个奴隶的头上撬下来的，它很小，是我见过最小的七芒星钻，别人都没有这么小的，所以我给它镶了个托架，穿了根链子，挂在身上。怎么，你没见过布鲁斯达人玩钻石吗？"

"被当成项链，是第一次见。"对于她的反应，我感到更加奇怪，但是，那又与我有什么关系？我很快把这个好奇的念头抛掉了。

"我该回家了，你跟我一起去。"娜菲赛在我怀里伸了个懒腰挣脱我的怀抱，从草地上爬起来整理了一下衣裙。

我的目光从她身上移开，望着前面树丛里的夜空。

"你在想什么？"

"我有不好的预感！"我站起来，整理了一下我的衣装，并把宝剑牢牢地佩好，然后示意她跟随我，向不远处我们拴马的一棵胡杨树走去，"我这就送你回家！"

"什么预感？"她边走边问。

"我不知道，只是一种很怪的感觉。"我分别解开娜菲赛的马和我的马，先把她扶上马，然后我也飞身上马，"走吧。"

娜菲赛潇洒自如地策马，并把马鞍上挂着的一把华丽美剑取下来佩在身上，转头对我说："我也有一种不好的感觉！"

"是吗？"我有些吃惊，下意识地握了握剑。

"黄鸟不见了！树城一直都有很多小黄鸟，总是不分白天黑夜地飞啊叫啊，我已经习惯了它们飞来飞去的身影和清脆的叫声。可是从今天白天到现在，我确定一只黄鸟都没有见到！我认为，这一定很不寻常！"

黄鸟，会说话的黄鸟！我惊了一跳。是的，树林里的黄鸟都不见了！这些鸟会说话，我听见过，但其他布鲁斯达人好像都听不懂。

"是很奇怪！你得赶快回家了，我也想进城看看。"我勒转马头，策马扬鞭，和娜菲赛一起向树城骑去。

策马之中，我转头看到在我身旁同样策马奔驰的娜菲赛。她神情魅野，握缰有力，像是某个在我的脑海停不了杂念的人的幻影。

"听，那声音！"娜菲赛忽然对我说。

"听到了。"我竖起耳朵用心去听那从城门里隐隐传出来的声音，随着我们与树城距离的缩小而渐渐变得清晰。那是一种嘈杂的声音，嘈杂到令人心生不安与惶惑。

"是杀声！"我猛地叫道。

"杀声！天啊，怎么回事？"娜菲赛重重地给了她的坐骑一鞭，马受到鞭策，顿时又加快了飞奔的速度。

"是你父亲为你的生日准备的特别游戏吗？"我说。

"不可能！"

"看！"我无意间一个回头，看到了情况发生的新变化。

这时，我们身后的夜空里出现一道向树城方向极速运行的红色闪光。这道长长的闪光带着耀眼的火焰，以迅雷不及掩耳之势，飞向树城，像是要把坚固的城墙打个粉碎！飞速行进中，空中还伴有冷冷的咒语！

"你听到了吗？空中有咒语！"我说。

"我只听到城里杀声震天!"娜菲赛摇摇头。

"是子法女巫师在下咒!"我喃喃地说。

"那个著名的巫师?她在用什么法力?"娜菲赛说着又挥了一下马鞭。

"我不知道,但看起来非常凶猛!"

"天啊,我父亲,我哥哥……"娜菲赛叫道。

我一边纵马飞奔,一边想一定是王城皇宫里的子法看到了树城叛乱,父皇便让她向树城施咒。子法法力强大,据说她的咒语能像军队一样,深入到任何地方,摧毁她想摧毁的一切。

树城近了!当树城那高耸的城墙进入视野时,那道强大的红光也越过我们的头顶,朝城墙冲去!

这时,眼前出现了令人吃惊的情景:从树城城头蹿出一道银光,耀眼的银光宛如一支巨大的银箭,带着一股力量,直奔红光而来!

"那是什么?!"娜菲赛惊问。

"不知道!难道树城也有一个巫师?"我说。

红光快如闪电,但银光也迅如疾风。很快,两道巨光便在夜空中相撞了,猛烈的撞击伴着巨大的、惊雷般的响声。然后,无数红色、银色的火团从半空中跌落下来,像是下着一场烈焰雨!

"娜菲赛,停下来!"我一边勒紧缰绳让马停下来,一边大声叫道。我的声音被淹没了,但娜菲赛已经意识到了危险,她扭转马头和我一起朝反方向跑去。

烈焰雨的边缘就在我们身边,火点像雨一样落在我们身边,瞬间就点燃了地上的灌木和小草。一团红色烈焰擦着我的左臂而落,点燃了我的衣袖。我连忙用右手拍灭继续奔跑。

就在这时,王城方向又飞来一道红光,比前一次还要红亮,还要闪耀,还要迅速,带着必杀的气势。新的红光里,子法的咒语声更加响亮,我听不懂她的咒语,但可以感到她的声音里满含着摧毁一切的力量!

树城方向,第二道银光也飞旋着冲出,再次对准了红光!眼看着,两道烈焰之光就要再次相撞。

"娜菲赛,娜菲赛——"我拼命地朝距离我大约三四米远的娜菲赛喊叫,"快到那儿去,快!"我挥舞手臂,指着不远处的一块大石头,奋力地告诉她。

娜菲赛明白了我的意思,她改变了方向,和我一起,朝那块大石头跑去。跑到石头边，下了马，我拉着她来到石头旁，躲在石头凹进去的一边。我抱紧她，尽量让我们的身体都缩进石头里。

刚刚躲好，就听上空又传来一阵巨响，第二道红光和银光相遇了。我们正好处于烈焰雨的下方，一团团火从天而降，疾雨般的密度让我感到，即使躲在石块下，也难逃被焚烧的命运，更可怜的是我们的马……我念动咒语，在我们躲藏的地方升起一块伞形冰盖，把我和娜菲赛，还有我们的马都遮在里面。落下来的火团成批地在冰上熄灭……

娜菲赛抬起大眼睛，惊恐未定地望着我："你也是巫师吗？"

"我不是巫师！"我说。

"可你让我们活了下来！"

"现在不是探究这个问题的时候！"我望望旷野中星星点点的残火，充满担忧地说，"树城里面正发生叛乱，红摩奇将军的骑兵一定没能抵挡住叛军的进攻，法力强大的子法也遇到了对手，那银光，可能是一个树城巫师所发！两个巫师在斗法，还没分出胜负呢！"

"我得回家，不知道我父亲和哥哥怎么样了！"娜菲赛说。

"我也想去看看红摩奇将军！好吧，我们走！"我朝冰盖挥了挥手，冰盖很快化为水汽消散而去。

骑上马，我们继续朝城墙奔去。城墙里杀声依然震天。

此时，身后的远方传来一阵呼呼的风声！我下意识地扭头一看，只见从王城方向飞来一道比刚才那两道红光更宽更亮更快的紫色光箭。刚才还是一个小小的紫色光点，霎时，光束就离我们很近了，而且马上就要掠过我们的头顶！

"看来帝国的女巫发怒了，她加大了法力！我们得离这道光远一点！"我对身边的娜菲赛说着，策马往旁边跑去。

我们一边朝旁侧疾驰，一边关注着树城。在树城那远远的城墙上，一个小小的白影出现在我的视野里，那是一个白衣飘舞的人影，小到看不清身形面貌。王城飞来的强力紫光，就朝着这个白影呼呼飞去，眼看就要击中城墙了。

白色人影忽地发出一道银光，这道光与刚才的两道银光不同，它更亮，更粗，速度也更快。就在紫光即将击中树城西南面那高耸的城墙之前，银光带着热量和力量，与冲力强大的紫光相撞，伴着一阵响彻空中、震动四野的火爆之声，一团团紫色和银色的火滴像流星雨般从两光相撞处喷发而出，并向地面落去！

第14回：紫火银光·木斯塔

我和娜菲赛不由得停下马，呆呆地望着眼前骇人的一幕。

紫光虽然遇到银光的抵挡，但它力量未消，仍然缓缓向前挺进，每挺进一步，它的宽度和亮度就会缩减一层。银光此时渐渐不敌紫光，它的亮度和强度也在递减。火雨落如流星，所落之处，灌木荒草无不被点燃！

"城头上的巫师占下风！"娜菲赛说道。

"那是个女人，她不该跟王城对抗！"我的目光紧紧地盯着远处城墙上那个白影，白影隐隐飘动的衣袍让我的心莫名地加快了跳动。

"女人？你怎么知道那是个女巫！"娜菲赛不解地问。

"她不是女巫！你留在这儿，不要往前走，那儿很危险！"

"你去哪儿？"

"别管我，你要照顾好自己！驾！"我挥鞭策马，朝城下飞奔而去！

"那儿都是火，你不想活了？你能边跑边下咒让冰盖来救你吗？"娜菲赛在后面大喊了一声。

我不是不知道那儿在下火雨，也并不自信我目前掌握的魔咒能百分之百地让我不被火雨烧到，但是，我顾不了那么多了。我一边策马飞奔，一边念动魔咒，唤来一小片雪花跟着我，在我头顶形成一片飘动的雪斗篷。有燃烧的火滴落下时，这层厚厚的雪便将它弹开，或者用冰雪的冷湿将火团熄灭。

就这样，我奔向城墙。

第15回：幻梦之间·艾西丽塔

树城的木晶仙子在首领维尔的秘密带领下，在黄鸟辛勤的传信中，一百多年来悄悄打造和隐藏的成千上万的刀和剑，都派上了用处。这些刀剑曾被分散开来，一柄两柄、三柄五柄地分开藏在布鲁斯达人豪华府第的各个隐蔽之处，马厩里，厨房里，花园里，仓库里……所有那些布鲁斯达主子高贵的目光不屑于流掠的地方，都是藏匿刀剑的地方。

树城的木晶仙子在反抗与不反抗的念头里不断徘徊，渴望自由的心灵与害怕死亡与毁灭的恐惧轮番折磨着他们。是依靠永生的身体平静地等待沧海变桑田，还是冒着永死的结局去争取早一天到来的自由？几百年对于木晶仙子的生命来说不算漫长，但在被奴役的日子中度过一个个一百年，却是任何一个生灵都觉漫长的折磨。

在准备起义反抗布鲁斯达人的日子里，首领维尔对我和艾尔塔说："很久很久了，我们一直都在悄悄铸造锋利的刀剑，却一直没有勇气真的握住这些刀和剑。后来有一天，我们的朋友、树城有灵性的黄鸟飞来对我们说，天空中传来一个大预言，说有两个木晶仙子将从麦提格尔岛来到树城，他们是国王艾尔塔和公主艾西丽塔。而这预言，也由已故公主艾西丝亲自传到了我的梦中！这些预言都显示，国王和公主将运用神的旨意穿过难以逾越的环岛毒气，来到树城。他们的到来，预示木晶仙子将有力量与帝国军队抗衡，战胜布鲁斯达人将指日可待！现在，国王和公主真的来了，预言是真的。我们有了希望和取胜的信心，大家终于要手握这些铸造了几十年、上百年的刀剑，为自己争取自由了！"

首领的话在今天得到了实现。

经过一个多月的秘密计划，黄鸟已经把行动方案传达给了树城里的每一个木晶仙子，所有能拿刀、会使剑的木晶仙子都领到了命令。艾尔塔按照首领通过黄鸟秘密传给他的树城木晶仙子的数量和分布状况，将所有人分成了几个部分，细致地做了计划,要在树城执政官沙米尔为女儿娜菲赛举行生日宴会这一天的午后开始行动。

四队木晶仙子负责干掉树城四个城门的布鲁斯达守卫,然后将城门紧闭,让树城成为一座封闭城市;每一户布鲁斯达人家中的木晶仙子,负责以突然袭击的方式捕获他们昔日的主人,如遇反抗,格杀勿论;首领带领最众多和有力的一部分人,骑着布鲁斯达贵族的马,突袭执政官沙米尔的府第,将所有正在那里寻欢作乐的布鲁斯达贵族俘获,并与红摩奇派驻这里的五百骑兵作战;艾尔塔率领另一队直奔南城门,与驻守在那里的红摩奇将军的另外五百名骑兵作战。而我,则将前往树城南城门——马兰门,登上高高的城楼向西南方向遥望,密切注视一切来自王城的动向,确切地说,是监视巫术。

"大巫师子法,是个长着天眼、能够看到远处情势的邪恶人物,尽管我们的一切行动都很秘密,但当战事发生时,子法一定能看到这里的情况,然后她会对树城下咒!"行动前,艾尔塔对我说,"你是唯一能够读懂《王城恋歌》的木晶仙子,你要去对抗子法的咒语!"

"我会尽一切努力去做!"我说。

"要小心。"艾尔塔望着我,"我的心永远和你在一起!"

"我还是很担心。"我忽然有了个想法,"为什么你不能学习魔法?我可以把《王城恋歌》里的咒语教给你,如果你也懂得使用魔法,我们一起念咒,也许子法就不那么可怕了!"

"魔法不是人人都能学会的,即使知道咒语,也不是人人念出来都是有用的,那需要长久修习而成的沉淀,或与生俱来的灵气。如果任何人知道一句咒语都能施展魔法,那这个世界上的魔法师就会到处都是了。"

"可是,你怎么知道你不行?"

"我试过!艾西丝曾在梦中对我说过几句咒语,但我念这些咒语没有任何用处。"

虽然艾尔塔说得有道理,可我还是不想放弃:

"再试一次吧,我教你一句简单的,你念念看!"

我教给他一条简单的咒语,可以幻化出一条带光的小箭飞向意念中的目标。待他听明白后模仿着我的样子念出那条咒语,却没有任何奇迹发生。一连试了五次,都是这样。

"你看,没有用。"艾尔塔说,"魔法太玄妙,使用它的人必然与众不同,而且我想,同一种魔法,同一道咒语,用不同的方法使用起来,都会达到不同结果。这就是巫师世界里有强有弱的原因。"

"我希望自己能够快一点悟到这些魔法的精髓！"

"你要相信自己！"

一切都部署完毕后，那个关键日子——树城执政官的女儿娜菲赛的生日到了。

这天上午，一切都像往常一样平静，木晶奴隶们依然无言地做着各自的活计，依然像卑微工具那样为布鲁斯达贵族种地锄草、洗衣煮饭、牵马拉车……午后，贵族们开始坐着马车出门了，凡城中有头有脸的布鲁斯达人都接到了执政官沙米尔的邀请。还有一些贵族没有去赴宴，他们留在自己家中逍遥自在地消磨时光。

我在白衣外罩着灰色袍子，遮着额头和脸，骑着马，一个人不远不近地跟随着看似零乱实则有备而来的木晶仙子队伍。他们假装驾车去为主人干活儿，其实是在艾尔塔的带领下，前往城南的马兰门准备作战。

城南的马兰门里驻守着红摩奇从王城带来的五百个精悍武士，另有五百人在执政官沙米尔府第周围布防。据说红摩奇的骑兵是帝国皇帝麾下勇猛强悍的布鲁斯达武士的集合体，个个剑术高超，体魄强健，生性凶狠，杀起人来从不眨眼。艾尔塔正是要去对付他们。

木晶仙子把刀剑藏在布鲁斯达守卫看不到的地方，一路上没有遇到麻烦。到了马兰门，大家出其不意地将驻守在马兰门的树城布鲁斯达武士尽数解决。他们的行动立刻惊动了城头上的王城骑兵，骑兵们立刻搭弓提箭，居高临下地朝木晶仙子射来。

"快，上城楼！"艾尔塔一把撇掉披在身上的灰袍，露出里面白色飘逸的衣装，一面挥剑打落城楼上射来的箭，一面领着木晶战士顺着厚重的石阶抢上高高的城楼。高处的风从东方吹向西方，一阵阵吹来城中渐起的杀声。

木晶仙子越聚越多，人数已逾千人。守城的布鲁斯达武士完全没有防备，被打得落花流水。但红摩奇的骑兵却没么容易对付，艾尔塔和他带领的木晶战士与之厮杀，双方拼杀得难分难解！

我很想在这个时刻一试魔法力量。但战事一开始，布鲁斯达人中就夹杂了木晶仙子，我不想误伤自己人，只好按捺住呼之欲出的咒语。

乱阵中，一片片血水飞溅起来，一块块肢体飞落下来，有布鲁斯达人的，也有木晶仙子的。更多的，是杀死一个敌手时的大声痛喊，以及被兵器穿透身体时发出的本能呼号。

一阵碎风从西南方向吹来，风中有一种东西让我不安。

我在双方武士的拼杀缝隙中穿行，一步步登上马兰门的城头，奔向又长又宽的城墙大道，走向一个杀声最少的角落，然后扑向瞭望口，目光紧紧盯着西南方那遥远的王城方向。

没有人注意到我的存在，所有人都在奋力解决自己身边的敌手，这对我来说是有利的。我用目光在团团杀阵中寻找艾尔塔，却怎么也看不到他。

夜幕渐渐降临，城中杀声不断。紧闭的城门使得城内的声音不能从东西南北四个方向平行透出，只能够让声音冲出城墙阻挡的高度，冲上云霄，然后听凭风的吹遣。风一定会把树城的战情吹到子法眼里。我从来没见过那个女巫，只是听说了不少关于她的能耐描述，只要她一感到情况不对，就会立即从王城方向发来邪恶、强大的咒语，据说她的一句咒语，就如同或超出一支万人骑兵的力量，摧毁力大得惊人。

战场上，不断有木晶仙子倒下，但倒下更多的是布鲁斯达人。这场仗从下午打起，打到星光闪现的夜里，还未结束。木晶仙子以突袭和人数众多取得上风，估计再战下去，很快就会将战场上的布鲁斯达人尽数解决。

胜利在望！

可就在这时，王城方向出现了异常情况。

原本闲散悠然、晶莹闪烁的星星仿佛跳动起来，夜空中有一股暗色云块诡谲地拥向西南方，很快便使那一片天空变得漆黑。一种不安的气息从风中飘来，飘进我的眼里，耳朵里，飞散到我全身的每一个毛孔里，我感到在那片黑云背后，一股强大、邪恶的力量正在生成！

果然，黑云中渐渐出现一个小小的红色亮点，这个红点越来越大，亮度也越来越耀眼。伴着红点变大的，是一串串我无法听懂的语言，这语言由一种深沉恐怖的声音说出，像风一样在空中回响。它来自王城，带着巨大的摧毁力。

一定是子法在王城看到了树城的战事，然后她就站在王城高高的皇宫顶端，向树城施咒！

红光近了。原来，那是一道飞速而来的光箭，带着炽热的威力，足以冲垮我站立的这片城墙。

夜风中，我三下两下脱去罩在身上的灰袍，让它随风飘向城下的旷野。我伫立在城墙上，两眼紧紧盯住离树城越来越近的红色光箭，让周围的格斗声渐渐从我的耳旁消失，使这个世界上宛如只有树城的我和王城的子法。《王城恋歌》里有发送光箭的咒语，我前不久看到了，看懂了，也记住了。现在，我要试一试了。

我集中精神，挥舞起双臂在夜空中划出优美弧线，心中念动咒语，让一道银色长光从我的指尖飞旋而出，径直朝那道红光飞去。红光在不远处的旷野上空被银光阻断，两光相撞，撞出雨般的火团落下地面，点燃了野地里的荒草灌木。

没过多久，第二道红光从王城方向发出，力量更猛，速度更快。我连忙再次念起咒语，向红光方向发出第二道银光。银光拦住红光，但这一次红光的速度过快，力量过大，虽然挡住了它，但却离城墙很近，两光相撞时的巨大火花几乎飞到我的眼前！

子法果然厉害。我深深地吸了口气，感到自己额上已经聚集了点点汗珠。我已将我懂得的最大威力的咒语使用了两次，而且无法增大银光的力量。在西南方的王城方向，在那个我用眼睛看不到的遥远的王城皇宫里，子法正在加大法力，她的红光两次被拦，现在，她一定会运用更加有力的咒语来对付我！我该怎么办？

果然，火雨落尽的短暂平静后，夜空的西南方出现一个紫色光点，瞬间，这个紫色光点就变大了，以一种我还未想象到的速度划破空气，带着巨大的能量和声音，直冲树城而来！

我没有别的办法，只能用银光去对抗。我念动咒语，让两道银光并在一起从我手中飞出！我的动作很快，但紫光速度更快，当我的银光与它相撞时，已经逼近城墙了。

只听一声巨响，接着又是一声巨响，银光与紫光相撞处，无数银色与紫色的火团喷飞而出，刹那间照亮了南城的天空。城下城上正在厮杀的武士在瞬间都停下了手中的刀剑，他们睁大眼睛，惊讶地看了一眼这一瞬间里比白天还要耀眼的天空，然后，才继续眼前的拼杀。

短短几秒的时间里，银光的力量到了尽头，紫光虽然也是强弩之末，但它已经冲到了我站立的城墙上。我还没有来得及再次发出银光，紫光就击中了城墙。随着一阵岩石碎裂的声音，城墙在我的脚下被打碎了一角。

"艾西丽塔！艾西丽塔——"艾尔塔的声音从城下的杀声中传来，他喊得急切，喊得惊恐。

火与石的碎片中，我的身体在向下飘落，白色衣裙被风吹动着飞舞起来。眼前，是一团团跳动的亮火，一块块被火光照亮的不规则石块。

坠落的瞬间，我的眼光不经意地掠过城外寂静的旷野，不知是真的还是幻觉，

第 15 回：幻梦之间·艾西丽塔

我看见一匹马踏着比夜空更暗的尘埃，飞一般地朝城下奔驰而来。马背上隐约是一个英武的骑士，在他头顶不远处的上空有一片白晶晶、蓝莹莹的东西跟着他。在他身后，不远不近地跟着另一匹马，马上的人身形袅娜，应该是个女子。

忽然，眼前的景象全部消失。

我不再坠落，眼前也不再有火光与石块，耳边也不再有任何声音。我轻轻闭着双眼，却依然能看到一片黑暗无边的空间，一重重旋转的星光从我身边飞过，宛如变幻莫测的万花筒。

时间仿佛已经停止。在这没有声音、没有冷暖、没有现实的空间里，一切都像是静止的梦，除了那些绚丽多姿的星光时时夺去我的眼神之外，再也没有什么能够让我觉得自己依然存在了。

我失去了时间的意识，失去了感知的意识，大脑渐渐变得空荡，什么也不想，也无从去想。终于，在漫长又短暂、真切又恍惚的飘游之后，我依稀听到有人在说话。那是一个年轻女子好听的声音：

"瞧她额头上的星星，多美啊！"

接着响起的这个男声令我的心猛烈地跳了一下："的确很美。你看她还好吗，迪丽亚？"

"她的身体没有大伤，可一直神志不清。"

"好好照看她，要是她醒了，马上来叫我。切记，不要让任何人知道！"

"是。"那个女声应道。

这是谁和谁的对话？为什么其中一个人的声音是那样熟悉？我想睁开眼睛，可我除了深深的呼吸之外，什么也做不到。

世界恢复了寂静，我再一次坠入无声的空间，不见日升日落，不知时间流动，也不再听到任何人的对话……恍然间，缤纷旋转的星光消失了，取而代之的是一片无边的黑暗。我的大脑里忽然又有了东西，眼睛也随之睁开了。

这是一个房间，温暖、典雅、华贵，柔软丝滑的被褥轻轻裹着我，烟样轻纱像雾一般罩着我，淡淡的光线从窗帘外透进来，分不清是黎明还是傍晚。我深深吸了口气，一股淡淡的、甜甜的花香立即飘进我的鼻间，是玫瑰！我坐起来，轻轻掀起床幔，看见房间里有一张精致的桌子，桌上的花瓶里插着一束淡黄色玫瑰花。

我感到疲惫，浑身酸痛。我尽力抛开这些不适，从床上下来，踏着厚厚的地毯走到窗前。

窗帘奢华无比，丝与毛的交织里似乎还嵌着碎碎的宝石。我站在窗帘一侧，小心翼翼地掀开一道缝，去看外面的景物。

这是清晨，而这窗外，是一片在清晨淡然的阳光中金碧辉煌的宫殿群，点点晶亮的光在每一座宫殿的外墙上密密匝匝地闪着，碧绿的花树在宫殿中郁郁葱葱地随清风微舞。我小心地向外探出头去，立刻看见了窗外墙上就近处嵌着的一个闪光的小东西——七芒星形小钻石！

我的心像被刀剑刺中一样痛。是了，这里一定是楼兰王城的皇宫。除了皇宫，没有哪一个地方会装饰这么多的木晶仙子钻石！而我，一定是做了布鲁斯达人的俘虏！

头痛袭来，我禁不住闭上眼睛，晕晕沉沉地向地毯上倒去。

眼前又变得一片黑暗，我的身体又变得飘忽不定，一切仿佛又回到了树城开战之夜，回到了那段我永远也坠不到头的虚幻空间。

然而，我很快就再一次听到了声音。

"殿下，她醒来走到窗前，可是支持不住又倒下了。"那个美妙动听的女声又说话了，"她能站起来走这一段，我想是个好兆头，只要我们想想办法，兴许真的可以救她。"

"没有人发现她吧，迪丽亚？"那个熟悉的男声又响了起来。

"没有。不过子法女巫师昨天夜里派她那些讨厌的飞蛾信使到殿下的宫里来过，因为太晚了，我就没让宫人们惊动殿下。"

"飞蛾信使说什么？"

"说大巫师感到殿下宫里有异样，让殿下小心一些。"那个好听的女声停了一会儿继续说，"我认为，殿下如果真的想保住她的命，甚至是殿下自己和我们这些妃子的命，最好尽快带她离开这里。一来，她受的伤不是帝国里任何一个凡人可以医治的，二来，大巫师迟早会发现她并告诉皇帝。那时，陛下对待这宫的人，一定会像当初对待伊丽塔公主那样毫不仁慈！"

"那你会怎么办？迪丽亚？我让你做的事已经超越了任何一个布鲁斯达人可以做的范围，你不怕吗？或者，你会因为害怕而背叛我吗？"

"我是你永远的同谋，殿下！"这个女声说，"并且，我大胆地认为，总有一天，新的力量会取代旧的力量。"

一片小小的沉寂过后，那个熟悉的男声轻轻地说："你先去吧，让我一个人待一会儿。"

"是，殿下。"

接着，又是一片沉寂，良久都没有声音出现在我的耳边。我蓦然感到，有一只轻而温暖的手缓缓滑过我的额头，滑过我眉心上方生长的七芒星钻。

然后，他的声音再次响起，像梦中呓语，轻飘空灵中带着一丝忧郁："为什么，我会深受这样一个夙愿的折磨？我的期待和幻想，心跳和脉动，一直被你左右！可现在，你就在我眼前，我却无法救你！我要怎么做，才能让你美丽的眼睛再次睁开？我要怎么做，才能让你知道我心里的煎熬全都是为了你？"

少顷，有轻轻的脚步声传来，是刚才那个女人的声音："殿下，请恕我又来打扰。我想说，不如去罗姆河吧，传说罗姆水仙无所不知，只要想问她问题的人能够一整夜在河边静立，心中不间断地念'尊敬的罗姆水仙，请为我指引方向'，念到清晨，罗姆水仙就会出现并回答这个人的问题。如果殿下想知道怎样才能救她，不如试一试，也许很灵！"

"罗姆水仙？"

"对！"

"没错，罗姆水仙！"男人的声音停顿了一下，随后立即命令道："叫人给我备马！"

第16回：惨月寒尸·娜菲赛

谁能告诉我，我的家和树城，出了什么事？为什么早晨还是鸟鸣雀舞，富庶繁华，这时却陷入一片熊熊不灭的烈火中？

我无法靠近城墙，眼前那道城墙也已崩塌，火焰、浓烟、焦黑的尸块和灰尘像海浪一样滚滚而来，迷住我的眼睛，差点呛坏我的肺。满城的喊杀声、痛吼声也在这时间充满我的耳朵，仿佛世上最恐怖的事情全都被我遇到了！我进退不得，因为我几乎什么也看不见，只能跌跌撞撞地下了马，紧紧扶着马背，靠着它的身体，撩起衣裙捂住嘴，也捂住马的口鼻。我感到自己就要昏厥，但我一遍遍对自己说，你是娜菲赛，像布鲁斯达武士一样健壮，你不会昏厥。

灰烟渐散后，神秘英俊的骑士已经不见了，城头的白衣女巫也不见了。城市慢慢安静下来，惨白的月光下，树城像一座无声的巨坟。

我飞身上马，向城门口跑去。

城门已经没有了，有的只是一摊碎砖乱石，有些石块飞溅得很远，上面沾着暗红色的血迹。我的马在碎石中小心前行，接着，我就看到乱石中夹杂的半颗血肉模糊的头颅。我忍住恐惧，又看了一眼，没有七芒星钻，这是一个布鲁斯达人。

在这夜风阴惨的时刻，面目全非的不仅仅是人的身躯，还有散落在乱石堆中的各种武器。剑、刀、斧等等，都像是曾经熔化过似的，严重缺损变形。

我的马踩到一具难得一见的全尸。这具尸体已经被烈火烧过，但还没有全都变成黑骨，特别是头颅上那颗被黑灰蒙住的七芒星钻，让我明白他是一个木晶仙子。

我从马上下来，蹲在这具尸体旁边，伸手拂去他那颗七芒星钻上的黑灰，然后轻轻一掰，这颗星就离开了那个头颅。我想象着它的主人生前的面貌，心里感到无限悲哀。即使是奴隶，也不该这么死。我叹着气，轻轻放下这颗钻石。

抬头四处张望，我已经看不到曾经熟悉的华丽街道，而我的家又在哪里？城中几乎没有一幢房子还有形状，所有的一切都化为残石断柱，在夜的笼罩下犹如鬼影幢幢。

我的父亲！我的哥哥！他们会在哪里？我朝着记忆中家的方向走去，虽然那个方向看上去就像夜晚的垃圾场、乱尸岗。

来到我家所在的地方，借着冷月与寒星的微照，我蹲在残壁碎石中，伸出颤抖的手，检查着我能看到的每一具完整或不完整的尸体。刺鼻的焦腥气味让我呼吸困难，而我的泪水也在不停地往下流。

查看完一处，我踉踉跄跄地扑向另一处去翻找，直到我的双手和衣服上也沾满了死人的血时，才突然发现一具僵卧在惨月下的尸体是那样熟悉！

"父亲！"我尖叫一声，跪向那具还算完整的尸体，抱住他，让自己惨痛的心脏紧紧贴在他已经冰冷的身躯上。一天前还神清气爽的父亲，现在竟然就陈尸在这纷乱破败的城市中！

我恨这场莫名其妙、突如其来的战争！这个世界活像人间地狱！

我的哥哥在哪儿呢？我放下父亲的遗体，又在石块中翻找起来，可是怎么找都找不到。也许他被埋得很深，那深度不是靠我的双手就能挖出来的。但我还是发疯地挖着，挖到双手都出了血。

突然，我的颈项一阵冰凉。有一把剑，或是一把刀，正架在我的脖子上！

"原来还有一个没死的！现在说说看，'高贵'的布鲁斯达人，你希望我给你一个怎样的死法？"一个木晶男人的声音从我头顶上传来，他有意拉长了"高贵"这个词，声调中充满嘲讽。

我没法动，他的长剑就在我的颈边。

"你吓破胆了吗？我'高贵'的、不可一世的布鲁斯达主人？"他又问了一句。

我没有出声，而是猛地从腰间抽出短剑，但我的短剑立即被那个木晶仙子用他的长剑击落，掉在乱石堆中。

"你还想杀人吗？你们布鲁斯达人杀的人还不够多吗？"他大叫着，剑柄又贴在了我的颈项上。

"我没有杀过人，"我平静地说，"我只是来找我父亲和哥哥的遗体！"

这时，一簇火把的光线越来越近，一些脚步声也渐渐走向这里。

就在这时，一个朗朗的男声传了过来："怎么回事？发现什么了？"

"是个布鲁斯达女人，陛下。"横刀的木晶仙子回答道。

"女人？"

"是的，尽管她满脸是灰、满手是血，但还是可以看得出，她是个布鲁斯达女人！要杀了她吗？"

空气像凝固了一样，我的心脏也像停止了跳动。我将在木晶仙子的剑下失去生命，以此偿还我身为布鲁斯达人的罪过。

"不，树城之战已经结束，先把她关在城里还没完全被毁的房子里！"那个朗朗的男声坚定地在我身后说道。然后，他带着几个人走开了。

"起来！你这个走运的俘虏！"那个木晶男人用剑拍了拍我的下巴，把剑从我的颈下移开了。

我无声地站起来，为自己逃开死亡而感到意外。

"朝右边走！"两个木晶男人举着火把，用剑朝他们要我去的方向指了一下。

我只能顺着他们的命令向前走，踏着一块块破损的石头，踉跄地走着。

大约半个时辰后，我被押到城中一幢还算没有全毁的房子里，这房子包括一座很高的塔楼。在我的记忆中，这所大宅是树城一位富商的家，而现在，应该也是全家尽亡。

"这以前是谁的房子？"一个木晶男人问另一个人。

"一个富商，我曾经的主人！他把塔楼当作惩罚奴隶的地方，现在我们正好把她关在那里！"

我被迫登上高高的塔楼，然后被关进最高处一个充满湿气和恶臭的小房间里。

一个木晶男人在离开之前，冷冷地朝我丢下这样一些话：

"'高贵'的小姐！你看见地上那堆潮湿的黄草了吗？那就是你的床！而墙角那个肮脏的木桶就是你的厕所！至于光亮，你可以期待太阳早一点升起和晚一点落下。到了夜里，你也可以通过上面这个小窗洞沾一点月亮和星星的光，它们一向比你们布鲁斯达人慷慨得多！如果想要伙伴，那你不会失望的，因为这里总会有几只老鼠出没！"

随后，只听"砰"的一声，厚重的木门关上了，火把的光线也随之消失，留下的只有冷森森的黑暗和囚室里令我窒息的臭味。

他们会把我怎么样？我在草堆上坐下，潮湿的草很快就把潮气传进我的衣裳，传进我的肌肤。我在黑暗中借着上方小窗洞里透进来的少许月光，抓起一把草看了看，感觉它们已被潮气沤得快要烂掉了。而墙角那个不断散发恶臭的木桶里似乎还残存着前任房客的排泄物。

我累了，可我无法在这样的地方入睡。

四周是死一般的寂静，没有任何人声。是了，这个城市里大多数的人都已经死了，死在王城大女巫施放的烈火中。我没有看到活着的布鲁斯达人，只遇到一些活着的木晶仙子。现在，这些木晶仙子又在哪里？他们也离开了吗？也许他们已经将我完全遗忘了！

我走到门前，试图推动那扇厚重的木门，可木门纹丝不动。也许我真的被遗忘了，就算他们当中有谁还记着我这个囚犯，那也犯不着来处置我，我会在这里渴死、饿死、腐烂……他们凭什么要记得处置我呢，他们恨我！

很长很长的时间过去了，终于，日上三竿。

我的心已经绝望，认定自己必定要腐烂在这间又脏又臭又潮湿的狭小塔楼里。忽地，我听到了脚步声，一个男人轻盈矫健的脚步正在接近我被关押的小牢房。

很快，脚步声就来到了门外。我甚至可以听见衣裳的摩擦声。接着，门外的人拉开了坚实的门闩，打开了牢门。

窗洞里透进的阳光正好照在来人身上，他闪亮的金色长发像在太阳中沐浴过一样，宛如用金子洒成。亮蓝色的眼睛就像罗布海水一样神秘；他的额头上也有一颗七芒星钻，那钻石正在光束的照耀下闪着夺目的光芒。而他那隐在亚麻色衣袍下的身躯也是那样伟岸健壮，隐隐向外散发着魅人的力量……天啊，他的容貌对于我并不陌生，甚至可以说太熟悉了！我惊呆了，眼睛直直地盯着他，不相信世上会有这样的巧合！

这个人的样子，与那个陌生骑士相当像，除了拥有不同的肤色外，什么都像。他们一个像是用碧玉雕成的俊美青年，一个则是白玉制作的同款精品！

我看着他，忘了自己的处境，也忘了陋室的湿臭和狭小。

"你，现在跟我走！"那声音对我来说不陌生，就是他下令把我关起来的。

"我听他们称你'陛下'，你是首领吗？看看你干的好事吧！你毁掉了一个城市！即使你们憎恨布鲁斯达人，也不该毁掉整个城市！"

"毁掉城市的是你们的大巫师！"他说。

"难道你们就没有巫师吗？"我说。

"你的话太多了！"

我瞪着他，冷冷地说："请问你这个所谓的'陛下'，打算怎么处置我？"

"快点出来，除非你想继续待在这里！"他并不回答我的问题，只是对我下命令，然后径自转过身，走出牢房，顺着塔楼陡峭的楼梯向下走，完全没有等我。

我连忙跟了出去。能走出这间牢房，真是太好了。

走下塔楼，走出这幢到处破损的房子，我见到了阳光照射下的树城废墟。这废墟，如同夜晚时一样可怖，极目四望，没有人影，只有尸身；没有鸟鸣，只有蝇飞。

破房子门前的一棵树已没有了树冠，只剩下一人多高的树干。树干上系着一匹马，马背上搭着马鞍，一侧挂着一个袋子。

"上马！"迷人的木晶仙子用清冷的声音对我下起命令，如同他叫我离开塔楼的囚室时一样。

我看了他一眼，他似乎想伸手扶我一把，但我用不着他扶。虽然我已经饿得没了精神，但我仍然身姿矫健地一飞身坐上了马鞍。他静静地看了我一眼，眼里流露出淡淡的一抹钦佩之情。他把缰绳从残存的树干上解开，牵着马向前走去。

"你打算带我去哪儿？"我忍不住问道。

他仍然不回答，甚至都不转过来看我一眼，就投给我冷冰冰的两个字："坐稳！"

真霸道！我嘟哝了一句。看样子，他完全没有杀我的意思，如果我突然纵马奔驰，也许很容易就能跑掉了。

"你不用想着逃跑，没用的，这马不会听你的。"他仿佛看穿了我的心思，头都没转。

"你要带我去哪儿？"其实，我对他的好奇心早已超过了想要逃跑的心，看着他领我前行的方向指引道，"这是通往城外一条小河的路，就算树城毁了，我也没有失去方向感。"

"坐稳！"他仍旧抛来这两个字。

"我不会掉下来的！"

他看起来很不愿意多说话，我叹了口气，只好沉默下来，由他一直把我领到城外那条小河旁边。

风吹来，小河边的胡杨树发出阵阵枝叶的摇摆声，仿佛树们也在谈论这场悲剧。

"河水不冷，如果你不想一直像现在这个样子，就下去洗洗。"他在河边停下来，示意我下马。

我无言地下了马，望了望清亮的小河水，心想这河兴许还不到我的腰，它只是一条小支流。我的确该洗洗了，我的衣服上沾满了泥灰尘土和已经发黑的血迹，脸上也沾满了东西，不用照镜子就能想象出自己眼下是个什么鬼样子。我听从了他的建议，踏着河边细软的草地向水中走去。

"我给你放了一套木晶仙子的干袍子在岸上。"他的声音在我身后响起，"我牵着马，在胡杨树后等你，你洗好穿好后，就说一声。不要想着跑掉，你没有任何给养，徒步走不到任何一个布鲁斯达人的城市或村庄。"

"我没想跑，只想洗个澡！"

河水并不冰凉，也丝毫不温暖。我盘坐在水中，捧起清流洗掉脸上的尘埃，在水中轻抚身躯，让身上的泥沙、灰烟和血迹都化解在水中，随水流去。

洗干净后，我从水中站起来裸着身子朝岸上走去。那个木晶仙子果然守信，正牵着马，背对河水靠在一棵粗壮的胡杨树上。我看不见他，只有他那被风吹开的衣角在树后飘扬，让我知道他就在那里。

河边的草地上有一套轻软的亚麻色衣装，有上衣、飘逸的长裤和优雅的裙袍。我不客气地穿上了，虽然这种简单的衣装根本比不上我自己的华服，但现在只要有件干爽的衣服可穿，我就无比满足了。至于鞋子，没办法，只好湿着穿了。

"你可以出来了！"我冲着树后的人喊了一声。

他转身向我看过来，目光中掠过一抹惊奇。他在惊讶我的美，然而他却没有多看，眼神很快就恢复了平静。

"我想你一定有地方可以投奔。"他说，"马送给你，它知道我把它送给了你，就会听你的话了，还有给养也给你。你已经洗干净了，只要再吃一点东西，就能打起精神去你想去的地方了。"

"你的意思是，放了我？"

"我相信对于我的同胞来说，你这样一个小姐是无害的。我还有很多事要做，不能一直看着你。你可以走了。"

"那你呢？你去哪儿？皇帝一定知道树城发生了什么，他会派军队来扫除你们这些活着的人。无论你们去往帝国的什么地方，都不会有平安日子可过！"

"你的话太多了。"他看着我，一缕长长的金发被风吹起，拂在他的眼前，"快走吧，你不能再留在树城的废墟中了，而且，你最好也不要去河城！"

他不再看我，果断地转身走去。

他打算就这样走掉？留下一连串让我百思不得其解的谜？我不愿让他就这样离去，于是连忙向前追了几步，大声朝他说道："就是你，引起了这场战事，对吗？你一定感到畅快，是不是？可你看看这个城市的现在，看看这片沾满血的乱石场，你难道就不内疚吗？也许皇帝和他的布鲁斯达贵族的确对你们不公，但那也不是你运用邪恶阴谋和野蛮力量把这个城市毁掉的理由！你以为你是谁？神祇吗？！"

他停了下来，转过身，望着我，脸上的表情变成一种我从未见过的严肃和庄重。

"小姐，建造树城的是木晶仙子，毁掉它的却不是！"他的声音既坚硬又冷漠，"如果布鲁斯达人只是对木晶仙子不公，我想那远不至于导致今天的局面。那不是不公，而是残暴！如果你仍然天真地觉得那只是不公，那我欢迎你重新回到你昨天晚上待过的牢房，等你在那里待上一年半载后，再把你拉到沙漠里的牢房里关上三个月，再然后，你就可以登上罗布天台，成为献给罗布海神的礼物。你会被魔火活活烧死，遗留的骸骨也不能安息。假如你能侥幸躲过焚仙魔镜的烧灼，也免不了要被赶上火船送进罗布海的旋涡，结果不是被烧死在船上，就是淹死在海里，或是被海中的食人鱼一片片地扯下来吞进肚去……小姐，你去过王城吗？我听说那里的道路和房屋上都镶嵌有木晶仙子的七芒星钻，皇宫也因七芒星钻而显得无比辉煌！可那是什么呢？那是无数木晶仙子的生命！小姐，就在你前方的一块残石上，对，就是那儿，那上面就嵌着一颗！"

我不由得向他所指的方向望去，也明白会看到什么。木晶仙子额头上的七芒星钻不仅王城有，树城也有，只是数量相对较少。那是死去的木晶仙子留下的遗骨。我的胸前正挂着一颗。

我望向他，欲言又止。

"你想说什么，想说人总是要死的，对吗？可是，如果不遇到意外，如果不受到迫害，木晶仙子就可以永生不死！而且，木晶仙子并没有要把树城的布鲁斯达人赶尽杀绝，我们把多数布鲁斯达人都囚禁在他们自己的家宅中，他们原本可以不必死的，可是你们的女巫却摧毁了这座城市，让那些俘虏尽数死在倒掉和烧掉的房子里。"他冷冷地对我说。

"你究竟是谁？"我想他一定不是普通的木晶仙子，一定大有来头。

"我是艾尔塔。"

"你？"我大吃一惊，"你就是困在麦提格尔岛上的木晶国王？"

"是的。"

"你怎么离开那座岛的？"

"我有我的办法！"

"什么办法？"我不可思议地看了他一眼,"皇帝想破头都没想出穿越毒气层的办法,你却完完整整地出来了？"

他盯了我一眼:"小姐,你的话太多了！你应该闭上嘴,快点上路。很快,这里就真的会是一片无人的废墟了！"

他一定非常讨厌我！想到这一点,我叹着气,不禁有点感伤。可是,我喜欢他,出于一种奇异和刻骨铭心的理由。他知道这一点吗？

"你不想知道我是谁吗？"

"你是谁与我无关。"

"我是树城执政官的女儿,我叫娜菲赛。"不管他是救我、放我还是最终杀了我,我都想让他记住我的名字。

"你是执政官的女儿？"他看了我一眼,"现在你一定尝到失去亲人的滋味了。"

"是的。"

"那滋味一定不好受,对吗？"

我感觉就要哭出来了,但忍住了。我咬了咬唇,静静地对他说:"我不会垮掉的！"

"我相信！你和别的布鲁斯达人不太一样。"

"你好心地放了我,要是我在路上被你的族人抓住,我还不是死路一条？"我朝他大声说道。

他看了我一眼,从腰上取下一柄华美的短剑,递给我。

"让我防身？"我接过短剑,只见银色剑鞘上刻着优雅的花纹,"你以为,我像一个强壮的武士那样,有以一敌百的能力？"

"不是让你拿着它去格斗,是让你展示它,"他的声调里有一种淡淡的嘲意,"这是国王的剑,它至少能让你多活一阵子！"

"就多活一阵子？"

他耸耸肩:"那就足够你想出办法脱身了,对吗？毕竟你是布鲁斯达人,如果你遇到木晶战士还不老老实实的,后果一定只有一种！"

"哦,我真讨厌这个世界！"

"快走吧,离开这里,也不要去河城。"他再次转身离去,头也不回。

"知道吗,"我在他背后喊道,"你的长相并不是唯一的！"

他暂停了一下脚步,没有回头,随后就走了。

我不再喊他，我心里千头万绪，那样乱，那样狂。

我不能留在树城，这里已经无法住人。艾尔塔说我也不能去河城。他在预示河城即将发生战事。那我该去哪儿？

我走到艾尔塔送我的马跟前，翻身上马，然后策马扬鞭，一边让马跑起来，一边轻轻地对马儿说："跑吧，宝贝！我们去王城，去皇帝那里要些补给！"

第17回：往日东方·木斯塔

我纵马疾驰，穿越胡杨森林。呼呼的风从我耳边吹过，让我的大脑无法平静。

当树城在子法那摧毁力无比强大的火光魔法下变成一团团熊熊燃烧的烈火时，我用尽全力策马飞奔，跑到城下，接住那个向下坠落的白色人影。

我顾不得去听城内不断响起的惨烈呼号，我那些小小的魔法尚不足以挡住和扑灭这么大的火势。我唯一能做的，是在我和娜菲赛头顶挥出一顶云帽，以及一边抱着这个银发木晶仙子，一边尽全力喊着，让距离我不远的娜菲赛赶快远离城墙。娜菲赛的马和我的分开了，我一时也顾不上她，只在心里向神祈求别让她陷入火海……

树城就这样毁了。

这恐怕既不是子法的本意，也不是叛乱者的愿望，更不是父皇想看到的结果。但现实就是这样。我没有找到泰亚、泰吉和泰戈，不知他们是否躲过了这场魔火，但情势危急，我要救人，就顾不上他们了，但愿他们全都能顺利脱险。

我日夜驰骋，披星戴月，顾不上吃一口干粮喝一口水，一直纵马奔跑，跑过荒原，渡过罗姆河，驰过胡杨森林，回到了王城。

我悄悄回到皇宫，支开宫中仆役，把一直昏迷的艾西丽塔抱进宫中藏了起来，并让我的一个名叫迪丽亚的妃子秘密照看她。

父皇还不知道我回宫了，他这时一定也顾不上我，叛乱已起，树城尽毁，帝国有了大麻烦，他一定正怒气冲冲地在和武将及巫师商讨战情。

现在，我又悄然上路了，为了寻找可以拯救艾西丽塔的方法。

昼夜赶路，决不休息，终于在第二天傍晚时分，我赶到了罗姆河边。我把马系在河边的一棵树上，让它能吃到周围肥美的青草，然后便直奔罗姆河畔。

"尊敬的罗姆水仙，请为我指引方向……"我摒除心中杂念，整整一夜在心中不间断地吟咏这句话。

清晨，罗姆水仙再次出现，她那由水珠向上升起而形成的身形再次在我面前闪起光彩。

"木斯塔王子，你又一次叫醒了我，你的念力和定力真叫我钦佩。这一次，你有什么问题？"罗姆水仙那如流水般优美的声音响了起来，她望着我，透明的脸上带着一丝温和的微笑。

"尊敬的罗姆水仙，还记得上一次我向你询问过的那个银发木晶仙子吗？"我说。

"当然。"

"现在她遭遇魔法袭击，昏迷不醒！请告诉我，怎样才能救她？"

"帝国里能够救她的人就是你的父亲！"

"父皇？"我感到一阵绝望，"父皇纵然有能力，也不会救木晶仙子，相反，他会杀了她！"

"如果你无法让你父亲救她，那你只能去寻找另一个人。"

"另一个人？他是谁？在哪里？"

"在帝国以外，一座名为'巫'的山脉顶端住着一个名叫帝俊的人，他也可以救她。"

"巫山？帝俊？我从没听说过。"

"那是因为你从未离开过楼兰帝国。王子，尝试着走出去，向东走，你会发现，帝国之外的天空和楼兰一样广阔。"罗姆水仙停顿了片刻说，"带着银发木晶仙子一直向东，以你的骑速，奔驰十几天，你就能找到依临一条名叫'长'的大河的巫山，就能看到帝俊的宫殿。帝俊原本是东方天帝，拥有强大的神力和无边的知识，可以救活你的木晶仙子。"

"帝俊曾是东方天帝？那是另一个帝国吗？"

"王子，如果你要问这么多问题，就没有时间救她了。你必须赶在十五日以内找到帝俊，她还有救；十五日以后，就连帝俊也无能为力了！"

说完这句话，她那由薄薄的水幕组成的身体就重新化为水珠，散落在河水中，随即消失了踪影。

感谢罗姆水仙！我在心里喃喃地说。

十五日，太短了，何况是去一个我从不知道的地方。我拿出随身携带的干粮，狠狠吃了一顿，然后立即骑上马，向王城驰去。

又是两个昼夜，我在黎明未到时悄然回到王宫。我把马缰递给宫里的马夫，就大步流星地走进内宫。

迪丽亚已经迎了上来,她神情忧郁:"殿下,你终于回来了!"

"她怎么样?"我急切地问。

"不好,不但没有醒,而且身体开始发烫了。"

"叫人把我的马车备好,装上给养,我要带她出门。"

"殿下找到解救她的办法了吗?"

"是的,但时间很紧,马上就要出发。"

迪丽亚没有惊动宫里其他嫔妃和武士,她独自去找马夫和仆人了。

我匆匆赶到迪丽亚的房间,看见艾西丽塔正昏昏沉沉地躺在床上。她美丽的双目紧紧闭着,她的额头滚烫滚烫。我抱起她,步履飞快但轻巧地走出了宫门。

宫门外,迪丽亚已经叫人备好一辆四匹马的马车,她打开车门,帮我一起把艾西丽塔放了进去。

"后车厢里有食物和水,还有一捆麦子,如果路上没有马吃的青草,就用麦子喂马。"迪丽亚说。

我跳上车夫的座位,拉着缰绳,转头对迪丽亚说:"谢谢你!"

"殿下不用这样,我为你做什么都是应该的。"

我再望了一眼迪丽亚,便挥缰扬鞭,别尘而去。

出了宫门,我向东疾驰;出了王城,我依然向东飞驰。向东,向东!我从罗姆河回来,已经用去两个昼夜,现在出城,是艾西丽塔十五天生命之旅的第三天,时间走得太快,让我心急如焚!

驾着马车,我没日没夜地赶路,除了让马休息外,我不愿浪费任何一点时间。现在已是夏天,天气非常炎热,我的汗像水一样滑下。由于马车长时间狂奔在没有路的荒野上,终于经受不住颠簸,渐渐支离破碎。我只好放弃马车,取了些干粮,抱着艾西丽塔骑上四匹马中最健壮的一匹,又用缰绳牵住另外三匹,继续奔行。

第八天,我已远离帝国中心地带,所经之地不是野草漫漫的荒原,就是热浪滚滚的沙海。又走了两天两夜,所经之处,都没有人烟。

很快,已是第十三天了,中途我不断换马,好让马轮流休息。我向着东方急切地眺望,想看到罗姆水仙所说的那座名叫"巫"的山。可是山在哪里?

我又驰入一片荒野,地面一开始很干糙,野风呼呼地吹着裂土上稀疏的草,那些草看起来虽是绿色,却绿得苍白干渴,附着一层没有水气的沙尘。干风也吹着我的面额，不断吸走肌肤里的水分。

疾驰半日之后，我忽地感到，在那又热又硬的风中，渐渐飞来丝丝湿气，滋润着我干裂的嘴唇。再向前，大地一点一点地有了湿意，草越来越多，草色也越来越翠。及至前方，阳光下的荒野竟闪出点点晶莹水光！

果然，草地越来越湿，还有了小水洼。为了避免掉进沼泽，我让马走在湿地边缘，这里地面很软，不便奔跑赶路。

第十三天的白天即将过去，太阳在我身后渐渐沉入远处迷茫的地平线，黑暗一点点降落四周。我找了一棵周围没有水洼的树，停下来让马吃草，又把依然昏迷的艾西丽塔抱在怀中，靠着树休息。

美丽的木晶仙子，她的身体很轻也很烫。纵使隔着滑软的衣衫，也能感觉到她那正被巫火焚烧的生命。

多久了？我心中藏着一个强烈的渴望，当我还不知道她是谁、叫什么名字时，就一心想要再次把她拥进怀里。祭海之后，我一直在想她，想着这个如此美丽、如此神秘、如此让我一见倾心的木晶仙子会遇到什么样的命运？是在船上被焚沉入罗布海底，还是在毒气中离开人世？……现在，她就在我怀中生死未卜。她会死吗？而我，又真的能够找到帝俊并救活她吗？

让马休息了一个时辰后，不等天亮，我又顶着月光出发了。

第十四天清晨，当阳光迎面升上天空时，我终于在远远的前方看到了依稀的山影，若隐若现。而湿地的尽头，涓涓细水汇成一条小河向东流去，流向山的方向。

那就是巫山吗？我不知道。有山就有希望，我抖擞了一下精神，拍拍马，顺着清亮的小河，向东方疾奔而去。

山离我仿佛永远是那么远，无论我如何纵马奔驰，当太阳迎面而来又掠过头顶向西方落去后，那山离我的距离好像还是那么远。

正在犹疑间，我忽然发现小河前方左岸边长着一棵古怪的树。树的形状我从未见过，好似一条生着脚爪的蛇身蜥蜴，弯曲着身体立在地上，头冲天，尾扎地，脚爪四升，跃然似舞。树的枝蔓上没有叶子，却开满金色花朵。

更加让我惊喜的是，这树旁居然建有一座木屋！远远望去，可以看见木屋顶上向两边倾斜的屋檐，这种结构完全不同于楼兰的圆顶屋宇。

很快，我就来到了花树和木屋跟前。木屋前面还有一个由低矮树篱围成的小院子，从院中传来一阵悠扬悦耳的笛声。这笛声与我在帝国声色场所听到的不同，那

第 17 回：往日东方·木斯塔

种乐器，我一定从未见过。

我还未下马，就看见篱院中坐着一个须发洁白飘逸、衣着粗朴淡净的老者，他正微闭双目，专注地吹着一支细管状的笛子。

我在金花树旁停下马，小心地抱着艾西丽塔从马上下来，然后走到树篱小门前，礼貌地问那位老者："阁下，借问一下，这里是哪国地界？前面那团山影是否就是名叫'巫'的山？山下是否还有一条名叫'长'的河？"

笛声停了。

老者抬起眼睛，看似淡然却又凌厉地望了我一眼。他的眼眶虽是老者模样，眼珠却晶亮无比。他虽是老者形象，全身却没有一丝垂老的感觉。

老者放下笛子，说：这个地方不是国，更不属于任何人，而是旷古空地，自它存在时便是这样。至于巫山和长河并不是你所说的那团远方的影子，但你会见到的。"

得知巫山与长河在此，我非常激动，接着又问："再请问一下，去巫山要怎么走？巫山里有没有一位名叫'帝俊'的人？他曾是东方天帝。"

老者站起身来，走到树篱前，轻轻将篱门打开："请进来吧，关于帝俊，我和你慢慢讲。"

我抱着艾西丽塔，依言走进篱门。老者在前面引路，打开木屋的门走了进去。我跟随其后。

一进屋门，我立刻呆住了，眼前的情景哪里还是简洁的木屋啊，竟是霓云缭绕、仙雾笼罩、山青水碧、金阁玉楼、高不见顶的神奇所在！

几道五彩光束从高空射下，晶莹剔透的光束照在飘荡其中的云霞之间。前方的山上植物葱茏，全都是我从未见过的奇花异卉，微风拂动时，幽香也飘然而来。

忽地，一缕空灵的乐曲声悠然飘来，在空中升升落落，停停走走，极是动听。仙乐奇景的前方，那绿意幽幽的山顶上，遥遥可见赫然耸立着一座巍峨华美的宫殿，典雅壮丽，体积之大足以让楼兰王城的宫殿群望尘莫及！

就在我被眼前出现的景象惊呆的瞬间，那老者挥了挥手，立刻就有一驾金光闪闪的四马马车从半空中出现，四匹白马在空中划了一道优美弧线后，旋即来到我的面前。

"勇士，此地名叫'往日东方'，前方的山就是巫山，山下环绕着一带水，就是长河。你抱着的人正在走向永恒的黑暗，时间无多，快把她放进马车，到我的宫殿去，我可以救她！"老者说。

刚才布衣简衫的老者已经变了模样，眼前的老者头戴金冠，身穿绣金长袍，遍身金光夺目，一派神王风度。

"阁下就是帝俊吗？"我把艾西丽塔放进马车，一边跟着老者坐进去，一边犹疑地问。

"是的，我就是帝俊。如果你再晚来一天，她受的伤就没救了；如果再晚来三天，连我也不在这里了。"

这时，马车离地飞起，向前方宫殿飞去。

原来他就是帝俊！于是我又问："阁下是东方天帝，为什么楼兰帝国的人却从来没有听说过？而且，三天后，阁下要去哪里？"

"我曾经是东方天帝，只是曾经，木斯塔。我要去的地方，就像我来的地方一样，你都不曾听说。"

"阁下知道我是谁？"听帝俊说出我的名字，我大吃一惊。

"东方已然不再，只是帝俊还在罢了，所以这个所在叫作'往日东方'，不存在于实境，只存在于虚境，没有慧根的人是看不见的。在'往日东方'以外，天地比曾经的那个时候小了一半，万物也锐减到七分。在这样简单的世界，洞察秋毫只不过是小菜一碟。我知道王子此行的目的和急切的心情，所以就没有耽搁。先送你的心上人去天宫施救，然后再慢慢让你睁开心头的眼睛，好好看看如今的世界。"

帝俊的话让我心上的一块大石头落了一半，且不论这个鬼斧神工的壮美之地是实地还是虚境，我总算没有白来。

金光闪烁的华美马车在空中飞驰，飞向前方那座耸入云端、依山而立的金碧辉煌的宫殿。

离帝俊的天宫越近，越觉得祥云旖旎，霞揽七色。空中不但飘有灵动的乐声，还飞舞着两只我从未见过的巨鸟。它们的尾羽纤长飘逸，底端还有人眼般的漂亮翎毛。

"这是凤凰，世间最古老最吉祥的神鸟，凤凰飞来，表明将有好事发生。"

"我从来没有见过这么美的鸟，事实上，我也从来没有见过这样的宫殿。"

"这凤凰是我从曾经的东方带来的，仅此两只，通常我不呼唤它们，它们就不常出现。今天你能看到它们，定是一个吉兆。"

很快，马车就来到了这座神奇宫殿的前方。宫殿的层层台阶全都由质地绝佳的白色美玉砌成。巨阶两旁，分别矗立着十二座巨兽玉雕，它们巨大威猛的形象为这座宫殿增添了雄伟的气势。我在心里暗暗惊叹，如此气派独特的景象，只应天上有。

"这些都是吉祥神兽，有龙、麒麟、独角兽……"帝俊向我介绍着这些玉雕巨兽的名称。但我因为过于惊叹眼前的景象，几乎没有听清他的话。

飞上宫门，马车没有停下，而是从敞开的巨门处驰进宫殿内。宫内空间巨大，金壁玉柱犹如天空之墙、天空之柱，宽广绝净的楼梯宛如登天之阶。

神马驾车飞越楼梯，在上层一处宽广的长廊里行驶。这长廊晶莹剔透，两边玉瓶高耸，雕画清逸，一派幽情淡雅之味。

"这里真是……太壮美了！"我不由感叹道。

帝俊淡淡一笑，指着车外这些宏美雅致的天外仙廊说："这里的景观都基于东方一个古老大国的审美习惯而建，那个疆土万里、富甲一方的古老国家，曾是那个世界上所有生灵向往的福地。只是，时过境迁后，连世界都不存在了，又何况是国家和生灵呢。"

"但我仍然不明白，为什么那个东方变成了'曾经'？发生了什么事？"

"你会知道的。现在不忙说，先救人。"

马车停在一个房间门口，帝俊下了车，我也抱起艾西丽塔随后下了车。帝俊轻轻挥了挥手，门便缓缓打开了。

"把她放在那张榻上。"帝俊边走边说。

这个房间有如碧玉镶砌而成，烟样轻纱飘垂在巨大的雕格窗边，袅袅的香气从一只翡翠色的香炉里悠然而出。房间里有一张精美的雕花玉榻，上面铺着松软柔滑的垫子，我把艾西丽塔放在上面。

"瞧她额头上的七芒星钻，"帝俊略带感慨地说，"长得太美有时不算悲剧，但长着有大用处的东西，就真是不幸的渊源！"

"什么？"我不明白他的意思。

帝俊示意我不要问，同时伸出右手向房间上空探去，瞬间，他的手中就握住了一株风干的草，有茎有叶，花却干燥了。

"带花风干的萨拉曼那草！"我大吃一惊。

"没错，你知道这草，因为你是卡鲁尔的儿子。而这草，是我某天一时兴起，隐身飘游到你的帝国王城时在皇宫里发现的。我潜入你父亲宫中悄悄取来一小枝，他并没有发现。也许我的这个好奇，就是为了等到某一天来救治一个像她这样美丽的木晶仙子。你一定不知道，它的烟气除了能让清醒的木晶仙子变得痴呆木讷，还有别的用处！"

"要点燃这草来熏她吗？她会失去意识的！"

"她已经失去意识了，因为她中了巫术，受了重伤。而这种带花风干的萨拉曼那草，在木晶仙子失去意识后，只要再次燃起，让这烟飘进他们的鼻息，就可以解除巫术。它的魔力很强，也能治好她受的重伤。"见我一脸疑惑，帝俊笑着说，"相信我。我置身世外，不关心你们的战争，我只是要帮你救她。"

"阁下知道这种草是怎样被风干的吗？"我问。

"不，萨拉曼那草是神圣与邪恶并存的拥有强大力量的魔草，受天地日月精华，又受血雨腥风侵蚀，所以与生俱来有一种可怕的咒语附着其身。要风干这草，需要特殊的环境。往日东方没有那种环境，当然也没有这种草。所有这些，都在你父亲卡鲁尔的掌握之中。即使是我也不知道这个秘密，而我也没有去专门偷看你父亲如何风干它们。"

帝俊拿着那株萨拉曼那干草，在空中轻轻一挥，草头便出现了火光，冒出一缕淡蓝色轻烟。帝俊把草放在艾西丽塔鼻前，轻轻吹了口气，蓝色轻烟飞散开来，进入艾西丽塔的鼻息。很快，艾西丽塔紧闭的双眼睁开了。

我惊喜地看着她，感到她那透亮纯净的紫色眼珠从空洞静止渐渐变得神采奕奕。苏醒后的艾西丽塔看见我，眼里顿时充满一种难以形容的复杂内容。

"木斯塔王子？"她望着我说。

"是我。"我马上接话，带着无比喜悦的心情，温柔地看着她。

然后，我向她介绍帝俊："这位智者是帝俊，他曾是东方天帝。是他救了你！"

"东方天帝？"艾西丽塔呢喃着这个名号，眼光望向帝俊。

帝俊很有风度地微微一笑，淡淡地说：

"时过境迁，东方已然不再，庆幸的是，千万年来我积攒的各种把戏都还没有消失，今天还派上了用处。艾西丽塔，你能醒来我非常高兴，但救你的不是我。倘若没有这位勇士带着你千里驰骋来到这片虚境，我纵有能力也救不了你。"

"谢谢你们救了我！"艾西丽塔由衷地说。

"现在，我要去照看一下东方花园，等一会儿，请你们到我的花园里用膳。"他转头对我说，"木斯塔，好好照看她，她还没有完全恢复元气。"

"当然！谢谢阁下！"

帝俊微然一笑，翩然转身离去。

第18回：星辰谜底·艾西丽塔

巫山云端下，天宫里，柔软的碧草上，我和木斯塔在这里坐了很久。

有生以来，人世间第一个让我印象深刻、不能忘怀的人就是木斯塔。他是我的敌人，是木晶仙子的敌人，也是我的恩人。

木斯塔是我的毒药。只要见到他，我心中都会漾起异样的感觉。纵使他救了我，也仍是敌人。在艾尔塔眼里，木斯塔就是敌人。

坐在木斯塔身旁，我的心被矛盾淹没。

帝俊的"往日东方"绚丽无比，也宁静异常。除了帝俊和他的两只凤凰、几匹马外，其余都是无言的山、沉默的水、一片片美得无与伦比的奇花异木、明月彩霞。这里是真正的世外桃源，一切都建构在昔日东方天帝的神迹中，在一个虚无的地方遗世独立。

我在心里对自己说，放下尘世间的恩怨和战争吧，既然这里是虚幻的神境，那就让我和他暂且享受这种平静与安详吧。

从木斯塔口中，我得知了一个忧伤的消息：树城毁了！他说，战事之后，树城就被子法发自王城的魔火烧毁，木晶仙子幸存了不少，布鲁斯达人几乎死尽，因为他们被奴隶关在房子里，当房屋被击毁时，他们都被砸进了废墟。

抬头望天，"往日东方"也像凡尘一样有昼夜之分，在虚幻的天穹上，点点星光开始闪现。

"我是由强大灵魂的意念产生的木晶仙子，与生俱来就带有责任，要帮助我的同族对抗你父亲的统治，这是我的使命。虽然树城毁了，但我相信木晶仙子不会放弃争取自由的战斗，我也不会。"我对他说出了我的想法。

他没有说话，只是看着我。

我感受到他的眼神，那眼神又一次让我心中漾起波澜。我压抑住情感，用平静的声音说:"我羡慕这里的宁静,没有战争,没有被奴役的人,没有笼罩在死亡中的人群,没有高高在上的贵族。可惜,世间最完美的仙境只存在于虚念之中。"

"我羡慕你这种感觉。"木斯塔望着我,"你明明白白地知道自己是谁,想要什么,还可以义无反顾地为自己理想中的一切去奋战,内心绝不会有质疑,行动也不会有迟疑。可我从来没有这种明晰的感觉!"

"王子的心很迷茫?"我故意问道。可我的心却说,为木晶仙子而战,我的内心不会质疑,但是与木斯塔为敌,却左右为难。

他似有无限难言之痛:"我从来就不知道自己究竟是什么人。布鲁斯达人?可在我的梦境里,我总是发现自己是个木晶仙子!如果我是木晶仙子,可在镜子里,我却是个布鲁斯达人。当我看到你被关在囚车里送往罗布天台献祭时,我的心就在问,为什么这样一件被帝国贵族们认为是正确的事却会让我不忍?可我又救不了你,如果我救你,就是与父皇的意志为敌,就会受到极刑惩罚!我当然不是惧怕死亡,只是觉得,心底里还有希望,这希望值得我活着,去慢慢等待!可是那时,我的心却在流血,因为那不是我想要的结果!"

"可你帮了我,让我不再干渴,让我在沉入海底后可以用你给我的钥匙打开锁链逃生,而你现在又一次救了我,为此我衷心地感谢你!"

"救你是我的心愿,我很惭愧我没能直接把你带走!"他轻叹,"只可惜我从《雅鲁达恋歌》里学到的法术是有限的,而且也没能早一点学会,否则我可能早就可以救你了。"

"雅鲁达?那是麦提格尔岛上的一座山峰啊!"

"真的吗?"他从怀中拿出一本薄薄的书,递给我看。

我接过来,看了看那本封面上有一座山、山顶上有一座宫殿的书,那山、那宫殿,俨然就是艾尔塔带我乘着飞龙奥吉去过的地方,是雅鲁达山峰和幽雪城堡。我认得这画上的地方,然而书中的符号我却一个也不认识。

"你看到什么了吗?如果你看得懂,我不介意你学会上面的魔法。"

"我一点都不懂,这是一本只有你才能读懂的书,就像只有我才能读懂的《王城恋歌》一样,我也在学习魔法,学的时间不长,还没有能力对抗你们的子法女巫师!"

"《王城恋歌》?"

"是的,这书已经不在我身上了,我想是在我摔下城楼时从我身上掉了出去,

第18回:星辰谜底·艾西丽塔

埋在废墟中或是被烧毁了。好在我已经记住了里面的所有咒语,只差灵活运用了。"我又随口问,"你会多少魔法?我曾经做了一个梦,梦见你和我在一个房间里斗法,那时你非常凶恶,一定要置我于死地。"

他露出一抹微笑:"你梦见过我?我以为只有我在日日夜夜想着你。说到魔法,你觉得这个怎么样?"

他说话间,只见我们周围那原本在傍晚的余晖中已变得深绿的草地上,竟冒出一朵朵粉红色的花苞,然后,花苞成片开放。花朵中央是淡黄色的蕊,还会发光,星星点点,像满地燃动的小烛火。

"真美!"我忍不住微笑着问,"原来不仅帝俊会建造虚幻的'往日东方',你也会啊!"

"这不是虚境,而是我心里一直盼望的时刻!"

就在这时,满地粉红色的花朵离开了地面,花瓣一片片分解开来,像雨一样聚集在我和他周围。又有一阵香气袭来,我几近陶醉。

飞花将渐近的夜色挡在外面,木斯塔就在这飞花丛中温柔地拥住我,将他火热的嘴唇紧紧按在我的唇上。我倒在帝俊的草地上,任他除去我的云裳,又不由自主地拥抱着他。我享受着他对我的渴望,也享受着我对他的渴望,这一刻,我不要去想别的人和事,只要与他尽情缠绵!

忘了世界吧,我让脑中所有的火焰尽情燃烧,烧到天的尽头,烧到海的边缘。无论这世界是战是和,是延续还是灭亡,我要享受这一刻,和我灵魂深处难以忘怀的这个敌方男人……

夜,来了。

花瓣,轻轻落了。

群星,闪闪亮亮地登场了。

之后,我说:"太安静了!"

"因为这里并不存在。"木斯塔给我披上衣裳,温柔地搂着我,让我在他怀中静静躺着。

"我真希望能在这里度过一生。"我说。

"我也想!也许我们明天可以去跟帝俊说说,让他允许我们留在'往日东方',活到几时算几时。"

我心里明白这是不可能的,无论我们多么羡慕这片宁静的世外桃源,我和他都不可能忘记现实。

"我困了。"我说。

"那就让我们睡个好觉吧,在这里,没人会打扰我们。"

我们相拥而卧,去我们各自的梦乡领略各自的现实。

天亮时,霞光挂在天边,蓝色天穹上,祥云朵朵,宛如昨日情景。我们穿好衣袍时,一阵清风拂来,一派清新洁净的感觉顿时流遍全身。

空中传来悠扬的鸟鸣,只见一只凤凰飞来,口中衔着一个纸卷。凤凰将纸卷轻轻丢下,木斯塔接住了那个纸卷。

展开卷纸,原来是帝俊的邀请信,他请我们去花园用早膳,说他将带着"往日东方"离开这里,离开前会为我们讲述有关"往日东方"的故事。

凤凰在空中盘旋了两圈,飞走了。木斯塔手中的那卷纸,也化为一片金光消失了。

木斯塔感慨道:"东方天帝要走了,他要去哪里呢?"

"我们去用早餐好了,他会告诉我们的。"我微笑,"虽然这早餐也是虚无的,但只要真能果腹,虚的也是实的。"

我们走出草地,踏着青色玉石小径,向帝俊的花园走去。

帝俊的花园,就在那座了不起的天宫后庭里,而我们相拥而卧的草地,则在天宫的前面。由于天宫宏大,从前面走到后面花了我们很长时间。前有树草,后有奇卉,一片碧绿与缤纷之色簇拥着这座世间绝无仅有的宏伟宫殿。在花园里,有一座八角美亭,玉雕的梁,精琢的柱,地面如镜,飞檐冲天。

早膳就摆在这里,没有仆人,没有侍从,玉盘珍馐仿佛有人操控般从空中飞来,有规有矩地落在三张精美玉案上。帝俊在上首坐着,木斯塔和我分别在左边和右边的玉案前落座。只见三张玉案上摆着相同的美食,一小碗淡粉色的谷粒粥,细致精洁,淡香扑鼻;三小碟美肴,分别是红、绿、黄色,看过之后顿觉清新;一小碟糕饼,形如星月,十分可爱;一碟奇果,虽知那是水果,却从未见过,定是异域品种;一杯佳酿,酒香轻轻飘出,醇美无比,却不辣口。盛放美食的器皿都由色泽光润的蓝玛瑙雕成,天然玛瑙花纹配着美食,又是一番趣味。在"往日东方",帝俊招待我们享用了不止一餐,每一餐都令我眼界大开。

帝俊举起酒杯轻啜一口,笑道:"简朴小食,敬请二位贵客慢用。"

"阁下太谦虚了。"我感慨地说,"这样精致的珍馐,我从来都没有见过。此生有幸,蒙阁下救命,又见识了这些世外奇迹,真是感谢不尽!"

"世外的一切,在世人看来都是奇迹,所以奇迹又是虚像。"帝俊说,"然而宇宙无边,时间无尽,就连神祇有时也无能为力。我准备离开这里,去宇宙中另外的星辰上安家。"

"宇宙?星辰?"木斯塔疑问道,"什么是宇宙?"

"说来话长。"帝俊神情泰然,吃了一口精肴,又品了一口佳酿,朗朗而谈,"每当日落之后,星空便会呈现在眼前,闪耀的群星灿烂无比,常常引发人类的无限想象。然而,谁又能想到星空的实质?所谓星空,就是宇宙,是无边无际无穷大的星辰家园。而星辰,木斯塔王子,你的帝国就在一颗星辰之上,帝国土地就是这颗星辰的一部分表面,每一个星辰都是一个你无法想象的巨大球体。它们飘悬在广袤无垠的宇宙之中,成为一个个相对独立的世界,从这颗星辰上看别的星辰,就仿佛看着一颗星星。而星辰上的生灵,就是这一个个世界中的主人,就像你,木斯塔,生来就认为自己和布鲁斯达人是帝国的主人,或者说,也是这个世界的主人!"

帝俊的话让我吃了一惊,木斯塔看了我一眼,我知道他和我一样吃惊。

"在我曾经停驻过的一颗美丽的蓝色星辰上,也有万物生灵,也有智慧人类,以及各方神祇。当那颗名叫'地'的星辰还存在时,我是那颗星辰上的东方天帝!"帝俊接着说道,"地星之上,有东西南北之分,各方都有神祇居住,例如东方有我、西王母、女娲、伏羲等大大小小的神祇不下千位;在西方,又有宙斯、赫拉、阿瑞斯、阿波罗、雅典娜、维纳斯等大小神祇;在北方,也有阿瑟诸神。所有的神照看各方天庭,互不相扰。与万物生灵相较。神祇有不死之身,有移山倒海之力,有播云布雨之能,这些种种能力,在世人看来就是神力。"

"神祇,没错,这里也有。"木斯塔说,"父皇每年都要献祭罗布海神,罗姆河里有罗姆水仙,我想还有我所不知道的神住在这里。对了,依阁下所说,我们的世界是一个星辰,那么这个星辰有名字吗?"

"原有的各种生灵并没有给他们生存的世界起名,它的名字是后来登上这颗星辰的地星人取的,就叫楼兰,和你的帝国同名,王子!"帝俊眼里流露出意味深长的目光。

我和木斯塔忘记了品尝神仙美食,都目不转睛地望着他,倾听他说出我们此前完全不明白不知道的事。

帝俊把目光投向木斯塔,说道:"这个世界原本的主人是木晶仙子,不是布鲁斯达人。三亿年前,当这颗星辰在浩渺的宇宙中诞生时,还是一片死寂的荒原,经过两亿多年阳光雨露的滋润，天地精华聚集在这里，就渐渐造就了这颗星辰上的生灵，他们以木晶仙子为主，当然还有其他各种生灵。数千万年以来，木晶仙子与其他生灵平静地生活在这里，与天地齐辉，与万物共存，树木有多长的生命，木晶仙子就有多长的生命。那时，这个宛如天堂的神仙乐土令身在地星的我羡慕不已，所以在地星毁灭之际，我就穿越宇宙长河，来到了这里。"

"地星上的其他神祇没有来吗？地星是怎么毁灭的？"我问。

"其他神祇没有来，有一些去了他们认为不错的其它星辰，有一些则不得不停留在满目疮痍的地星上等待最后的消亡。因为即使是神祇，也有神力的不同，不是每一个神都能来去自由。在东方群神中，有一位最为绝色的女神名叫嫦娥，在地星还没有毁灭时，她就带着她驯养的一只白兔和仆人吴刚，去了一颗名叫'月'的星辰，还把她喜欢的一棵月桂树移到月星之上。不过后来，月星也荒芜了，嫦娥只好另选了一颗星辰，走的时候因为匆忙，没有移走那棵月桂树。有一次我在宇宙间穿游，看见月星上那棵月桂树金花不再，只有萎黄，心里不舍，就去月星把月桂树移到了这里。"

"就是小木屋前金花招展的树吗？她从前居住的月星跟我们在夜空里看到的月亮是同一颗星辰吗？"木斯塔问道。

我明白他在说什么，他已经告诉过我关于小木屋和金花树的事了。

"树是那棵树，此月星不是彼月星，是楼兰的布鲁斯达人把那颗常在夜晚出现的又圆又亮的星辰叫作'月亮'的，它和嫦娥从前居住的月星不是同一颗星。"帝俊接着说道，"至于地星的毁灭，那就要'归功'于地星上的人类了。"

"他们做了什么？"我问。

"地星上的人类，原本是勤劳、聪明、智慧并懂得仁爱道义的，他们只用了短短五千多年时间，就让自己从弱小变到强大，从稀少变到众多，从茹毛饮血到掌握整个地星的一切来为之服务。地星人集合起几千年的智慧，所创造出来的事物是你们现在无法想象的，他们自己没有骏马的奔跑速度，却造出了比马快亿万倍的飞行器；他们不会飞翔，却造出了能带他们飞离地星的船；他们不能在水中呼吸，却造出了能让他们在水中生活的机器……他们拥有一切舒适自在的生活，仿佛宇宙主人那样骄横地享受着这一切。"

"如此天之骄子，怎么会走上自毁之路？"木斯塔问。

"时光的长河慢慢磨去了他们曾经有过的勤勉，他们在太过舒适的生活中变得

第18回：星辰谜底·艾西丽塔

越来越贪婪，分属不同国度的他们开始疯狂争夺地星上的一切：土地、水源、天空，等等。在漫长的争夺中，他们原本拥有的仁爱道义几乎消失一空，唯有对付战争的本领越来越强。终于，这些疯狂的地星人用尽了地星的水，毁坏了地星的空气，弄脏了地星的土地……他们把一切都毁了，到最后，污秽的泥土里种不出任何植物，腥臊的江河里也取不出一滴可以喝的水，几乎没干净的空气可供人类正常呼吸了。万物都在死亡，人类也一样！"

"地星上的人都死了吗？那里也有巫师吗？巫师们也都死了吗？那是多久以前的事了？作为那时地星上的神祇，阁下为什么不施法改变那种状况呢？"木斯塔问道。

"那只是短短八百年前的事，除了一小部分人在地星彻底被毁之前逃了出来，其余的人都死了。神祇们看着伤心，却无可奈何。作为神祇，虽有移山倒海之能，却无法掌控人类的心。唉，万物都有命数，地星人的命数便是自生自灭。到后来，地星终于干涸，变得满目疮痍、死寂一片。看，那就是现在的地星——"

帝俊说着，向着天空轻挥了一下手臂。瞬间，明媚的天空忽地暗了下来，夜空一下子进入了视野，只见群星中有一颗比别的星星都大一些的星星，在天空中闪着惨白的光。

帝俊指间忽地射出一道光柱，直指那颗星，并把它迅速拉到我们的视野中。只见地星在光柱里渐渐变大，光华也渐渐消失并现出球形身体，再近时，就可以看到地星表面那污黑夹杂灰白的死寂之状。

"真可怕！"我感叹道。

"地星仍旧飘在宇宙之中，但它已经毁了。"帝俊跟着叹息了一声，然后他收起光柱，又朝空中挥了挥手，于是夜空散去，晨光复来，又是一片明朗旖旎的美丽景象。

接着，帝俊又说："地星在早期，也有很多巫师，空气中充满各种魔法的味道。巫师们掌握着各种法术，会点石成金，会呼风唤雨，会飞行穿墙。巫师终究也是凡人，也有生老病死。后来，伴随着地星凡人不断发掘智慧，终于通过非魔法的方式实现了许许多多不可思议的事。地星人可以借助他们发明的机器日行万里，上天飞行，开山填海，播雨撒雪……这一切奇能，地星人称之为'科技'！"

"科技？"科技这个词，我从没听说过。

"对，科技。对于巫师来说，科技是他们的掘墓者。"

"这又是为什么？"木斯塔问。

"因为，当科技的气息占领和笼罩地星时，魔法和巫术就迅速衰弱并最终失去效力，地星的空气中不再有魔法和巫术的气息，绵延千年的法术一个接一个地失灵。无论巫师们多么虔诚地诵读魔咒，这片土地都不会再让它们灵验。于是，地星上的魔法消失了，巫师也消失了，连同这些一起流失的，还有曾经被巫师们视为珍宝的各种巫书咒语。既然它们都成了废纸，也就不会再有人关心它们的存亡。"

"这里还有魔法，而且很多。"木斯塔说。

"是的，这里的魔法还没有到消亡的时候，因为你们生活的地方还没有强大的科技。"

我低下头，取了一块小食放进口中。帝俊所说的这些，旋即在我的脑海中形成无数图像，我想象着地星的毁灭，仿佛看到了那时地星人类痛苦的哀号与死亡，以及地星巫师发现他们的魔法不起作用时的惊恐与绝望。

想着想着，一个问题伴着一股愤恨之情窜进我的脑海，为了证实我的推测，我望着帝俊，问道："阁下前面说，有一部分地星人在地星毁灭之前逃了出来，他们是些什么人，逃到哪里去了？"

木斯塔看了我一眼，我说出了他心中所想。于是我们都望着帝俊，想听到他的答案。

帝俊意味深长地朝我们淡笑了一下："问得好。那些人，他们在地星毁灭之前，坐着一种飞行机器，穿越宇宙的漫漫长空，来到了这里，就是你们这个世界。他们是地星上一群智慧强悍、充满权力欲望的人，来到这里也没有改变本性。他们征服了木晶仙子，把木晶仙子变为奴隶，而他们自己，则贪婪地享受着一切美好舒适的事物！这些人来到这里，把他们发现的这片美丽土地叫作楼兰，因为这里的地貌、植被、都与地星上曾经辉煌但后来消失的一个名叫'楼兰'的帝国很像。他们又把自己称为布鲁斯达人，'布鲁'是地星上一种流行很广的语言对蓝色的称谓，'斯达'就是星辰，他们称自己为布鲁斯达人，也就是地星人，因为地星在被毁之前是一颗蓝色星辰。他们的皇室为自己定了一个姓氏，叫作'厄斯'，就是地星人对这颗星辰的称呼。他们竭尽所能，使这里的人都以为他们是最高贵的种族！"

"你是说……"木斯塔的话堵在了他的喉咙里。

"没错，木斯塔，艾西丽塔，你们猜对了！他们，就是现在这个世界上高高在上的布鲁斯达人的祖先,在八百年前来到这里,很快就成了这里的新主人。直到现在，他们依然统治着由他们命名的楼兰帝国！"

第18回：星辰谜底·艾西丽塔

一片寂静笼罩在花园里。我冷冷地望着木斯塔，他沉默不语，脸上的表情是凝固的。

帝俊淡然一笑，缓缓地吃起面前的小食。

"布鲁斯达？厄斯？这就是一切的根源！"我想起艾尔塔在麦提格尔岛上对我说过的往事，于是愤而大呼，"艾尔塔曾经告诉过我，八百年前有一批人不知从哪里来，他们起初恭敬有礼，后来却反客为主，将这里所有善良的生灵都变做奴隶！原来，所谓帝国的主宰，所谓高贵的布鲁斯达人，其实不过是一群外星逃难而来的强盗！"

我又指着木斯塔，义愤难平："高高在上的王子，帝国皇位继承人，回头看看吧，透过时光向前看看吧，看看你究竟高贵在哪里？看看你和你的同族，你们所谓的权力又是怎么来的？"

"艾西丽塔！"木斯塔轻轻喊着我的名字。

我没有理睬他，我的心、我的脑此时都被真相激怒了，于是愤而转身向花园外走去。

"艾西丽塔——"我身后传来木斯塔的呼唤。

我没有听，没有转身，心中的怒火和悲愤也丝毫没有削减。

强盗！匪徒！恶魔！我的心在痛苦和愤怒中一遍遍地咒骂着布鲁斯达人。这些无耻残暴的入侵者踏进他人的家园，屠杀和奴役这片土地的主人，俨然一副主宰者的样子，仿佛天地灵秀尽归他们，仿佛他们才是这个世界上最高贵和最配享受的人！

碧水青山挡不住我的热泪，我的记忆回到了我最初来到世上时的情景。

艾尔塔！艾尔塔！我扶住一棵美丽的、开满粉红色花朵的树，在心里深深地呼唤着。树上的花朵不知为什么落下一大片，像一阵粉红雨，把我罩在其中。

假如艾尔塔知道这些，他会怎么想？自从树城之战的那天晚上之后，我一直都没有见过他，不知道他是否安全。想起艾尔塔，我的心怦怦地跳了起来。

我得走了，不能再留在这里。美景只是假象，宁静全是虚无。在这颗名叫楼兰的星辰上，我还有很多事情要做。

我正倚靠在树上时，耳边忽然传来帝俊的声音："我的话还没有说完，艾西丽塔，如果你能够稍稍平静一下，我将告诉你们一件更为要紧的事。"

第19回：末路帝国·木斯塔

我完全可以理解艾西丽塔的愤怒。看着她跑出花园，长长的银发在晨光中飘动，我的心无比痛楚。

她美丽的背影停靠在一棵花树下，她的忧愁与愤怒无限扩大。

这是帝俊的话造成的结果，但我丝毫不怪他。我知道他说的每一句话都是真的。缠绵是短暂如梦的，梦醒后，现实的残酷便会笼罩在我们周围，让一切不再温情。

帝俊不知何时也出现在艾西丽塔身边，表示还有更重要的事要让我们知道。

艾西丽塔终于转过身来，背靠花树，茫然地望着就要落尽的粉红花瓣，向帝俊问道："还有比过去的真相更让我震惊的事吗？"

帝俊不为她的愤怒所动，脸上依然挂着淡然的微笑："今天，是我在这颗星辰上留守的最后一天。明天一早，我就将离开这里，穿越漫长的宇宙，去往另一颗宁静富饶、没有科技的星辰。以我的神力，可以携带两个生灵一起去，我上一次从地星来到这里时，带了两只凤凰。这一次，我想带上你们两个。你们要知道，楼兰星辰就要毁灭了！"

"什么？"我大吃一惊。

"没错，楼兰星就要毁灭了！会很快，快到让你们不能想象！"

艾西丽塔睁大眼睛："阁下会预见未来？"

"预见一两样未来之事，并不需要多么大的神力。作为一个曾经的天帝，我的眼睛自然要比其他一些神祇看得更远。这个世界不但将会和地星一样，荡尽所有生灵，而且会成为宇宙中的碎片，完全不复存在！当环绕麦提格尔岛的毒气散尽后，会有两种力量共同袭击这颗星辰，让它彻底毁灭！"

"究竟会怎样？"我问。

帝俊望着我们，问道："你们想跟我一起离开这里吗？"

我没有回答，艾西丽塔也没有。

"如果你们跟我一起离开这颗星辰，这里会怎样都没有关系了；如果你们不想离开，"帝俊停顿了一下，"我将给你们留下一件神物，让你们可以透过它知道一些你们想知道的事。"

片刻之后，艾西丽塔果决地说："我不能离开，我的族人对我怀有希望，我不能抛弃他们！"

"如果你不离开，就可能一起毁灭。"帝俊说。

"也许在毁灭之前，我能看到族人享受到他们梦寐以求的自由，哪怕只有一小会儿！"她坚定地说。

帝俊转而问我："你呢，木斯塔王子？你身陷战火，还要面对灾难和死亡，你和她的不同在于，她明确地知道自己要做什么，而你却不知道。你是想跟我一起离开这里，去往另一个美丽的、充满生机的星辰，还是留在这里让矛盾把你拖进毁灭的深渊？"

"我已经掉进了深渊，无所谓再掉进更深的深渊了，我要留下来。"我说。

假如没有艾西丽塔，我会立刻答应帝俊的提议。但艾西丽塔不走，我便走不了，因为我的心，已不能独行。

帝俊沉默了一会儿，伸手从怀中取出一个半指宽、晶光四射的透明手镯，说："既然这样，我不便强求。我送你们一件礼物，叫月钻手环。当你们想知道一些发生过或正在发生的事情时，只要找到一处水面，哪怕是一小碗水，把这个东西在水面上画一个圈，不用沾到水，然后在心中默默提问，就能透过水镜看到答案。记住，只有当你们两人都在场时，月钻手环才会灵验！"

帝俊拿着月钻手环，转向艾西丽塔："把你的手伸过来。"

艾西丽塔伸出雪白纤柔的右手，帝俊便将月钻手环套在她的腕上。

一向平静淡然的帝俊长叹了一口气："我将去天宫准备我的旅程，明天一早就会离开这里。你们的勇气令我十分钦佩，除了月钻手环，我将再赐予你们更多无形的礼物，那将使你们获得特殊力量。"

"无形的力量？"艾西丽塔问。

"以后你们就会知道了。"

"究竟是什么力量？"我对此也很好奇。

"你们迟早会发现的，而且有些力量无须发现，只要按着心愿去做，就能产生出惊天威力。"

"我只希望我有力量阻止阁下预言中所说的毁灭。"我说。

"万物生死,都有天命,也有人力。愿你们能够懂得天命,并且运用好人力。"帝俊说,"现在,我要告辞了。我回到天宫之后,你们会发现'往日东方'已化为尘烟消失不见,这里将只剩下一间小木屋和屋前那棵金色月桂树。"

我希望帝俊能够稍晚一些离开,因为我还有一件事没有得到答案:"阁下如果有能力探知我父亲是怎样风干萨拉曼那草的,请帮助我知道这个秘密。"

"你会在你父亲的皇宫里找到答案。"

"可是……"

"很抱歉,我得为离开这里去做准备了。我相信,无论这个世界在什么时候毁灭,你们至少能够得到你们想要的部分结果!"

我忽然对帝俊产生了一丝不满:"阁下既然是天帝,为什么不用神力保护这颗星辰,反而要一走了之?"

帝俊看了我一眼:"我并不是这个世界的神祇,当然也就不能真正改变这个世界。比如这里,往日东方,它从来就不是一个真实所在。王子,我也没有那么强大的力量去挽救它的未来!"

"可是,"艾西丽塔接口道,"木晶仙子的自由之战也是在无望中发起的,未来还没有发生,为什么不想办法改变?"

"这一点,我无能为力,"帝俊看了我们一眼,"如果你们可以参透各自的魔法,并将力量结合在一起,也许还有一线希望。"

"参透各自的魔法?怎么参透?"我不解地问。

"在某个也许可能出现的时间里,或者是一瞬间大脑闪现的灵光。这是一种谁也无法掌控的现象,包括你们自己。"

"我不懂,那是一种什么样的灵光闪现?"艾西丽塔说。

"这需要你们自己去感受。"帝俊淡淡一笑,"好了,我真的要走了。"

"不再回来了吗?"我问。

"关于未来,有很多事是可以预见的,也有很多事是不可知的。我是否还会回来,是不可知的。"

"我希望阁下能够回来。"我说。

帝俊看了我一眼,眼光意味深长。然后,他转身向天宫方向走去。这时,两只

第19回:末路帝国·木斯塔

凤凰从空中飞来降落在帝俊身旁，帝俊不慌不忙地乘上其中一只朝空中飞去，飞向他那座其实并不存在的壮丽天宫。

就在这时，周围五彩缤纷的花朵和万绿千翠的叶子开始涣散和晃动，一阵旋转的风吹来，瑶花琪草便四散分离，变成一片片紧密相连、旋转闪光的颜色。

待这阵风完完全全停下来之后，只见缤纷已尽、繁华尽逝，呈现在眼前的只不过是一片渺无人烟的湿地，和这广袤天地中孤零零的一座小木屋。木屋的篱笆外面，迎风生长着一棵开满金色花朵的月桂树。树下，拴着我的一匹马，另外三匹已不知去向。

"这就是嫦娥的月桂树，如此美丽，却历经了两次星辰毁灭。按照帝俊的预言，它还要经历第三次。"艾西丽塔走到树下，轻抚着垂到手边的一条柔软枝条和枝上正在开放的一朵金灿灿、娇艳艳的花。

我望着月桂树下的艾西丽塔，她婀娜的身姿、白皙的肌肤、紫色的眼睛、银光流动的及膝长发和额头上那颗晶莹剔透的七芒星钻，与月桂树的金花配在一起，真是无比绚丽！

微风拂过，吹动了月桂树枝，一缕阳光穿过树枝摆动时的空隙照射下来，艾西丽塔的一只手腕反射出一道美丽的光。

月钻手环！我心里一动，于是上前对她说："不论你和我究竟是敌是友，假如帝俊所说的一切都会变成现实，那么，无论你我，无论你们还是我们，都一样会随着这颗星辰的毁灭而毁灭。既然这样，为什么不先放下战争和宿怨，了解一下世界上的事呢？毕竟，这里不是战场，你我也没有挥剑相向。"

艾西丽塔抬头看着我，目光中依然留有愤怒的余意，但比起此前，已经明显柔和了许多。

"让我们试试月钻手环吧！"我说。

她看起来已经恢复了平静，看了看我，叹了一口气："你说得对。这里是湿地，一定有很多水洼。"

"那儿有水洼！"我看见前方碧绿的草丛中闪出一小片晶莹的光。

我们来到了那个小水洼旁，它非常清澈，可以一眼望见不深的洼底，里面飘摇着几缕细长的草叶，甚至有几条很小很小的红色鱼儿在欢快地游动。

艾西丽塔取下月钻手环，照着帝俊的话，将手环拿在这个小小的水面上方，画了一个圈说："你先来吧，你想知道的事，我也同样感兴趣。"

"我想知道此时，帝国是什么样子，先从树城看起吧。"我说。

艾西丽塔拿开手环，和我一起紧紧盯着平静的小水面，水镜中倒映着我们的身影，除此之外别无他物。

"什么也没有。"我淡淡地说。

"等等，快看！"她语调激动。

我再一看，果然，有变化了！

原本平静无澜的水洼表面渐渐荡起一层层涟漪，向外围散去。涟漪散尽，画面显现。

我定睛一看，心头一惊。

那是树城，城倒墙毁。城内那些曾经在帝国内引以为豪的碧树幽林，也变成焦炭，只留接近地面的树干黑乎乎地竖立着。水镜上的景象从城外掠向城内，没有一处完好的房屋，没有一棵活着的树，也没有一个会动的人影。树城像一个死寂的地狱。

"怎么会变成这样？"我叹息道。

"这得归功于你们的大巫师！"艾西丽塔说。

"子法果然厉害，怪不得连我父亲也让她三分。"我说，"现在看看沙城吧。"

我们重新将目光投向水镜，只见水面上呈现的景象又发生了变化，光影移动间，沙城的景象呈现出来。

在沙城，布鲁斯达军士在屠杀木晶仙子，而且父皇的大将军黑里奇竟然亲自在那里指挥。他咆哮着，手中除了一柄沾满血的剑外，还有一把风干的萨拉曼那草。那草被点燃，飘出一缕缕淡蓝色的烟，伴着风飞散开去。只要周围有木晶仙子，就会马上被这烟气熏到失去意识！

水镜中，黑里奇叫他的武士们尽情挥刀："杀死木晶奴隶，不论是变傻的还是不服从的，统统杀死，一个不留！"

布鲁斯达武士手起刀落，来不及逃走的木晶仙子和闻到萨拉曼那草的烟气变得痴呆的木晶仙子都被杀死了。

"那是什么魔草？"艾西丽塔问，她握紧的双拳不住地抖动。

"是萨拉曼那草，它们长在皇宫里。"我告诉她，"风干的萨拉曼那草点燃后，烟气可以使木晶仙子变呆。如果在他们变呆后再使用一次，就能解除魔法！"

"原来这就是你想从帝俊那儿得到风干秘诀的草，很可惜他也不知道。"

"除了我父亲，没人知道风干这种魔草的方法。而且这种草也只长在皇宫里极小的一个花园里,那里守卫森严,很难进入。我们先把这草放一放,来看看帝国其它地方的情况,好吗?"

我在心里对着水镜说,我想知道莲城的情况。

水面的景象变成了莲城,这是帝国中以莲花众多而得名的城市。

莲城的莲花依然美丽,这里似乎没有杀戮。莲城城头上一串串挂着的是什么?为什么还能在阳光下一闪一闪?我睁大眼睛认真一看,原来是人头,木晶仙子的人头!那一闪一闪的当然是七芒星钻!这里不是没有杀戮,而是已经杀戮过了。莲城的城头上,忽然走来一个威武的布鲁斯达人,是红摩奇将军。看来,树城之战没有让他死去,父皇又把他派到了莲城,在这里杀了个痛快。

艾西丽塔的脸变得惨白,她紧咬嘴唇,目光里积攒起越来越多的怒火和仇恨。

"看看河城吧。"我小心翼翼地说。

水面上的景象又变了。在河城影像中,我们看到这里有很多木晶仙子,他们占据了城头,守卫着城墙,个个表情谨慎,密切注视着城外的动向。城中的木晶仙子及其他一些在帝国倍受奴役的种族正在忙碌着搬运和储备粮食。

我相信这个场景一定能让艾西丽塔感到欣慰。

"看得出,我的族人打算以一座孤城来抵抗全部的帝国军队!"她说。

这时,河城城头上走来一个英俊无比的木晶仙子。他倜傥飘逸,金发耀目,蓝眼闪光,城上每一个见到他的人,都充满敬意地向他施礼。他在城头迎风而立,一双美目遥望前方,像是在注意敌情,又像是在牵挂什么人。

"是他?"我喃喃地说,曾经的梦被这个木晶仙子从我的记忆里勾了回来。可是,我不知道他究竟是艾尔塔还是伊尔穆。

"艾尔塔!"艾西丽塔这时轻呼了一声,声音充满激动,仿佛那是她的亲人。

"怎么,你认识他?"

原来他是艾尔塔,传说中木晶仙子的国王。我记起在那个梦境中,我妹妹伊丽塔带我扬帆出海,驾船的人就是他!他为什么会出现在我的梦里?而且后来他又一次跟着伊丽塔来到我的梦里时,为什么伊丽塔又把他叫作伊尔穆?

看着艾尔塔额头上那颗和艾西丽塔一样的七芒星钻,我忽然感到周身一阵冰冷,我下意识地摸了一下自己的额头,虽然光洁如斯,但我却恍然觉得自己的额头也长着一颗七芒星钻!

"说不清为什么,我曾经梦见过他,我对他的模样记得很清楚。在那个梦里,他正和我死去的妹妹在一起。"我说。

"艾尔塔是木晶仙子的国王,已经离开了麦提格尔岛,会领导木晶仙子和帝国作战,而我会协助他。"艾西丽塔说。

"麦提格尔岛一直被毒气环绕,飞鸟都无法过去,他是怎么出来的?"

"是我带他出来的,走水底。"

"水底?"

"我能在水中呼吸。"

"那就对了。我父亲还一直在为你的消失感到疑惑,就连子法都不知道你为什么会消失,原来你从水底游到了麦提格尔岛!"

"你父亲一定为失去了我这个祭品而感到可惜!"她冷冷地说,"现在,来看看王城吧,我很想知道卡鲁尔在干什么。"

"他可能在和子法商谈战事。其实他一向不主张大开杀戒,那样一来,作为帝国最大财富的木晶仙子的数量就会锐减,那与他的执政思想不符。"我猜测道,"可是子法似乎总是有办法让他下令屠杀。"

"看来我们木晶仙子还是托他的福才没有全都死光!"

"我只是想告诉你皇帝的想法,并不想冒犯你。"我说。

艾西丽塔平静了一下,说:"好吧,我知道卡鲁尔的想法了,现在,看看他在干什么吧。"

我猜得一点不错,水面上出现的果然是我所熟悉的场景,他正召集子法、棕海奇将军以及其他一些帝国将领在一起商讨树城毁灭后的战略。

父皇在说:"叛军现在只占领了河城,他们人数虽然不少,但都是由奴隶、仆从组成的乌合之众,抵挡不住布鲁斯达勇士。棕海奇,我派你去河城,要先围再攻,把叛军拖垮,最后剿灭,我甚至不需要看到他们的人头,只要把他们头上的小石头装在箱子里运到王城就可以了!"

"是,陛下,我明天就出发。"棕海奇将军点头听命。

停顿了一会儿,父皇把目光转向站在一旁的子法:"大巫师,这一次,不要再动用杀伤力太大的魔法,我不希望再毁掉一座城市。"

"陛下,树城之战里我是不得已才运用那些魔法的。虽然树城在魔火中毁了,但至少它没有落到奴隶手中。等到平叛之后,城市可以重建,奴隶们如果整天都忙于建房子,就没有力气再去发动叛乱了。"子法面无表情地说,口气中有对父皇的尊敬，但也并不完全把父皇的话放在眼里。

父皇一向对子法敬畏三分，这是我从小便感觉到的。果然，父皇不再提这件事，而是换了一个话题："叛乱的事，大巫师此前可谓预言准确，现在看来，平叛也不是难事。不过，我倒很想知道我儿子现在怎么样了？"

在场的人，目光这时都转向子法，只见她抬起那双裹在皱巴巴的眼窝里的鹰一样的眼睛，在空中静静凝望了一会儿，然后说："我看不到他，我的天眼被一团粉红色迷雾挡住了。他已经走出了我的视线。"

父皇想了想，说："好吧，就这样。棕海奇明天带领六千骑兵去河城，先围城。河城的粮草囤积得再多，也早晚会用尽。如果那些低贱的木晶奴隶无法出城收粮，他们早晚会饿得浑身瘫软。到那时，棕海奇可以不费吹灰之力就把他们扫平！大巫师，请密切注意河城动向，一有情况，就向我报告，如果需要魔法作战，我会给你下命令。"

棕海奇和子法均点头称是。

"派人给黑里奇传信，把他调回王城以保证王城的安全。如果发现王城有任何叛乱迹象，格杀勿论！"父皇宣布结束这次会议。

就在这时，一个动听的女声忽然从一个角落里响起来："陛下，您看到的鲜血还不够多吗？杀戮不是唯一能够停止战争的方法，一味杀戮，只能带来更多的杀戮！在树城，布鲁斯达人死了这么多，再这样下去，还会死得更多！您杀死他们一千人，就会损失自己的八百人，或者比他们还死得多。这样的杀戮根本不该再继续下去了！"

殿内所有人的眼光都朝一个方向看去，我和艾西丽塔此时也朝那个方向看去。在殿内的一根柱子后面，走出一个美丽的布鲁斯达女郎。

我吃了一惊，那是娜菲赛，树城执政官沙米尔的女儿。

父皇脸上明显有一种怒气，但他没有发作，他冷淡而傲慢地看了娜菲赛一眼："小姐，你不该偷偷闯进这里！我对你的家人在树城被杀感到难过。既然你碰巧不在城内，躲过一劫，然后又来到王城，我也待你很好，把你安置在我儿子的宫殿里。你应该在那里好好休息，而不是偷偷闯到这里来对你无权参与的会议指手画脚！你是怎么进来的？侍卫！"

"我是偷偷溜进来的，陛下……"娜菲赛想要反驳。

"我说话的时候，你不要打断。你的父母兄长被杀，你一定很悲愤，而你看到的这次会议商讨的正是要为他们和其他被杀的布鲁斯达人报仇！你明白吗？"

"我的家人是被大巫师的魔火烧死的！"娜菲赛冷冷地望了一眼子法，"陛下，战争和屠杀只能带来更多的死亡和城市的毁灭。如果要改变这种状况，陛下完全可以改一个方式，我认为，布鲁斯达人高贵的身躯如果能够稍稍向下弯曲一下，情况就远远不会像现在这样不幸！陛下……"

"来人，把娜菲赛小姐请出去，这里不是她来的地方！"父皇下令道。

两个侍卫上前，拦住娜菲赛把她带了出去。她退出去的时候，深深地叹了一口气，又无奈地摇了摇头。

……

"她是谁？"艾西丽塔问道。

"树城执政官的女儿娜菲赛。"

我以为艾西丽塔会对娜菲赛评价一番，但她只是说："我要赶快去河城。"

"我父亲派了六千骑兵去围攻河城，棕海奇一定会比我们更快赶到。"我劝她说，"你准备怎样帮助艾尔塔挡住这次进攻？子法会时刻注意河城的情况，如果你赶到那里动用魔法，她会马上告诉我父亲。只要我父亲同意，她会立刻从王城发来魔火，或是其他什么可怕的东西，你懂得的魔法目前是无法跟她抗衡的，她仍旧会像毁掉树城一样毁掉河城！"

"那你呢？我知道你不会站在木晶仙子这一边，你是布鲁斯达人，你离开王城到处云游，就是为了服从你父亲的命令，去寻找两个可能威胁帝国命运的人并把他们杀死！我说得对吗？"艾西丽塔盯着我的眼睛，像是已经把我看穿了。

"你怎么知道的？"我从未对她说过我离开王城的原因。

"这是我刚才从水镜影像里看到你父亲时，从他脑子里读出来的！"

"你能看得出他们在想什么，还是通过水镜中的影像？"我大吃一惊，"你什么时候有了这种能力？你能看出我在想什么吗？"

她望着我，摇了摇头："不，我还看不出你在想什么，因为你的思维是那样复杂凌乱，而且有很多空白。至于看透你父亲，就好像他在用声音说着这些想法，而我听到了。"

我深深地吸了一口气，呆呆地望着她："如果你看到我父亲的心思，一定知道他派我出来是为了找两个什么样的人，他们一个能够看透人心，另一个可以左右人心！我觉得，我真的遇到了这两人中的一个！"

艾西丽塔目不转睛地看着我："很遗憾,我还看不透你的心。但我猜到了,你是想说,那个可以看透人心的人就是我!"

"一定是你。如果你看不透我的心,那不是因为你的能力不够,而是我可以控制自己的思维,很多事我若不愿去想,就不会去想,你当然就看不到。"

"那么,你要杀了我吗?"她看着我,眼神冷得像冰。

"你知道我不会杀你,我宁可杀我自己。"我握住了她的手。

她没有抽走她的手,而是将那双瞬间充莹泪光的紫色眼睛迎向我："那,你会杀死艾尔塔吗?"

"为什么要这样问?我根本都没有遇到他。"

"因为我觉得,你在寻找的另一个可以左右人心的人,很可能就是艾尔塔!他是木晶国王,一出现就让原本甘于受奴役的木晶仙子有了争取自由的斗智,所到之处无不激起木晶仙子与帝国对抗的决心!他让木晶仙子群情激昂,这就是他的'左右人心'的力量!"

"我希望我不会以这种方式遇到他。"我认真地说,"我希望不会再有任何战事发生!你还记得帝俊的话吗,楼兰就要毁灭了,快得超乎你我的想象。对一个就要整体毁灭的星辰来说,战争毫无意义。忘了战争吧,让战争见鬼去,也忘了楼兰帝国,我们永远也不要回去了,好吗?看看前面,帝俊的小木屋就在那里,为什么我们不能就此生活在这里,逍遥平静地过完在这颗星辰上的最后时光?"

她投给我坚毅冰冷的一瞥："就算末日快要到了,我也不想逃避我的使命!也许因为末日的原因,我更应该完成使命,让木晶仙子享受哪怕一天的自由!"

"你真这么想吗?"

"这一切你不会懂,你是布鲁斯达人,你还是王子,生来就有优越地位,自由对你来说平凡得像空气。可是木晶仙子不同,他们受尽辛劳和奴役,没有尊严,无法掌控命运!你睁眼看过吗,在你们引以为豪的金碧辉煌的宫殿中,镶嵌着多少七芒星钻!一颗钻石就是一个木晶仙子,那壮观闪烁的场面就像是那些死者的眼泪,每一滴都在声讨帝国的罪恶!"

我望着艾西丽塔,一时间没有说话。

对我自己来说,行动的自由也许真是平常得不值一提。但她不知道,在她被押往罗布天台祭海的那段路上,我的心有多么痛苦。我多么希望她是一个自由人,多么希望自己有权力让她不必被送上祭台!她不知道在我心底深处,也有一个声音在时常呼喊一件事物：自由！

良久，我仍然握着她的手，说："我也渴望自由，因为我是个没有灵魂自由的人。你可以说我高高在上，只有我威胁别人的生命，没有别人会威胁我。我的宝剑一挥，便可叫木晶仙子去做牛做马，甚至叫他们去死。但是，我却不能按照自己的意志去放掉他们！几年前，当我妹妹因为和木晶奴隶恋爱，犯了帝国法典而被我父亲下令处死时，我就知道，我其实根本没有自由！我是那么想救她，可救不了。如果这个星辰不会像帝俊所说的那样整个毁灭，我想我还是会憧憬获得自由的一天。等我继承了皇位，相信一切都会改变。可是现在……"

"现在没有时间等你继承皇位了，对吗？木斯塔，时间与等待并不能解决问题。艾尔塔说过，自由是要去争取的！即使你真的拥有一颗与你父亲不一样的心，想给那些苦难的族群恩赐自由，上天也不会给你时间了！你愿意坐在这里享受世外的宁静，那你就留在这里吧，我要去尝试着改变现状！"艾西丽塔把她的手抽了回去，"哪怕到最后什么也改变不了，我也要去做。现在我得出发去河城，艾尔塔需要我。"

"你们打不赢的。"尽管我知道她不会喜欢听，但这是现实。假如她一定要去，那她就要明白这个事实。

她沉默了。

我知道她很明白目前的情况，但我还是要说出来，以加强现实的残酷："棕海奇会把河城团团围住，他的六千骑兵个个威猛善战，他们之中随便哪个人，都能在城下投出长矛，穿透五六个站在城头上的人的坚硬铠甲！如果艾尔塔出城迎战，即使人数上占优势、地利上也占优势，也必败无疑！"

"艾尔塔在城内，他可以以守为攻！"

"那能坚持多久？当粮草用尽时，结果还是一样！即使你去了，运用你的法术助阵，但在王城，子法在时刻注意河城动向，只要她施咒，你就无法抵挡。相信树城一战已经让你对她很有印象了，对吗？"

"河城战事还没有开始，我不能仅凭分析就放弃。"

"那你要怎么进入河城？棕海奇会比你更早赶到，等你到那儿时，紧闭的城门前都是虎视眈眈的布鲁斯达骑兵，除非你懂得隐身术，否则，你就是插上翅膀，也飞不进去！"

"我不会隐身术。"她的眼光在我身上四下打量，头脑中像是正在形成一个念头，"但是我有你，只要有帝国王子做挡箭牌，我就能去任何地方，甚至是皇宫！"

她的话音未落,我就感到有一根绳索骤然间将我捆绑了起来。我知道是她对我施了魔法。可是我也会施法,我将绳索变为花环轻轻抖落在地。

"你不需要对我动用魔法,"我说,"现在也不是去河城的时机,我想带你去王城,去说服我父亲,还有对付那个无所不能的大巫师。"

"你这样想吗?"

"这个星辰不该有战争。"我伸出手臂,轻轻揽过她,"既然它都要毁灭了,那在这里生活的人就更应该好好珍惜现有的时间。我不喜欢战争,甚至比你更痛恨这个世界。如果可能,我宁愿隐居世外,像帝俊一样。但是,我不能抛下你独自去隐居!既然你一心一意要去改变现状,那么,也许我们通过其他努力也可以解除河城之围。"

"这只是你的美好幻想,你的心仍然站在布鲁斯达人一边。"她看着我冷冷地说,"这也不能怪你,你就是个布鲁斯达人!"

"我不站在任何人一边!"如果非得让我说我站在哪一边,我只能说,我站在'非战争'这一边!我当然像她所说的那样不想与布鲁斯达人为敌,但我也不想让木晶仙子灭亡。在我眼里,他们都是帝国子民。

一阵风从很远的地方吹来,吹过帝俊小屋门前那棵开满金花的月桂树,将数片脱离树枝的花瓣摇摇曳曳地吹到我们面前。我伸手从风中接住一朵花瓣,另有一朵在艾西丽塔那银光流动的长发上停留了一小会儿,金色花瓣与银色亮发组成了一幅无比灿烂的景象。我拿起艾西丽塔的一只手,将那片金色花瓣轻轻放在她的掌心。

艾西丽塔看了看手心里的花瓣,又看了看我,喃喃地说:"也许,你是对的。但我不能跟你去王城。如果你真的不想再有战争发生,那么,改变帝国权力的方向和意志就是你的任务。我要去麦提格尔岛,在战争还没有减慢脚步的情况下,我要去岛上寻找帮助艾尔塔的方法。"

"这样也好,皇帝的军队此时还不能入岛。只要你能平安潜到岛上,你就会很安全。虽然我不想和你分开,但你去麦提格尔岛会比跟我去王城更安全。"

我伸手从身上取出一柄精美的短剑递给她:"把这个带上,以防万一。"

艾西丽塔接过短剑,看了看剑鞘上那些华丽又古怪的花纹,发现上面还刻着字:厄斯。

"厄斯?地星的名字。"她喃喃地说。

"你已经知道了,这是皇室成员的姓氏,帝俊已经把它的来历说得很清楚了,连我都是第一次知道。"

皇室是有姓氏的，其他人则没有。这也是帝国皇室成员高于一切人的标志。但这个姓氏代表的只是对过去的回忆，决定不了所有成员的性格和命运。

"谢谢你的剑。"她将短剑别在腰间，"出发之前，我想我们应该再看看未来会发生些什么，尽管帝俊说月钻手环不是万能的，但我想我们还是能够看到一点点未来的。何况我们分开了，月钻手环将不再显灵。"

"说得对。现在就看，我很想知道帝俊所说的世界的毁灭究竟是怎么回事。"

于是，我们又来到先前那个小水洼旁，艾西丽塔默默取下月钻手环，将它拿在这个小小的水面上方，再次画了一个圈。马上，水面起了涟漪，把不安和不祥传进我和她的心里。

很快，水面变平滑了。

伴着一种仿佛山呼海啸的声音，水镜表面变成了红色，那红色到处横流，漫过一切田园和村庄，漫过富丽华美的城市，将沿途一切生命淹没一空……

"这是什么？瘟疫？"艾西丽塔抬头看了我一眼。

"你看，影像变了。"我拉住她的手，让她重新将目光转向这施了魔法的小水面。

影像的确变了，从红色变为黑色，黑色中又渐渐有了无数个发亮的小点，变成夜晚的星空。看着看着，水面起了涟漪，影像中断，等涟漪恢复平静时，影像已经没有了。

"怎么回事？为什么看不到了？再来一次！"艾西丽塔又把月钻手环置于水面之上，画了个圈，但水面还是静静的。她又重复了两遍，仍然不能让水面接受魔法。

当她准备再做一次时，我拦住了她："帝俊说过，这不是万能的，也许我们只能看到这些。"

她想了想，放弃了再次试验。片刻后，她说："时间不多了，我们要尽快出发。"

"来吧，骑我的马。"我揽过她，朝月桂树下拴着的马走去。

第20回：爱梦之旅·艾西丽塔

这是第二次，在我意识清醒时和木斯塔同骑一匹马。我们已经越过湿地，进入茫茫戈壁。

风，在耳边飞过。云，从头顶掠去。

木斯塔的骏马拥有非凡体力，长途奔行中没有一丝疲惫状态。木斯塔一直就在我身后，仿佛永远不知疲倦。他始终那样温柔地、紧紧地搂着我，同时又在策马飞驰。我的背紧贴着他的胸膛，他的下巴也时不时碰着我的肩。

没有魔法帮助我们赶路，我们只有不停奔驰在旷野，向着西方行进。

我们纵马飞驰，追赶落日，不想让光明这么快就沉入地平线。但，在傍晚千红万紫的霞光依旧迅速褪去，暮色渐渐布满一望无际的旷野。

"你饿吗？"木斯塔让马停在一棵孤零零的小树前，他先下马再把我抱下来。

"我不饿，"我望了望四周夜幕低垂的戈壁，"但我们需要一个休息的地方。"

"这种魔法我还是有的。"他朝我微微一笑。

"我也有，我们可以一起念咒。"

木斯塔嘴角上扬，给了我一个迷人的笑容，他提议说："让我把这棵树变大，让它的枝干围成一张遮风避雨的床，噢，也可以说是小屋。"

我垂下眼帘："在你使这棵树变大的时候，我会尽力让它长出更多叶子，以使这个小屋更加舒适。"

他坦白地说："我曾经唤起过无数花瓣，但不确定真的能把树变大。我只是想运用我懂得的魔法，把它们搭配起来，看是否能完成这桩意想不到的工作。"

我笑了："我也不能确定我能让这棵树长出更多的叶子，只是尽力试试，看看是否能把我知道的魔法加以新的创造。"

我们相视一笑。

木斯塔对着树，默默念起他的咒语。念了两遍，小树仍一动不动，倒是野地上零星生长的荒草变得翠绿起来。

我也念动咒语，却也和木斯塔一样，没能让树叶长得更多，却让地上的草密密地生长起来，一忽儿便盖满了小树周围原本干燥荒蛮的硬土。

"看来，我们只能露宿了。"木斯塔耸耸肩。

他揽着我一起走到草地中央，在厚密柔软的草上坐下。

夜风非常温柔，适宜的气温也令我们的露宿没有丝毫辛苦。木斯塔近在咫尺，他的手臂搂着我的肩，轻抚着我的银发，幽静的夜色加上他的相伴，让我无限陶醉。

我转头望着他，他也正凝望着我。我从他眼里看到了他的渴望，而我的眼睛一定也暴露了我的意愿。

他毫不犹豫地吻住我，将我紧紧抱住。我的头向后仰去，顺着他的力量倒在浓密温软的草丛上。我仰望着无限遥远的夜空，被他用力地吻着。比起在帝俊花园里的那次，我们的痴狂程度有过之而无不及。

"我多想你啊！"他喃喃地说。

我想说点什么，可已被他淹没，从头到脚，从发肤到骨髓，都进入浑然忘我的地步。

"我是多么想你！即使是现在，仍然觉得离你不够近！"良久，当我们终于归于平静时，他又说了一遍。

他依然搂着我，让我枕在他的臂弯里。我们把衣袍扯过来，轻轻盖在身上，抬眼望天，看着无数的星星。

"你说你想我？"我说。

"是的，从我在沙漠里把你抱上马背时起，就一直想你。"他长吸了口气，又沉沉地叹出来，"想着你美丽的身影，想着你靠在我怀里时让我心跳加速的时刻。你对我来说，依然是个谜。"

"我不是自然降生的木晶仙子。"我简单又坦诚地对他说，"我是由两位不朽公主的亡灵通过意念和法力创造出来的。我没有童年，没有少年，降生时就是祭品。而你是我有生之初第一个让我怦然心动和难以忘怀的人，虽然你是木晶仙子的敌人，但我却无论如何也挡不住想要和你在一起的渴望！你使我的心时常充满酸楚，我和你一样，当我被你抱上马背及此后很长的一段时间里，也都在想着你！"

他转过头来吻了一下我的脸。

"那两位公主是谁？"他接着问。

"她们一个名叫艾西丝,是木晶国王艾尔塔的妹妹,也是你的祖先休曼金的王后;另一个,没人告诉过我她是谁,但我知道她就是你妹妹伊丽塔!"

"伊丽塔!"

"我应两位公主的意念而生,生来就被赋予了使命。由于你妹妹的缘故,我想我还有另一种使命,那就是尽力让这片土地变得更加美好。我非常想完成这两个使命,但现实却令我感到疑惑,在强大的帝国军队和子法巫师面前,我一个小小的木晶仙子,真的能改变这个世界吗?即使世界真的翻天覆地,最终还是会像帝俊说的那样毁于一旦!"

"就让我们跟着自己的感觉去做自己想做的事吧!"他对我说,"过去二十五年来,我把父皇的旨意当作应该遵循的法则,现在,我不一样了。"

"我在罗布天台看到过你的无动于衷!那时我多么恨你!我完全不该想你的,但又无法控制自己!你明白这是一种什么样的感情吗?我现在变得和你从前一样,不知道自己该干什么了!"我心里涌起一阵复杂的情感。

"听着,你曾经看到的我,那不是真的我,而是一具躯壳!"他支起一半身体,向我靠过来望着我,"但是现在不同了,我的灵魂回到了我的身躯里,我已经找到了真正的自己,我知道我应该做什么了!"

"你要做什么?"

"我会回到王城去找父皇,劝他熄灭战火,改变帝国内各族群的现状。也许在世界毁灭之前,这个星辰上可以看到一片宁静的气息。"

"就像现在一样宁静?"

"也许比现在还要宁静。"

黑得发蓝的夜空距离我们那样遥远,镶嵌在漫漫宇宙中的无数星辰看起来又是那样近,仿佛只要用力一跳,就能飞上去把它们悉数摘下。星星也有颜色,有的闪着淡粉红色的光,有的像淡蓝色水晶,有的则是淡金色,时不时地,还会有一两颗流星在夜空里划过,几秒的闪耀之后,没人知道它们落在了哪里。

帝俊说过,布鲁斯达人来自一颗蓝色星辰。于是我就在群星璀璨的夜空里寻觅,看看还有多少星辰是蓝色的。

"你看那颗星星,很大,发着浅黄色亮光,是不是很美?"我对木斯塔说。

"是很美,我从来没有见过这么大的星星。"他微笑着,伸手轻抚了一下我的额头,"但在我眼中,世上最美的星星在这里。"

我握住他的手，把它放到唇边吻了一下。

"我们需要休息一下了，为了明天更快地赶路。"木斯塔说着，把盖在我们身上的衣袍朝我身上拉了拉。

睡意袭来，木斯塔将我搂在臂弯里，我闭上眼睛缓缓进入梦乡。

深夜来临，我感到沉睡的世界里，一层又一层的水雾朝我袭来，我的视野里没有自己，有的只是前方迷漫着雾气的胡杨林。

我不知道这是一个什么梦，只是身不由己地踏着带露的草地一步步向密林深处走去，仿佛那里的雾气中有什么东西在吸引我。林中传来几声空灵的鸟鸣，使得胡杨林显得更加幽静。鸟鸣让我一惊，是树城黄鸟的叫声，瞬间就把我的思绪拉回到了曾经的树城。

"艾西丽塔，"我听见一只黄鸟且飞且鸣，"往前走，往前走，国王在等你。"

"艾尔塔？"我加快了脚步，"他在哪儿？"

"就在前面。"

跟着黄鸟，我在雾水迷茫的胡杨林中飞快地行走，树叶上的露珠在我的触碰下，不停地落在我雪白的衣裙上，打湿了我的长发和鞋子。

然而我的视野里依然没有自己，只有四周雾气氤氲、不见尽头的胡杨树林。

忽然，前方林中的水雾被一道光线照亮，这道光线散发着淡淡的金色，让朦胧的雾霭中有了相对清透的一片空间。

良久，发光的地方变得明朗起来，一个英俊的木晶仙子正站在光芒尽头。

"艾尔塔！"我欣喜地走过去，站在他面前。

"艾西丽塔，看到你安然无恙，我真高兴。我需要你，我们需要你，你得去麦提格尔岛，去搬救兵。不然，河城的木晶仙子就会困死在城里！"艾尔塔握住我的右手，把我的手放在他的心脏部位说。

"我正要赶去岛上，但现在还没有搬救兵的方法。你知道，我可以带着你从海底潜游，但我没法用这个方式带出一整支军队！"我说。

"去幽雪城堡找艾西丝，也许她会有办法。"

"我会的。"我说。

艾尔塔把我拉向他的身边，握着我的手，怜惜地说："你的手很冷。"

"因为我是在梦里。"

"我也是在梦里。"他的声音比先前更温柔，"我很想你。"

第20回：爱梦之旅·艾西丽塔

"我也想着你,艾尔塔。没有你在身边,我常常不知道自己该做什么,现在见到你,我就放心了。我要去麦提格尔岛的决定不会错。"

我靠在他的肩头,感到一种温馨之情静静地流动在我们周围湿润的空气里,宛如艾尔塔心中不灭的希望。

我并不想把帝俊的断言和月钻手环所显示的末日告诉他,但又忍不住问:"如果,如果世界在不久的将来会彻底毁灭,所有的生灵都会死亡,木晶仙子、布鲁斯达人、森林里的精灵、山洞里的妖怪、皇帝、奴隶,等等,都不能幸免。如果有这样一种结果,你会改变你所追求的方向吗?"

他说:"我会更加迫切地想要给木晶仙子带来自由。"

"和我想的一样。"

"我知道你会跟我一样想的,我早就知道。"

这时,大地忽然颤动起来,我一时站不稳跌倒在地。

"怎么回事?"我不由得问。

"下雨了,大地在摇晃,我们得起来了!"一个声音在我耳边响起,那不是艾尔塔,是木斯塔。

我睁开双眼,看到的是大颗大颗的雨滴正成片成片地落在旷野里,大地则在颤动。

木斯塔也像是刚刚醒来。就在这时,大地的颤动停了下来。

"怎么回事?以前发生过这种事吗?"我严峻望着木斯塔。

"帝国史书上记载过一次这种'地神的愤怒',但我并没有亲自遇见过。"他一边解开马缰,用手拂去马背上的雨水,一边说,"对于帝国来说,地神的愤怒一向远远小于罗布海神的愤怒,因而,我们一向只有海神祭典,而没有地神祭典。"

"天台祭海?"我淡淡地说,"我从罗布海底游出来,我只见到大食人鱼和其它怪异的水生物,没有见到海神!海神在哪里?为什么海神需要的祭品是木晶仙子,而不是布鲁斯达人?"

"没人见过罗布海神,很多神都是从来没有人见过的。祭海活动是帝国成立之初就流传下来的,一年一次。自我记事起就听说,祭海是为了让海神赐给帝国宁静,因为一旦海神发怒,海浪就会像千军万马一样冲上岸,将所到之处淹没。但我从没见过罗布海水像那样狂涌过,所有布鲁斯达人都把这归为祭海的功劳。"他把马牵离了小树,对我说,"大地在愤怒,这不是好兆头,也许末日就快到了。上马吧,我们的时间不多了。"

木斯塔先扶我骑上马背,然后才跃上来坐在我背后。他一手搂住我的腰,一手握缰,很快就让马跑了起来。

我们在雨中赶路,一直到傍晚。太阳沉入大地之前,雨停了,我们的眼前已经有了稀稀落落的树。在一条小溪旁,我们停下来休息。

一下马,他就望着我,热切的唇立刻就吻上了我的。我又一次沉醉,感到他的血液像我的一样极速流动。他深深地吻了我,又不舍地放开了我。

"我们得吃点东西,你准备干粮,我到四周转转,看能不能猎到一只野兔什么的。"

"好的。"我说。

木斯塔把马拴在一棵粗犷的树上,树下有很多草,马可以饱餐一顿。然后,他带着剑准备去打猎。

"没有弓箭,光凭宝剑能猎到什么?"我笑着说。

"会有收获的,就像你没有火种却要负责生火。"

"好吧,愿魔法与我们同在!"我淡淡一笑。

在木斯塔去打猎的时候,我让树下燃起一堆炽热的火,火焰的色彩随着我的意念不断变幻,红焰、黄焰、蓝焰、绿焰、紫焰。

不久,木斯塔回来了,他没有猎到野兔,却不知在哪里猎到两只野鸡。我们一起把野鸡料理干净,然后把它们架在火上烤。他拿出马背上挂着的一个小小的干粮袋,掏出一块饼递给我。那饼四周鼓起,中间压制成花纹,上面粘着许多芝麻。

"这是皇宫厨师做的芝麻香馕,最适合当干粮,放上三个月都不会坏。要不是我另外的三匹马跑得不见了踪影,我们就会有更多吃的。"他掰下一块放进口中。

因为没有盛水的容器,我就摘了两片树叶,把它们卷起来,略施法术后就成了不会漏的小杯子。我用树叶杯子在小溪中取了水,又让魔火从水中穿过,杯中的水便沸腾起来。我递了一杯水给木斯塔。

他喝了一口,冲我笑道:"我很少看到你施魔法,想不到你这样能干。"

"只是雕虫小技,我倒希望我可以强大到能打败你父亲的巫师。对了,你知道子法魔力的极限吗?"

"不知道,按我父亲对她的态度和所有布鲁斯达人对她的敬畏来看,她的能力一定非常非常强大,她可以从王城发出魔火摧毁树城,你就知道她有多大本事了。也许她一发怒,整个帝国都可能毁灭在她的魔火之中。"

第20回:爱梦之旅·艾西丽塔

"那她完全可以把你们皇族赶下宝座,自己当皇帝!她为什么没有这么做?"

"有时候我也这样想,但看起来她并没有这种心思。她和我父亲之间像是有某种默契,他们互相维护对方的权力地位和愿望,也绝不侵入对方的领地。"

"子法的愿望是什么?"

"不知道,也许是想在帝国永远保有极高的地位,永远住在皇宫里,永远受到皇族的敬畏……谁知道呢!"

"如果她这么想,那只要把你和你父亲杀掉就行。"

"我真希望有朝一日能够了解她,好让我有办法对付她。"

"我祝愿你的想法能够实现。"

水足饭饱之后,夜色已然深深光临了这片树影稀疏的旷野,星空显现,月形如船,宁静的夜晚又挑起了我对木斯塔的渴望。木斯塔抚摸着我的长发、脸庞,望着我的眼睛,慨叹地说:"月光照在你的脸上,你知道你有多美吗?"

当他的手温柔地轻抚着我的脸庞时,我就亲吻他的手。接着他搂过我,将热唇印上我的嘴唇。这是我的渴望,也是他的渴望。从第一次到这一次,我们从来没有过一张真正的床,但大自然每次都像床一样安静地接待我们。

在许多个亲吻、爱抚、缠绵之后,我们终于疲倦了。他拉过衣物盖住我们的身体,伸开手臂让我枕在他的臂弯里,我们相拥而眠,就像睡在一张松软舒适的丝绸大床上。

第二天清晨,我们醒来,我看着木斯塔的眼睛,发现里面正积聚着越来越多的热情。他轻呼我的名字,转头亲吻我,又一次与我在这旷野里缠绵。

然后,我们的旅程又开始了。

第 21 回：巫师之念·木斯塔

"木斯塔！"艾西丽塔在我耳边小声说，语调充满警觉。

直觉告诉我，在这片不够浓密的胡杨树林里遇到子法，绝对不是巧合！而且，她并不是一直在这里，否则我们早就看见她了。她是突然冒出来的。

子法骑在一匹跟她的长袍差不多颜色的灰马上，仿佛刚从某棵胡杨树干里窜出来。

"是子法？"艾西丽塔并没有见过子法，却能感知到敌人的身份。

"是她。"我说。

"看来你要做一个抉择了。"

子法那头惨白的长发披散着，鹰一样的眼睛直勾勾地盯着我们。

我们对峙着，好半天，双方都一言不发。

"王子殿下，"子法终于开口了，声音有如冰冻过的沙子，不男也不女，"我的天眼传给我一个信息，看来你的任务已经完成一半了！"

我没有回答她这番满含恶毒寓意的话。她必定已经看出我和艾西丽塔之间的亲密，才在半路拦击我。

"她准备杀我。"艾西丽塔扭过头对我说，"然后把你带回皇宫，她好像有很重要的事要胁迫你帮她完成！"

"什么事？"我小声问。她看穿人心的潜能正日臻成熟。

"她没有多想，所以我现在还看不出来。只要她一思考，我就会知道。你并不打算把我交给她，对吗？"

"没错，你也看到我的心了。"

子法的马向前走了两步，我们和她之间的空气越来越剑拔弩张。

"王子，把这个低贱的木晶仙子交给我！"子法朝我喝道。

"她不是你要找的人！"我一手抽出宝剑，一手搂住艾西丽塔的腰。

"与低贱种族串通是死罪，你忘了你妹妹的下场了吗？"

想到伊丽塔，我就满腔怒火："子法，你真的要和帝国皇位继承人开战吗？"

子法那张死尸般的脸这时又蒙上一层阴暗邪气："王子，你不一定能登上宝座！"

我的目光没有丝毫松懈，我已经准备好跟子法一决高下。

"那就来吧！"我说。

子法对我们投来一个邪恶的笑容。

艾西丽塔小声对我说："她用了分身术，我想，她的法力会因此减小一些。"

这是个好消息。

说时迟那时快，子法伸出她那枯瘦手爪，朝我们扔来一道红光。又是光！

艾西丽塔和我在红光袭来的一瞬，共同朝前挥手。她发出一道白色箭形光，我发出一道淡褐色刀形光，但我们的两道火光加在一起，都没有子法那道红光来得粗壮和快速。我们被一股强大炽热的火浪击中，连人带马飞出十米开外，重重地摔在地上。

远处，子法发出一串怪异的笑，同时策马朝我们走来。

"我设流沙，你放火烧她！"艾西丽塔倒在地上施法，让子法和她的坐骑脚下原本牢靠的荒地化作一片流沙。

子法随马下陷，我立即在她身上和周围布下火焰，马开始惨然嘶叫，女巫却不受影响。很快，我的火焰闪了闪便消失了。子法重新出现，毫发未损，她脚下的流沙也不见了。

"你们的三流法术对我没有用！王子，假如你是聪明人，就把她交给我，不要陪她一起死！你记住，我叫你妹妹死，她就得死。我叫你死，你也得死！"子法跳下受伤的马，凶狠地吼道！

趁子法说话时，艾西丽塔接连射去一片发光的火箭。我掀起一股满含利刀的风，朝子法袭去。子法不动声色，立时便让光箭和刀风化成青烟。

子法念动咒语，旷野上立刻燃起大片烈火，并形成一个宽广的圆圈，像火造的城墙一样，把我们困在其中，连上方也被围拢的火封住了！

火舌迅速由外向内入侵，火圈不断缩小。我想将烈焰化为花丛，但一连念了三遍咒语，都没有用！艾西丽塔看了看我，从她眼里可以看出，她的魔法也对抗不了这圈邪恶之火。

我从远方的天空里调来一朵饱含雨水的乌云,乌云把豆大的雨滴倾落在着火的旷野,减缓了一些火势。子法又向高空吹起一股强风,火焰变得更高。

我对艾西丽塔说:"趁子法看不见火里的情形,你得离开这里!快上马,我会吹一股风,让顶端火焰尽可能露出一个洞,然后我会把你和马抛出火圈,你出去后,跑得越快越好!"

"我不能让你一个人留下!"

"你放心吧,我是王子,子法不敢烧死我!"

我不由分说,抱起艾西丽塔就把她放在了马上。然后,我念动咒语,造成一股强而集中的风,将烧得天衣无缝的火吹出一道缝隙。我将手伸到马腹之下,运起全身力量,把马和艾西丽塔举起来,朝火焰外面抛去。

马匹发出一声解脱火海时兴奋的嘶鸣,顺势伸开有力的四蹄向外圈跃去。这时,我造出另一股风,将面向子法这一边的火焰吹得更高,好挡住艾西丽塔和马跃出火圈的身影,我又调来乌云降雨,减缓魔火向我逼近的速度。我紧握宝剑,等待与子法面对面的那一刻!

半空中突然回荡起子法尖锐的笑声,魔火隐去了,空气一下子清新起来。我望了一眼前方,没有艾西丽塔,便长长地松了口气。

"王子,你感觉怎么样?"看到只有我一个人时,子法说。

我握着宝剑,带着调侃的语气对她说:"按你的意愿,大巫师,那个贱民被火烧化了。"

"那么,她的七芒星钻呢?"子法不怀好意地说。

她当然不会相信艾西丽塔死了,她会用天眼去找她。不过,我认为她此刻的兴趣不在艾西丽塔身上,而在我身上。

"你必须回王城!"子法说。

"我不反对。"我正好也准备回去见父皇。

子法转身向林中走去。我理了理残破的衣装,把宝剑插回鞘中,跟着子法走去。

很快,我看到有四个骑着马的人正守候在前方道路旁。子法的马车就停在那里,那辆马车也与子法的模样十分般配,惨灰的颜色,诡异的图纹,黑色的窗帘。

"王子,请吧!"子法向我示意。

我上了马车,子法也登上马车坐在我对面。马车立刻向前运动,进而越跑越快。

子法向后靠在座椅背上,脸上的神情很得意:"从现在起,你必须跟我合作。否则，我就杀了你那个小贱人。"

"你不一定能找到她，"我说，"就算你有天眼。"

"你以为她跑掉了吗？实话告诉你，她已经在我手里了！"

"她不在你手里！"我果断地反击。

子法带着幸灾乐祸的表情说："她跳出火圈了吗？你把她扔出我的魔法范围了吗？你确定吗？现在，让我告诉你真相是什么。没错，她是出了火圈，但却正好落进我设下的另一个陷阱，现在已经成了我的囚犯！"

"你胡说！"我怒道。

"不要那么激动，你和过去相比已经有所变化了，你心里装进一样奇异的东西，那样东西叫作'爱情'！对吗？王子殿下！为了救她，你愿意付出多少代价？"

子法将右手举到半空，瞬间，在她手掌轻托的空气中出现一个透明球体，宛如西瓜那样大。在球体中央，禁锢着一个小小的、美丽的身影，她伏在球体底部，一动不动。

"艾西丽塔！"我惊叫。

"她就在这个水晶球里，在我手里，她从火中出来，我就用陷阱接住她，并把她关在里面。这很令你吃惊？你真不该轻视我的魔法。"

我伸手去抢水晶球，可触到的却是一团空气，水晶球消失了。

"你抓不到她！除非你肯听我的话。"子法眯起眼睛，看着我，"怎么样，王子，成交吗？"

"这只是你的把戏，我不相信她在你手中！"

"你愿意赌吗？"

我怒火四起，一把揪住子法的灰白袍子，又抓住她灰筋暴起的脖子，恨不能瞬间就把她掐死。

"放手！不然现在就让你的心上人死掉！"子法沙哑着嗓子对我叫道。

我不得不放手。

子法那由灰变绿的眼珠里，此时缩成一粒小黑点的瞳孔显得格外邪恶："你已经看到了，你的情人被锁在我的魔法中，如果你不想让她死，就要按我说的去做。"

"她在哪儿？"我压制住想扑上去掐死她的冲动。

"她在一个没有任何人能够看到的地方，那是我自己独享的魔法空间。她的身体在水晶球里昏迷，她的意识则在水晶球里飘游。无论在意识世界里奔走多少天多少夜，最终都会发现，她其实还是待在原地！然而，饥饿和干渴却是真的。如果你不肯按我的要求完成我的意愿，她就只能在那个惨白的世界里饱受饥渴折磨，尝遍痛苦，最后悲惨地死去。"

"你这该死的巫婆！"我怒道。

"别这么激动，王子。我想让谁死，谁就得死。包括你妹妹，就连皇帝也不得不听从我的意见。"

我再次愤怒地盯了她一眼，心中不由自主地想起了伊丽塔。

伊丽塔的死，是三年前的事。那之前的一年，伊丽塔的宫里新来了一个男奴。他是木晶仙子，伊丽塔给他起名叫蓝杉，他的眼睛很蓝，身形又健美得像一棵充满生机的杉树。我曾在伊丽塔宫中见过一次蓝杉，他长得极其俊美，金发飘洒，美目流转，身形颀长。

伊丽塔曾有意无意地告诉我，蓝杉是个神奇的木晶仙子，会写诗，会讲很美的传说，她被他迷住了。而伊丽塔的美丽和聪颖、善良和温柔，蓝杉又怎能看不到？很快，他们两人就相爱了。

有一天，父皇问起伊丽塔，正在一旁的子法拿出一面小镜子，说从里面可以看到皇宫里各个花园的景象。父皇毫不犹豫地就看了伊丽塔宫中的花园，结果他看到伊丽塔和蓝杉正在一棵高大的玫瑰丛下拥吻在一起。

当时，父皇没有在意，只是对我说："木斯塔，你妹妹和你一样。你喜欢漂亮的女奴，她喜欢漂亮的男奴。"

这时，子法忽然说："陛下，今年的祭海时间快到了，我前些日子查看祭品时，感到这次准备的木晶仙子可能都不会符合罗布海神的标准。"

提到祭品状况，父皇正好看到了魔镜中的蓝杉，于是就说："我看公主的这个奴隶好像不错，也许会符合海神的意愿。叫人去找伊丽塔，告诉她，等她玩够了，就把他送走。叫她不用担心，我会再选一个送给她。"

我感到不妙，劝父皇："伊丽塔正高兴，还是不要打扰她吧。海神想要哪种木晶仙子，并不是我们能够辨别的，哪怕是大巫师，也不能确定谁符合海神的意愿。还是找个别的奴隶去祭海吧。"

父皇还没有答话，子法就接口道："陛下，祭海是大事！至于公主的奴隶，如果她觉得是个损失，那我可以送她两个来补上。"

父皇看了子法一眼，子法也看了父皇一眼。他们的目光总是那么耐人寻味。随后，父皇说:"就这样,告诉伊丽塔,这是我的命令!"

这命令传到伊丽塔耳边时,她愤然拒绝了。我明白她的拒绝会在多大程度上引起父皇的震怒,于是立刻前去劝她:"只不过是一个奴隶,没有他,还会有别人,全帝国的木晶奴隶都任凭你挑!快把蓝杉送到祭品集中地去吧,哪怕你再喜欢他,也没有必要为了他去跟父皇和帝国的法令对抗!"

伊丽塔对我的好意投来责怪的目光:"你一向是个胆小鬼!但我不是,我不愿意做的事,谁都不能强迫我!"

"那就不要在花园里和他亲热了,你在花园里做的一切,父皇都能看到!"

就在我努力想劝转伊丽塔时,子法带着武士赶来,不由分说就把伊丽塔和蓝杉都抓了起来,还说是奉了皇帝之命,要把低贱的奴隶和大逆不道的公主双双处死!

我惊呆了,不敢相信这件事的结果竟是这样。我大叫:"子法!谁都知道,奴隶就是用来寻欢作乐的,伊丽塔不想送他去祭海,只不过是因为她还没有对他失去兴趣!"

子法却面无表情地说:"不久之前,皇帝陛下又一次用魔镜看到了花园里的景象,还听到了声音。他非常生气,如果不处死他们,就不足以震慑其他有越规意念的臣民!王子犯法与庶民同罪,伊丽塔必须要被处死!"

我看到伊丽塔的额头向外冒着汗珠,但她的眼神却一如既往地坚毅。

子法继续说道,几乎就是说给我听的:"伊丽塔公主竟然对低贱奴隶产生了只有在布鲁斯达人中间才允许产生的高贵恋情。她在花园里向他表白,并跟他保证一定不会让他有事!帝国的法律至高无上,任何人都不能触犯,英明的皇帝已经下令处死他们两个,让所有布鲁斯达人都牢记这个行为禁区!"

"我不准你把她带走!"我拨出佩剑,与武士相向,叫他们放开伊丽塔。

就在这时,厅外却响起父皇威严的声音:"谁敢反抗我的命令!木斯塔,把你的剑收起来!"

父皇的声音让我绝望。我不能违抗父皇,也从来没有想过要违抗父皇。

十九天后,天台祭海大典开始,伊丽塔被押着,亲眼看着蓝杉被带上罗布天台。而父皇,只是淡淡地对我说:"可以开始了,木斯塔。"

在此之前,每一次祭海,我虽茫然但却不曾犹豫。但这一次,我犹豫了。

"木斯塔,有些木晶仙子只是长得好看,他们内心肮脏邪恶,为了向上爬,可以下贱到利用自己的美色引诱高贵的主人!你决不能因为你妹妹的缘故,而对下贱奴隶有一丁点同情心！"

我像个木头人那样，打开焚仙魔镜。等到发现没有可以利用的祭品时，我就把魔镜交给父皇。像往常一样，父皇亲自开启红光，开始焚烧祭台上的木晶仙子。

这时我听见伊丽塔悲凄的长呼："住手！你们这些恶魔！"

罗布天台上升起炽热的烈火，所有祭品都在火中惨叫，蓝杉也在。他们很快就被烧得化为一团灰烟，天台上只留下一颗颗七芒星钻。

伊丽塔发疯似的想要扑上祭台，但她被武士抓住，任凭她怎样痛哭呼喊，都没能挣脱。

蓝杉死后第二天，我被父皇派到莲城去巡察。我从未违抗过父皇的命令，即使心里一万个放心不下伊丽塔，也还是去了。我那时相信，伊丽塔不会有事，因为她是公主。但当我回到王城时，才得知就在我走后第三天，我亲爱的妹妹就死在了布鲁斯达武士刀下，是父皇亲自下的命令。据说行刑那一刻，子法站在那里面露得意的笑！

我的悲痛无法形容，但仍然对自己说，伊丽塔不该仗着自己是公主，就违抗父皇，以至给自己招来杀身之祸！可内心潜意识却对我说，这不是伊丽塔的错，是父皇错了，我也错了。我真该死，我为什么不能违抗父皇？为什么不能一直守在她身边保护她？为什么不能放弃王子身份带她浪迹天涯？然而即使我违抗，又真的能救她吗？凭我的剑术和武力，真的能敌过父皇麾下所有大将吗？纵使他们都不是我的对手，我又能用凡俗力量去打败子法吗？

伊丽塔离开这个世界已经三年了。三年来，我常常想到她，梦到她，有时我会觉得，她仍然活在我周围的空气里。

我不再是个没有痛苦的王子，伊丽塔是我痛苦的第一个源头！现在，艾西丽塔是第二个。

放下回忆，我看到了法那锐利尖刻的眼睛正盯着我，好像要把我内心的所有想法都淋漓尽致地挖出来。

"你想叫我做什么？"我听着自己妥协的声音，心想，伊丽塔已经不在了，我不能再让艾西丽塔丧生。

"你肯合作真是太好了，我们先回王城，等到了地方，我会慢慢告诉你！"

第22回：神秘红盒·艾尔塔

"维尔，看到前面的人了吗？"我指向前方的旷野。

"我带两个人去看看。"维尔说，"如果是布鲁斯达人在那里布阵，我会点起一道狼烟。"

维尔立刻带了两个人，骑马奔驰而去。

一夜激战后，我和维尔聚集并清点了余下的木晶仙子，将人马汇集在一起，离开树城，向河城进发。我们将在卡鲁尔派兵增援河城之前进驻其中，与河城的木晶仙子汇兵一处，以河城为据点，发起与王城对抗的新战事。

维尔和两位骑士的身影越来越小，我望着前方的地平线，又想起了艾西丽塔。

她还好吗？她在哪里？大半个夜晚，我除了和维尔一起商量下一步计划，就是在城墙周围的残垣里搬弄那些碎裂的大石头，翻看每一具碎石中的尸骨……没有艾西丽塔的影子，连一片白衣碎片都没有。

这样的搜寻令我又喜又忧。

已经看不见维尔了，也没有看到他所说的狼烟。这应该是安全信息。

"没有危险，继续前进！"我挥舞手臂，策马奔行，身后是重重叠叠的马蹄声。

等到走近时，我看到有许多身背刀剑、长矛和弓箭的木晶仙子。他们都骑在马上，有男人也有女人，还有一些树人和其他种族，足有一千多人！此外，我还看到他们的许多马匹都驮着给养。

领头的那个人下了马，我看见他，觉得似曾相识，忽然想起了他的名字——路卡，那个为树城执政官沙米尔放马的奴隶。

"陛下！"路卡显然已经知道了我的身份，上前对我施礼，"我得到黄鸟带来的消息，知道战争开始了，所以，我把这个区域里的木晶仙子组织起来了。现在，我们带着旧主人的马和粮草，全都听凭陛下指挥！"

"太好了！"我连忙下马，走到路卡身边，"我们要赶往河城，抢在卡鲁尔派兵之前占领河城！"

维尔也很高兴，他上前拍了拍路卡的肩膀："真没想到你召集了这么多人，还有这么多马匹和给养！那些布鲁斯达人怎么样了？"

"我们把布鲁斯达主人俘虏了，把他们关进原来用来关押奴隶的牢房，派人在那里看守。"路卡说。

此时正是下午，阳光在天边挥洒明亮的光芒。

"陛下，如果不出意外，按照黄鸟传回的信息，河城的木晶仙子已经自发集结，对布鲁斯达人进行了突然袭击，关着城门就占领了河城。等我们赶去与他们汇合，就能有一支五千人的军队了！"维尔信心百倍地说。

"是的，我们要尽快赶到！"我说着，翻身上马。

三天后，我们通过渡口，顺利登船渡过罗姆河，还吸纳了河边的木晶仙子。他们骑着布鲁斯达人的马，加入了前往河城的木晶仙子大军。

河城就在眼前。

一切顺利，卡鲁尔的军队还没有到达这里，但过不了多久，他们就会来了。

守卫河城的木晶仙子远远看见我们到来，便把厚重结实的城门打开，放下宽大的吊桥，架在又宽又深的护城河上。河城护城河引入的是罗姆河支流的水，因为水源充足，这道防御性的环城河挖得又宽又深。如果吊桥不放下来，人和马想靠近城门，除非游泳或摆渡过去，城上的箭手只要向下射箭，游泳和摆渡的人就会悉数被射死。这是一座非常适于防御的城市。

"国王来了！"

城中一个洪亮而优雅的男声响起，城门边聚集着的一些木晶骑士纷纷让道，面带微笑地望着我们来的方向，表情中流露出激动和振奋的心绪。

看见他们，我同样激动和振奋。我带领身后长长的一队人马，浩浩荡荡地进入了河城。

"收起吊桥，关上城门——"

那个动听的男声又响了起来，随着这声命令，巨大的吊桥被缓缓拉起，城门也渐渐关闭。

来到城内广场，我刚下马，就有一个英姿飒爽的金发木晶仙子步伐优雅地朝我走来。他向我行了一个礼，说道："陛下，我叫安图，是河城木晶仙子首领！"

第22回：神秘红盒·艾尔塔

"很高兴见到你,安图,你们干得不错!"我说。

"多谢陛下夸奖!"安图说,"树城黄鸟飞到河城说国王来了。于是我们知道,为自由而战的时刻到了!我们立刻集结起来,制定方案,在城中贵族毫无防备的情况下制服了他们,掌控了河城!"

"很好。"我又问,"防御和作战准备做得怎么样了?"

"骑士和工匠每天都在打造更多的弓箭和长矛,准备沥青,制造投石器,收集巨石;女人们在一部分骑士的陪伴下,每天都出城在田野里收割成熟的庄稼。城里有不少罗姆河支流通过,这些河道很难从外围堵上,所以我们应该不会没有水,而且河里还有鱼。马的草料我们也在努力多存,城里大多数的房子都可以驻兵!"安图一样样地对我说着。

"很好!"我说,"现在,新来的将士们需要休整。安图,派人把大家安顿好!"

"是,陛下!"

休整之后,我在原河城执政官的官邸里休息。

入夜,官邸卧室里,夜风微微吹拂着长长的窗帘。我感到自己睁着眼睛,仿佛从梦中醒来一样,怔怔地望向那不断轻轻飘动的白色窗帘。

忽然,原本就又高又大的窗子一时间变得更大,很快,就变得像城门那样巨大宏伟了。窗帘像白雾一样自动向两边滑去,中间开启处,优雅地走来一个美丽的紫衣女人。

"艾西丽塔——"我脱口而出,可定睛一看,却发现那不是艾西丽塔,而是我妹妹,"艾西丝?"

"亲爱的哥哥,我的能量只能让我在你的梦中停留一会儿,为的是告诉你一件事,也许对你守住这座城市有帮助。"艾西丝说。

"见到你,我真高兴!你要告诉我什么?"

"明天,你带人出河城城门,向右走,沿着城墙一直走,边走边看着护城河对岸。当你看到对岸有两棵紧紧挨在一起生长的胡杨树时,就在树对面的城墙上凿个洞,取出里面的一个红色小盒子。"

"红色小盒子?那是什么?"

"我并不知道那是什么,但一定是件奇怪的东西。它曾属于楼兰帝国的第一任皇帝休曼金,是他把这件东西悄悄藏在那里的。找到它,一定会有用的!"

"你怎么知道的?"

"我亲眼看到休曼金把一个东西藏在那儿。"艾西丝说,"成为亡灵的我,渐渐预感到,那件东西很可能会对你有帮助,去找它吧!"

"艾西丝——"我至少有一万个问题想问,但话到了嘴边,还是化成了这一句,"艾西丽塔好吗?"

"她活着,而且你会再见到她的。现在,我得走了!"艾西丝淡定地说完这些,就轻轻挥了挥手,一片晶晶亮亮的闪光从她手中散开,直到把她完全遮住。

"艾西丝——"我想冲上前去拦住她,却忽然发现自己还睡在床上,身上盖着松软的丝被。

等我再次抬头望向前方时,一切梦境和神迹都消失了,那扇又高又大的窗子已经变回原状。夜色极静,没有声息。

第二天午后,没有任何迹象显示卡鲁尔的军队靠近了这里。木晶仙子仍然把握时间,从城外的田野收集尽可能多的粮食,同时在附近胡杨森林的边缘狩猎,将猎物送进城中洗净、风干并保存起来。每一个人都意识到,木晶仙子与布鲁斯达军队之间必将有一场大战。

午后的阳光非常灿烂,我提议和维尔、路卡、安图沿着城墙外围散步,这里一边是高耸的城墙,一边是又深又宽的护城河。

"我猜,卡鲁尔至少会派来一万大军。"安图说。

"而且卡鲁尔手下还有一个法力强大的巫师。"路卡说。

"卡鲁尔不会同意再让她摧毁一个城市!"安图说道,"他的帝国已经损失了一个城市,他怎么可能再干一次傻事?我想他会限制那个巫师的行动,然后派大军前来镇压我们!"

"陛下怎么看?"路卡转向我,问道。

"我们已经尽全力备战了,要努力争取消灭卡鲁尔派来的军队。那个巫师如果不能用摧毁城市的方式毁灭我们,说不定她还会用其它法术,比如散布瘟疫。我们必须非常小心!"我一边说,一边望着护城河对岸,寻找一对并生的胡杨树。

"她有那种魔法吗?"路卡说。

"但愿没有。"我说。

"如果有办法让她的魔法不能施展,那就好了!"维尔说。

"如果我们也有巫师,那也不错。"我说着,想到了艾西丽塔。

维尔看了我一眼,他也知道艾西丽塔,他正和我想着同样的事。可是,艾西丽塔在哪儿呢？

走着走着，有两棵很粗的胡杨树紧紧地挨在一起，并行而生！就是这里！

我转向身旁的城墙，用手摸索着看上去完好无损的石块。

"陛下在找什么？"安图看见我的举动，好奇地问。

"我也不知道，昨晚做了个梦，所以觉得这里面会有一样东西。"我仍然在城墙上摸索，却仍然找不到埋东西的痕迹。

"让我用剑把这块石头挖下来，看看里面有什么。"维尔上前，抽出他的宝剑。

忽然，大地颤动起来，脚下的土地不再坚实。它像一块不断抖动的簸箕，石块上下左右地跳动着，护城河水也动荡起来。

"怎么回事？"路卡问着，一个趔趄，倒在了地上。

"这种事以前也发生过！"安图说道。

这时，一声石块断裂的巨响从我们身边的城墙上传来，原本砌得严丝合缝的城墙正在裂开一道缝。

"当心！"我叫道，"离开城墙！"

不过此时，大地的震动忽地消失了。

我命令道："安图，必须马上修好这道城墙，再派人检查一下，有没有其它断裂处，如果有，都要尽快修好。"

"是，我马上回去安排！"安图站起来拍了拍身上的碎石渣子，又看看眼前裂了缝的城墙，向前走了一步说，"看，那儿真的卡着一样东西！"

顺着安图所指的方向看过去，真的，有一样东西卡在里面，像是一个暗红色的小盒子！

那个盒子所嵌的地方很深，伸手够不到。我拿起剑鞘，伸进裂缝中，碰了碰盒子，它没有动，看来被卡得很牢。我又用剑鞘敲击盒子旁的石块，把石块敲裂后，一点点打落。终于，盒子松动了。我再一用力，当它旁边的一块小石头掉落后，盒子也跟着掉了下去。

"我需要两把剑。"我说道。

维尔马上把他的佩剑交给我。我双手拿着两把剑小心地伸进裂缝，轻轻夹住小盒子，把它取了出来。

拭去盒子上的尘土，我看到盒子虽呈红色，却泛着金属光泽。盒子为正方形，长度相当于成年男人手掌的长度，而且闭合得相当好，盒盖与盒身的缝隙只是一条细线。

"这是什么？"路卡看着它，问道。

"能打开吗？"安图问。

"最好不要轻易打开。"维尔建议，"想想看，这个盒子为什么会被砌在城墙里？也许里面关着一个比卡鲁尔的子法还要邪恶的巫师！"

"不会！"我判断，"这是布鲁斯达人监建的城墙，那时还没有子法，更没有其他巫师在跟布鲁斯达人合作。"

我把盒子放在手中反复查看："这是个巧妙的盒子，一定不是用蛮力开启的，一定有某种小机关。"

盒子表面非常光滑，没有锁，没有挂钩，但却牢牢闭合。盒子表面有花纹，花纹是深红色。而且这些花纹，只是一些简单的、看上去毫无意义的图案。机关会在这些花纹上吗？我用手触摸花纹，盒子还是纹丝不动。

"不如砸开它吧。"维尔提议。

"不，那会毁坏里面的东西。我先把它带回去，看看有什么办法能把它完好地打开。"

"也许只是哪个财迷的布鲁斯达商人偷偷藏在这里的珠宝盒吧！"安图笑道。

"不管是什么，先带回去。"我看了看城墙说，"我们该回城了，刚才的地震一定让城里人受惊了。"

"城墙还是牢固的，这个地方之所以会裂开，可能跟以前埋过这个小盒子有关。"安图说。

于是，我们沿着城墙向城门口走去。进城后，我们都松了口气，城中建筑全都完好，震动仅仅使藏有红盒的那处城墙出现了裂隙，而这道裂隙也立刻安排了人手前去修补。

白天很快就过去了。

午夜的城楼上，抬头可见繁星点点。星斗之下，城市建筑影影绰绰。

"艾尔塔，永远不要把世界看得太简单！有些事情也许还没有浮出水面！"一个声音恍如在我耳畔响起，又恍如根本没有响起，只是我心中掠过这样一个声音。

艾西丝！即使是在午夜的城楼上，我也能从夜空中辨出这来去如丝、虚实不定却又甜美沉静的声音。

永远不要把世界看得太简单！有些事情还没有浮出水面！

这是什么意思？我无法入睡。

白天从城墙裂缝中取出的红色小盒子还在我手中，也许我可以在这个寂静的长夜里细细琢磨一下。

星光下，我用力端详盒子的一面，想看看上面是否有伪装成花纹的开启机关。看了好一会儿，什么也没有发现。

但就在这时，盒子表面却发生了奇怪的变化！花纹开始由暗变亮，一小片一小片地变得很亮，然后，有一小块花纹像火焰般闪耀起来，钻石似的光彩充盈着线条，很快就蔓延到整个盒子上的花纹！一个小小的"喀塔"声从盒子里传出，盒盖一下子就自动打开了。

盒子里，是一个扁扁的长方形物件，被牢实地安放在盒中的托架上。这个长方形物件上方是一个正方形小窗口，蒙着一层光滑的东西，上面什么也没有。正方形小窗口的下面，是镶嵌紧密的一排排小方块，每一个小方块上都印有一组奇怪的文字，如果那是文字的话。

我把它从托架上拿出来，它还没有我的一个手掌大，非常小巧。它的侧面和背面非常光滑，除了一道闭合的细痕外，什么也没有。

这是什么？我反复看了几遍，也不得其解。

就在我准备把它带回房间在烛下细看时，这个小物件又发生了奇异的变化。

随着"嘀"的一声轻轻响起，那个正方形小窗口忽地闪亮起来，里面出现一幅奇怪的图像，像是一个独立船屋的结构图，或是别的什么东西。那东西的外表相当古怪，里面的构造更加复杂，但还是可以看到内部有些类以房间的空间。我试着按了几下位于这个发亮窗口下方的小方块，然后发现那幅结构图竟开始移动，不断变换着角度，使我看到了它各个位置的清晰构造。

这完全不像这个世界的物件，显示的图像也不像这个世界的事物。

无数谜团冲进我的脑海，我仿佛又听见艾西丝在冥冥中传进我脑中的话："永远不要把世界看得太简单！"

第 23 回：罗布浪花·艾西丽塔

下午的阳光是如此干涸暴烈。在我不停的鞭策中，马已经到了筋疲力尽的边缘，而我也饱受酸痛筋骨的折磨。我终于绕着帝国边缘的无人地带，侥幸在没有遇到任何布鲁斯达人的情况下，奋力跑到了罗布海边。

面向西方偏南的方向，茫茫罗布海的远方依然是一片迷雾。

我从马上下来，轻轻拍了拍马的头颈。这是木斯塔的骏马，它像忠于主人那样忠于我，带我来到这里。

"我不能再跟你在一起了。"我取下它身上的马具，轻声对它说，"你一定认得回家的路，去找王子吧。"

马像是明白了我的意思，转过身，慢慢向西北方向走去。

看着木斯塔的马渐渐走远，我重新面对眼前湛蓝的罗布海。海面如此美丽，但迷人的海水之下却充满危险。前面的旅程，我必须游走在水底，才能避过毒气。

我休息了一会儿，就手握木斯塔给我的短剑，一步步向海中走去。海水一点点淹过我的身体，最后没过我的头顶。阳光透过清澈的水，可以照到海中很深的地方，但罗布海深不可测，水世界的深处远远看不到底。阳光散尽之处是深深的黑暗，有一串串气泡从底下冒出，仿佛有一团团巨大的黑影在深处活动。

我游着游着，感到危险的气息涌动在周围的海水中，我在这死寂的水底听到了隐约的歌声。那是一种听不出歌词的吟唱，像一个忧郁的男子在呼唤他的情人，曲调悠扬婉转，缓慢高昂，优美动人。我不由自主地向深海潜去，仿佛那里有什么生灵在召唤我。

不久，我看到深海处闪动着几点幽蓝的光。随着我的靠近，蓝色光点也越来越多，而且都是一对对出现，很快就包围了我。我感到自己中了魔，想离开黑暗的深海，但手脚却不听使唤。

突然，一个火把似的东西在黑暗中闪耀起来，照亮了周围的景观。原来，那些幽蓝光点都长在一个个人身鱼尾的怪物脸上，他们是一群面目狰狞、形状可怖的男性人鱼，周身除了眼睛会发蓝光外，其余部位都是阴暗的灰色！

歌声停止了。我恢复了清醒，明白自己成了他们的猎物！

我在大脑里搜索他们的样子，以为会像知道大食人鱼一样知道他们是什么生灵。但我的大脑对他们没有印象，完全一片空白。

我看到他们在用一种奇怪的语言激动地交流，像是在商量如何分配猎物。趁这个机会，我运动双腿，飞速上浮。

可是，这群丑陋的男鱼一拥而上扯住我的衣裳，很快就将我的外袍扯了个精光。我趁他们手中全是衣服碎片时，使尽浑身力气，向上方游去！

"嘶——嘶——"身后传来的不再是优美动听的男声吟唱，而是一声声尖锐的长嘶。如果这群奇怪的男鱼只能生活在黑暗的深海，那我就有机会离开。我拼命地游，以自己都想象不到的速度向上冲去。黑暗深处那恐怖怪异的嘶嘶声终于渐渐变小，消失在深不见底的暗色地带。

摆脱了男鱼，我不敢懈怠。如果不尽快游到岛上，不知道还会有什么危险在等着我。

然而，新的麻烦又出现了。

一只百脚大鱼挡住了我的去路，这个像一幢房子那么大的软体怪物在我面前耀武扬威，将密密麻麻的巨形触须伸出去又卷起来，像在展示它致人死命的方式。

我不想招惹这个大家伙，只能绕着它前行。它的一根触须伸过来，把我卷了起来，并把我送到它的巨眼跟前。它一边眨眼打量我，一边用更多的触须把我卷得更紧。

我来不及抽出木斯塔给我的短剑，只好念动咒语，想将这怪物的触须变成娇嫩的花瓣。可是咒语念出，触须却变成了细草绳，把我的身躯捆得越来越紧。我努力抽出一只手，拔出短剑用力削断缠在身上的草绳，重新回到了自由的海水中。

游到现在，我已经忘记了时间的长短，只知道麦提格尔岛就在眼前。

就在我即将露出水面时，一只巨大的爪子伸进水里将我从水中捞了起来。

"奥吉！"我欣喜地叫了一声。

望着头顶上飞龙奥吉那健硕的身躯和在星月下舞动的暗色双翼，我长长地吐了口气。抱住奥吉坚实的脚，我高兴地在心里呢喃，我回来了，麦提格尔岛！

奥吉发出一声欢愉的长鸣，带我离开罗布海，不久后便将我轻轻放在一片草地上。它停下来，舞了舞双翼，示意我坐上它的背。我坐上去，它又扭头眨着大眼睛，问我想去哪里。我立刻想到王宫，筋疲力尽且浑身湿漉漉的我极其需要一个舒适的房间，用来好好睡一觉，睡醒后再给空空如也的胃来一些美食。但是，我没有时间享受休闲时光。

"现在到午夜了吗？"我问。

奥吉摇了几下头，又点了点头。我明白了它的意思是说离午夜还有一段时间。

"带我去幽雪城堡！"我轻轻拍了拍奥吉的颈部。

奥吉又发出一声欢快的长鸣，伸展双翼，向上腾越。

从夜空向下俯瞰，与白天的情景不同。圣美森林仿佛一大片深藏着无数秘密的墨色毛团，岛中央那座高大雄伟的山脉，在星月的映照下，迎光的地方泛着青白之色，背光的地方则深黑一片，青白与深黑构成了坚硬的山体脉络。山脉里群峰耸立，中间那一座比诸峰都高的山峰就是雅鲁达峰。

奥吉离雅鲁达山峰越来越近，那座晶莹闪亮、寒光幽幽的白色宫殿也映入眼帘。很快，奥吉就在大露台上降了下来，一股清凉气息扑面而来。

"在这里等我。"我对奥吉说。

这时，原本空空如也的露台雕栏上的树状大花瓶里再次冒出绿叶。绿叶渐渐生长，不一会儿就长出花苞，花苞很快绽开，开出一朵朵淡绿色的七瓣花，金色花心一闪一闪，露台上立时生机勃勃。

很快地，幽雪城堡就变得花影如织，到处都开满了绿钻宝花。它们在月与星的柔光轻抚下，显得幽雅异常。

露台上的圆形喷水池依然如旧，水池中央那位姿态优雅的玉雕女子依旧高高地捧着细颈玉壶，壶中依旧涌出汩汩清泉，形成圆润闭合的一层水幕。艾尔塔说过，这是一面拥有神奇魔力的镜子，可以让人看到很多奇异景象。

看见喷水池，我想起了帝俊送给我和木斯塔的月钻手环，它还戴在我的手腕上，只是没有木斯塔在身边，月钻手环就没有魔力。

还有多久才到午夜？正想着，雪花使者像上次一样，在喷泉顶端组合成一个圆形时钟，时针正指向午夜十二点，秒针则在运动，一格一格地向那个"十二"靠近。

午夜到来，水幕变亮，从中间向外，泛起一层层幽蓝光晕，光晕中间如同上一次那样出现了人影，从模糊到清晰，一点点地呈现。

"艾西丝公主！"我呼唤。

"你来了，艾西丽塔，见到你很高兴。"公主微笑着，恬静又认真地看着我，笑容里蕴含着关切，"你看起来很疲惫。"

"我的确很累，但我不能等，我要见你。你说过，如果有需要可以到这里来找你！"

"很高兴能有机会帮助你！"

我飞快地清理了一下头绪，说："公主，情况想必你已经知道了，请告诉我，怎样才能把岛上的军队带出去支援河城？"

艾西丝公主平静地说："不要着急，你会在魔法中想出办法。"

"《王城恋歌》中没有一个咒语可以让我带着岛上的军队穿越毒气层！"

"用心去想，艾西丽塔，有些事情的解决方法并不在眼前，而在深处。你只有用心去想，才能想出办法。"

听了艾西丝的话，我仍然一筹莫展。但我明白，在这件事上，她已经给我点明了方向。

我停顿了一下，心中想到另一件事："公主，你知道星辰毁灭的事吗？"

"是的，我已经有了一些预见。"

"如果世界即将毁灭，那我们的战争还有意义吗？"

"是否有意义，其实你已经有了自己的想法。我只想说，按照你的想法去做。"

"公主，你高贵的灵魂拥有过人的洞察力，能否告诉我，我们还有多少时间？"

"我无法预知那么多。"艾西丝摇了摇头，"这个世界的未来命运在我眼中只有模糊又虚幻的影像，我并不能确定它就千真万确地会走向毁灭，但是，又的确有这样的预兆。听着，不要被未来可能会发生的坏事改变自己的计划，即使是最强大的预言，也有不会成真的可能！去帮助艾尔塔吧，他需要你，我无法告诉你如何去帮他，但我预感你会有办法。如果你静静地坐在罗布海边，静静地凝望那一层层涌来的海水，就会想出办法！"

"可是……"

"艾西丽塔，要相信自己，去罗布海边看看，你一定会有办法的！"

"公主……"

"你抬起头，看看群星璀璨的夜空，在东南方向，是不是有三颗呈规则三角形排列的星星？它们一颗是金色，一颗是淡褐色，还有一颗原本是银色但现在光芒灰暗，你看到了吗？"

我抬起头,在东南方的夜空里搜索,在满天星斗中寻找符合艾西丝所说的那些特点的星星。很快,我真的看到了三颗星星,就像她说的那样,位置和色彩完全一致。

"它们是金星、银星和玉星。在木晶仙子的亡灵世界,有一个传说,这三颗星星原本分散在夜空各处,从来不会聚在一起,而当它们像这样相聚时,就预示着大地上将会出现三个形貌相同的人。这三个人汇聚着天地之灵,会在不知不觉中搅动人间气息,改变这个世界。"

"三个形貌相同的人?"我心中疑云丛生。我的确见过两个,艾尔塔和木斯塔,如果他们就是这三个人中的两个,那另外一个是谁?

艾西丝已经看到了我的内心,她平静地说:"你已经见过其中的两个了,对吗?"

"那第三个呢?"

"那颗星星已经陨落。在夜空里,你刚才看到的其实只是它的影子,它在尘世中所对应的那个人也已离去,但他已经完成了他在冥冥中所背负的使命。"

"这都是真的吗?"我问。

"真与假,在这个世界里是很难分清的,在亡灵的世界里就更难分清。我告诉你这些,是想让你保有信念。无论是在你可以触摸的人间,还是你无法想象的神秘之地,时光的潮水总会向前流动。所以,去吧,去罗布海边看看,凝望海水,你会想出办法的!"

"公主……"

"我要走了,但仍会一直看着你!"

"公主……"

我知道我的呼唤不能让她多留,她能出现并与我交谈是一件很不容易的事。毕竟,她已是沉睡在死亡之国的灵魂。

去罗布海边凝望一层层涌来的海水?那样会找到方法吗?既然艾西丝公主这样说,那就一定有她的原因。

"奥吉——"我喊道。

一声有力的长鸣立刻就在旁边响了起来。

"带我回木晶王宫。"我坐上它的背说道。

奥吉飞起,我疲倦地抓住它的颈骨,轻轻闭上眼睛,随着它在夜色中飞过雅鲁达山峰,飞过圣美森林,飞向美丽的王宫。

奥吉刚一落下，晶莹古雅的淡蓝色王宫大门就被人从里面打开了，三个长相清秀的男人带着极大的喜悦迎上来。

"公主回来了。"他们高兴地说。

我从奥吉背上下来，迈开发软的腿，向宫中走去。两名侍女立刻扶住我，拾级而上。

宫殿如我第一次来到时那样清新雅致，回旋楼梯两旁立着一根根优美抽象的树雕柱子，它们都是有生命的，有绿叶相依，有清香飘荡。如果这个世界没有这么不幸，我真想就这样在这里生活一世。

还是那间宽敞的大房间，依旧安静舒适。我很快就倒在木雕大床上，松软的被褥和轻飘的帏帐将我温柔地裹住，给我带来少有的安逸享受。和木斯塔在野外奔行了这么多天，我几乎忘记睡在一张如此舒适的床上是什么感觉了。

"她累坏了。"我听见一个侍女说，"让她好好睡一下，除非她自己醒来，否则不要叫醒她。"

"当然。"另一个侍女说，"不知道为什么，国王没有一起回来。"

侍女们的脚步声表明她们已经走出了我的房间，而我也撑不住，沉沉睡去了，像是从来不曾好好睡过似的。

……

一连三天，从太阳升起到落下，我都坐在麦提格尔岛的边缘，望着罗布海水带着它洁白晶莹的泡沫一层层涌上来，又一层层退下。随着太阳的起落，海边的景色美得不可方物，我在这里长久凝神，寻找答案。而我的答案，也是岛上所有智慧生灵都在等待的。他们每天都会像忠实臣民仰望女王那样仰望我，等待我的命令，期待着为善良不幸的岛外生灵做些什么，而一切行动都取决于我的发现。

为什么艾西丝公主让我以这种方式来寻找方法？她预见到了什么？想了很久，我没有找到一条可以让我带着岛上的军队穿过毒气登上大陆的魔法。

我站起来，向水中走去。水是清凉的，浪是有力的，我让自己的身体渐渐没入水中，直到我的头部也没入水中，让清凉的海水冲击我的大脑，帮我寻找方向。

我看到可爱的彩色小鱼在浅海中优美地游动，阳光入水，使它们的身体散发出阵阵金光银彩。

我又从水中走向岸边，让自己湿淋淋地露出水面。海浪不大，一波波地涌来，带着一贯的力量，细致可爱的小泡沫漂在水上。

泡沫？哦，艾西丝公主！我一阵狂喜，又一阵紧张，我真的想出了一个主意。

第 24 回：禁宫谜团·木斯塔

傍晚时分，我一走进内宫，就把我最信赖的妃子叫过来："迪丽亚，皇宫里一切都好吗？"

"从表面看，一切都好。"迪丽亚说，"但是昨天听说皇帝陛下不太舒服，一直在他的内宫休息，到现在都没有出来。"

我看了看巨大的拱形窗外越来越深的暮色，心里的不安也更深了一层。

"对了，殿下的马今天自己回来了，没有马鞍也没有缰绳。"迪丽亚说。

"我的马？"

"是的，它安然无恙。"

"很好。"我说着，一抹欣慰之情掠上心头。

"殿下这次回来很惹人注目，已经有侍卫向陛下报告了，他一定也等着见你。"迪丽亚陪我走进香气四溢的沐浴房，又说，"死去的树城执政官的女儿娜菲赛正住在殿下宫里，是陛下安排她住在这里的。殿下想见见她吗？"

娜菲赛，那个野性未泯、漂亮动人的尤物，她竟来了这里，她能安全我也很欣慰。但我暂时没有时间见她。

"不，等等再见她。"我说着，赤裸着身体走下冒着热气的大水池，坐在池中。我伸开两臂搭在池边，然后深深地吸了口气，再吐出来。

"娜菲赛是个待不住的姑娘，总想到处走，这会儿一定还在花园里。"迪丽亚说。

迪丽亚在我面前脱去衣裳，也走进池中，在热水里靠近我，和池边的侍女一起，为我拭去身上的灰尘。我望着她，又想起了艾西丽塔。

"迪丽亚，"我对她投去一束信任的目光，"我沐浴之后，也想到花园散散步。如果有人想见我，就告诉他们，我已经睡了。"

"好的，我会在宫里守夜，直到你回来。"

我换了一身轻便衣袍,起身离开宫殿向花园走去。这时,夜色已经完完全全地将整个皇宫和王城包围起来。我在夜色中穿过小花园,来到父皇的宫殿旁。

父皇的宫殿是整个宫群中最大的一座,守卫森严,其中一些宫室是禁止任何人出入的,连我也从未涉足。我不像妹妹伊丽塔那样生来就对很多事抱有巨大的好奇心,对皇宫禁地从未产生过兴趣。然而,现在,我想了解禁区的秘密,这不仅是因为子法的威胁,不仅是为了艾西丽塔,也是因为我自己想知道。

我在脑中翻开《雅鲁达恋歌》飞快地搜寻了一遍魔法,然后,我选择了其中的一条,暗暗在心里念起咒语。

很灵验,我看见门前八个守卫的眼睛一个接一个地缓缓闭上,他们就这样站在门前进入了梦乡。

我脚步轻悄地走上前去,登上高高的台阶,来到最高的一层。我推开这一层的一扇宫门,走了进去,又将宫门关好。这里还有八个守卫,我又念动咒语,让他们在原地打起呼噜。

我悄然走进通往父皇最隐秘的内宫的宫室,那扇宫门就在眼前,我正想上前轻启,却听见旁边走廊里传来两个人的说话声。我连忙贴到走廊墙边,想听听那是什么人。

"宝贝,我没让你失望吧,我值岗的时候你可以随便到这儿来。"这是皇帝内宫侍卫长德克的声音。从他气喘吁吁的声音里可以听出,他正把一个美女搂在怀里。

真好笑,号称魔法都无法进入的神秘内宫,某个女人只对侍卫长德克用了简单的色诱,就悄悄潜入进来。

"你是最好的,德克!"一个甜蜜的女声响起,我吃了一惊,竟然是娜菲赛!

"如果你对我感到满意,就不要总是勾着我的魂了,今天夜里怎么样?你总该给我一些实际的报答吧?"德克说。

"王子的侍女们一睡着我就来。"

"小心点,不要让王子发现了。"

"怎么,你认为王子会杀了我吗?"

"他不会杀你,但会拦住你,然后把你抱上他的床,这可不是我希望的结果。"德克笑着说。

"真有趣!"她应该是在他的怀里扭动了几下,然后推开了他,"我该进去看看了,你得看着别的侍卫,别让他们酒醒了来打扰我!"

"放心。你可别这么着急，你这样走了，我该多痛苦啊！"德克一定是重新将娜菲赛抱住了。

"你疯了吗？"娜菲赛像是用力挣脱了他的怀抱，压低声音斥责，"这可是陛下的内宫！别拿自己的脑袋开玩笑，先忍一下吧，晚上我会去找你的！"

"可你却在拿自己的脑袋开玩笑！要是陛下发现你进入了禁地，你会比他的女儿死得还惨！"

"你不是说陛下这会儿不在里面吗？只要你对我忠实，我就不会有危险！你对我忠实吗？"

"当然啦，我可不希望你这诱人的妖精变成一具死尸！好吧，你快进去吧，记着，晚上要来找我啊！"

"我说过了，那要等侍女们都睡着我才能来。"

他们的谈话就要结束了，于是我连忙走到秘密内宫门前，轻轻推开门，闪了进去，然后又将门轻轻关上。

很快，门又动了。藏在门边的我看见娜菲赛曼妙的身影闪了进来，等她小心地将门关上后，我便上前捂住她的嘴，将她推靠在墙上。墙上的烛台闪着光，烛光下的娜菲赛正瞪大眼睛望着我，眼里满是惊讶，但她却没喊叫。

"你会保持安静，对吗？"我严肃地说。

她点了点头，于是我放开了她。

"你怎么在这儿，我英俊的骑士？"在这禁宫深处，她竟然还对我投来一抹笑容。

"我倒想问问你，你用美色诱惑侍卫让你进来，你要干什么？你知道这里是禁地吗？"

"这个禁地难道不限制你吗？"她反问，"我倒想知道你是谁，怎么进来的？"

"我是木斯塔。"

"你？王子？为什么在树城时你不说实话？"她惊讶地瞪着我。

"现在不是讨论这件事的时候。你让自己陷入危险中，难道就不怕吗？"

"那你来这里干什么？禁令没有限制你吗？"她问。

"当然……也限制我。"

"你能来我就不能来？"

"这很危险！除非你不想活了！"

"你也不想活了吗？"

第24回：禁宫谜团·木斯塔

"这里不是树城，不是你父亲的官邸，你不能这样胡来！"

她泯了一下嘴唇，眼光镇定地望着我："我认为，既然我们俩都想看看这个禁地的样子，就不该把时间浪费在舌战上，你说呢？"

她说得有理，我不得不表示赞同。于是，我们一起转过身，面向这个被宫中传闻形容得神秘无比的内宫禁地。

入眼所见，这是一间高而大的正方形房间，没有窗户，一切装饰都十分硬朗，墙壁上挂着刀剑，门边立着一对铠甲。地板很特别，中间是一个圆形图案，用整块墨玉制成，周围嵌着一圈闪闪发光的木晶仙子七芒星钻。王城和皇宫里处处都有七芒星钻，可全部看下来，就数这一圈的七芒星钻最大。

在这个圆形地板外围，是一块块各种规格的几何形，使用的是各种色彩的光亮石块。这个方形大房间非常空旷，只有里面靠墙处有一个形如树根的台几上放着一个遮着一块黑布的圆形东西，此外再无一件摆设。

"所谓禁区，就是一间巨大的空房子？"娜菲赛喃喃自语。

"来看看这是什么。"我走向那个形如树根的台几，小心地掀开那块黑布，黑布下是一个圆形纱罩，我又拿起纱罩，只见纱罩下摆着十几株正待风干的草。

"萨拉曼那草！"我惊呼一声。

"这就是萨拉曼那草！？"她也惊呼了一声。

"原来萨拉曼那草是在这里被风干的，原来这就是内宫禁地的秘密！"我将黑布和纱罩放在一边，轻轻拿起一株还有些许水分的萨拉曼那草，仔细看着它。这个房间有什么特别吗，竟然可以使在别处无法风干的萨拉曼那草顺利风干？

"有什么不对？你想到什么了？"娜菲赛疑惑地问。

"这一定是个充满魔法的房间！"我放下手中的草，在心中念起一道咒语。据《雅鲁达恋歌》上说，这道咒语可以让某个地方隐身的巫气像有颜色的雾一样，一道道地呈现出来，以便使人看见，并得以避开那些巫气的伤害。

当我念完这道咒语后，房间里一切如旧，什么变化都没有。

"你在干什么？你到底是什么人？"娜菲赛急切地问我。

"嘘，我在打量这个地方。"我又念动另一道咒语。这道咒语我曾经念过，当我和艾西丽塔在往日东方的草坪上相拥时，曾变出环绕我们的无数花朵。可是，我一连念了三遍这道咒语，却没有一片花瓣从空中飞出来。

怎么，我的咒语失灵了？这个想法让我感到非常不安。

正在这时，禁地的门被人敲响了三声，一长两短。

"是德克的暗号，皇帝要来了。"娜菲赛说。

"快走。"我说着，连忙将纱罩摆好，又将黑布按原样盖上。

我拉着娜菲赛走到门边，对她说："我不想被德克发现。"

娜菲赛会意地点了点头："我先出去，你再出去。"

我将门打开，娜菲赛闪身出去，立刻投进德克的怀抱，把他拉到另一边的走廊里。趁着这个空当，我闪身而出，风一样地向外走去。站岗的侍卫们依然边站边睡，我一走过他们身边就让咒语消散了。

来到夜色环抱的花园，我盯着最外面的宫门等着娜菲赛。很快，这个聪明的贵族小姐就步履轻盈地出来了。

"到这儿来！"我一把拉住她的手，把她拉进花园，向我的宫殿走去。

娜菲赛边走边说："现在，我能问你了吗，为什么在树城时你不告诉我你就是王子？"

"我那时不便张扬。"

她盯着我看了一会儿，叹道："怪不得你对我家的宴会不感兴趣，原来，你就是帝国里人人都知道的最善于寻欢作乐的木斯塔王子！"

"最善于寻欢作乐？帝国里的人就是这么传扬我的？"

"没错！"她笑了，"人人都说，你有满满一宫妃子，还有许多漂亮的木晶女奴，她们个个美艳绝伦。即使你拥有这么多美人，还在不断到处寻欢，是这样吗？"

"我也会觉得生活无聊，就像你一样，很多时候，寻欢作乐就是打发无聊生活的一种方式。"

"夜闯禁宫也是无聊生活的甜点吗？"

我用认真的语气对她说："其实，在遇见你之前，我的生活就不再无聊了。"

很快，我们走进我的宫中。迪丽亚看见我们，立刻迎上来。

"殿下回来了。"迪丽亚投给我一个微笑，然后又转向娜菲赛，说："我在宫里找不到你，心想你一定是去花园散步了，怎么样，心情还好吗？看到你和王子在一起，我想就不用给你们互相介绍了。"

"我们已经认识了。"我说道，转向娜菲赛，"你在这里的日子一定还不错吧，有迪丽亚陪你，你不会太难过的。"

娜菲赛说："迪丽亚是个聪明的王妃，她不像你的其他妃子那样只顾取悦你，她会思考，总是思考一些帝国禁忌，有点像我。虽然我和她相处的时间并不长，但我们已经是朋友了。"

"你这样夸我，会让我难为情的。"迪丽亚笑着说，"我和王子都希望你已经从家人遇难的痛苦中恢复了，要知道，时间总是向前流动的。"

"你说得对，我得睁开两眼向前看。"娜菲赛长长地吸了一口气，好像在尽量让自己的语气显得轻松一些，"我想做点事情，殿下。我原本是想请迪丽亚帮我的，现在，我要获得你的许可了，你能帮我吗？"

"叫我木斯塔。只要是我力所能及的事，我都乐意实现你的愿望。"我说。

娜菲赛陪着我与迪丽亚一起朝大厅旁的小休息厅走去，对我说："我打算去河城，明天一早就去。我需要一辆轻便马车，还有给养。"

"去河城？明天？"我还没有开口，迪丽亚就关上休息厅的大门，吃惊地对娜菲赛说，"我知道你想制止战争，可是，河城已经掌控在木晶仙子手中了。皇帝已经派兵前去镇压，子法大巫师一定也奉命在暗中观察河城。这场战事无法避免，你在这个时候去河城，太危险了！"

"我不能就这样躲在皇宫里！我想阻止战争！"

"你想阻止战争？"我示意娜菲赛停一下再说话，然后望了迪丽亚一眼。

迪丽亚打开休息厅的门，闪到门外，随手将门关上。我知道迪丽亚会在门外值守，便朝娜菲赛点点头，示意她可以说话了。

"对，我是想阻止战争！"娜菲赛摇头叹息了一番，"可我并不知道该怎样阻止！"

"战争的确不该发生。但是，在没有想好策略之前，你去河城没有任何意义。"

娜菲赛别过头，不看我："可我也不能留在这里，皇帝暗示我做你的妃子，但是——"

"你不想做？"

"是的，请殿下原谅。"

"叫我木斯塔。"

"是的，木斯塔，我不想成为你的女人。"

"为什么？"

"因为我不爱你。"

我望着她，并不感到生气和失落。她也有她的心中所爱，我不禁想起了与她缠绵浪漫的那个夜晚，在她胸前看到的那个挂在银链上的七芒星钻。

半响，我有了主意，便对她说："我会让你去河城的，但是要等一等。等我找到那种东西，就让你去！"

"什么东西？"

"我还不知道。"

"这就是你夜闯禁宫的目的？找一样东西？"

"对。"我点点头，"给我时间，我会找到的！"

娜菲赛抬起美丽的黑眼睛，凝视着我："你和皇帝不一样，对吗？"

"是的，娜菲赛，你可以信任我！我不想去杀那些被称为低贱种族的木晶仙子和其他生灵，也不想让我的本族布鲁斯达人受到伤害！我希望一切都能归于平静！"

"我相信你。"她轻轻地说，"要找到那种东西，你一定还得再去禁宫，对吗？"

"没错，今晚时间太短，我会找时间再去的。"

"我可以帮你搞定侍卫！"她朝我诡秘地一笑，"而且我要和你一起去。"

"侍卫也不是那么好糊弄的，如果你耍了他们……"

"德克是个胆小鬼，他不会怎么样的。"她朝我眨了眨眼。

正在这时，门外有了一些响动。片刻之后，迪丽亚开门进来，对我说："殿下，皇帝陛下现在要见你，他要你去他的内宫。"

我淡然一笑："从我回来，还没有见过他。"

娜菲赛有些紧张："陛下会不会发现有人去过他的禁宫？"

"应该不会。"

"如果他发现了，你怎么办？"娜菲赛担心地说。

"我是他的唯一的儿子，他能对我做什么？"

迪丽亚接口说道："伊丽塔公主也是唯一的公主！"

"不会有事的，"我平静地对迪丽亚说，"叫侍女来帮我换身衣服！"

第25回：秘密之谜·卡鲁尔

我在我的宫殿里，走过空旷高大的前厅，沿着巨大宏伟的楼梯向上走，很快便来到顶层，这里是我规定的禁宫之一。禁宫门前有威猛的侍卫值岗，他们只准在门前值守，决不准踏进室内一步。至于内宫侍女，是不可能被允许靠近这里的。

我在门前站住，这会儿站在门前值守的是内宫侍卫长德克。我无声地从他身边走过，走进内宫禁室，将门留出一道缝。

不久，我听见门外传来我儿子木斯塔那熟悉的脚步声，他是应我的命令在这深夜之时来见我的。按照平常的规矩，我会在外厅等他觐见，因为即使是王子，也不能踏进禁宫半步，除非有我的允许。现在，我认为自己已经有理由允许他踏进这间他从出生以来就被禁止进入的地方了。

"进来吧，木斯塔，你得到了我的准许。"我对着门大声说道。

木斯塔走进来，侍卫长把门无声地关上了。

木斯塔怀着惊讶和好奇的眼神打量着这里的一切。他一定很惊奇这里的样子，一定会奇怪这样一间高而大的、正方形房间为什么没有窗户。

当然，他一定注意到了，这个大房间的地板很特别，中间是一个圆形图案，是用整块墨玉制成，周围嵌着一圈闪闪发光的木晶仙子七芒星钻。虽然七芒星钻在王城和皇宫里处处都有，他一定发现了这一圈的七芒星钻是王城里所有七芒星钻中最大的一批。我将要和他谈到的一切，就将由这块圆形墨玉地板和它周围的七芒星钻开始。

"来，我的儿子。"我向他招了招手。

"父皇，听说您不太舒服？"木斯塔说道。

"我很好，只是胸口偶尔有一些闷，你完全不必担心。"我说着，淡淡地忽略了身体上的问题。

"我不在的时候,这里发生了什么事吗?"他问。

"除了树城执政官的女儿跑到这里来避难,几乎没有什么变化。"

"那就好。"他停顿了一下,又说,"我很难过,希望不要再有城市被毁。"

"那的确是个遗憾。但从另一个方面来说,宁可毁掉,也不能让它落在低贱种族手中。"

"但现在河城在他们手中。"

"我已经派棕海奇将军去收拾那些奴隶了。他们只是一群当了几百年奴隶的傻瓜和营养不良的白痴,他们会在围城一开始就全盘溃败!"

"如果他们激烈反抗呢?或者,就像树城一样,他们有巫师助战。"

"如果他们有巫师,那也不过是只会玩弄低贱把戏的江湖骗子,子法大巫师可以收拾他们。"我这会儿并不想谈战争,我把儿子叫来的目的也不在战争,所以我把话题转到了别的事情上,"你的旅行怎么样?"

"到目前为止,我并没有发现子法大巫师所说的那两个奇人。我回来,是想好好和您谈论一下战争,以及帝国的治理方法。"

"我要你把战争和帝国先放一放。"我说,"我要告诉你一些你不知道的事,这些事由开国皇帝休曼金讲给他的皇位继承人,然后一代一代地传到我这里。按规矩,皇帝必须在预感到自己死期将近时,才能将秘密传述给继承人。但我认为,现在就应该让你知道了,因为我有预感,这个世界将会天翻地覆!"

不知为什么,我的话似乎让他浑身颤抖了一遍。

"天翻地覆?"他充满疑心地问。

"不是你想的那种天翻地覆,不是木晶仙子将要统治帝国这种小事,统统不是。"我说。

我的话音才落,就看到他的眼神更加阴郁。我从桌台上拿起一架烛台,示意他拿起另一架,然后就向这个房间的中间位置走去。走到那块墨玉雕成的圆形地板中心,我说:"到这里来。"

他依照我的旨意,走到那块圆形墨玉上。现在,我要让他知道,这块圆形墨玉地板和它周围镶嵌的七芒星钻所开启的,是禁地中的禁地。

木斯塔正用疑惑但期待的目光看着我。这时,一阵心悸突然袭击了我,几乎让我不能呼吸。这种感觉来的次数越来越多,这意味着我的时间越来越少。我必须在还有知觉时,把帝国秘密都告诉我的儿子。

第25回:秘密之谜·卡鲁尔

"父皇！"木斯塔连忙扶住我。

几十秒钟后，我终于平静下来，然后深深地呼吸了几下，淡淡地说："不要紧，我的心脏也许想休息一下，所以放缓了跳动的速度。"

"不要紧吧？"

"没事了。现在，我要你认真地看着我做，牢牢地记在脑子里！"

我面向这个神秘房间的大门，让自己双脚并拢地站着，两脚相贴的中心线正对着一颗七芒星钻。我用脚轻轻踩踏那些镶在边缘的七芒星钻，踩这颗一下，踩那颗一下，踩了二十一次。

"要记住顺序，也要通过在心里数秒的方式记住踩踏这些七芒星钻之间所间隔的时间。你记住了吗？"我踩完，问道。

"是的，父皇。"

我微笑一下，开口念道："布鲁斯达的智慧、悲剧、希望和机会！坐着会飞的船，凌驾于火焰之上，飞向那遥远的星辰！"

我没有时间向木斯塔解释这段话的意思，因为就在这时，我们脚下精美的墨玉地板开始下沉。木斯塔本能地望向我，想知道这是怎么回事。

圆形墨玉地板缓缓下降，把我们带到位于这个神秘大房间下方的所在。墨玉停下时，我们已经站在这间地底空间里。

烛光下，木斯塔打量着这里。这也是一个大房间，非常大，而且很高，简直可以装下一支规模不小的军队。房间很空旷，除了有一个用麻布遮盖着的巨大物体外，还有一个造型厚重的大柜子。柜子的门足有十多扇，全都关着，除了我，没有人知道里面存放的是什么。

在这个超大地下空间的四壁上，镶着许多烛台，上面都插着新新的蜡烛。我示意木斯塔把手中的烛台放在地上，然后取一支燃烧的蜡烛，分别点燃墙壁上的一些烛台，于是这个空间亮了起来。

我静静地说道："我违反了我的父皇临终前让我发下的誓言，但我认为这是对的，是有理由的。所以，木斯塔，这样你才能提前看到这个深藏秘密的所在。"

"我很荣幸，父皇。"木斯塔说。

"这里是禁地，一直以来都由皇帝直接掌管，包括打扫这里的灰尘。是的，没错！就算一个皇帝在任何地方都不需要亲自打扫灰尘，但在这里，皇帝也要像清洁工一样用自己的双手把这里清理干净。我是这样做的，你也要这样做。"我以一个帝王的平静声调说道。

"是,父皇。"

我迈开步子朝那个大柜子走去,木斯塔跟着我。

柜子的门闭合着,但没有上锁。我握住门上的把手,拉开柜子上的一扇门。柜门开处,里面摆放的是一些装帧奇怪的书,封面闪亮华丽,纸张净白有力。

我从中选出一本很厚的书,非常厚,放在他手上:"看看这个。"

木斯塔看见书封,上面是一种古老的布鲁斯达文字,由 26 个字母组成。现在懂得它们的布鲁斯达人已经很少了,但它是皇室成员的必学文字,因而他会明白这本书的封面上印的是什么。

"飞船使用手册?"他念着,"这是一个奇怪的书名,或者说,这不算是书,只是一本类似剑术集成那样的秘笈。只是,什么是飞船?会飞的船?"

"是的,会飞的船。"我静静地说。

"飞船?就是这个吗?"他的目光转向那个用麻布遮盖着的巨大物体,它大得像一幢大房子,而且还很长。

"你猜对了!现在,揭开这块布!"我命令道。

木斯塔伸手抓住盖布底端,一挥手臂,这块巨大的盖布被扯动后就自然而然地滑了下来,一股细细的灰尘扬起。随后,一个银光锃亮的巨型大怪物露了出来,像一个巨梭,又像一个一头变尖的巨蛋,外表光滑明亮,全部都是银色。

其实,我也是第一次见到飞船的样子。在此之前,没有人揭开过它的盖布。

在这个被称为飞船的巨物前方,有一大片透明窗子,可以一眼看到里面的情况。而这样的透明小窗在飞船的两侧也各有一串,只是小得多,而且是圆形的。

我们透过透明窗子,看到里面有简洁新奇的座椅,有很多镶着小方块的平面,那些小方块上都有字母,全都是和那本书上一样的古老文字。

"这是一艘会飞的船。"我说,"是我们布鲁斯达人的祖先留下的珍宝,不仅能在天上飞,还能飞到远得想象不到的地方,飞到另一个世界。它在这里静静停放了几百年,我想,让它再次飞起来的时候就快到了,因为,这个世界就要天翻地覆了!"

"就像曾经的地星一样天翻地覆吗?"木斯塔突然冒出了这样一句话。

"地星?"我吃了一惊,疑惑地看着他,"你怎么知道地星?这是皇帝的秘密,除非我亲口告诉你,否则你是不会知道的。告诉我,你是怎么知道的?你又知道多少?"

"旅途中遇到的一个隐士告诉我的。"

"隐士？"

"是的，一个隐士。他居无定所，在荒山和旷野里闲逛，不问尘世风云。"

"看来，我提前告诉你这个秘密是正确的。"我眉头轻皱，对他的旅途见闻充满警惕，"听着，你要对子法大巫师有所防备！"

"这跟大巫师有什么关系？"

"她早就察觉到皇宫里有一个秘密，很难说她究竟洞察到多少。所以，你一定要比她更早知道这个秘密！"

"这个秘密，就是皇宫里藏着一艘祖先留下的飞船吗？"

"不，这个秘密绝不止这一点。"

我伸手触摸着飞船那光滑的银白色表面，若有所思地回想自己当年听到的话。然后，我对他说："我们布鲁斯达人的祖先来自另外一个世界，一个神奇、先进、几乎无所不能的世界，就像你从夜空里看到的无数星星，我们曾经的世界也是其中的一颗。在那个世界上，布鲁斯达人凭借聪明才智，让自己像巫师一样创造奇迹，可以飞上天空，可以潜入水底，想要什么就有什么，一切你想象不到的神奇事物在那个世界里都应有尽有。亿万种美食，亿万种音乐，神奇美妙的住宅，千变万化的娱乐，轻松自在的生活……在那个世界完结之前，每一个布鲁斯达人都活得如同帝王，甚至比帝王还要舒适自在。那是一个没有魔法和巫术的世界，是一个到处充满科技的世界。"

"科技？"他喃喃道，似乎在想些什么。

"对，科技。也许你现在还不懂什么是科技，但你慢慢就会明白了。"

"科技，就是人类通过各种技术，来达到只有魔法才能办到的事！"他说。

"没错，就是这样！而且，很多魔法办不到的事，科技也能办到！"我用欣赏的眼光看着他，"你是个了不起的儿子，木斯塔！"

"谢谢父皇！"

"然而科技也不是万能的，物极必反。当科技达到顶峰，当布鲁斯达人的骄傲也达到顶峰时，世界就到了毁灭的时刻。"我接着说道，"布鲁斯达人在那个世界里过着太过舒适的生活，这样的生活让他们耗尽了土地、水源、空气等等一切生存必需的资源。他们把一切都毁了，到最后，再高明的科技也无法从污秽的泥土里种出粮食，在腥臊的江河里养活一条鱼。动物都死光了，整个世界的表面没有了一丝植被，更可怕的是，几乎没有什么干净的空气可供呼吸了！"

"我们的祖先就是从那个万物皆亡的世界里有幸逃离出来的一批人，对吗？"他问。

"是的。"

"他们是些什么样的人？"

"幸运的人！"我说，"那个时候，想要逃离的人很多。他们都是有钱人，乘坐着自己的飞船，满载给养，远远离开了曾经辉煌和不可一世的那个世界，飞向更加广阔的宇宙。宇宙，这是他们给遥远无际的星空取的名字。"

"他们就这样来到了这里？"

"不是所有出逃的人都有幸来到这里。"我说，"那时，出来的人知道距离他们较近的宇宙星空里没有可以居住的地方，只有去往更远的星空。那里是一些不可知的神秘之地，谁都不知道命运会将他们带到哪里。而且，这些出逃的人所前往的方向也不同，每艘飞船的主人都相信自己选择的方向里会有落脚点。他们就这样孤注一掷地离开了那个破败的旧世界，向着茫茫宇宙进发。"

说到这里，我停顿了一下，看了木斯塔一眼："你一定猜到了，我们的祖先，也就是那些出逃者的一部分，驾驶着他们的飞船，幸运地发现了这里，来到了这里，并在这里居住下来，还成为统治这个帝国的主人！"

"原来父皇一直保守的秘密就是这个啊！"他感叹道。

"不，其实我还没有提到秘密的主体。"

"哦？"

"听我说，儿子，秘密的重点就在这里。"我一手揽着他的肩，一手向那个巨大的银色飞船指了指，"这艘飞船是那个曾经辉煌至极的世界上最好、最先进的飞船。就是它，带着我们的祖先，撑过漫长、恐惧和无望的时间，最终到达了这里。船上的首领是休曼金，也就是帝国第一任皇帝。休曼金征服了这里的土著人种，在八百年前娶了木晶仙子王国的公主为妻，让手下一百多名纯正的布鲁斯达人与土著通婚，繁衍后代。通过优胜劣汰，把充分吸收布鲁斯达人优点的后代定为帝国主人，而把那些吸收土著特点的后代定为奴隶。经过时光的淘洗，帝国的阶层就这样牢固地形成了。休曼金在世时，他利用飞船里的各种仪器，对这个新世界进行了一系列检测，最后发现，这个星辰内部，正在酝酿一股毁灭自身的力量。而这力量，将在四百到八百多年的时间内爆发！

"究竟是什么东西会有这么大的毁灭力？"

"休曼金并没有清楚地告之他的后代，也许他自己也并不十分清楚。"

"我们都将死去吗？"木斯塔说。

"别担心，我的孩子，先皇休曼金已经为我们准备好了应急方法——飞船！它可以搭载一百多人，以及足够这一百多人使用一年的给养。有了它，就可以让一部分人从即将毁灭的世界中逃离出去，去寻找另一个可供栖息的星辰！"

"父皇，您是否已经选好了有幸活下去的人？"

"其实不能有那么多人！宇宙是不可知的，即使离开了这里，未来的生死也是很难预料的，给养有限。除了我们想要带上的人之外，谁都没有资格享用这艘飞船。"

"可是，为什么休曼金不多造一些这样的飞船？如果飞船足够多，不就能让所有人都能逃离险境了吗？"

"因为他不会造！"我说，"布鲁斯达人的科技极其发达，也导致了大多数人的无知。所有的先进发明都是数千年来布鲁斯达人智慧的积累，而到最后，精通这些发明的人已经很少了。一切都由各种机器完成，人类只懂得如何使用这些发明，却很少有人知道如何制造它们。因而，整个帝国就只有这一艘飞船。"

"那么，我们这个星辰真的就要毁灭了吗？所以父皇您才提前把这个秘密告诉我？"

"星辰毁灭是必然的。"我叹息了一下，"我的心脏出了问题，我想，它很可能会在某个时候就停下来不再跳动了。所以，我必须把这些秘密都告诉你，免得哪一天，我突然离开人世……"

"父皇……"

"不要为我担心，生老病死是我们布鲁斯达人的必经之路。"我向他投去一个轻松淡然的微笑，"现在我给你看一些非常重要的小东西，没有这些小东西，飞船就无法起飞！"

我领着木斯塔，回到那个巨大的柜子跟前，我打开另一扇柜门，里面紧密排列着一个个木质盒子。我从柜子里取出一个盒子打开它，顿时，烛光下的盒子里闪耀出一片晶莹璀璨的光芒！这个盒子里装的都是木晶仙子额头上的七芒星钻。

"这不是木晶奴隶的七芒星钻吗？王城里到处都有……"木斯塔很吃惊，他显然不解其意。

"这不是普通的七芒星钻，只有少数木晶仙子才有！"我从盒子里拿起一颗，拿在烛光下细细地欣赏，"瞧，多么冰清玉洁，拥有绝对的透明和奇异的美丽，但这都不重要。重要的是，这种非常特别的七芒星钻是帝国皇室通过一年一次的天台祭海寻找出来的最最纯净的钻石，它们不仅美丽无比，而且拥有极大的能量。我的儿子，要知道，飞船就像火炉，如果没有木柴，就无法产生火焰和热量，而这些晶莹剔透的七芒星钻，就是飞船的木柴，是飞船得以再次起飞的能量！"

"天台祭海？"木斯塔惊道，"只有这种七芒星钻在焚仙魔镜的第一次照耀中不会变色。我们就把长有这种七芒星钻的木晶仙子当作送给罗布海神的祭品，让它随着火船漂进海里。然后，您再派人从海中捞出他们的尸体，挖下他们额头上的钻石，贮藏在这里。所谓的祭海，只是在寻找这种七芒星钻？为什么不把木晶仙子全部杀光，那样不是更简单吗！"

"不要激动，木斯塔。"我静静地看了他一眼，"我们有的是时间收集足够的七芒星钻。因为不知道究竟什么样的木晶仙子才会长有这种七芒星钻，就更不能将他们赶尽杀绝。我们要掌控他们，让他们世代为奴，让他们休养生息，让他们繁殖。然后每年选一批各式各样的木晶仙子送往祭台，从中发掘我们需要的钻石。先皇休曼金亲自把这个挑选过程设计成祭海大典，这不但可以实现目的，还能从精神上压制这些奴隶，让他们恐惧、胆怯，并且更加明确自己的身份和地位！只有这样，我们才能更好地利用他们的一切！"

"祭海只是个幌子，罗布海神并不存在，对吗？"他喃喃地问，"而那些沉入海中的奴隶尸体，也并不是都能找到的，对吗？"

"一向都能找到并捞起来，"我的心情在这时变得凝重起来，"只除了上一次祭海，那个女奴的尸体不见了。这是一件不寻常的事，也许是这个世界即将毁灭的预兆。不过不要紧，我们已经收集了足够多的七芒星钻，这个柜子里存放的足够使飞船飞越一百多个星系，使我们从中找到可以栖身的星辰。"

木斯塔深深地吸了一口气。

我微微一笑。要他在这么短的时间里就吸收并消化这样一个大秘密，肯定不是那么容易的事。而我的儿子，他的表现已经非常让我刮目相看了。

"木斯塔，我提前告诉你这些，是因为我预感世界即将迎来大难，同时也因为我的心脏出了问题。如果在这个世界被吞没之前，我就离开了人世，那么，你就是唯一知道这个秘密的人！那时，你可以选择你想携带的人，领着他们飞上星空，去寻找另一个世界。看——"我踱回飞船那里，指引他抬头向上望去，在飞船所在的上方，也是一块巨大的圆形墨玉，上面还雕刻着精美花纹，"这里是飞船出口，等到需要的时候，你就可以开启这个出口，让飞船直接从这里起飞！"

"怎样才能开启这个出口？"他问。

"所有的一切，都在你手中的这本手册里，还有很多令你感到新奇和眼花缭乱的书，都在那个大柜子里，我相信你都能看懂并记在心里。从今天起，我会下令，你可以随意出入我的内宫，你可以随时来了解并掌握我希望你掌握的一切。"

"我已经迫不及待地想看这些书了，就从现在开始。"

"很好，儿子。等你对这些新奇事物完全了解，等你不再对此感到新奇的时候，我将告诉你这个秘密的另一部分。"

"怎么，这还不是秘密的全部？"

"当然不是，秘密无所不在。你要一点一点吸收，这样你才记得牢！我特别准许你把这些书带回你的宫殿去阅读。"

"谢谢父皇。"木斯塔似乎想起了什么，"我也很想知道，萨拉曼那草是怎么被风干的？能告诉我这个吗，父皇？"

"萨拉曼那草，嗯，那也是其中一个秘密，它只能在禁宫里被风干。至于为什么，不要急，孩子，所有我知道的一切，你早晚都会知道，而且会很快。"我感到自己的心脏已经很累了，我决定先对他说这些，其余的等下次再说，"不过现在，你要做的是记住我刚才对你说的话，以及把这些书中的内容牢牢地刻在你的大脑里！"

"是，父皇。"

"还有一点，我要让你知道，子法大巫师并不是一个容易驯服的人，她一直觊觎着这里的秘密，这也是我能够让她为我所用的原因。子法对帝国对皇室从来就没有忠心，只有交易。"

"大巫师的确是个麻烦人物。她对于交易都未必能够守信，她会不择手段地获取她想得到的东西，而且她有的是魔法和诡计。要永远驯服她，是一件很困难的事。"

"你也不用太担心，她并不知道这个秘密是什么。我要告诉你一个关于魔法的秘密，这个秘密可以帮你战胜子法！"我说，"在帝国里，尽管那个老巫婆法力强大，但只要进入或靠近两个特别的地方和范围，她的法力就会全部失效。那时，她就变成了一个脆弱的老太婆，也许你轻轻一推，就能把她推到墙壁上撞死！其中一个地方就是这儿！"

"是因为飞船吗？"他像是又吃了一惊。

"我想是的，可能还有这些书，以及这里存放的所有从另一个世界带来的东西！这些由科技制成的东西有一种神奇力量，可以将巫术和咒语化为乌有。只要待在飞船附近，所有魔法都将不能施展，所有巫师都会变成凡人。这是一个可以控制巫师的法宝，但是要小心，不能离飞船和这里的东西太远，因为我们还不能确定飞船能在多大范围内让魔法失灵。"

"我会找出范围的。"他自信地说。

"不要冒险找巫师来做测试，那是很危险的事！"我告诫他，"子法向来蔑视凡人，就算是皇族，她也不放在眼里。所以，她一定常常对皇宫施咒，从而发现了这个会令她的魔法失灵的现象。她对此心存恐惧，以及对末日灾难有所预见，才能老老实实地为我们所用！"

"我不会找任何巫师来试验。"他说，"但我一定能找出这个范围，我保证！"

我笑了："你是个自信的王子，我为此感到骄傲！"

"我会有办法的，相信我！"

"我一直都以你为荣，木斯塔！"我微笑着说。

他长长地吸了口气，问道："那么，我想知道，另一个能让魔法失灵的地方在哪里？"

说到另一个地方，我心头的阴云顿时聚集了起来："那个地方就是河城！"

"河城？"

"这还是要从先皇休曼金说起，"我叹息了一声，对他讲道，"当年，休曼金拥有这些秘密，一直小心保护着这些知识，还有这些来自地星的东西。但有一天，他觉得把所有东西都存放在一起是件很危险的事，于是，他就把除了飞船之外的另一件相当重要的东西秘密藏在了河城。"

"那是什么东西？"

"是一件可以对飞船进行遥控操作的仪器。也就是说，一个人若能懂得这件东西的使用方法，他哪怕不在飞船里面，也能通过遥控器让飞船起飞并飞向他想让它去的地方。"

"那真是太厉害了！"

"没错。"

"它在河城的什么地方？"

我正想告诉他具体方位，突然而来的心悸又一次袭击了我。

"父皇！"木斯塔伸手扶住我，一脸焦急。

"不，我没事！"我推开他的手。很快，这阵不适就缓缓过去了，但疲惫也袭了上来。

"关于飞船遥控器，你可以在柜子里的文献中找到它所在的地方。现在我累了，不能继续说了，还有很多很多事都需要你自己去了解！"

"我送父皇回寝宫休息吧！"木斯塔说。

"好的，就这样。"我说，"然后你就可以找时间来研究这里的一切了。祖先会保佑你，我的孩子！"

第 26 回：梦想成真·娜菲赛

向着东方，我策马奔驰。向着河城，我放马东奔。耳边不断响起木斯塔的话："娜菲赛，带着这本书去河城，想办法进入城内找到首领，把我的话转告给他，请他尽一切力量拖延交战。告诉他，我不希望再有战事发生，我会尽我所能阻止事态恶化，并且最终给木晶仙子一个满意的交代。这些都需要时间！让首领知道，在必要的时刻，这本书可以保护河城不受魔法摧残！"

当王子这样对我说时，我问道："河城已经被棕海奇团团围住，城门紧闭，我很难进入城内，你有什么好办法吗？"

王子又从怀里掏出一卷纸："这是河城城防地图，上面显示，在河城西城门往东大约五里的地方，城墙下面有一个被护城河水淹没的通道，可以潜游过去，直通城内的一条小河。站在这个通道上面的城墙边，你可以看到城墙对岸有两棵并生的胡杨树。只要你找到了树，就能在对应的方向找到水道。从那里游过去，放心吧，那段距离不会让你淹死！"

"那两棵树还在那儿吗？"

"应该还在。"

我点了点头，但还有别的担忧："棕海奇知道这个地方吗？"

"当然，他是大将军。只有木晶仙子不知道。我猜，在这个地方，棕海奇很可能不会派人值守。"王子叹了一口气，"这是一件很冒险的事，娜菲赛。"

"我会想办法的！"我说。

"还有一个问题，"王子说，"你是布鲁斯达人。如果运气不好，也许你一进入河城，就会被他们捉住，杀死！"

"不会。"我自信地笑了笑，"我有木晶国王的短剑，它可以保护我！"

"你见过艾尔塔？"他显得很吃惊。

"对，我在树城被俘后，是他没有让人杀我，也是他放了我。"对于遇到艾尔塔的那段故事，我在王城时从未对任何人说过，现在，我告诉了王子。我望着王子，看着他俊朗的眉眼，若有所思地说："知道吗，你们长得很像，除了老天给你们配了不同的色彩之外，简直就是一模一样！"

王子眼里的光晃动了一下，仿佛他也想到了什么。但很快他又把那些思绪甩开了："要时刻小心，娜菲赛！"

"我会的。"我点点头。

……

我记着王子的话，但不明白，他给我的那本充满奇怪文字的书为什么会有制约魔法的力量。王子不像是在开玩笑，而我选择相信他。

其实，我只是一个拥有贵族身份的孤家小姐，既不能指挥棕海奇的骑兵，也无法命令河城里的木晶仙子，我去河城，能做什么呢？但我还是要去，冥冥中总有什么在暗示我，去河城吧，在那即将被战火笼罩的城市里，会有一种命运在等待着我。

快到秋天的胡杨森林，就快是一片接天连地的金色世界了。然而，我却无暇好好欣赏这将要发生的灿烂变化，一路只顾纵马飞驰。

中午时分，我在驿道旁找了一处有小溪通过的地方停下来休息。坐在一棵胡杨树下，我打开迪丽亚让人为我准备的面点，真是香气四溢。

忽然，我听到了什么，像是有声音从东边而来。我连忙收起食物，牵着马藏进密林，躲在一片胡杨树和灌木丛后面，悄悄注视着驿道。

果然，有三个相貌奇怪、面目狰狞、似男又似女的怪人过来了。他们全都身披惨白的袍子，骑着灰色中夹杂白色的骨感瘦马。

"子术，子魔，你猜巫师王为什么在这个时候召集我们到王城去？"走在最左边、头上长着独角的人问身旁走在中间、头上长着双角的人和最边上头上长了三个角的人。

"我们隐居了那么久，现在出来走走，有什么不好？不管子法为什么要召集我们到王城去，我都没意见。我沉闷得太久，早就想出来了。"长双角的巫师说。

我吃了一惊：他们的巫师王就是子法？

"子巫，子法一定有大事要做。"头上长着三个角的巫师说，"她召集了整个帝国里称得上法力强大的所有巫师前往王城，而且帝国外的巫师也有一些要去，我们只是其中一分子。不管是什么事，身为巫师，必须服从巫师王的召唤。"

"说不定，她是想叫我们帮忙攻打河城。"子巫说。

"怎么，隐居让你的脑子变空了吗？区区一个河城，巫师王随便就能摧毁，根本不需要我们助阵。"子术说道。

"别猜了，就快到王城了，等见了巫师王就什么都清楚了。"子魔说道。

他们要去王城？而且帝国内外强有力的巫师都要去王城？这些巫师到底有多少人？子法召集这些巫师汇聚王城，究竟有什么企图？疑团重重。我真想给王子报信，可又没有办法。希望木斯塔无论遇到什么问题，都能处理好。

待那三个巫师走远，我从树丛中出来骑上马继续向东进发。

第三天上午，我走出胡杨森林，来到罗姆河的一条小支流边。蹲在水边，我捧起河中清水，扑在脸上，洗了洗满脸的风尘，站起身向东望去。

河城有两个城门，西边一个，面向胡杨森林和王城方向；东边一个，面向罗姆河。城外有渡口，前往树城的人都要在河城外的渡口坐渡船到河对面，然后再向北走，就能到达树城。若要在其它地方渡河，就要自己找船。我想，在我到达这里之前，棕海奇已经用重兵严密封锁了河城的两个城门，同时会派骑兵不停地沿着城墙巡逻，以防城内的木晶仙子突围。就像木斯塔说的那样，棕海奇不会很快攻城，而会先围困河城，等到城中粮草耗尽，再大举攻城。

我看见河城城门前方的空地上，遍布着一顶顶驼色帐篷，透过稀疏的胡杨树，它们就像一大片从草地上生长出来的白蘑菇，数量众多。果然不出王子所料，棕海奇把营地扎在河城的城门前，不战，不走，就这样困住城内的木晶仙子。这是河城的西城门，想必在东城门前也有这样一番布置。

我卸下多余的给养，放掉那匹驼给养的马，策马远离面对城门的方向，向西城门的东边走去。走了一程，似乎很幸运，沿着宽阔的护城河向东，一直都没有看到任何正在巡视的帝国骑兵。

沿着护城河旁的林地，我小心地走着，认真仔细地观察着掠过身边的一棵棵胡杨树，从中寻找一对紧挨在一起的并生树。走过一片又一片树丛，审视过一棵又一棵树，还没有发现王子所说的树。

我有些疑惑，从马背上拿出王子给我的地图看了看。没错啊，应该就在这里了，可是，为什么与图上位置对应的地方并没有并生树？难道被砍掉了吗？我放好图纸，继续寻找。如果那两棵树不在了，起码也该有树桩。

就在我坐在马背上俯身查看近处的草丛时，无意间一抬头，竟看见一个金发飘飘的英俊男子就站在我面前,他的面孔和额头上的星星闯进我的眼里,让我大吃一惊。

"在找树桩?"他淡淡地说,嘴角轻卷,一抹微笑欲展不展。

"艾尔塔国王!"我直起身子,望着不知什么时候冒出来的他,迅速压制心里的惊讶,静静地说,"我想我永远也找不到了,你不会砍了它们还留下痕迹。"

他终于浅浅地笑了,片刻之后,他说:"我告诉过你,不要来河城,为什么你还要来?还是骑着我的马?"

"因为你并不是我的国王,我不需要听你的命令。至于这马,我想它也喜欢来见你。"我说着,将他全身一丝不漏地打量了一番,他的衣角仍有几处湿润的地方,这些湿了的地方证实了我的猜想。他是从护城河流经的那个密道游出来的,这意味着,木晶仙子发现了密道,而且还利用得很不错,比如悄悄溜出来侦察敌情。

"你到这里来干什么?为什么不回到棕海奇的营地?在那里,你会比较安全!"艾尔塔敛住笑意,用一种审视的目光打量我。

"我是来找你的!我正奇怪你为什么这么大胆,竟敢跑到城外来,难道就不怕棕海奇的骑兵看到并杀了你吗?"

"棕海奇太狂妄,他一天只派人巡视一次,现在已经过了巡视时间。再说,棕海奇不会知道我们也知道这个密道。"艾尔塔用力看了我一眼,"你说你是来找我的?"

"对。"

"你不怕我杀了你吗?"

我轻轻一笑,目光望向他俊美的脸庞:"你不会杀我,上次不会,这次也不会!"

"也许其他木晶仙子会杀了你!"

"你会保护我的,你是他们的国王!"我自信地说,"而且,我还是木斯塔王子的使者,为你带来了他的帮助和诚意!"

我的前半句话引发了他的一抹不经意的笑容,后半句话却使他那若隐若现的笑容立即退了回去。他看着我,眼神中含着不易察觉的惊讶和不解:"木斯塔?卡鲁尔的儿子?"

"是的!"我微微扬起头,艾尔塔对木斯塔派使者来找他感到吃惊,对此我心中升起一股小小的骄傲,"你看,并非所有布鲁斯达人都想和你们作战,王子不想,我也不想。"

"他让你带了什么话给我?"他很快切中主题。

"一些很重要的话。"

"告诉我。"

"我们不能进城去说吗？"我望了望面前宽广的护城河和高耸的城墙，发现墙上有一些石块是新砌上去的，"也许秘密入口就在这里，王子告诉过我！你虽然砍了树，却在墙上留了记号，对吗？"

"是的，我们在一次地震导致的塌方里发现了城墙下的密道，有人猜测那两棵并生树也许就是记号，我们只能将它们砍掉并挖走树桩。"他看着我，"娜菲赛，你进入河城是不安全的。趁着这会儿周围没有人，你赶快说完，然后离开这里，去安全的地方吧！"

他就这么想赶我走吗？我心中掠过一缕不经意的伤痛。如果我的心底没有潜藏着想再次见到他的渴望，就不会那么迫切地来到河城。为木斯塔传话是任务之一，在我的心灵深处，还深深埋着一股不能言说的愿望和痴想。

"进了河城我才说！"我强调，"我保证，王子的话对你们而言非常重要，而且，他还让我带来了一份礼物。"

他望着我，有一会儿没有说话。

"你带我进城吗？"我又问了一句。

英俊的艾尔塔不会知道，在树城被毁的那个夜晚，我身上的每一个毛孔都感受到了帝国的动荡和世界的纷乱所带来的恐惧。这种乱世景象让我对未来失去了判断和依托。我认为自己不再有未来，对于一个没有未来的人而言，曾经不能去做的事，眼下就可以做了。而我要做的，是实现自己对他的梦想。

"你会游泳吗？"终于，他开口了。

我狂喜："会！而且游得好极了！"

"那会弄湿你的衣服。"

"如果你不介意，我可以脱掉衣服。"

"那没必要，天很热，风会很快吹干你的衣服。"他淡淡地说，不解风情。

"那么，我们可以走了吗？"

他又看了我一眼："你一旦进了城，就不能再出城了，我会让人守着密道，不允许你出城去给棕海奇报告城内状况！"

"我没想过再出来。"我坚定地望着他。

"那么，把你认为重要的东西拿好，别的东西就留下吧，把马放开。还有，把你的长袍脱掉，它会在水里捆住你的腿。"

太好了！我在心里叫道。我立刻解下腰带，脱掉裙袍，露出里面紧身的小衣和宽松纤长的丝绸裤子。我从马背上取下一个搭包，那里面放着一个密封的木盒，盒里就是木斯塔让我带来的那本奇怪的书。我把搭包挂在肩上，并用那上面的带子在腰上系了一圈。其它东西就放在马背上，我轻轻拍了拍马，让它向着胡杨林小跑而去。

见我准备好了，艾尔塔转身领着我向胡杨林外走去，走向护城河，走向城墙。

"就从这里下水，河水很干净，视线也算可以。"艾尔塔说。

来到护城河边，他轻轻拉住我的手。立时，像有一股明亮、火热的闪电从他手里传到我手中，又顺着我的手臂直达心脏。抬起头，我专门看了一下所在的位置，没错，这就是城墙被新砌过的地方。

"现在跳吗？"我说。

"是的。"他拉着我一起跳了下去。

护城河很宽，我跟着他一起向城墙那边游去，一直游到城墙下才停下来。

"现在，深呼吸，跟我潜进水里！"说完，他深深地吸了一口气。我见状也连忙学着他的样子，为自己吸进尽可能多的空气。

随后，我跟着他潜进水里。水充满在我的周围，世界变得寂静无声。我睁开眼睛，看见了河底的石头和细沙。在那道城墙底部，赫然出现一个阴暗的入口，像一个幽深的洞，里面深黑一片。河城城墙很厚，城上可以并排走四辆豪华宽阔的马车。现在，我们就要钻进这个窄小的通道，游过这段距离。

艾尔塔在水中向我指了指这个洞，用手势告诉我，他要先进去，让我随后跟着。我看见他身姿优雅地钻进这个秘密通道，随即我也进去了。通道里一团漆黑，只能凭感觉向前游。很快，光线就好了起来。当前面出现一片圆形亮光时，我就知道艾尔塔已经游出去了，我也跟在后面钻出了通道。

刚出通道，艾尔塔就拉住我的手，和我一起向水面浮去。这段并不算长的游程已经把我肺里储存的空气都用光了，我一露出水面，便开始大口呼吸。

我看到河边站着两个手持宝剑、金发飘飘的木晶仙子，他们正严肃威武地盯着河里的我，其中一个人的手中还抱着一袭干爽的袍子。在他们身旁，还有三匹马。

"去告诉维尔，陛下回来了。"一个木晶仙子对另一个说，还上前拉了艾尔塔一把，将他从水中扶上来。

艾尔塔从那个人手里接过袍子，把袍子披在我身上。

"这是卡鲁尔的儿子木斯塔派来的信使。"他对那个人说,"在我的住地为她找一个房间,再找一身干衣服,我们随后就到。"

"是,陛下。"这个木晶仙子看了我一眼,听令而去。

待那两个木晶仙子都骑马走开后,我对艾尔塔说:"谢谢你让我用了你的袍子,陛下。"

"我不是你的国王。"他说。

"在你的领地就是了。"我说,"你把我安排在哪儿了?"

"河城执政官空出的官邸里。"

"哦,你住得不错嘛,比起你在麦提格尔岛上的原始木屋,执政官官邸要舒适得多,对吗?"

他静静地望了我一眼,说:"也许有一天,你可以自己对比和评判一下。"

艾尔塔牵过马,先扶我上了马背,然后自己飞身上马,坐在我身后。他一手执缰,一手轻轻揽住我的腰,策马挥鞭,向城内执政官官邸奔去。

我很小的时候,曾随父亲和哥哥来过一次河城。那时,河城的美丽就给我留下了很深的印象。当阳光洒下时,城内处处晶光闪动,那是沙漠中最为珍贵的东西在焕发夺目的光彩。河城的空气中处处散发着水的气息,湿润,清新,令人感觉仿佛沐在水气中,万分舒适。现在,我再次来到河城,但不再是高高在上的贵族小姐,只是一个备受侧目的异族女子,是帝国王子派来的不受欢迎的信使。

"麦提格尔岛上有这么清秀的风景吗?"我转了一下头,想看看身后的艾尔塔,"帝国里流传着一种说法,说在麦提格尔岛上,有数不清的奇怪生灵,比如会飞的龙。是这样吗?你有飞龙吗?"

"我有。"他的语调轻松平静。

"我想看看你的龙,而且,如果有可能,我想和你一起骑在龙背上飞向天空,鸟瞰大地。"我期待他发话。

他没有说话,只是策马赶路,奔过一个又一个城内的木晶仙子身边,无视那些人看见我时的惊讶目光。

"你是个不爱说话的人,对吗?"我说,"好像我们在一起时,大多时候都是我在发问,而你并不喜欢我的唠叨。"

他依然没有说话。他的沉默让我感到挫折。可是,我还能指望受到什么样的待遇呢?没有被五花大绑已经很不错了。

第 26 回:梦想成真·娜菲赛

很快，艾尔塔骑马带着我来到了原河城执政官官邸。这座官邸像一座城堡，官邸周围被绿树环绕，湖中流动着从城内河流中引来的活水，迎着阳光，翠蓝无比。这个官邸，比我过去的家、我父亲的官邸还要华美。

艾尔塔下了马，又将我扶下马来。随即，就有两个美丽的木晶女子上前引领我去她们为我安排的房间。艾尔塔朝我示意了一下，说：

"去吧，她们会给你提供一套干衣服，你换好后，她们会带你到议事大厅，然后你就可以把木斯塔让你带的话一五一十地告诉我们。"

"谢谢你的款待。"我向他微微一笑，然后跟着两个木晶仙子上了楼。

我清洗梳理完毕，穿上一身普通的、亚麻色的长裙后，便带着木斯塔给我的书，由一个木晶女子带领，来到了议事大厅。

大厅里有一串摆成长方形的座椅。在这里，我看到除艾尔塔坐在我面前的中心位置以外，还有七个男人坐在他旁边的位置上，他们都披着纤长的金发，额上长着各自的七芒星钻。

"娜菲赛，到中间坐下。"艾尔塔说道，他的声音在这又高又空的大厅里产生了美妙的回响。

我依言走向中间，那儿已经放了一把椅子，我在椅子上坐下。

"我已经对我的属下说了你的来意。"艾尔塔说，"现在，让我们来听听，木斯塔想让你对我们说什么？"

我不由自主地从椅子上站起来，那椅子限制了我，我要站着说话。

"木斯塔王子想让我告诉你们，"我朗朗陈词，"他讨厌战争，痛恨杀戮。鉴于他目前还没有权力阻止皇帝的命令，他让我给你们带来一件礼物，这件礼物虽不能帮助你们挡住棕海奇的军队，但却可以使河城免受魔法侵袭！"

我拿出那本奇怪的书，走上前去递给艾尔塔，接着说道："陛下，木斯塔王子建议把这本书弄碎，然后将它的碎片散布在重要的城墙上，这样，任何巫师的魔法都不能伤及藏有这些碎纸片的城墙。"

"他想阻止战争？"艾尔塔接过那本书，充满怀疑地问。

"是的。王子早就对帝国的等级制度感到不安，有愿望要改变这一切！他请求陛下和各位将军尽力拖延交战，给他时间来改变这种现状。"

"如果他不希望河城发生战事，应该去对棕海奇建议才对，要攻城的是他的军队！"

"棕海奇已经得到皇帝的命令,他会在城外围住你们,直到你们粮草用尽不得不自行突围时,才会大开杀戒。所以,木斯塔希望你们不要主动出城迎战,而是精打细算地使用城内给养,尽可能拖得久一些。另外,王子还让我告诉你们,如果时间拖得够久,你们就可能会有数量可观的援军,那些援军会出现在城外,和你们的军队一起,将棕海奇的军队夹在中间,那时,也许不用开战,就能逼他投降了!在两军对峙期间,他保证会想办法改变这个世界!"

"援军?"艾尔塔十分诧异。

"是的,援军,来自麦提格尔岛。"

"什么?"他瞪大了眼睛。

"对于援军,木斯塔只告诉我这么多,他说的是可能,我已经如实转告了。"我平静地说。

"那么,木斯塔还说了什么?"

"他还说,战争已经不重要了,因为更大的灾难正向我们袭来。到了那时,布鲁斯达人,木晶仙子,树人,森林里的精灵,荒漠里的妖精,所有生灵都会灭亡!"

"灾难?末日?"

"陛下在河城不是也感到过大地的震动吗?那就是前兆!"

"什么样的灾难?"艾尔塔的眼神告诉我,河城大地震动过不止一次。

"王子没有说。"

艾尔塔若有所思地沉默了一会儿,他看了看手中那本书,问道:"这本书为什么会有对抗魔法的力量?"

"因为这是另一个世界的书,在那个世界里,几乎所有东西都能对抗魔法。"我向他解释着这些连我都搞不明白的事,然后我加了一句,"木斯塔这样说的。"

艾尔塔的蓝眼睛里似乎闪过一抹透亮的思绪,他仿佛明白了什么,而且比我还要明白。

"木斯塔王子最后让我告诉你们,假如你们想与他沟通,可以让树城黄鸟传话,他听得懂那种鸟的语言。"我说。

"黄鸟?他怎么知道木晶仙子之间有黄鸟传信?"

"他没有说,但我想他一定对你们深有了解。我的话说完了,现在任凭你们处置。"

"你不能出城,就住在这座官邸里。我会让人给你分配一份食物。"艾尔塔说。

"悉听尊便。"我向艾尔塔行了一个礼。

就在这时，脚下华丽的地板抖动起来，头顶天花板上悬挂的大型水晶吊灯也在响个不停。

不过震动很快就过去了。我想起了木斯塔的话，他说这是灾难前兆，空前绝后的大灾难。

恢复平静之后，艾尔塔对我说："娜菲赛，请你先回房间，我和将领们有事要商量。"

我喘了口气，转过身，离开了议事厅，回到他们为我安排的房间。

我看见四柱大床旁边那张漂亮的木雕台几上摆着一瓶清水，一碟切成扇形小块的香喷喷的馕饼，还有一碟亮晶晶的还挂着水珠的碧绿色葡萄。看来，艾尔塔待我犹如上宾，这是一个好现象。

吃了些东西，我拉拢窗帘，挡住阳光，然后一头躺在松软的大床上，让自己完全放松下来。这时候，我才发现自己是多么困倦，全身筋骨因为长时间骑马而酸痛，大脑和眼睛又因为睡眠不足而隐隐作痛。我拢过床上雅致的被单，把自己裹在其中，闭上眼睛，让自己进入梦乡。

很快，我睡着了，梦也来了。

我梦见父亲和哥哥，在树城的家中被从天而降的魔火击中，房子在燃烧，他们破碎的身体也在燃烧……然后，无数残缺不全的尸块在布满烟灰、令人窒息的空气中像花瓣一样飞舞，带着滴落的鲜血，竟然组成了一幅玫瑰花图形。那般绝美、惨烈和诡异，让我看得目瞪口呆……

突然，我听见有人在叫我：

"娜菲赛，我亲爱的娜菲赛——"

循声望去，我看见木斯塔王子站在血红色的风中，向我张开双臂，想要将我拥进怀中。然而我定睛一看，发现那不是木斯塔，而是艾尔塔在朝我微笑，眼中充满我所期盼的目光。可是，我再一看，那个人也不是艾尔塔，他站在由红变蓝的风中，一挥手就唤起无数雪白的花瓣，花瓣随着他那长长的金发一起飘舞。他看着我，一言不发。

我的心猛地揪紧了，顿时涌上无限的心酸，伴着眼泪，我奔向前去，呼唤着："伊尔穆——伊尔穆——"

然而我却什么也没有抓到，只看到我的眼泪一滴滴落向大地，从小泪珠变成大泪珠，疯狂地汇聚着，直到变成一片巨大的汪洋。我就沉入这浩瀚的泪海中，无法浮起……

蓦地，我醒了。

抬眼望窗，我看见星月的光辉淡淡地从窗帘外透进来，勾画成一幅宁静优雅的夜晚图卷。

我睡了多久？我坐起身，拢拢头发，伸伸手脚，感到疲惫已经消失无踪，我的精力回来了。

想起我的梦，再看看帘外黑暗的夜空，我睡意全无。于是，我赤着脚起身，推开房门走了出去。进这房子时，我就在外面看到过楼上有露台，这时我穿过走廊，循着楼梯，找到了那个露台。

一阵夜风扑面而来，我嗅到了风中的水汽，那温润的感觉让我的心胸产生一阵清爽之意。

露台上空无一人，我走到精美的雕花栏杆旁，迎着夜风望向遥远的星空，看那一闪一闪的漫天群星，静享这无比安详的一刻。

时不时地，我也会想到死在树城的家人。树城成了集体坟场，布鲁斯达人和木晶仙子都死了，天然地葬在一起。即使那些布鲁斯达人不愿屈尊和奴隶混葬，但当碎石中搅拌着碎掉的人体时，又怎能清晰地把他们分离出来呢？大自然永远不会把它们分离出来，于是这个人的血和那个人的血流在一起，粘上了同一片灰，埋在同一堆碎石下，并在同一处变成枯骨。在这种情形下，有谁能把布鲁斯达人的血和木晶仙子的血分清？它们都是红的，在我眼里没有差别。

我不恨木晶仙子，也为自己族人的不幸结果悲叹。可是世界变成这个样子，都是谁的过错？

纷乱的思绪中，渐渐地，我产生了一种异样的感觉：有人在背后望着我，而且有一段时间了。

我缓缓地回过头去，看见艾尔塔就站在我身后几步远的地方静静地望着我。

我有些晕眩，用眼神向他发问，他是何时来到我身后的。

"我不是有意跟着你的，也许我们都睡不着，都想到露台上来吹吹夜晚的风。而我来时，你已经先我一步到了这里，我不想打扰你，但又不想离开……"他声音不大，却优美动人。

我一时间不知该说什么，因为我正痴痴地想，能在这样迷人的夜晚与他单独相遇在露台，是一件多么醉人的事啊！从某种程度上说，他就是我脑海中挥之不去的那个男人！我愿时间停止，愿万物沉静，只为享有和他独处的时光。

"你睡得好吗？"他问。

"很好，旅途疲劳全都无影无踪了。为此，我要感谢你的特别关照。"

"我的关照微不足道，在大战之前，我能做的只有这些了。你睡得好，是因为你有顽强的生命力。"他称赞我。

"是吗？"我轻轻问，"可是我，并没有你们那种永生的力量，我只是一个早晚都会死去的脆弱的布鲁斯达人。"

"你有不同的力量。"他向我走来，一直走到我身边，和我一起并排站在栏杆边远望灿烂星空。

"有一颗星星很亮很大，我以前从来没有见过它，你见过吗？"我望着星空对他说。

"我也看见了，我过去也没有见过它。"他回答。

关于星星的话题不能说得太久，我感到自己还想说点什么，以此来把握这难得又可贵的夜晚。沉思了一会儿，我说："你认为，木斯塔王子说的那些都是真的吗？真的会有不可想象的巨大灾难吗？"

"我想他是对的。"他平静地说。

"你怎么知道？"

"感觉，加上现实。"他说，"我原本不会相信你们那个王子的话，但我前段时间在城墙里发现了一个神秘的东西，那上面的一些文字和你带来的那本奇怪的书上的文字是同一类。我想，这不是巧合，而是一种必然。"

"什么东西？"

"我还不知道。如果木斯塔送来的书能够防御魔法，那东西也可以。这两件东西的出现让我觉得，木斯塔的话是可信的。"

"那么，所有的一切都将毁于一旦？"

"如果不加以阻止，我想是的，无人能够幸免。"

"如果是这样，继续河城的战事还有必要吗？"

"如果卡鲁尔认为有必要，我们就必须反击，哪怕就在世界末日的那一天。"

听到他如此坚定的语气，我轻叹："如果你们赢了，作为国王，你会下令杀光布鲁斯达人或是将布鲁斯达人变为奴隶吗？"

"不会。"

"可布鲁斯达人是这么对待你们的。"

"我不是布鲁斯达人。"他静静地说,"木晶仙子不需要奴隶,我会让布鲁斯达人自由选择,留下来凭自己的劳动像木晶仙子那样生活,或是离开。当然,想要这么做,我们必须先打赢这场战争。"

"对于战争,木斯塔有不同的打算,你相信他吗?"

"是的,我相信他,尽管我并不知道他打算做什么。"他望着我,"他派你当使者,使我更加愿意考虑他的建议。"

"我有什么特别吗?"

"你跟别的布鲁斯达人不一样。"

我的心中漾起异样感觉,为他有一种与我近似的感受而悸动。我按捺着心中的起伏,继续着这个话题:"你得知道,并不是所有布鲁斯达人都像你们想的那样冷酷无情和骄奢淫逸。虽然皇帝的将领和士兵都是些嗜杀嗜血的强人,但平常的布鲁斯达人并不是这样。他们也有良心,也会让自己的心灵接近天道,但没有足够的胆量对抗皇权。为了自保,他们只能保持沉默。你会发现,这部分布鲁斯达人从未杀过一个木晶仙子,也尽力保护着自己的奴隶,以私有财产的名义不让他们受到伤害,除非是不得已,比如皇帝要求贵族们贡献奴隶用于献祭。"

"我相信这样的布鲁斯达人也是有的。"他说。

"他们也有苦衷,要知道,皇帝是布鲁斯达人至高无上的统治者,就连王子和公主都得对他言听计从,稍不听话,就可能引来杀身之祸。王子和公主尚且如此,普通贵族又能如何?如果他们明目张胆地呵护他们的奴隶,也许就会招来死罪!皇帝的刀连他的亲生女儿都不放过,又怎能放过其他贵族?这样的布鲁斯达人并不坏,他们除了贪图舒适生活外,心底没有一丝杀意,请不要痛恨他们。"

"我没有痛恨你!"他轻轻地说,带着一抹柔软的语调。

"你永远不会杀我,对吗?"

"你要防备的不是我,或我率领的木晶仙子,而是你们的王子所说的末日灾难。"

"不管灾难何时发生,我都不想带着遗憾走向末日,你呢?"我望着他的眼睛,他的眼睛是那么明亮、那么深邃。

我向他走近了一步,近得可以闻到他的呼吸。

"如果我有愿望,也不想留有遗憾。"他同样望着我,并没有向旁边退去半步。

"你有愿望吗?"我问道,心在跳。

"我有很多愿望。"他说，语调是那样平静，平静得令我失望。

他有很多愿望，但必定没有一个愿望与我有关。我是一个在现状下与他敌对的布鲁斯达人中的一个，是与城外那些将要扫平这里的布鲁斯达人同一种族的人，是一个与他不同肤色、不同发色、额头上不长星星的异族女子。

这样的想法让我感到挫折，挫折的同时，自尊也从心底升起，让我无法再离他这样近。这对我来说是一种折磨。

"我该回房间了。"我转过身，不碰到他，迈开步子拉开和他的距离。

"我以为你睡不着，所以才来这里看星星。"他在我身后说道。

我蓦然止住脚步，回头望他："我看过了，现在要走了，我会努力使自己入睡的。"

他向我走来，带着温柔的表情。他忽然温存地将我搂进怀里，我的身体为这突如其来的意外激动得深深一颤。在我尚未好好享受被他拥抱的快乐之时，他就用一只手捧起我的脸，随即就吻上了我的唇。

我闭上眼睛，感受他热烈的吻，双手情不自禁地将他环抱。

忽地，我感到自己腾空而起，竟是被他横抱起来。他抱着我离开露台，顺着寂静的长廊，走向他的房间。

我被他轻轻放在床上，他扑倒在我身上，亲吻我。

"我想抗拒你，但实在太吃力！"他在吻我的间歇这样说。

我的心已被快乐融化，愿望实现得似乎有点快，这让我几乎流下泪来。我无言地微笑着，任他一边深吻我的颈项，一边解开我的裙袍。

"你就和我想象的一样美！"他赞美我。

"你想象过我？"我问道，心里被快乐填满。

"想象过很多次。"他注意到我胸前挂着一个镶在白银托架上的小东西，"你为什么戴这个？"

"以后你会知道的，现在不要想这个。"我说。

他似乎也无意了解那颗小星星，而是将我完完整整地盖在他的怀里。

在我的记忆中，只有曾经的几次能与这一次相比，当灵魂与肉体就要达到统一时，我都会心魂俱飞。

第 27 回：巫师之语·木斯塔

父皇拨给子法居住的宫殿原本是母后的宫殿，在我有记忆时起，它就由魔法和巫术守卫。不过现在，子法的巫术阻挡不了我的脚步，我所到之处，一切魔法与幻象尽皆消失。那些魔法，比如子法变幻出来的栖息在篱笆上的黑压压的蝙蝠，比如环绕这座宫殿飞行的黑蜂，还有那充满诡气、不停飘动的黑色烟气，这一切，都在我眼前瓦解，分崩离析成一个个黑点，黑点再变小，最终化为乌有。我不用剑，只用怀里藏着的一张奇异的书页，就一路无阻地进入了宫殿内部。

回头看时，我发现那些魔法侍卫又出现了，再次乌压压地将这座宫殿包围起来。看来在子法本人盘踞的地方，魔法失灵的范围不算大。

我不记得母后在世时这宫殿的样子，但那时一定不像现在这般阴暗。子法在哪里？她一定会发现我的入侵，很快就会出现在我面前。果然，她来了，而且不是一个人。

"殿下闭门多日，今日一经出现就不同凡响，竟然破除了我的魔法。看来，皇帝陛下已经把他掌握多年的秘密传授给你了。那么，我想知道，我们的交易，你准备得怎么样了？"

我冷笑一声，从怀中取出一片细长的干草叶，拿在手中："我已经知道你想知道的那件事的谜底，这就是我亲手风干的萨拉曼那草。但是，我不会告诉你它是怎么被风干的！"

"怎么，殿下忘了艾西丽塔吗？她还在我手里，而且生命垂危。"子法向我走近一步，她身边有三个相貌奇怪、面目狰狞、似男又似女的怪人也和她一起向我走近了一步。

这四个人中，子法的形象最偏向女人，那三个则无法令我看出他们究竟是男是女，他们身上都佩有利剑。

"艾西丽塔不在你手里！"我平静地说，"别以为，你通过魔法变幻出一个水晶球就能骗过我的眼睛！"

子法爆发出一串刺耳的尖笑："可我仍然使你痛苦了很久，对吗，王子？你只是一个可笑的傻瓜。你不喜欢战争，却夹在你父亲和你的良心之间拼命挣扎；你应该鄙弃比牛马还不如的奴隶，但你却爱上了其中的一个；你不想让帝国军队去扫平河城叛军，也不愿河城叛军歼灭帝国军队，可又对这两方都无能为力；现在你偷到了皇帝的秘密，而你又不知道该如何运用……可怜的王子，我为你感到悲哀！"

"为你自己感到悲哀吧。帝国的秘密，你永远不会得到！"

"你也许可以化解这座宫殿的外部防卫。如果妄想与我对抗,那就大错特错了！"

"我不需要动用魔法，"我将手中风干的萨拉曼纳草揉成碎屑撒向空中，让它们像尘埃一样飘散。我抽出宝剑，剑锋在空旷的大殿里闪烁着幽幽蓝光。

子法的嘴在微微嚅动，一只手也向我伸来。我知道，她在念咒。她还不知道我身上有一件破解所有魔法的、来自另一个世界的东西。

一抹嘲笑挂上了我的脸。

咒语当然无效。子法大惊失色！

噌！四柄剑在我面前明晃晃地从鞘中抽出。他们没有再尝试念咒，而是坚决地亮出利剑。

"即使没有魔法，这也是一个懦弱王子最可悲的时刻！"子法说。

"不，这是一个贪生怕死的巫师最可悲的时刻！"我冷笑，持剑直面这四个怪物。

"贪生怕死"这个词汇明显让她的内心狠狠打了个颤。

子法和三个巫师挥起手中薄剑，一起向我杀来。我以一剑挡开四剑，剑斗就此开始。

子法懂剑，过去我也曾经有所耳闻，但真正与她交锋，才知道她也不过如此。倒是她的三个帮手剑术十分精湛，但他们不是我的对手。

我的宝剑，剑刃奇清，利气逼人，帝国为尊。我的身边两道寒光飞来，带出两声清越激昂的剑鸣，直指我的咽喉和心脏。我挥剑相向，快如闪电，刹那间便将那两道剑光推出数步远。紧接着，又有两道剑光刺到，我不能懈怠，返身相击，只听剑剑相碰，这一击又被我挡开。

我挥剑如雨，连绵不绝，剑剑带力，力贯长空。攻出十余剑后，我划中一人，剑尖从他的左肩划至右腹，衣衫尽裂，血肠奔流。倒下一个之后，我很快又刺中另一个，剑入其肋，直透后背，他登时倒地。

子法和另一个帮手看了看倒在我剑下的两个同伙，飞速交换了一下眼神。

"想死得更快吗？来吧，大巫师！"我笑道。

他们马上向我进攻，一式接一式，一招套一招，不敢停顿。我轻松应对，一剑抵两剑，让他们无法靠近我半步。剑光之中，我看准一个机会，举剑扫去，瞬间命中第三个目标的咽喉，一刺一抽。当我的剑抽离他的颈项时，他就伴着喷涌而出的血液，颓然倒地。

"现在只有你了，大巫师，考虑到我们之间的交情，我把你留到最后！"我飞扬着眉毛，对子法说。

子法举剑，做出防卫的招式。

我嘲笑："这没用！"

子法抢先出剑，但依然被我弹开。看着她向后退去，我舞了一下手中的剑，对她投去轻蔑的笑："如果你告诉我，为什么想知道萨拉曼那草的风干方法，我就饶你一命！"

"因为它能让木晶仙子变成傻子，所以我想知道！"

"你的法力可以随便取人性命，而你杀人前是不会在乎他们是不是傻子的！如果你再不说实话，我的剑就要穿过你的身体了！对了，你有重生的法力吗！"

"我说的是真话！"子法大叫着向我扑过来。

我一剑击中她的右手，只听"当"的一声，她的剑从手中脱落，清脆地落在地上。我又是一剑，从上到下划开了她的袍子，她的衣袍成片地落在地上，呈现在我眼前的是一个衣不蔽体、宛如干皱树枝那样的身躯，丑陋之状，前所未见。

她像我想象的那样，有乳房，只是干瘪得仿佛挂在胸前的旧布袋。令我震惊的是，在她两腿之间，竟然还有一个象征男性的东西，而那件东西的大小却又远远不够尺寸。

"你不是女人！"我厌恶地瞪着她，用剑指向她的心脏，"你也不是男人！你究竟是什么东西？"

她用古怪的眼神望着我，一语不发。

"说！"我向前挺进一步，剑尖几近刺进她那苍白丑陋的胸膛。

她本能地向后退去，一个踉跄跌倒在地。她坐在地上向后退，一根柱子挡住了她的去路。

"你不能杀我！"她嘶声说道，"我是帝国先皇！"

"你再胡说，我就杀了你！"

"我是休曼金，是楼兰帝国开国皇帝！我只是失去了人世间的身躯，然后让灵魂钻进了巫师的身体！木斯塔，你要弑主犯上吗？"

她那宛如疯子的语言让我的大脑一片空白。随后，怒气窜上我的心头，我用锋利的剑逼向她，厉声说："你究竟是谁？！"

"你能听我好好说吗？"

"我听着呢！"

"先把剑放下，我跑不了。"

我愤怒地盯了她一眼，然后放下剑："现在，快说！"

"好的好的，马上就说。"她喘着气，"我就是休曼金！我的身躯已经死去了八百年，但我的灵魂活着！当年我死了之后，灵魂在棺木中苏醒，穿过陵墓飘向无边荒野。我遗忘了很多生前的事，只能孤零零地游荡，就这样度过了死后最初的一百年。一百年后的一天，我飘到一片遥远的林地，那里有一个小屋，里面住着一个孤单的女巫，我忽然感到一种奇异的骚动，整个灵魂充满了想钻进女巫身体的渴望。我毫不犹豫地进入她的躯壳，用她的身体重新体会到了人世间风吹雨打的美妙感觉！随后我就发现，我还懂得很多法术，一定是那女巫生前懂得的巫术依旧附着在这具身体上。"

"所以你变成了女巫？"我斥道。

"我的女巫身体因为换了灵魂也渐渐发生了变化，所以，我仅有一部分是女巫。随着时光流逝，我也结识了其他一些巫师，大家都在帝国边远的山林中寂寞地活着。然而，在以后的几百年里，我渐渐地有了生前的记忆，一点一点地记起了生前的往事。当我明白自己活着时的高贵身份后，我就去王城觐见了现在的皇帝、我的后裔卡鲁尔。我预感到这个世界即将毁于一旦，也恍惚记得帝国里有什么秘密可以让我避开这次毁灭。那究竟是什么，我至今都没有完全想起来。在我死前，如果我将我知道的秘密传给了后人，那么，现在掌握这些秘密的人就是你父亲。于是，我决定和卡鲁尔做交易，用我的巫术为他的统治服务，以此换取在末日来临时使用那个秘密的权利！"

听她说到这里，我立刻想到父皇告诉我的那些逃离末日的方法，除了开国皇帝和此后一代一代继承王位的皇帝之外，没人知道这些。而子法却知道，尽管很模糊，但已经很多了。想到这里，我隐隐地打了个冷战。

"你为什么蛊惑我父亲杀死伊丽塔？你为什么要摧毁树城？！你这个该死的恶魔！"我冲她吼道。

"整个世界都将被毁灭，那些贱民，现在不死，将来也要死。而现在，卡鲁尔也要死了。我洞悉到他的健康受到了极大的威胁，痛苦不时地袭击着他，他快死了，根本用不上那个秘密。那个秘密是属于你和我的！"

"你快疯了，你的脑子已经完全不正常了！"

"我是为了挽救帝国最后的生灵！"

"可是你摧毁了树城！你杀死了一城的人！你只想一个人独自偷生！"

"世界就要毁了，天真的王子。这个世界上多余的人，死得越多越好，不仅贱民应该早些去死，就连布鲁斯达贵族，最好也都死得干净一点，只有那些多余的、该死的人都死光了，那桩秘密才有足够的空间让少数人使用！"

"所以你很早就让我父亲处死了他的亲生女儿！"

"伊丽塔不是你父亲的女儿！"她露出一脸邪笑，"在我还没有来到皇宫时，我就凭我的法力洞悉到了这个秘密，伊丽塔是皇后和贴身贱奴偷情生下的私生女，因为她的相貌偏向布鲁斯达人而非木晶仙子，所以才骗过了你父亲。伊丽塔犯了大忌，你父亲当然不想杀她。当我告诉他，她不是他的女儿，还给他看了我用法力洞悉到的皇后偷情的影像时，他对伊丽塔的杀心就变得比我还强大！"

"住嘴！"我大怒，"我再也不想听你胡言乱语了！"

"哈哈哈，伊丽塔还是占了便宜，她就是死了也依然享有公主称号！"子法越笑越狰狞，"至于你，高贵的木斯塔，楼兰帝国的继承人，哼，正因为有着我的保护，你才能活到今天！"

"你说什么？"我的眼里几乎喷出火来。

"哦，是的，王子，你和伊丽塔一样，都不是卡鲁尔的孩子。卡鲁尔是个不能生育的男人，但他自己并不知道这一点！哈哈，这都是真的。木斯塔，你和你妹妹都是私生子。只不过，你比你妹妹还要下贱，你父亲是一个和森林里最野蛮、最低等的妖精串过种的木晶奴隶，他早在你出生前就被送上了罗布天台！所以，你和你妹妹都是低贱的杂种，而你们的母亲，那个已经死去很久的皇后，是个玷污布鲁斯达人法律的婊子！哈哈哈——"

我的愤怒不再受到控制，宝剑随着怒气而出，重重地插进子法的胸膛！

第 27 回：巫师之语·木斯塔

"去死吧！"我怒吼道，"带着你邪恶的胡言乱语，去死吧！"

子法的生命力似乎比常人强很多，她握着穿透她胸膛的剑，手掌已被剑锋划破，红得发黑的血液流了出来，她挣扎着，但还没有死。

"王子，你难道不想知道我为什么需要萨拉曼那草的风干秘法吗？"子法的脸因为剑在心上而痛苦得扭曲着，她费力地说，"如果我死了，你就永远不会知道它会有怎样奇异和强大的法力！也许这个秘密，连卡鲁尔都不知道，而你就更不会知道了！"

"去死吧！"我再吼了一声，"去死吧！把你的秘密也带走，比起让你消失，萨拉曼那草的秘密无关紧要！"

我将宝剑抽出，又旋即插进这个老巫婆的腹部。她又尖叫了一声，两眼放光，死死盯着我。片刻之后，她直挺的身体倏然垮了下去。

我在她的麻布衣袍上擦拭剑上的血，我见过很多人的血，大都非常红艳，但她的血却发黑，仿佛熬浓的草药，真叫人恶心。擦净宝剑，我将她丢在阴冷的宫殿里，转身离开了这个巫气未散的地方。

子法死了，可她布下的魔法守卫、那些丑陋的黑色飞物依然处在工作状态中，只有当我靠近时，才渐渐分崩离析，化为空气中一块块黑色斑点。

带着从子法那里得来的愤怒和惊诧，我飞一般地向自己的宫殿走去，脑中不断回响着那个老巫婆邪恶的语言：

"我是休曼金，是楼兰帝国开国皇帝！我只是失去了人世间的身躯，让灵魂钻进了巫师的身体！"

"你比你妹妹还要下贱，你的父亲是一个和森林里最野蛮、最低等的妖精串过种的木晶奴隶！所以，你和你妹妹都是低贱的杂种，而你们的母亲，那个已经死去很久的皇后，是个玷污布鲁斯达人法律的婊子！"

……

走进我自己宫殿的大门，我径直向寝宫走去。

"迪丽亚！迪丽亚——"我边上楼梯边喊。

迪丽亚很快就来到我身后，快步跟着我，问道："殿下有什么吩咐？"

"不要让任何人打扰我！"我严肃地说，"另外，叫人给我备马，我很快要出去！"

"是。"

我知道我可以信任迪丽亚，便不再多言。走进寝宫，我将门关上，走到长长的落地镜前，从身上抽出一把匕首，朝自己的额头刺去。

我记起曾经做过的梦，梦里我随伊丽塔去了麦提格尔岛，忽而又被当作祭品送上罗布天台。在那里，我惊恐地摸到我的额头也长着一颗棱角分明的七芒星钻！

梦是胡乱做的吗，还是真的具有一些意义？子法的话是胡言乱语，还是真相？

匕首扎进额头，带来一股刺痛，我在镜前望着伤口，用匕首将伤口划开，向额骨用力探去，匕首尖碰上了另一个有尖端的硬东西。

我的心突突地跳。

鲜红的血液汩汩地往下流，让我看不清伤口里面究竟有什么东西。于是，我凑向镜子，用手拉开伤口，不断抹去血液，两眼向上，紧紧盯着里面的东西！

那是一个无色透明的小东西，中心有尖端，四周有尖角。我用手指探进去数了数，正好有七个尖角！它深深地长在我的额头，却被表面的血肉肌肤所掩盖。

"你终于知道了！"房间里飘出一个优美的声音。

"伊丽塔？"我向着空气犹疑地喊道。

"我知道你总有一天会明白的。"那个声音又响了起来。

"这都是真的吗，还是我在做梦？"

"梦境和现实的区别是什么？你要珍惜我的每一次出现，无论是在梦里，还是在声音里。"

"这一切来得太突然了！"

"这一切由来已久，只是你一直不知道。"

我感到额头上的血流了下来，我伸手抹去，然后继续问道："你一直都知道的，对吗？"

"我是死后才知道的。"

"为什么不早一点告诉我。"

"让你自己了解真相，你才会相信这是真的。"

忽然，宫殿震动起来，不很强烈，却依然能够让人清晰地感到大地的颤跳。我不顾这种震动，继续和伊丽塔对话："那么，你的父亲是谁，我的父亲又是谁？"

"他们都死了，像任何身份微贱的奴隶那样被送上祭台，身体化为轻烟散去。哥哥，我也不知道他们是谁。"

"你的额头里面也有七芒星钻吗？"

"很多布鲁斯达人都有，只是他们自己不知道。"

第27回：巫师之语·木斯塔

"我其实并不是王子,对吗?"我说。

"王子的概念是什么?皇帝、国王的定义又是什么?"

我沉默了片刻,说:"我明白了,谢谢你,伊丽塔。"

"祝你成功,我亲爱的哥哥!"伊丽塔话音刚落,刚才的震动便停止了,摇晃的宫殿也恢复了平静。

"伊丽塔!伊丽塔!"我喊了好几声,但都不再有回音出现。

刚才的震动预示着,大灾难又近了一步。如果要行动,我必须马上出发。

我起身挥剑,从窗帘上割下一长条丝料,又抓起床帐擦去脸上的血,再用丝布环住额头,在后面打了个结。包扎好额头,我拿出早就准备好的几张皇帝文书,走了出去。

"迪丽亚!"我在楼梯上叫道。

迪丽亚似乎不在跟前,但我看见了另一个让我惊奇的景象:一只黄色小鸟不知何时闯进了宫殿,舞动着娇小嫩黄的翅膀,径直朝我飞来。它在大殿顶端轻轻徘徊,然后,它叫了起来。我立刻就听懂了:

"木斯塔王子,艾尔塔国王让我捎来口信,他会按殿下的期望尽力拖延战事。但这几天,棕海奇已经做好了进攻准备,在城楼上可以看到布鲁斯达军队把投石机放在了最佳攻击位置,他们随时都会发动进攻。如果棕海奇发动进攻,木晶仙子就必须应战,河城之战将不可避免!"

这不是好消息。

"那么,我更要快点出发了!"我飞快地走下楼梯,边走边说,"谢谢你,神奇的小鸟!"

"祝你好运,王子!"小黄鸟盘旋了两圈,就飞出了宫殿。

这时,迪丽亚赶来了。

"殿下有什么吩咐?"她望着我的额头,眼里露出询问的目光,"你的头怎么了?"

"没什么,刚才大地震动时,我摔倒了,头碰在床柱上。"我胡乱说了个理由,然后言归正传,"跟我来,我有重要的事情对你说。"

她马上随我走进寝宫,我关上门,把她带到房间深处,站在高高的窗子旁,压低声音对她说:"皇宫不安全,我要你立即离开皇宫,带着其他妃子和奴仆们,带上你们能带上的最大限度的给养,去罗布海边扎营。然后,你以我的名义或你自己的名义,尽可能多地把王城的船只聚集在你们扎营的地方,然后让身强体壮的奴仆们加紧打造小船，无论大小，越多越好，无须华丽，只要坚固，造得越多越好！相信我，那些船能拯救很多人！"

"皇宫会倒塌吗？刚才又发生了一次震动！"她的眼神在问我。

"会比倒塌更可怕。快去，现在就去，这是我的命令！"

"是。"她应道，"那，殿下你呢？"

"我要召集官员和将领开个会议，以陛下的名义命令他们组织人力，挖几条从皇宫通向罗布海的沟壑。然后我将带着泰吉、泰亚和泰戈去河城。"

"沟壑？殿下想将什么东西从皇宫引向罗布海？是洪水吗？"

"不是洪水。"我握住迪丽亚的肩膀，"到目前为止，我还不能最后确定是什么，但我可以确定的是，我要引开的东西，远比洪水可怕一万倍！"

迪丽亚浑身打了一个哆嗦："殿下这就要去河城吗？只带三个随从？"

"对，不能再等了，也不能带更多的人去，这里的人要做这里的事。"我说道。

第 28 回：诡异巫魂·迪丽亚

帝国河城，据传就要开始一场惨烈的战事。

我讨厌战争。我喜欢栖身在王子的宫殿中充当他的一个宠妃，却又并不希望布鲁斯达人用杀戮来换取这种生活。更重要的是，我深深知道，这种宁静、舒适、富有、高高在上的生活即将全盘崩塌。

王子的心，我能够清晰地探寻到，他和我一样对这个世界的污垢忍无可忍。纵使权力和财富在前方引诱他，他的心脏依然有着善与美的跳动。

王子临行前的命令很奇怪，这一点我猜不透，但我相信他。

我召来仆人和侍卫，命令他们备好所有马车和马匹，把宫中能带走的食物都装上马车。我又命人去王城内传达王子的指令，让贵族带着他们的家奴，统统到罗布海边扎营。随后，我召集了王子的所有妃子，除我之外，一共还有十九位，再加上我们各自的侍女和侍从，都登上皇宫马车，离开皇宫。

"发生什么事了？"妃子金丽惊慌地问，"我看到官员们也出动了，奴隶都在干活儿，他们把皇宫外的草地挖开了。"

"他们在服从命令。我们也要听从王子的命令。"我说。

没有别人再问问题了，大家动作都很快。

"蓝丝，"我在宫殿门口叫住一位路过我身边的妃子，对她说，"你负责照看她们，快点上车，让车夫直接赶往罗布海边，到那儿后就叫奴仆把帐篷支起来。"

"你不去吗，迪丽亚？你最受宠我们都很依赖你。"蓝丝焦急地说。

"我要到陛下的宫殿和别的宫殿里看一看。"我说，"看看能否让那儿的人也离开皇宫。"

"这儿会发生可怕的事，对吗？"

"我不知道。"我坦白地说，"但王子让我们离开，就一定有重要的理由。"

"好吧，我去招呼大家，你要尽快赶来。"

看着蓝丝前去指挥大队人马，我理了理裙袍向右边的花园走去。穿过右边的花园，就是皇帝陛下居住和理政的地方，再向右穿过一个花园，则是子法的居所。

皇帝的宫殿森严依旧，门前的武士巍然屹立，但大门紧闭，里面寂静无声。陛下身体欠安的消息最近一直在宫里传扬，我猜他今天也没有好转，现在前去打扰是不明智的。于是，我越过皇帝的宫殿，向右走去。

子法居住的宫殿里没有平常的凡人，只有子法和她变幻出的各种奇怪诡异的东西。据说，她从来不需要奴仆替她打扫，因为她施咒变出了一群会扫地的蝙蝠。子法是个可怕的妖怪，我一直这样认为。但皇帝把她敬为帝国要员，没有人敢于表现出对她的反感，大家都把这种厌恶藏在心里。

当我的眼光触及这座宫殿的外围景观时，看到了奇怪的景象。以往，围着这座诡秘宫殿飞行的黑色蝙蝠等魔法侍卫在这个时候竟是忽有忽无！无所不能的子法受到了什么挫折？我不想放过这个可以一睹宫内情景的机会，在魔法暂停的时候毫不犹豫地穿过了它那神秘的围栏，登上宫殿的台阶。

宫门在我用力的推搡下无声地打开了。入眼所见是一片空洞的大厅，充满阴气和无形的寒意。暗色地板上躺着三个面容和形体都相当可怖的死人，发黑的血液已经凝固在地板上。这三个死人长相奇特，非男非女，头上还有数量不同的角。我从未见过他们，更不知道他们是什么时候来到皇宫的。

越过这三个死人，我在一根高耸的柱子旁发现了倒在那里、几乎一丝不挂的子法。她是被人用剑刺死的，身体不但奇丑，而且竟然有男性器官！

子法死了，不管是谁杀了她，我都为此叫好。

就在我打算离开这里的时候，子法那可憎的尸体忽然抖动了一下！

我的魂魄几乎吓飞！但我很快定了定神，看见她又动了一下！我连忙躲到靠右边的一根柱子后面，惊恐地看着眼前的景象。

子法的身体抖动得越来越频繁，很快便抖成一片，接着，一团近乎透明的烟雾从子法抖动的躯体里闯了出来。当这团鬼魂完全脱离那具躯体时，躯体就不再动弹了。鬼魂在半空中飘浮了一会儿，就奔向另外三具尸体。在三具尸体面前，鬼魂让自己烟雾般的形体不断变形，片刻之后，地上的三具尸体也开始了不寻常的抖动，直至抖出三个同样如烟如雾的鬼魂。四个鬼魂一忽儿可见，一忽儿又不可见，在这寂静阴森的大殿里显得格外恐怖。

第28回：诡异巫魂·迪丽亚

我一边祈求上苍不要让这四个鬼魂发现我,一边目不转睛地盯着这骇人的变化。很快,这里又发生了更加异样的事。

从子法身体里跳出的鬼魂仿佛是另三个鬼魂的主人,它飘浮在它们面前,变换着形状,一忽儿是干瘦如枝的女巫,一忽儿是头戴皇冠的帝王,一忽儿,又变成一只我从未见过的奇形怪状的野兽。随后,三个鬼魂排着队,一个接一个地跳进了那个鬼魂的形体里,与之合为一体。

"嘶——欧——"

一阵刺耳的怪叫从那个四合一的飘浮形体中发出,我不得不紧紧掩住耳朵。伴着这阵可怕的怪叫,四合一的鬼魂飞快地向门口飘去,从门缝钻了出去。

我跟了上去,轻轻推开宫门。外面阳光明媚,四下里明亮一片,看不见鬼魂的影子。我下意识地向左边望去,目光透过花园,映入眼帘的是皇宫里最大最宏伟的一座宫群,皇帝陛下的住所。鬼魂会不会溜到那里去?在明亮的光线下,守卫定然看不见它。

为了找个理由试探一下我的猜想,我跑到花园里,摘了一束秋日盛开的花朵,捧在手里,然后像平日散步一样朝皇帝的宫殿走去。

守门的武士对我行了一个礼,很有礼节地拦住我。

我说:"王子派我来给陛下送一束鲜花,以表达他的关心。"

武士朝我施了个礼,但还是拒绝了:"陛下有令,除了王子本人,任何人都不得进入,除非有他的召唤令。"

"我代表王子,都不能进去吗?"我再试了一次。

"你和你的鲜花都不能进去。"

我叹了口气,只得放弃。

随后,我把花束放在花园的草地上,便去了伊丽塔公主生前居住的宫群。我将还在周围干活儿的木晶奴隶叫了出来,让他们跟我一起登上马车,又命车夫驾车向罗布海边奔去。

赶到罗布海滨,我看到蓝丝已经命令奴仆把帐篷支起了一部分。

"安顿得不错!"我向蓝丝走去,"我的帐篷在哪里?"

"在那儿,就在我的旁边。"她走到我身边,犹疑地问,"我们倾巢出动,陛下有没有感到奇怪?"

"陛下看来病得很重,他的宫殿不准任何人进入,除了王子。"我说。

"看，那边有个骑马的武士过来了。"蓝丝伸手向前一指，我看到一个骑着棕马的布鲁斯达武士正朝这边赶来。

很快，那个骑士来到我们身边，他拉紧马缰，让马停了下来。

"你们在这里做什么？"他问。

"我们是王子殿下宫里的人，王子命令我们到这里来。"我答道。

"不像是郊游。"他看了看正在搭建的不少帐篷和到处摆放的食物给养。

"是王子让我们这么做的，我们在服从命令。"我强调了一遍。

"你们不能待在这里，要换地方。"

"为什么？"我问。

"这里离罗布天台太近了。"

"那又怎么样，祭海的日子并没有到。"我说。

"就要到了。"武士说道，"皇帝陛下刚刚下了一道命令，祭海大典要提前，十几天后就举行。而且这一次献祭的木晶奴隶非常多，祭典可能会持续好几天。陛下下令，把所有能够在王城找到的木晶仙子都送到这里，关在营帐里，以备献祭。"

"什么？"我大吃一惊，"王城有很多木晶仙子都是贵族的家奴，把他们都献祭了，贵族的土地由谁去耕种？贵族们愿意把他们的财产统统拿去献祭吗？"

"陛下已经下令，而且派军队负责督办。至于贵族们的财产，陛下已经大开国库，给提供奴隶的贵族高额补偿，让他们去森林、沙漠等等其它地方捕捉别的低等种族、甚至是妖精为奴。"武士望向我们，"你们扎营的地方已经被定为关押祭品的地方了，最好转移到前方几里外的海滩去。而且，你们的木晶奴隶也将被征用，作为祭品。"

"可我们需要奴仆！"

"不是马上就征用，我相信王子有足够的时间找到其他人来代替这些木晶仙子。在我们前来征用之前，你们还可以使唤他们一些时候。"

我一时间无言以对，脑海里闪出一个可怕的念头，于是赶紧问道："壕沟还在挖吗？"

"在挖。不过挖壕沟的这些奴隶在稍后的日子里也会被送上天台祭海。"

"奴隶们知道他们最终的命运吗？"

"陛下有令，把所有即将献祭的木晶仙子分批关进营帐，用风干的萨拉曼那草的烟火熏傻他们，这样他们就什么都不知道了！。"

萨拉曼那草！这声名赫赫的草，这一次要大力发威了。我的不安在不断地加重：

"陛下还下达了什么命令？如果不是必须保密的，请全都告诉我们好吗？"

"陛下已经派出传令者快速赶往河城，命令棕海奇将军尽快攻打河城，以便把那里的木晶仙子也带回来祭海。为了让这道命令迅速传达到位，陛下让子法大巫师献了一道咒语，变出一头日行千里的怪兽，让传令者骑着它，据说只要三个时辰就能到达河城。"

"大巫师？可是，她……"

"大巫师的这个魔法听说很伤元气，以至于她的宫殿周围的那些魔法卫士全都消失了。陛下很体恤她，已经命令自己身边的卫士去守护她的宫殿，任何人都不准出入。同时，陛下还让大巫师发出巫师召集令，召唤那些隐居在帝国各处的巫师，都到皇宫来集合。"

"全帝国的巫师？为什么要叫他们来？"

"这些事，大家都在说，我并没有亲眼见到，也不便于猜测陛下的意图。我的任务是服从命令，你们也一样。"

他的话惊吓了我，让我一时间不知该说什么。

武士见我没有说话，便在马上朝我和蓝丝行了个礼："你们快点迁移吧，这里就要开始搭建祭品营帐了。"说完，他调转马头离开了我们。

"蓝丝！"我颤抖地喊了一声，"我必须回皇宫一趟，你领大家向前迁移！"

"又发生什么事了？"

"我还不知道。"我的心一下一下地跳着，"我必须回去看一下。你留在这里，等迁移到足够远的地方后，搭好营帐，就让我们的木晶奴隶离开，给他们一些给养，让他们逃生吧！"

"放了奴隶？"

"对，放了他们。你也听到了，他们都会被送去祭海，王子一定不希望这样。如果他回来时，知道自己宫里的奴隶都死了，一定会大发雷霆的！"

蓝丝点头答应，但看得出她有很多疑虑。我顾不上再和蓝丝解释，迅速叫人牵过一匹马，返身向皇宫方向奔去。

离皇宫越近，我心中的诡谲之感越重。全面祭海？天啊，皇帝陛下如果不是疯了，就是被子法的阴魂附了体，才会下达这种全盘屠杀的命令！

我策马狂奔，飞一般地向皇宫驰去。不久，皇宫近在眼前。皇宫之前，有骑着马的武士在监管许多木晶奴隶挖掘沟壑。我稍稍松了口气，至少木斯塔的命令还在执行中。

片刻之后，我便进了皇宫，下了马，我迈步向皇帝的宫殿走去。与此前不同，皇帝的宫门已经大开，但两旁武士依然静立。

我走上前去，守卫向我行了个礼。我扬起下巴，对他说："请替我向陛下通报一声，就说王子妃迪丽亚求见。"

这一次，武士没有拒绝，他应声而去。过了一会儿，武士出来对我说："陛下在议事厅等你，请往左边走。"

我昂起头，整理了一下衣装，迈进宫殿大门，向皇帝陛下的议事厅走去。

皇帝在座，他面无表情，脸色苍白。见到我，他淡淡地展开一丝几乎看不见的笑容，对我说："迪丽亚，我的孩子，你来见我，有什么要紧的事吗？"

"我想跟陛下说说王子殿下的一个打算，同时恳请陛下赐我一个恩惠。"我恭敬地向他行了礼，优雅地说道。

"什么事？"

我从容说道："王子殿下打算遵从陛下的旨意，在他所有的妃子当中选择一位，封为首妃。这个消息我已经亲耳听王子提起过了，但他并没有表示将封哪一个妃子为首妃。由于首妃就是未来的皇后，王子说，他还想听听陛下的意见。我想知道，王子是否跟陛下提过，他最中意哪一个妃子？"

我停下来，抬头注视皇帝的反应。

皇帝显示出笑意："木斯塔并没有告诉我他最喜欢谁，但你想让我给他意见，让他封你为首妃，对吗？"

"是的，恳请陛下赐我恩惠！"我说。

"木斯塔在册封首妃方面很谨慎，这是对的。"皇帝用傲人的语气说，"不过，迪丽亚，你是个漂亮、可爱的女人，如果我的儿子肯听从我的纷咐，他就会封你为首妃。"

"谢谢陛下！他一向都会听从陛下的纷咐！"我显出惊喜之态，向皇帝行了礼，"那么，我告退了。"

"去吧！"皇帝朝我轻轻挥了挥手。

走出皇帝的宫殿，我在花园里长长地做了个深呼吸。没有什么疑问了，那个我刚刚见过的端坐在议事厅宝座上的用一种装模作样的表情和语态跟我说话的人，根本不是皇帝！

第28回：诡异巫魂·迪丽亚

那个占据皇帝躯体的灵魂是谁？想到这里，我浑身颤抖了一下。

真正的皇帝发生了什么事？病重而死？病中被杀？被子法占据了身体？子法假借皇帝之口，宣布提前祭海，命令搜罗全帝国的木晶仙子，要把他们一批接一批地送上天台，他究竟想干什么？

我必须尽快赶往河城，找到王子，告诉他这件事。

第29回：战场风云·艾尔塔

棕海奇已于一天前开始对河城发起攻击，攻与守，在这里已经进行了一天半，现在是午夜，但河城内外却没有夜晚的黑暗与宁静，它被火把、火箭和不断响起的厮杀呐喊声占据。

"投石机准备！"我站在城上，手举宝剑，指挥将士英勇作战，"等他们再靠近一点，就把石头抛下去！"

士兵们都看着我，等待我的命令。

城下的布鲁斯达人正准备发动又一次进攻，他们也架好投石机，把大块大块的石头抛向我们，同时，他们的火箭也不断射向城头。城上的木晶战士要一边抵抗城下的进攻，一边向城下的敌人发动攻击。城上与城下，每时每刻都有人受伤、死亡，高亢的喊杀声中也夹杂着中箭和被石块砸中者的呻吟。

我不喜欢战争，但有些时候，自由只能通过战争来取得。

一块巨大的石头由敌军阵前的投石器发出，很快便击中我身侧下方的一处墙面，伴随着撞击而来的是一声巨响，跟着，巨石就掉了下去，但它已经在城墙上留下一个令人担心的坑洞。像这样的石块，正由城下一块接一块地投掷上来，不是落在城头把城上的地面砸出一个坑，就是落在城墙上把城墙打出一个洞。

在敌方的巨石阵中，我们实在应该庆幸河城城墙的坚固与厚重。战斗打到现在，城墙尽管已经千疮百孔，却并未伤及基体，依然坚实挺立，让布鲁斯达人无法靠近。

这场战事中，维尔、安图和路卡是我的将领，他们分别在不同的位置指挥战斗，我们必须精打细算，节省每一支箭，每一块石头，每一团松脂。如果城下的敌人距离射程不够近，我们就会忍耐着不行动。而这会儿，已经有一批布鲁斯达人贴近了护城河，我立即高声命令："对准那些人，抛出巨石！"

只见一块大石头自投石机上抛出，划着一道弧线向护城河外的空地坠去。轰！

巨石落地，未及躲开的布鲁斯达人被石头砸中了十几个。当这块石头因为沉重的撞击而裂开时，它的裂片又造成了旁边一些布鲁斯达人的伤亡。

布鲁斯达人开始稍稍后退，他们派出弓箭手，把带着火苗的箭成批成批地射向城头，有些扎在城墙上，有些则充满后劲地越过城头的围墙，落在我们中间，造成部分伤亡。

"弓箭手，把浸满松脂的箭准备好，点上火，听我的命令——"我举起宝剑，对身旁一排弓箭手高喊，"攻击！"

最前排拉满弓的弓箭手一起将燃火的箭射向敌军，火箭成片飞出，宛如夜空里的流星，带着速度和力量落在敌军阵营。顿时，布鲁斯达人倒下了一片。

木晶仙子与布鲁斯达人就这样在夜半时分进行着投石和射箭的战争。很多次，当敌方抛出巨石或射出火箭后，城上就有木晶仙子死伤，战事进行得非常艰苦。布鲁斯达人为了越过护城河，特别制造了一种能够跨过河面的长长的大木筏。他们一直想把这木筏架到护城河上，但却因为我们的箭雨和石雨，一直没能得逞。

黑夜过去，黎明来临，冗长的战斗使人疲惫。我希望棕海奇能够命令他的军队稍事休息，也好令我们有一点喘息机会。然而棕海奇始终没有这么做，他似乎有着无穷无尽的精力和消灭我们的执着。

"陛下，"安图来到我身边，"女人们要求加入战斗。"

"让女人作战？"我叹息了一声。

"她们的愿望很强烈。"安图的目光表明了他的观点，"女人也能操纵投石机，也能射箭。"

我同意了："好吧，给她们武器！"

"是！"

太阳升起来了，河城外的原野是如此美丽，薄雾还未散去，远处碧绿的田野一望无际，宛如晨妆中的少女。然而，眼前的战火却使这一切美丽化为残酷的景象。城里城外，火焰和烟雾四起，尸体越来越多，一夜的石击，也让原本完整的城墙变得满身疮痍，有些部位被砸出了大缺口。这时，城下的敌人已经抬着大木筏，冲过层层火箭把它搭上了宽阔的护城河！一等有了"桥"，他们中立刻就有人扛起几架云梯，把它们运向这"桥"，准备搭梯登城。

我冲到墙边，一边拉弓搭箭，一边号令弓箭手："瞄准渡河的敌人，把他们射死在木桥上！"

一支支利箭飞向城下，布鲁斯达人把盾牌举到头顶，抵挡城上飞来的箭。与此同时，又有两个大木筏被敌人运了过来，正冒着箭雨向护城河靠近。

　　"瞄准！射死那些抬木筏的人！"我高声号令，并将我手中的箭射了出去。

　　利箭飞舞，径直朝一个抬着木筏的布鲁斯达人飞去，深深扎进他的左肩。中箭的人一头栽倒在地，但另一个马上接替了他，大木筏依然在向前运动，然后重重地架在了护城河两岸。

　　布鲁斯达人像疯狂的攻城机器那样步步逼近城墙，虽然城上飞来的箭和石块不断，但依然没能阻止他们的脚步，他们还是一步一步地攻上来了。有两架云梯顺利地被架上城墙，他们的人也一个接一个地顺着云梯向上爬，有的人被我们的箭射落，有的人却挡开箭，飞快地跃进城头，挥舞着手中的剑，与我们的勇士展开面对面激战。

　　与此同时，城门和城门外悬吊的桥也正受到撞击，他们一边搬动巨木撞门，一边用投石机尽可能地瞄准吊桥锁链，以图砸断锁链，让吊桥掉下来架在护城河上。

　　我无暇思考，因为一架云梯正向我站立的城墙边靠过来，很快就搭上城头，并有拿着刀剑的布鲁斯达人鱼贯而入。我挥动宝剑，一连刺倒三个，然后找了个空档将那架云梯用力推离城墙，云梯向反方向倒去，梯上还没来得及登城的布鲁斯达人发出一声声惊叫，然后随着梯子一起摔向地面。

　　战事进行到现在，城头上已经战成一片，木晶仙子几乎没有时间调整投石机，也没有时间排好箭阵，因为必须先应付眼前的敌人，把他们一个个杀死或抛下城楼。然而，布鲁斯达人太多了，城头上的还没有消灭干净，城下的又顺着云梯不断登城，而城门和吊桥也备受重创，不知道还能坚持多久……城墙下，渐渐散布着越来越多的尸体，大多是从城头上摔下去或被木晶仙子战士打下去的布鲁斯达人，但也有木晶仙子的尸体，他们都是在与敌手搏斗时被杀或掉下城头而死的。深色衣装、深色肌肤的尸体和白色肌肤、金或银色头发的尸体间杂着横躺在城下的空地上，森冷无比。

　　阳光越来越灿烂，如果没有战事，这绝对是美艳无比的秋日。然而，战斗使人根本顾及不到美好的天气，也看不到战场外的一切，只有眼前的敌人和敌人手中那些血淋淋的刀和剑。

　　我们的劣势越来越明显，即使城内的妇女也加入了战斗，人数还是远远不能和布鲁斯达人匹敌。路卡带人去守城门，我和安图在阵中挥剑杀敌，撂倒一个又一个，敌人仿佛永远杀不尽。

"吊桥锁链断了！"安图的喊声从我右边十步远处传来，我的心一沉，随后便听见吊桥沉重下落的声音。

"坚持住！"我高声喊道，"不要退缩！"

没有人退缩，所有人都在秋阳下奋力杀敌，直到用尽最后的力气……

太阳高照，到了正午时分。就在木晶仙子以少敌众、竭力奋战时，一阵高亮悠扬的号角声传进我的耳中！

是梦吗？我用力刺倒一个向我扑来的布鲁斯达人，再次听到了那个熟悉的号角声，这是我的号角！

我惊喜地冲到城头，放眼望向前方的原野。在明亮的阳光照耀下，有一支通身闪耀金光银彩的军队出现了，他们骑着骏马，握着武器，宛如从天而降一般向战场奔来。他们是我的军队，从麦提格尔岛来的！

"看！木晶仙子军队！"一个战士伸手指向城外，向其他人示意。

"他们是从哪儿来的？"又有一个战士带着惊喜和疑惑激动地说。

布鲁斯达人也看到了这支逼近他们的对手，纷纷调转方向。这个变化让他们暂停了攻城，城上的威胁很快就减少了。木晶仙子士气大振，抖擞精神，挥刀舞剑，和遗留在城头上的布鲁斯达人展开了充满希望的搏斗。

我斩尽身边的敌人，一个箭步跃上围墙，高高地站在围墙上，怀着激动的心情望着城外原野上就要展开的厮杀。这时，那支金戈铁马的军队已经非常清晰地映入了眼帘。在队伍的最前方，有四个骑着马的人引领着整支军队，我一一认出了他们中的三个，他们是我在麦提格尔岛上的将军。

我在暗暗惊疑这些将军是如何带着军队走出麦提格尔岛时，第四个人的模样让我的心怦怦直跳！那是一个年轻绝美的女人，银色长发在头顶挽成一个高而优美的发髻。她骑在一匹白色骏马上，宽宽的腰带束着她身上亚麻色的罩袍，显示出她那美好的身形；她穿着驼色靴子，踩在马蹬上，一手拉着缰绳，一手握着闪亮的宝剑，和我的三位将军一起，奔跑在这支救兵的最前面。

那是艾西丽塔！

策马奔驰中的艾西丽塔以优美的姿态将宝剑指向前方的敌军，一道银色光芒便从她的剑尖发出，直奔敌军而来。于是瞬间，银光便击中一片敌人。她运用的这个魔法，已经比当日树城之战拦截子法魔光时有力得多，射程也更远。很快，艾西丽塔又一次发出长长的银光，击中了另一片敌军。

布鲁斯达人也发现了这个会使用魔法的木晶女子，他们立即像疯狂的野马一般冲向我的援军。深色和浅色的两个群体渐渐融在一起，跃动，厮杀，刀光剑影。艾西丽塔也在其中，她不再运用魔法，可她从未习过剑术，这让我无限担忧。我转过身，向散在地上的一团绳索跑去。我抓起绳索，把绳索的一头系在凸出的围墙上，把另一头扔下城头。

"安图！"我叫道，"命令打开城门，出城迎敌！"

"是！"安图听完我的命令，正想阻拦我从城上跳下去，但我已经握着绳索跳了下去。

我滑到绳索底端，这里距离地面还有一段六人高的距离，我松开绳子，飞身跳了下去。一到地面，我就立即奔向吊桥，穿过护城河，冲进战场，杀死身边的敌人，并奋力向艾西丽塔所在的方向进发。

有了援军，现在我们和布鲁斯达人势均力敌。援军的到来使已经奋战到筋骨疲惫的木晶仙子重又获得了满身力量。冲杀中，我听见身后的城门已经打开，城里的战士呐喊着冲过护城河，扑向敌军的后背，加入了战场。

"艾西丽塔！"我高声喊着。

那张曾经满是柔弱的脸上现在却出现了坚毅的神情，而且她竟然能够用剑作战，并且就在我的眼前挥剑刺死了一个布鲁斯达武士！

我冲到她身旁，和她背靠背站着，她也看见了我。

"艾尔塔！希望我们没有来晚！"她说道，眼光留意着战场。

"来得正好！"我说。

来不及多说什么，我就与一个冲上前来的布鲁斯达骑兵搏斗起来。他骑在马上，居高临下，但我一剑斩断了他的腰，使他从马上跌下来，当即一命呜呼。

"你收到木斯塔王子的消息了吗？"艾西丽塔问道。

"你怎么知道他会给我捎来消息？"我很惊讶她的问话。

我来不及进一步和她交流，我必须应付敌军。她也和我一样，正和一个想要杀她的敌人打成一处。

我的身旁，充满刀光剑影；我的脚下，不断踏到死去的人；我的耳边，处处是刀剑相撞时坚脆的声音。这场战事进行到现在，实在胜负难分。我的同胞早已将自己那可以不朽的生命抛到九霄云外，而那些传闻中喜好杀人、嗜好血腥的布鲁斯达武士更是如同疯狂的野兽。原本平静的原野，此时已是杀声遍野。原本碧草无垠的土地，此时已经溅上一片片热乎乎的血液。

就在我奋力作战时，又一个变化出现在战场上。

一场雾忽然间就降临在大地上，遮住了刚才还热烈照耀着这片土地的太阳，同时也遮住了战场上所有人的眼睛。白雾笼罩中，双方都停下战斗，不少人小声发出疑问："怎么回事？"

刚才还在激战的战场，忽然间沉寂下来。白雾让双方将士连自己伸出去的手都看不见，就无法再向四周挥剑。

我想呼唤艾西丽塔，但这是不明智的，那只能给她和我身边的敌人以目标，引来他们的利剑。

正当大雾让所有人陷入困境时，大地的颤动又降临了，这一次的震动比此前任何一次都强烈。茫茫白雾之中，我已经听见附近有人跌倒了，也能听见城墙晃动的声音。

跟着，我也跌倒了。我用单膝撑起身体，一手撑在地面上，尽量稳住身体，静静等待震动结束。然而这次震动的时间竟是这样悠长，长得令我想起了那个让娜菲赛传信给我的木斯塔。他所说的末日，是否就指这一刻？

一阵巨大的轰隆声从城墙方向传来，是石墙坍塌的声音，大地的强烈震动使已经受损的城墙倒塌了一部分。

不久，震动终于停止了。伸手不见五指的战场上传来一片呼气的声音，似乎有很多人都长长地吐了一口气。而这时，一股燥热又诡谲地来临了，让我身上的汗水比此前作战时流得还要多。大地仿佛一口架在巨大烈火上的铁板，不断有热量从地底升起。

一个声音在这时响了起来，我似乎曾经听到过这个嗓音，但记忆却一直不能忠实于大脑，使我无法想起这个声音的主人。这个高昂、有力的声音从我右边不远的地方传来，他这样说道："这是一场不该有的战争！"这个声音停顿了片刻，整个战场寂静无声。

一只温软的手轻轻地在雾中握住了我的手，我低头看去，雾中隐现着那只细腻的玉手和一点点细麻衣袖。

"是木斯塔王子，他布下迷雾为的是制止战争！"艾西丽塔的声音没有传扬在空气中，而是出现在我的脑子里。

她的法力比我们分开时更强大了！

木斯塔的声音再次响起:"在这个帝国、这个世界,即将面临史无前例的巨大灾难时,任何战争都是在毁灭我们共同的世界!布鲁斯达人,你们杀光木晶仙子后,能够只凭自己那点微不足道的力量挽救末日中的帝国吗?看看你们,杀戮,杀戮!就这样让本来可以自救的力量被自己扼杀!你们感到大地的震动了吗?感到炽热的空气像火炉一样烘烤着你们的身体了吗?那就是灾难的前兆!"

雾中,有布鲁斯达人叫道:"我们是武士,皇帝和将军命令我们作战,我们就要作战!"

"对!我们要作战!"战场里响起其他布鲁斯达武士的叫喊。

"你是什么人,凭什么对皇帝的军队指手画脚?"一个洪亮的声音从前方响起,那应该是布鲁斯达将军在叫喊,"除了皇帝陛下,没有人能够命令他的军队。而现在奉命作战的是我,没有人能够干涉我,甚至是王子,也没有这个权力!"

"棕海奇!皇帝已经死了!"忽然,一个优美的女声从较远的地方传来,她好像还骑在马背上,喘着气,却尽量使自己的声音显得高亮,好让更多人听见,"皇帝死了!现在王子有权指挥帝国军队,你们所有人都要服从他的意愿,因为他现在就是帝国皇帝,他就站在你们面前!"

我不知道这个令人惊讶的布鲁斯达女子是谁,却看见弥漫在战场上的雾气渐渐变淡,并且很快就消失了。

随着白雾的散去,杂乱的战场上现出一个骑在马上的英俊骑士。他身穿布鲁斯达人的袍子,头上系着一圈丝质布巾,在他额头中央的位置,布巾上有着一块已经变色的血迹。他举着剑,光亮无瑕的宝剑在烈日下闪耀着明亮的光芒。

俊美王子的出现,让我仿佛看见一个深色的自己。而这时,他也正看着我。眼中流露的信息似乎在告诉我,他也曾经见过我。双方战士也正望着我和他,很多人都看到了我和他的相似之处。

战场另一边,此刻又来了一个身穿贵族华服的美丽女子,她正骑着马向这边走来。而我的身边,就站着再次重逢的艾西丽塔,她的目光,此时正与马背上的木斯塔相接。

棕海奇,那个面目狰狞的男人,骑着马冲到木斯塔面前,大声说:"殿下!你不能阻止我的军队铲除叛军!这是皇帝的命令!"

"这不是皇帝的命令!"那个贵族女子接口道,"卡鲁尔皇帝死了,被子法的鬼魂害死了,然后她的鬼魂钻进了皇帝的身体,以皇帝的面目发号施令!"

第29回:战场风云·艾尔塔

"你怎么知道的,迪丽亚?"木斯塔说。

"巫师的身体可能死了,但她的灵魂还活着!我悄悄走进她的宫殿,看见她那几乎透明的魂魄飘出躯体,这个灵魂又吸入了她的三个巫师同党的魂魄,然后飘进皇帝的宫殿。之后不久,皇帝就下令攻打河城,以及把帝国所有的木晶仙子都送上罗布天台,提前祭典那个从来没有出现过的海神!"迪丽亚激动地说,"皇帝从没发布过这种奇怪又荒唐的命令,因此我前去见他,对他说了一些根本不存在的事,而他竟然假装知道这些事!所以我断定,陛下死了,现在坐在宝座上的那个人虽然具有皇帝的外形,却已经换上了巫师的灵魂!"

我看见木斯塔的脸色陷入可怕的阴沉之中。

"将军!"木斯塔目光如炬,紧紧注视着棕海奇,"父皇此前可曾有一次对军队更改过他的命令?"

"这是第一次,他把围城命令改为攻城!"棕海奇说。

"这不是他的作风!"木斯塔说。

棕海奇沉默,脸上的表情非常复杂。

"我说的一切都是真的,将军,皇帝死了,王子现在就是帝国最高统治者,他有权指挥军队!"迪丽亚策马紧靠着木斯塔,她昂着头,字正腔圆地对棕海奇说。

"将军,"木斯塔接着说,声音里透出不落痕迹的威严,"你一定不希望刚才的白雾继续存在,对吗?我向你保证,如果你手下的武士再向木晶仙子挥动一下刀剑,白雾就会重新降下。你知道怎样指挥一支失去视力的军队吗?"

"殿下,军队中一直传扬着你的软弱,这是你打算跟低等种族握手言欢的借口吗?"棕海奇用怀疑的目光盯着王子。

棕海奇的语言激怒了在场的木晶仙子,维尔和安图嗖地一下抽出宝剑,如果不是我及时用目光制止他们,那两柄剑此时一定就架在了棕海奇的脖子上。棕海奇的剑也差点一起出鞘,是木斯塔按住了他的手。

木斯塔冷冷地说:"将军,如果你再这样,我就把你变成一头野猪!"

"你不会的!"棕海奇顽固地说。

"是吗?"木斯塔猛地抓起棕海奇的一只手,把它举到他的眼前,"看看你漂亮的前蹄吧!"

"啊!"棕海奇尖叫了一声,他看见自己那只被木斯塔紧紧抓着的手已经变了形,变成了野猪的前蹄。

"你愿意听从命令吗，将军？"木斯塔进一步问道。

"是的，殿下。"这个顽固好战的棕海奇终于让步了，"我可以暂时收兵，但那也要叛军头领作出同样的退让！"

我认为这是我该发言的时候了，于是便说："我同意暂时收兵，但我们不是叛军！"

木斯塔松开棕海奇的手，那只手又恢复了原样。

"我们需要召开一个会议，来梳理这一切乱麻！"艾西丽塔松开我的手，向身旁已经聚在一起的双方的首领说道，"在这之前，请两方军队保持冷静，在城内和城外安静等待，谁都不准轻举妄动！"

"会议必须在城外进行，在我的营帐里！"棕海奇说。

木斯塔看了我一眼，我当众同意："可以，我将去你的营帐，让我的人留在这里。"

木斯塔微微地点了点头，说："上天留给楼兰的时间不多了。现在，请木晶战士向城墙方向后退，布鲁斯达战士向反方向后退，战斗就此停止！艾尔塔国王，你可以再带两个人参加会议！艾西丽塔和迪丽亚也一起来！棕海奇将军，请带我们去你的营帐！"

棕海奇挥挥手，让他的军队向后撤。

与此同时，我也唤来我的人："路卡，你带领他们后撤。维尔，安图，你们跟我一起参加会议！"

第30回：飞向王城·艾西丽塔

再次见到木斯塔，我心潮起伏。再次见到艾尔塔，我同样心潮起伏。

我看到木斯塔的内心，读到他心中所想的一系列可怕的内容。他的焦虑，皇宫里的搏斗，老巫婆的身体之死……就仿佛我亲身经历过一样。

我静静地望了他一眼，他的眼神也向我投来。他的思想立刻为我所知，我不禁看了看他那被布条包扎着的额头。

我可以看到他的心，他的思绪中还夹杂了爱的欲望，他对我没有半点防卫，所思所想全都一起向我输送过来。我的脸有些微热。我不该去探知他的意识，我必须控制这种魔力。

我转过眼光，望向离别更久的艾尔塔。我在他心里读到一个名叫娜菲赛的名字。我想，他那沉寂了八百多年的心已经复苏了。

此时，两军的重要人物都站在棕海奇的营帐里。这里的布置，简直就是一个兽皮宫殿，甚至在我们脚下，也铺满厚厚的、能让脚陷在里面的兽皮。

"殿下，请说吧，我想听听王城的消息！"棕海奇抬起他那傲慢的脸，对木斯塔说。

"王城的最新消息已经由迪丽亚告诉了大家。我要说的是在此之前我所了解到的事。在我讲述之前，我希望你们都能做好心理准备，因为我要讲的事都将是史无前例的灾难，这些灾难不会放过任何一个人！"木斯塔的声音威严而有力，他的眼神扫过棕海奇，也扫过艾尔塔。

艾尔塔没有说话，他望着木斯塔，等着他的下文。

"大地在怒吼，炽热的怒气正聚集在王城之下，而怒气最大的中心就是皇宫所在的位置。等到大地的怒气完全喷发出来，帝国各处都会像燃烧的火炉那样，变成真正的地狱！"

"你是说，火山岩会从地底喷出，而且这些岩浆的源头几乎遍布各处？"艾尔塔问道。

"是的！"木斯塔说道，他的眼光射向棕海奇，"一旦大地颠覆，炽热的火流漫上地面，像江河一样四处横行，我不认为有什么生灵可以躲过这场浩劫，即使是你，棕海奇！"

"这不可能是真的！"棕海奇发出一声惊恐的叹息。

"这是千真万确的！大地在不断震动，空气中飘扬着完全不属于这个季节的酷热！这些反常现象就是地底热流即将喷涌而出的前兆。那些滚滚熔流，已经在地底躺了成千上万年，现在，它们就要出来了！"木斯塔说。

"我们都经历过大地的震动，不是吗？"迪丽亚，那个美丽的王子妃这时开口说道，"我现在知道为什么王子在离开王城时要下令开凿沟壑，从皇宫一直通向罗布海，那是为了把熔流引到海里！"

"没错，希望会有用！"木斯塔轻叹一声，"但是根据我所掌握的预兆，就连罗布海底也可能蕴集着强大无比的熔流。如果这些熔流漫出海底，再加上由岸上流进海里的，罗布海很可能会变成一锅沸腾的开水。到那时，地面上熔岩遍地，河海又犹如滚水，想想看，世界会变成什么样子！"

所有人都被木斯塔的话震慑住了，沉寂弥漫在营帐内。我想起我和木斯塔在"往日东方"时帝俊所说的那些话，现在木斯塔找到了答案。

"太可怕了。"站在艾尔塔身旁的安图发出一声感叹。

"还有更可怕的事。"木斯塔的表情愈加严肃，"有一颗星星，确切地说，是一颗巨大的流星正飞向我们。等它和我们这个世界相遇，很可能会把大地撞穿、撞碎！"

"一颗流星？"棕海奇问道。

"是的，当它从天空滑落时，世界会在惊天巨响中毁成碎片！如果你们在夜晚抬头仰望过群星灿烂的夜空，就会发现有一颗星星正一点一点地变大，越来越大。那就是它，正在以我们无法想象的速度朝这里飞来！"

我看了看艾尔塔，发现了他心中的想法。原来，他就曾注意到那颗星星，而且不只是他，还有那个名叫娜菲赛的布鲁斯达美女。

"殿下，为什么你会知道这些？"棕海奇问道。

木斯塔环顾了一下所有人，说："这些秘密，八百年来一直保存在皇宫禁地，也就是我父皇宫中的密室里。将军，那些密室你是知道的，除了父皇，是不允许任何人进入的。但这之前，父皇病了，他感到时日无多，就把进入密室的权力交给了我，同时也将他所知道的关于灾难的秘密告诉了我！八百年前，先皇休曼金在世时，就已经预见了这场灾难，现在，灾难爆发的时间就快到了！"

"我们还有多少时间？"艾尔塔问道。

"我不知道，也许三个月，也许三天，也许更短！"

这时，我感到我应该说些什么了："我们应该自救！从现在开始，放弃战争，所有人都要为生存而努力！"

木斯塔静静地、温柔地看了我一眼，接着说："我们要集合所有人力，在河城挖出沟壑，还要打造足够的船只！"

"流星怎么办？"维尔问道。

所有人的目光都聚集在木斯塔身上，而他心里的主意连我也不能洞悉，因为他把自己的思想封了起来。

"流星交给我。"木斯塔说。

"你打算怎么对付流星？"棕海奇问。

"我要去王城，我会有办法的！"木斯塔没有把他的打算说出来，因为这件事的来龙去脉太长，也太复杂。

"我和你一起去！"我说。

我的话音刚落，营帐外就传来一种渐行渐大的声音，仿佛要划破天空。

"子法的魔火来了，她要毁掉河城！"我高声说道，立刻冲出营帐，身后跟着木斯塔、艾尔塔、安图、维尔、迪丽亚和棕海奇。

站场上的木晶仙子和布鲁斯达人目瞪口呆地望着从王城方向飞速射来的一道刺目的红光。他们也许并不知道这道红光的厉害，但我知道，就是这些光箭摧毁了树城。而此时这道红光的宽度和亮度，远不是树城那次可以相比，看得出来，子法使出了浑身解数。

我念动咒语，挥手指向王城方向，让一道银色魔火从指尖发出，冲向迎面而来的红光，并在前方半里远处截住它。两光相遇，红色与银色的火光溅满前方的天空，巨响不断。

"棕海奇，命令你的人去挖壕沟！"木斯塔对棕海奇下达了命令，然后他又看了艾尔塔一眼。

河城的木晶仙子精通造船，艾尔塔立即说："我们的人去造船！"

战场上，原本互相厮杀的两批人马这时候听从了各自将领和君主的命令，向城内奔去，去进行新的行动。

这时，从王城方向又窜来两道凶猛的红光，我和木斯塔立即做好应战准备。

"要小心！"木斯塔说道。

"我能对付！"我自信地在木斯塔念咒出击时，又投出两道银光，和他挥手投出的一团火球在同一时间准确无误地击中两道红光，只见漫天火花像大雨一样坠落，很快便点燃了秋日里依然青翠的蔓草。

"要灭火！"木斯塔说着，在起火的原野上布下一片湿气，地上的火苗很快便熄灭了。

"你的法术越来越高了！"我赞赏地说。

"你不但法术高了，还懂了剑术。"他对我说。

"我的剑术并不高明，但它就像我读懂魔法书那样，说来就来了。"

我望着王城方向，又看见一个红点向河城逼近："该死的巫师！"

"他根本就不是子法，他只是占据了那个倒霉巫师的身体，骗了所有的人。现在他又占据了皇帝的身体！"

"你打算怎么对付休曼金？你把你的思想封起来了，我无法看到。"我说。

"我并不在意你看到我的想法，但休曼金现在法力强大，还吸收了另外三个巫师的法力。他兴许也可以读到我的心思，我不能让他知道我的计划！"

在我们说话的时候，来自王城的红光已经接近了河城。木斯塔抬手射出一个火球，我紧跟着送出一道银光，再次将红光拦下。河城外的旷野上空不断碰撞出烈焰之雨，当这些火滴降落在地面上时，木斯塔又以湿气将它们覆盖，让火熄灭。

然后，我说出了我对这次红光的感受："他施法的速度比树城之战时慢了，一定有什么原因导致他不能全力以赴！"

"你能看到他的心思吗？"他问。

"这里离王城太远了，我无法在这么远的距离中探察一个怪物的想法，我得去王城！"

"我也要回王城，那里还有一件重要的事要处理！"

"和流星有关？"

"对，和流星有关。"他点点头，然后问我，"你懂快速飞行的魔法吗？骑马回王城太慢了！"

"我不懂，但我有另外的办法！"我朝空中吹了一声响哨，很快，空中就传来

第30回：飞向王城·艾西丽塔

一声高亢悠扬的龙鸣。一只巨大矫健的飞龙出现在空中,伸展着宽阔华美的两翼,凌空盘旋了两圈,随后就轻轻降落在我和木斯塔身边的草地上。

"飞龙?"他惊喜地说,"传说中麦提格尔岛上的飞龙?"

"它叫奥吉,"我走上前去,轻抚奥吉那优美有力的脖颈和翅膀,"是个忠实的好朋友。"

"麦提格尔岛一定是个神奇美丽的地方!"他感叹道。

"如果灾难能够过去,你就有机会上岛看看,那真的是一个美妙无比的地方!"

奥吉卧下身体,伸长颈项,向着天空长鸣一声,然后弯下头,催促我们快些骑上它的背。

"来吧!"我骑上了奥吉的背。

木斯塔坐在我身后,他的一只手臂轻轻揽住我的腰。奥吉振翅而起,飞上天空,风在我们耳边呼呼作响。

"去王城,奥吉,你知道方向吗?"我轻轻拍了拍它的脖颈。

奥吉长鸣一声,透出无比的自信,带着我和木斯塔向王城飞去。

从空中向下俯瞰,壮丽的大地呈现出一片秋日的多彩之色,有碧绿、金红,还有金黄。中间穿行着河水的支流,宛如一条条晶光四射的带子,舞动在无边的大地上。一团团低空的云朵就飘浮在我们身旁,像棉花那样,一忽儿挡住地面的风景,一忽儿又把这片神奇美丽的土地完全呈现出来。

"我从没在这么高的天上看过这片土地,简直太美了!"

"是的,壮观得无法形容。"

飞行了一会儿,木斯塔在欣赏大地美景的同时,在我耳边问道:"环绕麦提格尔岛的毒气消散了吗?"

"还没有。正像你说的,那层毒雾只有在灾难来临前才会全部消散,所以,让我们祈祷它不要消散得太快吧!"

"毒气还在,你是怎么带领岛上的军队出来的?"

我微微笑了一下:"我坐在岛的边缘,不停地望着一层层涌上岸的海浪,你知道,海浪总是带着很多泡泡,正是那些水泡让我想出了办法。"

"什么办法?"

"我用魔法把每一个将士都装进了被我变大的气泡里,包括他们的坐骑,还有飞龙奥吉。然后,我把这些浩浩荡荡的大泡泡推进海里,我则在海水中潜游,用我的魔力引导他们在海中前行。虽然速度慢一些，但还是安全顺利地通过了毒气层。然后，我们就在帝国军队注意不到的地方登陆了。"

"我真想看看海面上满是装着人和马的泡泡的壮观景象！"

"我在海里，只能看见浸在水里的泡泡底部，那已经很壮观了。"我吸了一口气，"这壮观的景象连海里的大食人鱼见了都躲开了。可以说，我四次通过罗布海，只有这一次没有受到怪鱼的袭击。"

"我为你骄傲！"他对我发出赞叹，随后在我的脸上印下一个吻。

"我也为你骄傲。"我由衷地说。

奥吉这时呜呜地轻哼了一声，仿佛在揶揄我和木斯塔的对话。我微微一笑，握住他搂着我的腰的手："坐好，你就要领略到奥吉那不可想象的速度了！"

奥吉又鸣叫一声，双翼划破空气，与劲风比肩，向王城飞去。

没过多久，王城方向又飞来了红光。这一次，那个怪物积蓄魔力的时间比前面的间隔都要长。那道红光已不是像箭一样直直地飞来，而是伴着旋转和抖动。

"他变换了方式，想让我们无法击中！"我盯着红光，迎风说道。

"不能让他得逞！"木斯塔的手臂松开我，双臂伸向前方。我感觉得到他在念咒。

我也向红光发出两道银色光箭，而他则发出两个会随着红光的抖动而改变方向的火球，银光和火球最终击退了红光。

我松了一口气："他下一次发动攻击可能还要有一会儿时间。"

"看来，我们的旅途不会寂寞了。"他重新搂住我，在我的腮边又印下一个吻。

第 30 回：飞向王城·艾西丽塔

第31回：巫师大战·休曼金

漫漫灵魂路，浑浑孤独旅。

我，已数不清存在了多少年。当岁月流逝太多而无法辨明年代时，我并不是像曾经过往的许许多多智者和哲人所说的那样，叹息生命太长，盼望结束。相反，我忘记我究竟活了多久之后，越到末日就越会觉得时间太少，因为我渴望享受无限的生命。

我从另一个世界的末日走来。在那个世界，宗教和神话是远古的传说，没有人相信人死后还有灵魂。人类活在一个万事都不需要自己动手的时代，除非自己想解闷。一切事务都会由机器完成。

人类虽然懂得许多机器和机器人的使用方法，却早已不知道这些机器的制造过程，也没有人担心这个问题，因为一切都有机器去完成。机器会记住一切科技，机器会造出更多机器。

然而这样的生活，有一天就走到了尽头。

当河流变成污水，当空气变成毒气，当机器农夫再也不能依靠它们掌握的程序种出食物，为了争夺那个世界仅存的生存空间，人类之间就开始了疯狂的战争。

战争最初由机器人为主人去打。在机器人尽毁之后，人类只得自己上阵。战争打到最后已经不分国家了，每个人只为自己战斗。除了自己这一团体之外的所有人，都是敌人。求生的渴望迷蒙了所有人的心智，大地上到处都传来杀戮之声。法律早就不存在了，一切都仿佛回到了传说中的远古蛮荒时代。

我是一个"屠夫"，领导着一个几百人的小团队，每天的目的就是杀死所有出现在我们眼前的其他人！当我们杀了许多人之后，有一天，我朝我的人命令："不要浪费这些死人，让机器厨师把他们切碎，烹成佳肴，用来满足我们饥饿的胃吧！"

我的手下振臂欢呼，其实他们早就对死人的肉垂涎欲滴了。即使是如此疯狂的屠杀和掠夺，我们最终还是免不了要走上灭亡之路。可我不想死，我要寻找出路。

有一天，我集合手下，对他们宣布："我们已经积攒了四百具尸体，再加上通过各种途径取得的其它给养和饮水，我决定，把这些都装上飞船，我们将开始宇宙征程，去寻找新世界！"

我的决定得到了满场尖叫般的欢呼，我那幸存的一百三十个手下不分男女全都激动无比。虽然我们并不知道在宇宙中是否有其他可以生存的世界，但被末日折磨得快要发疯的人都会喜欢一些改变，改变使他们满怀希望。

"我们的未来，就在我们头上的星空里！开始干活吧！把给养装上飞船，把我们最后的燃料注入燃料箱，我们很快就要离开这个悲惨、不幸的地方了。干吧，干吧！"我再次高声命令。

所有人都狂呼，开始发疯地搬运各种通过掠夺和猎杀得来的物资，飞船的货仓很快就堆满了给养。

飞船是我的，只有我能驾驶，而那些蠢货对此一无所知，只有杀人是他们不用学习的技艺。我悄悄带上我拥有的各种先进机器，以备不时之需。为了能够登上我的飞船去寻找新希望，这些人目前视我为领袖，我必须利用他们为我工作。如果我们真的能找到一个落脚的地方，他们将是我的臣民、我的军队、我的奴隶！但未来是不可知的，如果旅途漫长到不能及时找到可以生存的地方，那么，他们就将是我用来延长自己生命的给养！

终于，一群疯狂的人登上飞船，以光的速度飞向黑暗宇宙。

……

卡鲁尔的侍从对我说："陛下，红摩奇将军派人传来消息，第一批祭海的木晶奴隶已经准备好了。另外，帝国各处的巫师已经来到皇宫，暂时被请进子法大巫师的宫殿里。"

"很好。"我的喉咙里发出的是卡鲁尔的声音，我利用他垂死的身躯又一次当上了楼兰皇帝。

侍从正要退出，我又喊住了他："我累了，要休息一下，禁止任何人来打扰我！"

"是。"卡鲁尔的侍从离开了。

局面很复杂，我的目的却非常简单。说到子法，我让不知情的人都以为她为了施展魔法而元气大伤，正在闭宫休养。

我从皇座上站起来，环视一遍这座由我下令建造的宫殿。尽管在漫长的一段岁月里，我忘记了自己是谁，但终究还是想起来了。虽然我并没有回想起我当年所知道的一切，不过就算只回忆起其中的一部分，我也能够利用好这些信息，让我的灵魂继续永生。"

卡鲁尔有病的身体拖累了我,现在我需要休息一下。我走进内宫,躺上帝王之床,闭上眼睛。

我闭着的眼睛看到一片华丽之光，我感到自己坐了起来，不由自主地向那片炫目的光芒走去。

"你并没有忘了我，对吗，休曼金？"光芒中心传来一个熟悉的声音。

"艾西丝，原来你也没有死！"我说。

"不，亲爱的，我早就死了。拜你所赐，我死得比我的族人都要早。"光芒中心显现出一个木晶仙子的身影，"你看到的只是我的灵魂，如同我看到的也是你的灵魂！"

"那么，你这个灵魂来找我这个灵魂，是想讨回当年我给你服下的毒药吗，或者也想讨回你父亲服下的那一剂？"我笑了。

"不，休曼金。"艾西丝的脸上也漾起一丝笑容，那笑容与我针锋相对，"我只是出于八百年前那一丁点的夫妻情，特别来告诉你，对你而言，永生并不存在！如果它存在，也将是无尽的痛苦。"

"笑话！我就是永生的，我永远都不会死！"

"你已经死了！"艾西丝收起笑容冷冷地说。她的语气惹恼了我。

"我死了吗？"我大笑，迈开卡鲁尔的腿向我那会发光的虚幻皇后走去，"你看过任何一个死人会走路吗？不，我亲爱的皇后，我没有死，而且永远都不会死。死的从来都是别人，是那些无足轻重的奴仆，和那些头上长着我需要的东西的贱民！在任何一个世界上，在无边广阔的星空下，生命会周而复始，生生死死，只有我是不死的！"

"八百年来，你都沉浸在这种久远的得意中吗？你就没有新鲜的乐趣吗，我可怜的丈夫？"

"新鲜的乐趣？"我哼道，"乐趣是无穷无尽的，就说这最新鲜的一桩，那将会和我那自以为长生不死的大舅子有关！是的是的，当我还是一个巫师的时候，就已经透过层层空气越过森林与河流，看到了他在河城的垂死挣扎，现在，他一定就快死了，或者已经死了！"

"他不会死的。"艾西丝静静地说。

"他会死的，所有人都会死，除了我！"

艾西丝盯着我，我也盯着她。她周身的光芒在这一刻似乎放大了，光芒之中又出现了另一个女子。那个身影从艾西丝身后走来，很快就来到她的身边。

"这个鬼魂还不知道他的命运吗，还在这里胡言乱语！"新来的女子满身都被光芒笼罩，闪亮得让我无法看清她的脸，只听见她在说，"让我来处置他！"

我正在惊奇这个女子熟悉的声音时，冷不防被她一剑刺中腹部。剧痛之下，我本能地在腰间摸索卡鲁尔的剑，但什么也没有摸到。我念动咒语，却看见持剑女子大声冷笑："念吧，念出你懂得的所有咒语吧，看看在这个宫殿的这个房间里会不会有用！"

我闭上嘴。咒语没用，在这里没用，很不凑巧，一本来自密室的书放在了案上。

持剑女子从光芒中走出来，将她的整个样子投射进我的视线中。

"是你？伊丽塔！哈哈，你这个皇室里的杂种崽子！"我大笑。

"我的身体里流着木晶仙子高贵的血液。"伊丽塔冷笑，"而你是来自一个污浊世界的最最污秽的灵魂！"

"你对我让卡鲁尔把你处死耿耿于怀，对吗？"我说。

"现在轮到你耿耿于怀了，恶魔！"伊丽塔说着，挥剑砍下了卡鲁尔的头。

我的灵魂被斩成了两半，一部分还待在身体里，另一部分却在已经和身体分了家的脑袋里。我感到剧痛，却又叫不出声。

伊丽塔手不停歇，她将手中的宝剑舞得那样快，瞬间就砍去了我的双臂、双腿，又将我的躯干劈成了左右两半。

我疼痛得无法抵挡，疯狂地扭动着已经成为七块的躯体。而我那同样被分成七块的灵魂也在拼命挣扎，想要奋力挣出肉体的牢笼，结束痛楚。

"他死了吗？"我听见艾西丝在说话。

"他不会这么容易就死的，让他尝尝这个！"伊丽塔说着，手中忽地出现一个大肚细颈瓶，她将瓶口对准我那散落一地的卡鲁尔的躯体，倾倒出一片燃烧着的油浆！

我听见自己的内心正发出一声绝惨的叫喊，为那直接倾覆在全新伤口上的烈焰。

"这就像被你送上天台祭海的木晶仙子死前的感觉一样！"腥热的空气中传来艾西丝冰冷的声音。

这是我根本无法忍受的痛苦，可是它却真真实实地存在，而且还在延伸！我拼出所有力气，吼出巨大的一声："让我死吧！我愿意死——"

"可你自己说过，你是不会死的。"伊丽塔的声音传来，"你将会永生，以现在这种状态！"

"不——"我不知道自己的惨叫是从心里发出的，还是由那颗燃烧的头颅发出的。我只剩下本能，因痛楚嘶声惨叫。

……

"陛下，陛下，您不舒服吗？"卡鲁尔的侍从在我耳边呼唤，将我从无边无际的痛楚中捞了回来。

我睁开眼睛，那折磨了我不知多少个世纪的痛楚也随之不在了。

我的神思渐渐回到脑子里，原来，那只不过是一场噩梦。

"我很好。"我做了个深呼吸，"只是做了个梦。现在没事了，你出去吧。"

侍从不安地看了我一眼，便退了出去。

我下意识地抚了一下额头，摸到一把湿淋淋的冷汗。我不能陷在那个可恶的梦里，我要把这可怕的梦境统统忘掉。

我从床上下来，披上一件皇帝平日穿的袍子走到宫殿顶端的露台，放眼向河城方向望去。

河城的战火一定如我期望的那样点燃了。然而，我的透视和远瞻带给我的讯息却不是那样！战场是静止的，空气是平和的，死人已不再增多！

这讯息令我不快。我站在风中，手伸向前方，向河城发出一道强力红光！去吧，红光，就像去树城那样，去摧毁城市，杀死人畜，一个活物都不要留下！

红光被拦截了！我的精力还没有完全恢复，需要花一点时间才能再次发出红光。

皇宫中有人窃窃私语，他们一定都在奇怪，皇帝什么时候变成了一个巫师？随他们去想，我不在乎。只要我披着卡鲁尔的外皮，无论我做什么，别人都无权干涉。

我再次积蓄力量，又一道红光带着划破空气的声音从我的指间飞出。

我注视着远方，等待着从风中获悉来自河城的死亡消息。我又失败了，红光又被拦截了，它消失在半空，甚至连陨落的火花也未能碰到半个人！

我再次集中精力，凝聚力量。为了消灭河城的对手，我必须发出新一轮更强有力的进攻。在我集中意念时，天空里的闲云都向我集中过来，旋转着聚向我，我的双手伸向空中，口中呢喃着咒语，衣袍和长发都随风向身后飘扬。

"好了，可以了！只见一道闪亮到令人无法直视的红色光束从我指间飞出，带着抖动跳跃的光体，箭一般地飞离王城，直奔河城而去。

我断定这次一定会有斩获，但结果却令我更加失望。它甚至都不如前两次走得远，就被半路击退了！

我调起子法的天眼，发现了一个在空中迅速飞动的影子。这影子上面还有两个小影子，他们正向王城飞来。

"帝国的男巫和女巫，出来吧，该是你们迎敌的时候了！"我向着子法的宫殿大吼一声。

应我的召唤而云集皇宫的各路巫师闻听我的号令，倾巢出动，很快就浩浩荡荡地集结在我面前。

"你们是全帝国最优秀、最强大的巫师，你们像已故的子法那样忠于帝国和它的统治者，帝国也会给予你们尊贵的地位和权力！"我高声说，"现在，王城正面临卑贱刁民的威胁，这个威胁正从河城向这里飞来，我要你们阻止他们，打击他们，毁灭他们！"

"遵照陛下的吩咐！"巫师们齐声应答。

随后，他们全都转过身去，望着我所指的方向，凝视着空中随时可能出现的敌对者，酝酿着各自拿手的咒语。

很快，空中就出现了飞龙，它背上的两个人也进入了我的视线。

"杀死那条龙！"我下令，"那两个人留下活口！"

巫师们立即开始执行命令。片刻间，皇宫有如一座喷发焰火和奇刀怪箭的魔盒，许多咒语混在一起，叽里咕噜地飞向空中。

很快，骑龙的两个人看到了来自皇宫的威胁，一面驾着飞龙闪躲各种巫火，一面施展法术，试图化解攻击。这两个人闯过巫师们布下的一道道猎捕之网，躲过许多光箭，击碎无数火剑，让漫天飞扬的火雨成为他们身后巨大的幕布。

一个巫师从花园里撮起一把泥土，抛向空中，泥土变成一群凶猛的鹰，扑向飞龙。飞龙身上的其中一个人，念了句组合咒语，瞬间就将群鹰变成小鸟，小鸟见到飞龙，吓得一飞而散。

有一个巫师念动咒语,让乌云遮蔽天空,让黑暗笼罩皇宫。他营造出这样的黑暗，是想让那条龙失去方向感，从而在其他巫师的进攻下从云头掉下来。可龙背上的人也变出一招，有一小片光明照着他们眼前的景象，但他们终于顶不住了。十几名巫师一起施咒,将变幻而出的利箭洒向空中,两个对手化解了一部分,将一些箭变成在黑暗中闪烁微光的花朵。然而龙中箭了,龙背上的两个人失去重心,从空中跌落,摔在花园的草地上。

"抓住他们!"我狂喜地大叫。

空中,传来受伤的飞龙发出的悲鸣。这龙鸣让我兴奋,我接着命令:"你们在王城的任务完了,现在,我命令你们赶往河城,去把那里的贱民和背叛帝国的军队统统毁灭!我将为你们封官晋爵,让你们在属于自己的广阔肥美的土地上修炼法术!"

巫师们发出各种唯命是从的声调。在花园上空,那只已经没有主人的飞龙,挥动受伤的两翼,迅速离开了皇宫上空。

几只黄色小鸟被这场魔法大战惊得乱飞。

第 32 回：爱藏心间·娜菲赛

河城秋天的黄昏，想必从来没有像现在这样炎热过。这宛如夏季的火热，使人们更加恐惧即将到来的空前巨灾。

几乎所有人都在工作。罗姆河边日夜响彻着工匠们造船的声音，木材从各处的林中砍伐而来，从河城到罗姆河的路上到处可见忙碌中的木晶仙子。

棕海奇按王子的命令让手下将士以及被木晶仙子放出来的河城的布鲁斯达人开挖沟壑，从河城挖到罗姆河。布鲁斯达贵族从来没有干过这种粗重活儿，不免抱怨，但当他们看见棕海奇那张吓人的脸，也就只能依言而行。

"但愿这么做没有错！"棕海奇曾这么对我和迪丽亚说。他虽然顺从了王子的意图，但很少开口与河城的木晶仙子说话。即使是对艾尔塔，他也认为能不降格就不降格，与他交流最多的人就是我和迪丽亚。

迪丽亚和我不愿成为无所事事的人，但挖沟壑这样的工作又超出了我们的能力。于是艾尔塔给我们在造船工作中派了一个活儿，往罗姆河边运送木材。就这样，我和迪丽亚负责一辆马车，从树林里把伐木工砍下并装上车的木材运到河边，如此往返。

途中，迪丽亚和我聊天："娜菲赛，你曾经爱上过什么人吗？"

"爱情对于我们布鲁斯达人来说，有时是奢侈品。"我淡淡地说，转而问她，"你爱王子吗？"

"我不知道，但我是王子妃，我要忠于他，就是这样。"

"王子爱你吗？"

"他有很长一段时间和我一样，也不知道什么是爱，但是后来，当一个木晶仙子出现时，他的眼里有了从未有过的亮光。我想，他从那个时候起，心中就有了爱。"

"神秘的艾西丽塔！"我轻轻地说。

"关于她,我已经对你说过一些了,我对她的了解实在太少。如果大战那天你在战场,就能看见她了。我相信当你的眼睛遇上她的一瞬间,就不会再移动了,因为她简直是太美了,还是个会施法术的女巫!"

"女巫?"我忽然想起树城被毁那一晚,那个站在城墙上的白衣飘飘的人影,"原来是她!"

"你想起什么了?"

"在树城,是王子救了她。"我将自己在树城看到的不可思议的战况和悲惨结局告诉了迪丽亚,"我觉得他早就认识她,你说呢?"

"王子从来不对我谈起她,皇宫里充满了可怕的耳目!"

"是啊,帝国禁令,让布鲁斯达人只能把木晶仙子当作工具和奴隶,却不能和他们产生恋情!"我叹息了一声,"可我相信,在这片国土上,不仅高高在上的公主王子会和木晶仙子发生感情,在其他皇帝和大巫师看不到的地方,还有很多布鲁斯达人在偷偷地和木晶仙子相爱!"

迪丽亚没有接话。

"娜菲赛,有件事,我一直想问你,但愿你不要觉得我很无理。"

"不会的,在这个混乱的、也许就要完结的世界里,想问什么就问什么,想做什么就做什么。"

"你的父母家人都在树城被杀,他们可能死于子法的魔火,但也可能死于木晶仙子的刀剑。你从来都没恨过他们吗?"

"我为家人的死感到悲痛。"想到这个,我的热泪就忍不住涌上来,"我的痛恨太多了,恨巫师,恨战场上持剑的人,恨皇帝的制度,恨这个畸形世界!"

"娜菲赛!"迪丽亚发出一声叹息。

"我很高兴这个世界可能会毁灭。"我抹了一把眼泪,让自己的声音听起来多一点坚硬,"如果没有毁灭,也会变个样子!"

"我想,已经开始变了。"

"是的,我看到了,从王子身上,从艾尔塔国王身上,从你身上。"我抿了抿嘴,对迪丽亚投去含泪的一笑。

"还有你。"

我们相视而笑。

很快,我们赶着马车来到罗姆河边,立刻就有木晶仙子上前接应,将木头搬下来。

正在工作的木晶仙子见我们到来，都纷纷抬起头，对我们看上好几眼。

"好了，我们要回去运下一批木头。"我拉着马缰，掉转马头，对迪丽亚说。

"很高兴我能做点事。"她开心地说。

"我也是。"

我们一边牵马前行，一边又开始交谈。

迪丽亚没有忘记她一开始问我的问题："你还没有告诉我，你有没有爱上过谁？"

我没有回答她的问题，却喃喃地向她问道："你认为人死之后会有灵魂吗？"

"我已经亲眼见过子法的灵魂了！"

"木晶仙子也会有吗？"

"他们不同，他们如果不死，就拥有永生的力量。我不知道他们死后会不会有灵魂。"迪丽亚说，"不过，你看我们离罗姆河这么近，有一个关于罗姆水仙的传说，你一定知道，你可以试着向河神询问一下。"

"罗姆水仙？"

"对。据说，她什么都知道。你甚至可以提出，让她帮你和你那位已经不在人世的木晶仙子情人见上一面，如果他有灵魂的话！"

"迪丽亚！"我叫道。

"我猜到你一定爱过一个人，而他是个木晶仙子，他已经死了，对吗？"

"你怎么知道的？"

"从你的话里感觉出来的。"

"我从未告诉过任何人。"我默认了她对我的判断。

"你想他吗？"

"常常想，特别是当我看着木斯塔王子和艾尔塔国王的时候，更会想起他。"我轻轻地说着，"你确信罗姆水仙不是一个虚无的传说？"

"王子曾经向她请教过拯救艾西丽塔的方法。傍晚时，你可以到河边去，如果你能够一整夜都在心里呼唤她，而不去想其它事物，到了黎明她就会出现。"

"一夜冥想，没有杂念，这会很难。"

"王子做到了。"

我没有接话，但心里却有了打算。

傍晚，歇工后，我骑上马，直奔罗姆河。

河边的胡杨树一直生长到河畔，白天在阳光下，金灿灿的秋叶在日落时分披上了一层华丽的红装，这是一天中最绚丽的时刻。我从马上下来，将马拴在一棵树旁，随后穿过河边树林，向闪着五彩晶光的河边走去。

我靠在离河水最近的胡杨树上，脚底已浸在汩汩流动的河水中。那些清澈的水，仿佛我心中常常流下的泪，连绵不断。在我心脏的位置上，挂着一颗晶莹夺目的七芒星钻。我伸进衣中将它掏出，紧紧地攥在手中，从一到七挨个触摸着星角，它们是尖锐的，却又是温和的，从来不会扎伤我。

良久，依稀有脚步声朝我走来。接着，我听见了艾尔塔的声音："我猜想你会在河边。"

我转过脸，艾尔塔静静地站在我旁边，长长的金发和蓝蓝的眼睛令我更加心酸。

"艾尔塔！"我低低地轻吟着他的名字，投入他的怀抱，让眼泪无声地流在他的肩上。

"你怎么了？"他温柔地抱住我。

"我想冥想，可是却清除不了杂念。"

"你想找罗姆水仙寻求难题的答案？"

"是的，可我的思想却始终无法对她专心。"

"还会有别的夜晚，你不一定非要迫使自己今晚就见到她。"

我叹了口气，望着他。他的俊美再一次让我沉醉，他眼里的蓝色就像罗布海，纯粹得不能再纯粹。艾尔塔对我来说，不仅仅是一个让我心潮涌动的情人。当我第一次见到木斯塔和艾尔塔时，他们两个的相貌对我而言都是莫大的震动和吸引，而艾尔塔则更接近我梦中的身影。

"艾尔塔，木晶仙子死后，有灵魂吗？"

"有的，而我已经见过一个木晶仙子的灵魂了，她会出现在我的梦里，也会出现在一个神奇喷泉的水幕上。"

"活着的木晶仙子可以跟死去的木晶仙子的灵魂交流并且见面吗？"

"这也许很难，我也只见过一个亡灵。如果亡灵想与活着的人沟通，也必须拥有一定的法力。"

"你是如何与那个亡灵相见的？"

"是她来找我的，她是我妹妹。"他望了望渐起星斗的天空，像是忽然想起了什么，伸手轻抚着我的脸和下巴，问道，"你很想见某个木晶仙子的亡灵吗？"

我低下头，那些深藏已久的往事就像刚刚发生过一样，让我的心无法平静。

"你又流泪了。"艾尔塔将我搂在胸前,他的下巴就靠在我的额头边,"如果我没猜错,我使你想起了另一个人,一个已经离开这个世界的木晶仙子,而他的七芒星钻就挂在你的胸前!"

我狠狠地哭着,泪如小河,就流在艾尔塔的怀里。他搂着我,没有再问,我哭着,抱着他,有短暂的片刻,我恍然觉得自己又回到了三年前的秋天,在树城的一个林子里,和我深爱的恋人相拥在一起!

"我恨这个世界!"我泣不成声,"是这个世界让我失去了他,永远失去了他!"

我哭了很久,等我抹去眼泪重新抬头仰视天空时,暮色已经把天穹染得深黑,无数的星星正在闪耀。

我离开艾尔塔的怀抱,在胡杨树旁的草丛里坐下,背靠着树干,面对着夜色中的罗姆河。

"我想在这里坐一会儿。"我说。

"我也不想回城,你介意我陪你一起聆听夜晚河水的声音吗?"

"当然不,我知道你是想保护我。"

"我会永远保护你。"他说着,伸手揽住我的肩,让我轻靠在他的身旁。

距离艾尔塔这样近,而且就靠在他身上,这让我免不了又开始回想我和另一个人的往事。

"能告诉我有关他的事吗?就是你一直不离身的那颗七芒星钻的主人。"艾尔塔在星光下轻声问道。

我长叹一声:"我从来没有对任何人说过。"

"在帝国法令遍及的地方,你的确不能对任何人说,但是现在,我可不会因为你曾和我的族人相恋就处你死刑。"

"我本来是决定去死的,就像伊丽塔一样。她虽然被处死了,可她在我心里是最美、最勇敢的公主,她让我觉得死亡并不可怕。但是,他不愿意我因他而死。"我停顿了片刻,开始对他讲述埋藏在我心中的秘密,"之前,我家有很多奴隶,他们都是木晶仙子,他们耕种我家的土地,在我家的作坊里制造各种东西,侍候我家所有人。我是父亲唯一的女儿,从小生活在无所不有的富足之中,一群漂亮的木晶仙子女奴做我的侍女,一群英俊的木晶男子做我的马夫、车夫、随从。我就在这样的环境中长大,想要的东西从来都能得到,想做的事情也没有一件不能实现。在我眼里,帝国是那么伟大,树城是那么美丽,生活又是那么自在和快乐……"

艾尔塔听着我的诉说，宁静的眼底深藏着异样的东西。

我连忙对他致歉："对不起，我不该对冷酷的奴隶主的生活感到快乐，但我那时还小，我什么都不懂。"

"这不怪你。"他温和地打断我，"后来呢？"

"那要从四年前说起了，那年春天，我家又买回几个奴隶，父亲因为宠爱我，从中选了一个名叫伊尔穆的木晶仙子给我当马夫。我第一次见到他时，他正在马厩里刷洗我的马。我走过去告诉他，我要骑马出去踏青，让他给我准备一匹马。他抬头望着我的那一瞬间，我被他的俊美惊呆了。木晶仙子的天然之美一直令我神往，可他却是我见过最美的木晶男子，就像你。"我将眼光投进艾尔塔的眼里，"他有和你一样纯粹的蓝眼睛，和你一样纯粹的金色长发，和你一样宛如雕刻出来的鼻梁和下巴，和你一样高大挺拔的身体，他几乎就是你在镜子里的影像！"

"是吗？"

"千真万确，他跟木斯塔王子也很像，只是颜色不同。"我点点头，接着说道，"我喜欢他的样子，就命令他牵出两匹马，和我一起去郊外。我骑着马到处走，他一直跟在我后面，像所有奴隶一样在主人面前默不作声。我偷偷打量他，他的眼睛明亮清澈，眼神中流露着静静的忧郁，以及一种我无法描述的坚定神情。你知道，在帝国，布鲁斯达男女把漂亮的木晶仙子当作玩具是司空见惯的事，在我家也不例外。就连我父亲都看出我喜欢伊尔穆，我哥哥则常常开玩笑地问我：'那个漂亮男奴的功夫怎么样，别是绣花枕头吧？'对这些笑言，我从不回答，因为我根本还没有命令伊尔穆做那种事，而我自己也从来不曾像别的布鲁斯达贵族女子那样过着放荡的生活。但是，我喜欢伊尔穆，这是千真万确的。"

"他有你这样的主人，是一种幸运。"艾尔塔说。

"可我并没给他带来好运。"我轻叹一声，"有一天，我们出城骑马，走得太远了，伊尔穆一直陪在我身边。而他，也会看着我出神。有时，我甚至觉得自己并不是帝国中高高在上的种族，他才是高贵得让我望尘莫及的神仙之族，我仰望他，哀叹自己永远不会有他那种只属于木晶仙子的明亮纯粹的色彩。"

"所有的色彩都是平等的。"艾尔塔温柔地说。

我看了看他，心中有种奇异的感觉："他也说过这句话，一字不差！"

"是吗？"

"我永远不会忘记他所说过的每一句话！"我的脑海里出现了伊尔穆的身影，

往事宛如昨天，一幕幕涌上心头，"那天在旷野里，我们遇到了危险，有两只凶恶的巨狼盯上了我们。当我们发现它们时，再策马奔跑已经来不及了，它们冲上来咬伤了马，我们都从马上跌下来，巨狼朝我们扑过来。就在我觉得难逃噩运的时候，伊尔穆挡在我前面，他没有任何武器，一个人赤手空拳对付两头狼，他抓起它们，狠狠地往远处的地上摔，狼的利牙和爪子把他的肩膀和手臂伤得鲜血淋淋，但他完全不在意。狼从地上站起来，又朝他扑过来，这次他抓住两只狼，把它们重重地碰到一起，碰了三下，终于，狼呜咽着倒在地上。尽管还没死，但已经伤得不能动了。这时，他喘了口气，转过身来，用一种我从未见过的温柔眼神望着我说：'小姐，你还好吗？'我走上前去轻触他流血的手臂，他在我的触摸下颤抖，我们的目光对视在一起。我在他眼里看到了我一直渴望看到的目光！我说：'我们去找条小溪，让我为你清洗伤口。'他遵从了我的意愿。我们牵着马，来到树林里的一条溪水旁，我用手从溪里捞起清水，把他的伤口冲洗干净，看见那些伤口，我情不自禁地印上了我的吻。然后我连忙对他解释：'你不要误会，我并不想把你变成取乐的对象，我只是情不自禁！我保证不会再这样了，除非那也是你的意愿！'我感到他那受伤的手臂轻轻搂住我，越来越有力。接着他开始吻我，我觉得自己从没这么幸福过……"

说到这里，我停顿下来，后面的事就不用再说了。我跟伊尔穆那一次，是我人生中的第一次。

我转头看着艾尔塔。他将我的肩轻轻搂了搂，没有说话。

片刻后我接着说道："我们的爱情不能见光，但伊尔穆不在意，说会永远保护我。"

"然后呢？"

"一年后，伊丽塔公主被处死的消息传遍帝国。很多贵族人家都开始管束女儿，不再允许她们拥有男性木晶仙子做奴仆，甚至有些家族还禁止男性成员身边留有供他们取乐的木晶女子。大家都看到，皇帝连亲生女儿都不放过，就更不会放过别的布鲁斯达人了。"

"你和他因此受到了冲击？"

"是的，我父亲准备把我所有的男仆都赶到田里去种地，或是让他们去为我家放牧牛羊，还打算卖掉一些。得知父亲的意图，我非常难过，我不能对任何人说出我的爱情，也没有理由留下任何男奴。在伊尔穆还没有被带走的日子里，我每次和他外出，都会在无人的树林里抱着他垂泪，慨叹我们的不幸。"

"他后来怎么样了？"

"很不幸！父亲要把他卖给一个喜欢以奴隶为试验品来检验他豢养的各种野兽和怪物有多凶猛的沙城贵族。我简直崩溃了，请求父亲把伊尔穆留在家里，让他去种田。可父亲不懂我的心，轻描淡写地拒绝了，说是买主看上了伊尔穆，出高价买了他，而且已经等不及想看他英俊的模样被野兽咬掉几块后会是什么样子了。"

艾尔塔长叹一声。

"我后悔没有早一点让他逃走，以致错过了好时机。他被锁进奴隶笼子，第二天就要被送走。那天夜里，我偷偷溜进关奴隶的笼屋，隔着笼网看着他，对他说：'我不能让你去送死，我要一路跟着你，在路上找机会带你逃走，然后我们一起去深山野林隐居！'他却平静地望着我，眼里没有泪水，只有无尽的温柔。他说：'你永远不能说出我们之间的感情，也不能露出任何形迹，我不许你去步公主的后尘！'我哽咽着说：'你没有犯错，犯错的是帝国！如果没有你，我活着又有什么意思？'他坚定地说：'我要你好好活着，你得答应我！如果不答应，我马上就在这里死去。'我知道他说得到做得到，只好答应，他还让我以他的灵魂发誓。他面对着我，用手摸到自己的额前，用力把手指嵌进七芒星钻边缘，竟把那颗我亲吻过无数遍的美丽星星挖了出来。他把那颗鲜血淋淋的钻石放在我的手心，对我说：'留着它吧，看见它，就像看见我一样！'"

"从来没有木晶仙子那么做过。据说，如果一个木晶仙子在活着的时候就让自己的身体和额头上的星星分开，他如果死去，肯定就不会有灵魂了。"艾尔塔说。

"这个说法可靠吗？"

"不知道，因为没人这么做过。"艾尔塔说，"木晶仙子纵然死去，活着的人也不会让他们人钻分离，只有帝国皇帝才下令挖掉他们的钻石！"

"伊尔穆的灵魂啊！"我咬牙说道，"我恨皇帝，也恨帝国！"

他望着我，我也望着他，我们之间出现了短暂的沉默。

"伊尔穆被卖掉了吗？"片刻之后，艾尔塔问道。

"我父亲没法再卖他了，因为——"我停顿了一下，"他死了！就死在我眼前，就在他给我钻石后不久！"

"他死了？"

"对。他说：'娜菲赛，我会永远和你在一起！'然后就倒下去，闭上了眼睛。我哭成泪人，久久不肯离去，直到黎明。"

"我很难过！"

"天亮的时候,大家都发现他死了。我父亲只惋惜了一会儿,为他没能得到的钱。他命人把伊尔穆的尸体拿去砸碎,用作田里的肥料。那时我就站在旁边,却想不出一点办法来让他有个更加体面的葬礼。可就在这时,派去处理尸体的奴隶回来报告说,伊尔穆的尸体风化了,他就在他们面前迅速化为灰烬,然后循着风的方向消失了,什么也没有留下!我哥哥当时在场,证实了奴隶们说的是实情。"

"他是个神奇的人!"

"我立即骑马跑到城外,在我们常常幽会的树林里徘徊,向着每一缕经过我的风默默地询问他的消息。我让工匠把伊尔穆留给我的七芒星钻镶上银托架,把它日日夜夜挂在胸前,藏在衣服里。每当我端详这颗美丽小巧的星星时,都会想起伊尔穆。他是为我而死的,因为他知道,如果他活着,即使我发过誓,我也仍然会像伊丽塔那样豁出一切,那样我的结局就会和公主一样了。伊尔穆不愿意看到我那样,所以,他选择让自己死去!"

我来罗姆河边的原本意图完全没有实现,但能与艾尔塔相依相偎也是美好的。艾尔塔,这个与我死去的心上人长得一模一样的木晶国王,比木斯塔王子更令我着迷。我虽无法忘记伊尔穆,但也无法阻止艾尔塔走进我的心。

"你曾经爱过什么人吗,艾尔塔?"我小声地问。

"爱过一个。"他说,"那是一种内心的萌动,只在我的心中涌起过异样的感觉。此后,什么也没有发生。"

"我能知道让你产生这种感觉的女人是谁吗?"

"是艾西丽塔。"他柔声说出了这个名字。

"我听迪丽亚说了很多关于她的事,很遗憾她来河城那天我不在战场,否则我也可以一睹她的风采。"我静静地说,"很多时候,我非常希望自己能有木晶仙子那样的外貌,但可惜,我只是个布鲁斯达人。"

"你有不同的美!"他环抱着我,随后轻轻捧起我的脸,"我很高兴你从王城来到这里,让我还能见到你!"

"我没来时你就想见我吗?"

"在树城我就不想和你分别,但我知道,那个时候让你离开是最安全的。"他说。

他吻了我,我痴痴地接受着他的吻。

"我不是伊尔穆。"他在吻我的空隙里这样说。

"你是艾尔塔,我知道。"我也在回吻他的空隙里回答他。

他的嘴角微微上扬了一下。草地就在脚下，艾尔塔拥着我倒在草丛里，柔软的草衬着我的背，而盖住我的则是他健美的身躯……

"如果世界真的毁灭了，我也不会感到遗憾，因为我的生命中不但有过他，还有过你。"

"世界不会毁灭。"艾尔塔说。我知道那是他的心愿，他也会极尽努力去挽救这片土地。

一阵微风轻轻拂过树林，树叶发出小小的抖动声，林间细软的草也发出小小的摆动声。

我听见不远处的河水发出一种特别的声音，似乎前面的水不愿再向前流，从而挡住了后面的水，前后的水于是碰撞在一起，撞出一汩汩不同寻常的水声。

"河里有动静！"艾尔塔也听见了。

"会是潮汐或水怪吗？"我侧耳再听，那种水声是我从来没有听到过的。

"看，河里有光！"艾尔塔说着，迅速站了起来。

"罗姆水仙？"我也站了起来，透过层层树木，看到前方河床里不断上涌的光芒，好像是发光的水珠在一层层向上滚动。

跑到河边，我和艾尔塔望着发光的水，惊得目瞪口呆。那片闪烁奇光的水在我们面前向上升起，渐渐形成一个优雅女人的形状，这个水做的女人随后就开口说话了："艾尔塔，娜菲赛，我就是罗姆水仙！"

我看呆了,忘了说话。他则望着全身透明发光的罗姆水仙,用他好听的声音问道："是什么事使尊贵的水仙出现在这里？是为了拯救这片土地吗？"

罗姆水仙晶亮的脸上绽出一抹微笑，她的声音仿佛天籁："你猜对了，英俊的国王。不仅我来了，还有其他神灵，以及一些来自其它世界的神祇。从八百年前开始，古老的楼兰就不再平静。如果没有灾难，我愿意永远沉睡在河水深处，但是现在，我的睡眠已被大地的躁动搅扰。这种躁动将会冲出地底，让河水沸腾，让大地熔化。我无法再次沉眠。"

"尊敬的水仙，你能阻止灾难吗？"我满怀希望地问道。

"所有出现在这里的神灵都会用尽全力来守卫这个世界。"

"所有出现在这里的神灵？"我问道，眼光向四周望去。

"是的，也许这些神灵都像我一样深居简出，但他们的确存在。"

罗姆水仙说完，她的周围就像发生了奇迹一样，陆陆续续出现了十几个神灵的身影。他们全都散发着或亮或淡的白色光芒,有的是男人的样子,有的是女人的样子。

忽地,天空中又飞来一只金灿灿的巨鸟,它那长长的尾羽上长着美丽的翎毛,底端的花形宛如人的眼睛。待巨鸟飞抵河边,我才发现鸟背上坐着一个神采奕奕的银发老者,他浑身素衣,衣上的图案散发着淡淡的金光。

"这是帝俊,"罗姆水仙优雅地说,"是来自地星的神祇,将和我及其他神灵一起,尽力抵挡灾难。"

帝俊从巨鸟背上一跃而下,轻盈得完全不像一个老者。他走到我和艾尔塔面前,微微朝我们点了点头,说道:"我决定试试自己的法力。而且,还会有一些曾经生活在地星上的神祇会来。他们受到我和罗姆水仙的邀请,不久就将到达。我们将首先处置一批从王城赶来作乱的巫师,然后和你们一起对付那不可避免的、即将发生的灾难。"

艾尔塔的眉间飞上一抹喜色。

"王城有巫师来吗?地星又是什么地方?"我问。

"地星是曾经的一个世界,已经毁灭了。至于那些巫师,我们可以说那是子法派来的,也可以说是卡鲁尔派来的,更可以说是休曼金派来的,他们很快就要到了。"

我和艾尔塔对帝俊的话感到困惑,帝俊微笑着说:"在解决了眼下的问题之后,我将对你们一一讲述这一切的缘由,就像我曾经对木斯塔和艾西丽塔讲述的那样。"

第 33 回：皇宫塔楼·木斯塔

有生以来，我第一次当了俘虏，而且被关在我熟悉的皇帝宫殿的密室里。很显然，是那个披着皇帝外皮的邪恶之灵趁我昏迷时，亲自把我关到了这里。

这个想法让我不安，这说明那个邪恶灵魂已经洞悉了密室的秘密，他已经依靠附在当今皇帝的躯体上而回忆起许多他一度也曾掌握的机密。

我用力挣了几下，没有挣脱，从脖子到脚踝都缠着横向锁链。他不敢让我死去，看来，他即使又多明白了一些，但终究还不够，他需要从我的嘴里撬出他所不知道的部分。

环顾四周，这里就像此前我光顾时一样，飞船还在那里无声地停着，摆放神秘之物的大柜子也安静地立着。我不知道在我醒来之前过去了多长时间，更不知道艾西丽塔在哪里。

这时，密室顶端发出声响。我盯着那个会下降的入口，看见皇帝的形象站在上面。

"看来你已经醒了，我的孩子！"他面无表情地说。

"我不是你的孩子。"我冷冷地说。

"你是我的子民，是布鲁斯达人的后裔。现在，你要向我说出你知道的一切，也就是这个秘密所在包含的所有秘密！"

"你已经发现了进入密室的方法，难道还没有了解到其它事情吗？"我带着嘲意冷笑着说。

"如你所愿，我并没有完全恢复记忆。尽管借由闯入卡鲁尔的躯体，我慢慢想起了一些事情，我知道如何进入这里，知道停在这里的飞船能起什么作用，知道用一种特别的木晶仙子的七芒星钻就能让飞船启动，知道只要有一点点来自另一个世界的东西，就能让四周无法施展魔法。我知道得很多，想必已经多得超乎你的想象，但是，这还不够！我要你告诉我所有的秘密，包括萨拉曼那草的秘密！"

"你只要再在皇帝身体里多待些日子，就会什么都知道了，根本不用乞求我对你施舍答案。"我轻蔑地说。

"别嬉皮笑脸！"他抽出宝剑停在我的颈边，"我没有时间等待这身臭皮囊让我恢复全部记忆，因为世界的毁灭也许就在明天！快说吧，不要让我用不体面的方式来逼你！"

我看着他的急迫和恐惧，心里有种嘲讽的快感。我对他说："你打错算盘了，休曼金！我不会告诉你任何事。你唯一得知这些秘密的方法就是待在这身皮囊里慢慢等待！"

"如果你不说，就免不了一死！"

"说不说我都会死。"

"那你想死得痛快一点吗？"他凑近我，"我精通成千上万种致人痛苦的刑罚，如果你不说，我保证你至少要品味完两百种后才会死去！"

"也许我可以品味两百零一种！"我说。

"别以为我不会对你下手，在这个行将毁灭的世界上，我不会对任何人抱有恻隐之心！"

"这我知道，你都可以抢占你的后代卡鲁尔的身体，对我当然更不会手软。"

我知道这个邪恶的灵魂已经急得快要发疯了。

死亡，他的终极恐惧正在前方等着他，而他正不惜一切、不择手段地想要超脱出去。

有一点我很好奇，他如此想知道我所掌握的秘密，但却没有用艾西丽塔来威胁我，也许艾西丽塔并没有落到他的手中。

"你已经让我忍无可忍了，木斯塔！你从小养尊处优，完全不知道一个凡夫俗子的肉体可以被摧残出多少种绝顶痛苦，你想试试吗？我很快就能让你知道，什么叫生不如死！"他的声音陡然变大了，近乎狂叫，然后忽地从背后抽出一把铁锤，用力地晃了两下，"当它砸碎你脚趾的时候，你就会求我，让我准许你说出一切秘密，以此换取我的怜悯！"

"是吗，我很想知道是你的锤子硬，还是我的嘴硬！"

我的话音刚落，休曼金就抡起锤子，举得高高的，然后重重地砸下去，砸在我左脚的脚趾上。我的脚趾碎了，我忍不住喊出了声。我感到靴子里灌满了湿湿的血液，被砸碎的骨头正散布在血液中。

"叫吧，求我吧！"休曼金得意地晃动着手中的锤子，"你不再是个英勇无敌的剑士了，只不过是个挣不脱锁链的囚犯。还想叫我砸碎你的另一只脚吗？或者，你连手也不想要了？我可不在乎你有没有手脚，只要你脑子没坏，嘴巴能说话，对我来说，就足够了！"

我咬牙切齿地吼道："你这个恶魔！"

"那就再来一下！"他再次举高锤子。

他的锤子并没有砸向我的右脚，而是砸向刚才已经被砸过的左脚，在可怕的伤口上又增添了新的创痛。

我再次喊出了声。

这时，休曼金的一只穿着硬底靴子的脚重重地、狠狠地踏上我那只已经被大锤砸过两次的脚上，他就踩在被砸的地方，用力碾着。

我狂吼着，同时告诉自己，是时候了。

"怎么样，你屈服吗，我亲爱的木斯塔？"这个恶鬼又在我的左脚上狠狠踩了几下，才移开他的腿，"你打算求我倾听你的秘密了吗？"

"我不会求你！"我沙哑着嗓音说。

"那么，你的另一只脚马上也会开始疼了！"他又举起了锤子。

"不，停下！"我无力地喊道，"好吧，你想知道什么，我现在就告诉你。"

他停了下来，贪婪加喜悦的目光盯着我流满冷汗的脸，然后得意地说："你很傻，木斯塔，但还不算最傻。你完全可以一点痛苦都不受地向我屈服，但你现在的决定也是明智的，至少可以让你的其它部位不再受到痛苦！好了，说吧，把你知道的都说出来，不许有任何隐瞒！"

"我想你已经知道了很多，我要从哪里开始讲起呢？"

"告诉我，飞船需要多少特殊的七芒星钻才能起飞？能飞多久？飞多远？"

"密室里藏着的七芒星钻，就足够从这里飞到太阳那里一百多个来回！你早就知道了，不是吗？但你还不知足，还在拼命屠杀木晶仙子！该死的！你还想知道什么，快点问吧，我都告诉你，那样你就可以驾着飞船离开这里了。我希望你快一点走，追寻你的永生去吧，把这个世界上你所憎恨和不屑的人都留下吧！"

"我会走的，我会在最合适的时机离开这里！现在，说说萨拉曼那草，它是怎么被风干的？风干的萨拉曼那草到底有多少神奇用处？"

"它是在这间密室里被风干的，放在飞船旁边，只要几个时辰就完全干了！"

我说,"点燃的风干的萨拉曼那草,会像一炷香那样慢慢焚尽,焚出的烟气没有任何气味,但却能使吸入这种烟气的木晶仙子失去正常意识!"

"我知道它能让贱民变傻,但它决不会只有这一个用处,对吗?"

"它还可以解开咒语,救活被施咒的人。"

"就这些?"

"就这些。"

休曼金阴沉着脸,对我的话表示怀疑。

"好吧,"他沉寂了片刻,接着问,"飞船的使用方法我已经想起来了,但它的燃料箱入口非常小,小到连那些可恶的大粒七芒星钻都放不进去!告诉我,既然这些七芒星钻是替代燃料,它们要怎样才能被利用?"

"把他们砸碎。"我淡淡地说。

"你想骗我?"

"如果不砸碎,那你认为该怎么办?"

他向我走近,再次踏上了我那只已经破碎的脚:

"我认为,我该把你从脚开始一片片地削了,也许削到你的膝盖时,你就会告诉我一切了!"

我惨叫了一声:"该死的,我告诉你了,砸碎那些钻石!"

"那为什么我当皇帝的时候,没有把这些钻石砸碎?为什么我之后一代又一代的皇帝也都没有把它们砸碎?为什么这些钻石被完好地保存到现在?为什么?"他说着,又碾了我一脚。

"也许你那时怕砸碎了它们容易弄丢,也许你后来的皇帝们想得和你一样,毕竟飞船一直没必要起飞,所以没必要那么早就把它们砸碎!"

休曼金向后退了一步,他的脚从我的脚上松开了,我大口地喘着气,冷汗一层层地从体内浸出。

"不,你没说实话。我的记忆在恢复,我虽然不知道那是什么,但我知道那一定不是你说的答案,你休想骗我!"他恶狠狠地看着我,"现在,你看上去还算有种,但我很快就会让你向我妥协了!"

他转身向那块进入密室的墨玉走去,然后,他就升了上去。

脚部的剧痛折磨着我。如果那个恶灵不再袭击我的脚,那倒可能自然凝血。等我离开了这里,就能运用魔法治好我的脚。

我又想到了艾西丽塔，不管她现在在哪里，我都为她没有受到这种伤害而高兴。

休曼金很快就回来了，和他一起出现在入口处的，是被全身五花大绑、嘴里堵着一堆肮脏布料的艾西丽塔！我惊呆了，这让我此前的一些庆幸都在瞬间化为乌有。

"艾西丽塔！"我禁不住喊道。

她无法说话，只能发出细小的声音回应我，同时向我摇头，要我别向这个恶灵附身的皇帝屈服。

休曼金把艾西丽塔拖到我面前，推倒在地，一只脚踏在她被层层绑住的腿上，然后朝她抡起那个刚才对付过我的锤子。

"住手！"我喝道。

"你想跟我做交易吗？"他恶狠狠地说。

"放了她，我就告诉你想知道的一切。否则，我会和她一起死，带走我知道的所有秘密！"

"别忘了我的筹码是什么。只要说出你知道的，我就不会砸断她的腿。否则，你就可以慢慢欣赏她流血断骨的样子。"他阴沉着脸，把锤子举高。

"不！"我喘了口粗气，"好吧，我说。"

艾西丽塔发出一声低低的呜咽，不断向我摇头。我则把目光转向休曼金。

"先把那些钻石放在一个容器里，"我叹了口气，"然后，把风干的萨拉曼那草放进去，把容器盖上，半个时辰后打开，你会发现草已经不见了，而那些钻石则化成了浓稠的液体。这样，你就可以用一根管子或一个漏斗，把这液体注入飞船燃料舱，飞船就可以启动了！"

休曼金盯着我，一副得意非凡的样子："如果你早一点这么坦诚，就可以少受很多罪。还有什么，都说出来吧！"

"飞船的用法，写在一个册子里，就放在那个柜子里，我想你已经看到了。"我淡淡地说，"船舱可以载人，也可以装货，全看你需要什么了。如果你想去很远的地方，或是根本不知道目的地在哪里，那你就要尽可能多地装载给养，以便在茫茫宇宙中多活些日子。我说完了，你可以起航了！"

偌大的密室里寂静一片。休曼金的得意溢于言表，而我和艾西丽塔则沉默无声。

"我要把你们关进牢里，让你们慢慢等死！"休曼金说着，挥起锤子，重重地击在我头上。我昏了过去。

第 34 回：地火海妖·艾西丽塔

这里想必是皇宫里的牢房，可能是塔楼，里面阴暗潮湿，充满恶臭。在这间牢房很高很高的地方有一个小小的方型窗子，让我明白现在是白天。秋天的皇宫，热气弥漫在这间牢房里，就连从窗口透进来的一点点空气也是热的，这些不寻常的热浪使牢内空气更加污秽。

这是我第二次被囚禁，但我的头脑已不再迷惑。

牢房另一边，我对面靠墙的一根柱子上，锁着木斯塔，他仍然昏迷不醒。看着他那只已经快要发黑、被血泡染的脚，我心痛无比。我想呼唤他，却无法说话，也无法施展魔法。

这时，牢房震动起来，起先是微微震动，几秒后便大动起来，屋顶上被晃得掉下许多碎石屑。片刻之后，震动缓缓消失。

经过这次震动，木斯塔醒了，看见了我。

"你还好吗？"他的嗓音略有沙哑。

我以呜咽之声回复他。那块塞在我嘴里的破布几乎堵到嗓子眼，把我的舌头挤得麻木，我根本无力把它吐出来。

"我们得想办法出去！"他用力挣了挣锁链，但是没能挣开。

我用眼睛瞟了一眼我们中间地上散落的二张纸，表示我明白魔法在这里无法施展。我又看了看他的上方那个小小的方洞，希望有奇迹从那里出现。我没忘记当我坠落云头时在空中看到的小东西，于是满心期望着。

忽然，那个高高的、方形的小窗口被一个小东西堵住了一块，是一只黄色小鸟！

"树城黄鸟！"木斯塔脱口而出。

小黄鸟飞进牢房，不是一只，而是三只。它们落在地上，用小嘴衔起地上的三张纸片，然后依次飞出了牢房。

随着地上那三张纸片被黄鸟带走,我感到空气中曾经遍布我们周围的冥冥中的力量正一点一点地回复,魔法世界的气息回来了。

木斯塔让他身上的锁链化作丝带,一伸手便将它们全部抖落。而我,也将口中破布变为一团雾气,轻松地吐出,让捆住我的绳索变成断草从我身上脱落。

我立刻扑到他身边:"你的脚?"

"没事,我已经用魔法让伤口愈合了!"

"你真傻,如果你要告诉那个魔鬼你知道的事,又何必受这么多罪?他不就是想逃命吗?让他逃好了,我们留下来阻止灾难!"

"我并没有告诉他真相,我不这样,他很可能不会相信我的谎话。"他在我的脸上吻了一下,"我可不想让他逃走!"

"但他可能会辨别你话里的真假!我想去读他的想法,可他包得很严。"

"他不能,他只是耍诈。"木斯塔肯定地说,"放心吧,我已经做好了计划。现在,我们得去罗布天台阻止祭海!"

"这是什么地方?"我问。

"这是皇宫里专门关押要犯的塔楼。"他拉着我的手,走到牢房门边。原本坚固的牢门在他手中仿佛变成了纸做的,他轻轻一拉就把牢门打开了。

魔法恢复了真好。

出了牢门,我们顺着阴暗、陡峭、斑驳的石阶向下走去,并没发现有人看守。

"没有守卫?"我疑惑。

"休曼金以为我们不能施魔法,所以不会浪费人力来看管我们,他把人都派去捕捉和看守木晶仙子了。"他边走边说,"对了,我感到你已经知道了我所知道的事。"

"皇宫的空气里有很多信息,我探知了其中的秘密,还有你头脑中的一些东西,我想我明白了很多原委,那足够解释很多事了!"

"所有不幸都起源于一个人的贪婪。"他说。

"皇宫里有马吗?"

"有,但是这会儿去马房太引人注目,而且休曼金也可能把马都送去运木晶仙子了。我知道一个更好的地方,跟我来。"

塔楼周围非常安静,没有人影。我跟着木斯塔,穿过对我来说十分陌生的花园、小树林和草地,来到一座静悄悄的宫殿旁。

"这是我妹妹伊丽塔的宫殿,一直没有人住。"他轻轻推开宫门,"宫殿后面有个被墙围起来的小花园,是我妹妹的私人花园。花园旁有个马厩,里面有些她生前喜欢的马,那些马和这宫殿一起,由一些木晶仙子看管。我猜这些木晶仙子已经被当作祭品送到天台去了。"

"时间不多了。"我说。

我们飞快地走进宫殿,来到了公主的私人花园。花园依旧优美,看来是有奴仆和园丁在照料。木斯塔带我奔向马厩,看见还有两匹马在里面吃着所剩无几的草料。

我们把马牵扯出来,木斯塔对我说:"你先去海边,我有一件重要的事情要做,然后我会立即赶来。"

我没有问他要去做什么,他把他的思想封了起来,我看不到。但我明白那一定非常重要,他是担心子法探察他的谋略,所以这件事连我也不能知晓。

于是我向他点了点头,就跨上马背,一路冲出了皇宫。

过了不长的一段时间,木斯塔就以他卓越的骑术赶了上来,甚至还跑在了我前面,我们一先一后,向罗布海边的祭海天台飞驰而去。

天台上又要死人了,这一次会死更多。休曼金大概想烧死这片土地上所有的木晶仙子,以便寻找那种可以用作飞船燃料的七芒星钻。

飞驰中,大地又震动起来,马的脚步变得趔趄,但我们没有放慢速度,就在大地的震动中纵马疾奔。

"小心!"我看见前方出现一个裂隙,而且越来越大。木斯塔跑在我前面,他看见了那个裂隙,但还是策马飞越了过去。他停下来回头看我,我的马也跨出了一大步,我聚精会神地注视着裂隙对面,用咒语帮助我的马完成了这个跨越。

"快走!"刚一落地,我便对停在那里的木斯塔说。

很快,罗布海湛蓝的水色跃进视野。天台周围人云密布,夹杂有尖叫声、马嘶声,一切都显示着这里正在进行惨无人道的祭海活动。

天台对面的高台上,坐着休曼金,所有人看到他时,都以为他是卡鲁尔。

我已经看见了白光,这意味着很快就会出现红光。

"快,再快些!"我催促着胯下的马,心里念着咒,让咒语使马的速度变得更快。

马已经跑得几乎像飞起来,这时,白光倏然停止。杀人的时刻到了。

大地忽然在这个时候震动起来。天台旁的王城民众似乎已经熟悉了这种震动,并没有散开,只是发出一些杂声。

我的马打了个趔趄,让我从马背上掉了下来。在我摔下马的瞬间,我的目光触及高台上那个道貌岸然的魔鬼，他正要施放红光。

在红光即将击中天台上的木晶仙子时，却被一面无形的墙挡住了。那堵看不见的墙里，是骑在马上的木斯塔。他面向王座伸出一只手臂，五指张开，布下这道屏障。红光遇到阻力，一时火花四溅，飞落到周围的武士和人群中，人群尖叫着，向外围散去。木斯塔另一只手中出现了一株干草，他小念咒语，点燃这株草，草的烟气向天台上飘去，这些第二次闻到萨拉曼那草的木晶仙子渐渐恢复了神智。

我重新骑上马背，向天台飞奔。

休曼金怒容满面地把焚仙魔镜扔得老远，挥舞双臂，口中念着巫语，对着木斯塔发出一道强烈的红光，一下子击穿了那道无形的墙，将木斯塔和他的马击倒在地。

我赶上前来，从侧面施放魔火，直扑休曼金。休曼金运用他从子法躯体上获得的法力，一手轰击木斯塔，一手对抗我，火光碰撞下，罗布海边烈焰四起。

我布下大雨，浇灭火焰。一时间，天台乱作一团，布鲁斯达民众也四处奔跑，武士们则退一步观望，看着他们眼中的皇帝和王子对阵作法，不知该作何反应。

雨水很快就被休曼金变成了从天而降的石头，密集地砸向人群。我尚未顾及，就见漫天石头化作一朵朵轻盈的蒲公英。

大地的震动忽然剧烈起来，罗布海水更加汹涌，浪涛翻滚着，几欲涌上海滩。很多人都因无法站立而摔倒在地，王座上的休曼金也被震倒了。

"末日来了！"人群中响起一个尖利、绝望的声音，那是一个摔倒在地的布鲁斯达人的惊噪。他一边叫，一边紧紧盯着位于城中最高地势上的皇宫。

人们都朝皇宫方向望去。

因为镶满七芒星钻而闪闪发光的皇宫正在剧烈颤抖，仿佛有一股巨大的力量正在撕扯它，轰鸣的地动之声一直传到了海边。

休曼金跳下高台，跌跌撞撞地奔向一个从马上摔下来的武士，他拉过武士的马，骑上去，冲出人群，向皇宫方向狂奔而去。和休曼金一起在天台观祭的一个威武狰狞的男人也骑上马，带领一队人马跟随休曼金而去，那是黑里奇将军。

我正要对着休曼金施放烈焰，木斯塔冲过来阻止我："不！让他去！"

"他会开着飞船逃走！"

"他逃不了多远！"木斯塔朝我重重地点了点头，"我保证，他逃不了多远！现在要去救人了，蓝丝和许多人都在离这里不远的地方扎营，我们得让所有人都沿着海边往前走，去蓝丝那里，那里有船！"他大声对我说。

"蓝丝？"

"她是我的另一个妃子！"木斯塔说着，在颤动的大地上站起来。

他高高挥动着双手，对散布在天台附近的布鲁斯达人和木晶仙子高喊："不要回城，沿着海边向前跑，遇到沟壑时，跳过去，不要在里面停留，跑到有船的地方，快点上船，等船上装满了人，就把船划进海里！"

布鲁斯达人依言向他所指的方向跑去，人们在惊慌间跑得跌跌撞撞，摔倒后爬起来继续跑。布鲁斯达人和木晶仙子混杂在一起，不断涌向海滩的另一边，谁也不再去管自己身边的人属于哪个族群。

这时，天空中传来飞龙的长鸣，不是一只，而是许多只。我看见奥吉飞在其中，不断地盘旋。

"是麦提格尔岛上的飞龙！"我对木斯塔说，"来了这么多，这说明……"

"说明毒气消散了！"他接口道，"灾难就要爆发了！"

他的话音刚落，皇宫方向就传来巨大的地动之声，一股灰白色的烟气从皇宫升起。颤动的宫殿群抖得更猛，仿佛有一种来自地底的力量正疯狂地向两边撕扯它，终于，位于正中间的最大的宫殿被扯成两半，一道地缝出现在皇宫中间，并且越变越大。

"一定是休曼金！"我指着皇宫中央对木斯塔说。

只见那道裂缝里升起一个银光闪闪的东西，尾部喷着蓝色火焰，以超乎想象的速度飞上天空，很快就要看不见了。

"他跑不掉的，相信我！"木斯塔大声说，"快骑上飞龙，更大的危险就要来了！"

我没有工夫去看木斯塔的思想。奥吉已经看到我们，它飞快地滑翔下来，落到我身边，另一只飞龙停在木斯塔身边。

我们正要骑上飞龙，一阵更大的巨响从皇宫地底发出，伴随着这阵响声的是一股股狂涌而出的流动烈焰，还有无数火滴被地底的力量抛上天空，飞向四周，砸毁和烧化它们碰到的任何东西。

太阳已被滚滚灰烟遮蔽，阴暗的光线下，来自皇宫处的火流显得格外红亮和恐怖，它们涌进木斯塔下令挖掘的沟壑，带着巨大的动力，向海边流过来。

人群开始尖叫，更大的恐惧弥漫在呛人的空气中。

木斯塔把我扶上奥吉的背，然后他坐上另一只飞龙，说："沟壑可能不够用，如果熔流漫上来，所到之处只有死亡。我们得在能够使用魔法的地方尽可能地把这些流动的烈火引到海里去！"

第34回：地火海妖·艾西丽塔

飞龙载着我们向皇宫上空飞去，在空中俯瞰遭受重创的大地。我们在飞龙背上不断靠近那些溢满烈焰的沟壑，用咒语和魔法对地面施放能量，把堵塞的沟壑变通，在没有沟壑的地方造出沟壑，让奔流在地表的烈火陷入一道道通往罗布海的沟槽，让它们自上而下，流进大海。

其它飞龙则在帮助地面上的人们尽快逃开这可怕的地方。它们会抓起跌倒的人把他们带离危险，更会救出那些马上就要陷入烈焰的人，不管他们是木晶仙子，还是布鲁斯达人。

无论如何，依然有人遭到熔流致命的伤害。有的人被从天而降的火滴击中，火焰像液体一样立刻将他们包裹起来，化为一摊在地上燃烧的火堆。

惨叫声无处不在。

当熔流涌入罗布海时，海水热浪四起，一股股巨大的气柱从海面升腾起来。很快，罗布海的浪涛越掀越高，大量的泡沫浮在海面上，由淡变浓的气雾遍布海面，海上的视线变得模糊。

"海水是热的！"人群中传来一个叫声。

"那儿有船！那儿有船！"大家向前奔跑，果然看到前方的海滩上停放着不少大大小小的船只。

海里也有船，上面还有很多人，他们都敛声静气，带着绝望和惊恐的眼神望着眼前的这一切。

有幸跑到这片海滩的人匆忙把船推到水里，然后一个接一个跳上船，很快，装满了人的船就漂进海里，在热浪和气雾中起起伏伏。在这些船上，有布鲁斯达人，也有木晶仙子，他们之间不多说话，也来不及说什么，都争相拿起桨，把船划离岸边。

很快，海边的船就被先到的人占满了，划离了海滩。紧接着到来的人只能站在海滩上绝望地叫喊，很多人不顾一切地扑进海里，奋力向海中游去。

"没有船了！"木斯塔长叹一声。

"有船了！"我的目光触到布满气雾的海面，凝神远视。层层气雾之中，在麦提格尔岛方向出现一个船队，离海滩已经很近了。

"是从麦提格尔岛上来的！"木斯塔也看到了。

"对，是木晶王国的船！"

"好极了！"木斯塔骑着飞龙从我的右上方滑翔而来，"我们得阻止地火喷涌！我想用冰冻魔法把皇宫里那道裂缝封住，可我的咒语不够强大，你怎么样？"

"我们一起试试吧！"我喊道，拍了拍奥吉，"去皇宫！"

皇宫已经不见了，皇宫周边的贵族府邸也不见了，它们全都化为炽热的熔浆，扑进那些壕沟，并一股股地向上涌动。

皇宫上空的空气也变得炽热不堪，如果不是念着咒语前往，木斯塔和我以及飞龙也一定会被烤干。我们在皇宫上面盘旋，一起集中意念对着那个巨大的裂缝施法，用冰冷的气息让滚滚火红的烈焰化为结满白霜的石壳。但是，刚刚冷却的一层岩壳很快就被地底上涌的火流顶裂，流动的火海再次涌上来。

"这样不行！"我喊道，"还是去开掘沟壑吧！"

"海里有麻烦了！"木斯塔说。

我向罗布海方向望去，看见了更高、更乱的海浪。

"奥吉，去海边！"我命令道。

两只飞龙又带着我们向罗布海边飞去。飞行中，我和木斯塔以飞行的速度在地面划开两道又深又宽的沟，一直延伸到海里，沟一开掘，就立刻有新鲜的熔流涌进去，奔向大海。

罗布海上，许多船只载着避难的人们在浪里挣扎。而此时，海浪除了拥有摇撼船只的力量外，也把一头头水底怪兽托向海面。原本潜藏在海底深处的各种海怪被热浪扰乱性情，纷纷浮出水面，张舞着巨大的须脚和鳍尾，搅动着原本就浪涛滚滚的海面，摧残着海面上的船只。

从麦提格尔岛赶来的船上有一部分木晶仙子武士，他们手握宝剑或长矛站在船舷边砍杀海怪。一些布鲁斯达武士也奋起拼杀，但船上的人还是被撞下去不少，有的掉进海里后重又爬上船，有的落进海怪口中，有的消失在海浪和泡沫中……

大食人鱼！我在奥吉背上看到，它正狂乱地摆动身体。在它旁边不远处的海面上就有一条船，船上的人显得惊恐又绝望。

我从指尖释放出一道道细长尖锐的银光，击中大食人鱼，它巨大的躯体狠狠地抖动了几下，然后就沉入水中。我不断放出银光，击退各种奇形怪状的海怪。

木斯塔也在运用魔法，在水汽中变化出许多利箭，射向海怪，把受到威胁的船只拯救出来。

然而，似乎我们每干掉一头，就会有三头涌上来，仿佛整个罗布海底的怪物都来了！

与此同时，皇宫方向又传来接二连三的巨响。一团高高的巨火从皇宫地底喷出，大到不可想象的通红火团被喷到高空，然后轰然落下，瞬间就将皇宫周围的土地盖满，熔流在地面肆意横流，毁灭着一切。

"木斯塔——"我高喊。

一条大食人鱼冲到他侧面，利齿擦到他的左臂，他臂上的一块皮肤顿时变成鲜红色。

这场人与烈焰、人与海怪的战斗从艳阳高照一直持续到落日时分。我感到自己的力量正一点点地被末日的灾难摧毁。

这时，离船只稍远一些的海域里泛起大浪，一个看上去比刚才所有海怪都大得多的怪物从海浪中露出来，它有着螃蟹一样的嘴，龙虾一样的头，章鱼一样的爪，身上还长满长刺。

我朝这个海怪施放劲速银光，但当银光就要碰到这个怪物时，却化做一片柔软的淡光，消散了。我大吃一惊：如果连魔法都对付不了它，还有什么能阻止它？

神灵啊，救救我们吧！

"我去对付它！"木斯塔从旁边向我喊道，没容我作出反应，他就驾着飞龙向那个最大的海怪飞去。

我没时间考虑他的打算，海怪多得令我无暇顾及其他，只能在回旋的搏斗中用余光扫一眼木斯塔。第一眼，我知道他已经飞到巨怪跟前。第二眼，我看见他正幻化出一柄通体发光的剑持在手中。第三眼，我看到他把剑刺向怪物的头，剑真的刺了进去，可是大海怪猛烈摆动它的头，把木斯塔和飞龙一起甩进海里，那柄魔法宝剑旋即在海怪头上化为一缕飘散的光。

我想去支援，但身边发狂叫嚣的其它海怪却不给我这个机会。

我又看见木斯塔，他从海里骑着飞龙出来，手中又有了一把魔法幻化的剑，一剑又一剑，他不断刺向它的身体。可怕的事情发生了。大海怪抡起一条巨须打在木斯塔和飞龙身上，他们没有来得及喊一声，就被拍进了海里！

我顾不得周围的海怪，命奥吉朝那个最大的怪物飞去。

我一边飞一边念动咒语，让光箭和尖锐的沙石冲向大海怪，同时，我看到大海怪附近已经没有船了，又念动另一道咒语，试图让它周围的海水结冰。

我的光箭幻化成软弱的光，我呼唤来的沙石虽然打在它的肢体上，却没有杀伤力，而它周围的海水只是变冷了，离结冰还有很远的距离。

我的脑海里翻飞着无数咒语，并迅速将我知道的魔法进行组合，搭配成新的咒语，但愿我的新创魔法能把这个大怪物打回罗布海深处。

神啊，如果你们存在，请帮助我们、救救这个世界吧！

第35回：穿岩破焰·木斯塔

热热的海水包围了我，大海怪的一只巨大须状软脚把我按在水底礁石上。不远处，和我一起坠落的飞龙正在水中挣扎，我在心里念咒推了它一把，让它冲了出去。

从塔楼出来后，我一直没有真正的剑，我的剑早已被休曼金拿走了。整个战斗里，我能运用的只有魔法。现在，我又运用魔法，将水中气泡聚向我，利用这些空气，我一边看着这个巨怪位于水下的部分，一边搜罗和运用《雅鲁达恋歌》中的各种攻击性魔法。

海怪猛烈地抖动着，压住我的那条长须也在抖动中有所松动，我趁机脱离了它的控制。

海里本无声，但我却听到了海怪发出的尖锐吼声，让我疑惑它究竟受到了什么打击。

浮出水面之前，我变化出一把闪光的魔剑，挥剑绕着海怪布满乱须状软脚的下体游了一圈，砍断了我能砍断的许多软脚。海怪动得更猛，我则飞快地向海面浮去。

冲出海面的一瞬，我被一片闪烁在暮色下的奇异光芒惊呆了。那不是即将谢幕的晚霞，而是空中的神奇之光。我的视觉很快适应了这些明亮多彩的光芒，发现在光源近旁，是坐在飞龙背上的艾西丽塔！

她正停在半空，用她所有的光芒将海怪完全置于亮光中。那些光仿佛具有某种专门对付海怪的威力。

很快，海怪的表皮开始化成一汩汩流淌的液体，没过多久，就全部化为一滩液体坠入海水中。

原本遍布小海怪的地方，这时也都恢复了平静，解困的船正快速向麦提格尔岛划去。

艾西丽塔缓缓降到海面上，那炫目、宏大的五彩光芒也随着她的下降而收拢，变成只围绕在她的衣袂和身形周边的光。

我完全看清了她。更让我惊奇的是，在她身后，竟然飞出一个须发纯白的老者，以及两个绝美女子，他们全都发着光。那个老者，竟是往日东方的帝俊！其中一个女子竟然是我亲爱的妹妹伊丽塔！

飞龙把湿漉漉的我从水里载起，非常善解人意地带我来到伊丽塔面前。

我正想对这出人意料的、非梦境的见面说两句吃惊的话，身后传来艾西丽塔的声音："艾西丝公主！原来我的身后还有你的指引！"

奥吉背上的艾西丽塔望着另一个美丽的女神，原来她就是艾西丝。

"木斯塔，托三位神祇的智慧，我想到一个熄灭灾难的方法，你得跟我一起去！"艾西丽塔说。

听见她这样说，我的心像是猛然间被一道灵光照透，立即明白了她的意思。

帝俊朝我微微点头。我想起他在往日东方说过的话："如果你们可以参透各自的魔法，并将力量结合在一起，也许还有一线希望。"

参透魔法！我朝艾西丽塔点了点头，飞龙也迅速转头，在海面上盘旋两圈后，向麦提格尔岛飞去。

"跟着我们，划向麦提格尔岛！"我握着手中发光的剑，对海上幸免于难的一批船只上的人们大声喊道，他们立即开始奋力划桨。

艾西丽塔飞到我旁边，我对她说："但愿麦提格尔岛没有受到伤害。"

"没有！你看，"她的目光探向前方，"依然郁郁葱葱！"

"感谢神！"我感慨道。

当王城中幸存的人们驾着大大小小的船只全部登上麦提格尔岛那美丽清新的沙滩后，夜色已经笼罩了大地。几乎所有人都站在海滩上，向着王城方向遥遥望着，泪水不断从他们的眼里流出。

星光下，隐隐可以看到，这个曾经繁华无比的城市被灰烟和各种冲向云霄的烟雾笼罩，原本金碧辉煌、位于最高处的皇宫已不复存在。

"我们该出发了。"我说。

艾西丽塔点头同意。

于是，我们乘着飞龙，以风一般的速度越过麦提格尔岛和王城之间的罗布海，向陆地飞去。

"你怎么能想到这样的主意？"我在风中对她说。

"我在海浪中向众神祈祷，结果帝俊来了，艾西丝来了，你妹妹也来了。他们让我的灵魂为之一震，让我头脑中的魔法豁然开朗，所以我马上就知道自己该做什么了。"

很快，我们飞到王城，来到皇宫原址上方。从这里向下俯瞰，可以看到一片耀眼的红光和四散奔流的火河，烈焰依然一股股地上涌，从高处呈放射状向四周流动。

"奥吉，我们下去后，你就飞到海面上，在那里等我们！"艾西丽塔轻轻拍了拍奥吉的颈项。

两只飞龙一先一后鸣叫了一声。我们从龙背上一跃而下，冲向下面火红炽烈的大地。

刺目的火流瞬间将我们包围，在豁然开朗的魔法点化我的心灵后，我感觉到了火海的温暖，但却不会被它灼伤。与我并肩跃入的艾西丽塔也一样，烈焰映红了她的白色衣袍，却没有燃起一丝火焰。我们进入火流涌出的中心，穿行在又深又广的地底，沿着滚滚上冲的熔流，向罗布海底冲去。

"快到了，罗布海底的岩壁！"艾西丽塔将她所想传递到我心中。

我们两手相握在一起，冲向更深更炽热的烈焰之底，然后转过方向，冲向火流另一侧罗布海那坚不可摧的深海岩壁。

由于我们的闯入，地底发出碎裂的巨响，在我和艾西丽塔的魔法冲击下，岩石一块块、一片片地在我们身边解体。随着我们的前进，身后形成一条巨大绵长的黑暗隧道，我们在前进，火河在后面追入，一步步地冲向罗布海。

终于，一场巨大的、地动山摇的声响淹没了我们。我们念着咒语，从黑暗坚韧的地底冲进阴暗柔软的罗布海。不论涌出的岩流有多么炽烈、多么不可一世，当它们遇到罗布海那浩瀚的海水时，可怕的温度就渐渐降了下来，红色火光渐渐化为黑暗的石头。

为了更好地疏通火流，我们又重新冲进罗布海坚实的岩壁，施展魔法为我们开路，几次往返后，火流多了几条通向罗布海的出口。望着海底涌起无边无际的气泡，看着渐渐冷却的火流，我们终于大大地松了一口气。

"去海面。"她又向我传话。

我点点头，和她一起，向高高的海面浮去。

早已翻腾不息的海面，此刻更是掀起巨大浪涛。在火流流入的地方，海上还升起了巨大的白色气柱。

飞龙奥吉很快就找到我们,从空中盘旋而下,让我们乘上它的背。它长鸣一声,展翅升空。

我们向王城望去,欣喜地看到皇宫所在的地方已经不再向外狂涌火焰。那曾经不可抑制的巨大熔流已经放慢上涌速度,渐渐失去后劲,像鼓动的泡泡一样慢慢缩了回去,留下数个又红又亮的巨大黑洞。

王城另一面,是如今已经可以望见的麦提格尔岛,它在夜色中显得黑黝黝的。当奥吉带着我们向岛上飞去时,我们也渐渐看到了岛边聚集的木晶仙子和布鲁斯达人,他们举着火把,正无声地注视着茫茫海水另一边的王城,看着它毁灭。

"现在我知道了,罗布海神并不存在。"我说。

"没错,罗布海里只有海怪。"艾西丽塔接口道。

我看着麦提格尔岛,心内感慨万千。从我记事起,就不断听说这座神秘岛屿,它的名字如雷贯耳,不仅因为它是皇帝心中的刺,想除掉或占有它却又无能为力,还因为它终年被一圈致命的毒气包围,没人能够进出。布鲁斯达人中都传说在这座岛上有木晶仙子的古老王宫,还有他们的国王。现在我已经知道,他们的国王艾尔塔一直活到现在,拥有着令休曼金无比妒忌的永生能力。岛外的帝国传了一代又一代,而在岛上,艾尔塔却悄然无声地统治了八百年。

"它很神奇,而且无比美丽,天一亮你就能看到它了。"艾西丽塔在旁边说道。

我朝她微笑,她读得到我的心。

长夜已经过半,麦提格尔岛上闪着火把,给在黑夜里飘荡在水上的船只指引方向。

"木晶仙子真是好人,虽然饱受奴役,可灾难当头,却能允许布鲁斯达人上岛避难。"我说。

"这就是我的族人的天然本性,就像他们当年接待休曼金和他带领的逃亡者一样。"艾西丽塔说,"现在休曼金跑了,帝国皇位的唯一继承人是你了。"

我?我回头望了望那片黯淡星光下的废墟,心头百感交集。

幸存者们穿过临海的一片树林,里面有一片空地,空地上早早就搭建好了许多帐篷,王城难民被暂时安置在这里。

艾西丽塔一落地,马上就有几个风采如仙的木晶仙子来到她面前,向她报告他们在拯救难民这件事上所采取的措施。他们安排了船队,毒气一散就马上渡海救人,他们还在许多空地上提前搭建帐篷,以便收容幸存民众。这些木晶仙子看她时的眼神,宛如她就是他们至高无上的女王。

"你们做得很好。"艾西丽塔对他们说。

我望着他们,这是我头一次见到岛上的木晶仙子。这些木晶仙子从未做过奴隶,他们的脸上充满尊严,身姿也极尽优雅。他们真是炫目的一族!

艾西丽塔很快就命令那些朝臣去处理更多事宜,然后朝我走来:"他们是艾尔塔国王的执行官。"

"我猜到了。"我说,"看得出来,他们对你也像对国王一样崇敬和忠诚。"

"因为艾尔塔把我封为公主。"她说。

"你为这个世界做的事远远超过了公主的职责。"我说。

她垂下双眼,长睫毛像扇子一样盖下来:"你也一样。"

我看了看周围忙碌的人们,问道:"岛上有一座山峰名叫雅鲁达,对吗?"

"是的,去那儿要飞过圣美森林,有飞龙很快就能到达。"

"带我去,现在!"

艾西丽塔唤来奥吉,和我乘坐过的那只飞龙,我们乘上去飞向空中。

夜风,在耳边暖暖地吹过。我看见天际处已经微微露出黎明的先兆,这预示着一个危难重重的长夜即将过去。

在渐渐变淡的暮色中,我看到麦提格尔岛上茂密的圣美森林如此广阔,充满湿润宜人的气息。和圣美森林比起来,岛外的胡杨森林就显得稀疏多了,即使是罗姆河的发源地安提西尔山,也没有这么浓密的森林。这是一片保存完好的古老之地。在暗色森林中,时不时还会闪出一两点彩色金光,一忽儿闪在这里,一忽儿闪在那里,一忽儿是红的,一忽儿又是蓝的。

"那些闪光是森林中的花精灵。"艾西丽塔飞到我身旁说,"他们在夜里会不时发出各种色彩的光,能给自己照路,也增添了森林的魅力。"

"多么神奇的岛啊!"

"整个帝国都曾经是这样一片神奇之地,生活着各种有灵性的美丽生灵,如果在白天进入圣美森林,你将会看到更多赏心悦目的景象。"

"我简直迫不及待。"

艾西丽塔的目光又转向前方:"看,玉玺山脉就在前面,那里终年都有雪花相伴,雅鲁达山峰是玉玺山脉中最高的山峰,由羊脂白玉石构成,正好位于麦提格尔岛正中心。我们就要到了!"

顺着她示意的方向，我看见一片连绵不断的山峰，在晨曦到来前的微光中展现着雪白姿容。群山间，有一座山峰倚天拔地，犹如一位强悍英武的天神傲然立在群山之中。

飞龙速度很快，雅鲁达山峰越来越近。远远地，我发现雅鲁达峰顶矗立着一座伟岸的宫殿，宛如天神的住所，与我那本《雅鲁达恋歌》封面上所绘的一模一样。

"一座宫殿！"我不禁脱口而出。

"幽雪城堡，艾西丝公主的家，这里有许多精灵守卫，是个宁静的世外仙宫。"艾西丽塔告诉我，"整座城堡是从山峰顶上雕凿出来的，与山峰连成一体，不可分割。我们就在这里落脚，相信艾西丝公主是不会怪罪我们的。"

飞龙在幽雪城堡的一个又大又美丽的露台上降落时，新一天的太阳已从东方露出光晕，光晕为大地披上一层淡淡的明晖。

我从飞龙背上跳下来，惊奇地看到露台的雕栏上正一朵朵、一片片地开放着我从未见过的淡绿色花朵。还有一群白莹莹的雪花不知从何处飞来飘到我面前，带来丝丝清凉气息，并很快组成一段木晶文字：

"那是绿钻宝花，只有贵客驾临，它们才会开放。欢迎木斯塔王子和艾西丽塔公主！"

艾西丽塔对我说："这是艾西丝公主的雪花使者，当公主不能亲自现身时，就由他们代表她。"

晨曦洒满秀美的山间，我心旷神怡。我很想马上游览一番，但我还有事情未了，我说："我在空中看到这里有个很大很美的喷水池，我想我们有必要用月钻手环看看河城以及帝国其他地方的状况。帝俊给你的那个手环，我看到，它还戴在你的手腕上。"

"我也这么想。"艾西丽塔走在前面，领我来到喷水池边。

她站在喷水池旁，取下月钻手环，将手环拿在水面上方，轻轻划了一个圈，之后说："月钻手环，请让我们看看，现在的河城是什么样子。"

很快，珠光闪闪的水面就有了变化，开始荡起一层层圆形涟漪，涟漪一圈一圈向外围散去，水光的折射很快就掩盖了池底的彩石，并在上面显现出河城的景象。

我已经认不出河城了，那里到处堆散着石块，城墙已然不在，城中建筑也消失了，满目所见皆是断壁残垣，乱石中还冒着许多灰白烟气，宛如刚刚熄灭的巨炉。

"河城……"艾西丽塔黯然说。

"应该比王城好一些,河城只是被大地的震动弄得全部坍塌,并没有被熔岩掩埋。河城的民众在哪里?但愿他们都能幸免于难。"

水中的画面在移动。不一会儿,水面上出现了罗姆河,河面宽阔,河水清亮,浪涛比往常大得多。在摇曳不定的水面上,有许许多多船只,船上都挤满了人。见此情景,我和艾西丽塔都长长地吐了一口气。

"那是艾尔塔。"艾西丽塔望着水面上的一个影像说。

艾尔塔站在一条船的船头,温柔地搂着身边一个布鲁斯达美女。和他们站在同一条船上的还有棕海奇。我再定睛一看,艾尔塔身边的那个美人竟是娜菲赛!

过了一会儿,艾西丽塔望着水面,静静地说:"现在,看看沙城。"

河城的影像在一圈圈涟漪中向外退去,随后从涟漪中心缓缓出现并渐渐变得清晰的,是沙城。沙城的漫漫白沙中有一个比各处地势都高的充满湿气的绿洲,上面胡杨寥寥,芳草萋萋,聚集着很多人,有布鲁斯达人,更有数量众多的木晶仙子。这些人我都不认识,除了一晃而过的红摩奇将军。在这个高高的绿洲之外,是熔岩点点、火气四冒的沙海。红色熔流仿佛从沙地中一股股向外冒出,又似乎是上涌的力量已经成了强弩之末,因而在地表形成无数个黏稠的火点,把沙漠烧烤得犹如红铁板一样火烫。

沙城内外没有河流,井水早已烤干。万幸的是,我看到罗姆水仙来到这里,她把沙城抬高,并从空中唤来罗姆河水,让一带清水环绕绿洲,阻隔了外面流动的火焰。

"感谢罗姆水仙!"我说。

"的确要感谢她,她还帮助你救过我的命。"

"你都看到了。"我微笑。

"是的。看样子,沙城人还没有完全脱离险境,但愿这些地火能快一点流到罗布海底。"

"我相信一切都会好起来的。"我说。

水面的影像又让我们看到了莲城。莲城的房屋都在,破败的不多,但仍然是一座空城。原本就不多的人全都跑到了城外的小湖上避难,似乎没有什么伤亡。

"这里应该没有大问题,也许地火还没有流到莲城,就已经被我们疏通到罗布海底去了。"我说。

"是的,是个好消息。"

这时,水中的莲城忽然变得模糊不清,水面上很快出现了帝俊那白发飘飘的形象。

帝俊说:"这并不是楼兰最后的威胁,所以,把你们所拥有和知道的力量加在一起,去为这个世界挡住最后的灾难吧!"

"我知道,我就是为了这个才到雅鲁达山峰来的,可是要想成功,我还缺少一样东西。"我说。

"那件东西在艾尔塔手中,我会教他如何配合你的行动。"帝俊说。

艾西丽塔看了我一眼:"你一定有办法,对吗?"

"你可以看到我的思想,任何办法都是有风险的,但我相信会成功的!"

她低下头,美丽的眼睛轻眨了两下:"我想我不该随便去读你心里的想法,很多事,我更愿意你亲自告诉我,在你认为合宜的时候。"

"你知道去塔楼的路吗?"我眼下急需知道这件事。

"当然,跟我来!"她收起月钻手环,把它套在手腕上,转身离开喷水池向城堡里走去。

我跟着她,穿过城堡内一条条明亮优雅的回廊,走过一个个房间和厅堂,又登上一道道精美的楼梯,最后爬上城堡里最高的塔楼,在塔楼顶端一个四面通透的露天凉亭里停了下来。

"上天在给我们机会,我们的魔法不能受另一个世界任何东西的打扰,而我需要的那件东西恰好来自曾经的地星。幸运的是,它在艾尔塔手里,不在我们这里。"

"恰好艾尔塔不像你和我一样喜欢念咒。"

"没错。"

"那么,我们要怎么做?"

第36回：地狱之门·休曼金

我终于再次从一个行将毁灭的世界里顺利脱身！

我被兴奋包围，被幸运笼罩。无论下面这个可怜的世界如何被岩浆淹没，那都是另一个世界的事，与我无关。我的乐事，是乘坐在这个被我从地星带来、始终属于我的飞船里，想象那些草芥们的惨状。

我喜欢欣赏人类的死亡，每当看到罗布天台上那些死在焚仙魔镜下的木晶仙子，我的灵魂就无比舒畅。

"你们这些可怜虫！"我常在心里对那些祭品大喊，"你们以为你们是海神的礼物吗？其实你们只是我的猎物！你们以为烧死你们的是魔镜吗？其实那是来自一个旧世界的激光发生器。你们的目光永远短浅，活该受死！"

遗憾的是，这一次我无法亲临现场去目睹这个破烂世界走向末日。

长久以来，我一直孜孜以求的永生此刻又获得了新机会，像八百多年前一样带着希望和憧憬，去漫漫宇宙中寻找新的落脚地。我的时间还有很多，给养也充足，随从也有一百多人，而且黑里奇将军将是我到达新世界后为我扫平土著的有力干将。他们所有人都对我的神奇之力无比崇敬，对我五体投地。当然，他们不会知道，其实在我眼中，除了我本人，没有人是高贵的，他们的地位高低只在于我是否需要而已。

飞船已进入暗色远空，透过舷窗，可以看到灿烂群星在青蓝色的太空中不断闪烁。这些星星当中，哪里才适合着陆？我没有方向，没有预测，只相信好运会永远伴随我。

驾驶舱的门被人轻轻叩了两下，我拉开门，看见一个武士端着一碟食物站在门前，他带着无比敬畏和忠诚的表情，对我说："陛下，请用餐。"

飞船不比皇宫，我亲手接过碟子，问他："黑里奇将军吃过了吗？"

"请陛下先用，将军和我们随后再用。"

"很好，你下去吧。"我用温和的声音对他说。

武士的声音忽然激动起来，他对我单膝跪下，用一种膜拜的音调说："陛下，我们全都怀着无限感恩的心，感谢陛下带领我们离开那个可怕的世界，我们的生命是陛下所赐，我们将永远为陛下效力！"

我看着他，对此感到满意。这些人，我会根据需要赐他们生存或是死亡。如果有幸很快找到新世界，他们将是我的左膀右臂，成为我建立新帝国的马前劲卒，同时也能获得尊贵和财富；如果旅程不幸太长，长到给养将尽都没有发现可以降落的地方，那么，他们全都将成为我的给养，为我延长旅程献出他们的身体。

"我很高兴，你们的忠诚一定会得到嘉奖！"我对这个武士说，"现在，去用餐吧！"

武士又向我行了个礼。

我关上舱门，端过食物，津津有味地吃了起来。

旅行进展到现在，已经距离楼兰星很远了，我向后望去，以为楼兰此时必定是一个巨大的红色球体。没想到，它却在青得发黑的太空里闪动着不少明亮的蓝色，像一颗有着红、白、黄、绿斑纹的球形蓝宝石。灾难还没有毁掉这颗星球吗？

楼兰现在的样子，显示着它拥有许多山海平原，从这个角度去看，它竟和我记忆中的旧世界——地星那么相像！我甚至可以看到那片酷似亚欧大陆的黄色，和形如太平洋的蓝色！

这一定是不实的幻象。

我要丢弃这令我昏乱的想象，把心思全都放在未来。

用完餐，我发现窗外的景象和之前不太一样。虽然宇宙和星空从很多角度看都差不多，但这会儿不同，我看到一个比亿万群星大得多的东西就飘浮在飞船正前方，也许不是飘浮，而是前进。我吃了一惊，低头去看操纵屏上的方向标，发现飞船已经偏离了此前的方向，转向另一边，在这一边的前方，正好存在着这个奇怪天体。

如果我的记忆完全恢复，我一定会懂得如何探测这颗奇怪的星星。但我的记忆还没有完全恢复，甚至没来得及从木斯塔口中撬出我想要的所有知识。

当然，我还有飞船使用手册，然而可恨的是，它竟然不完整，每隔几页，就有一页被撕去！我不知道这种缺损是我在八百年前自己做的，还是卡鲁尔或者木斯塔做的。眼前的不幸是，它让我无法全面了解这艘飞船的全部功能和使用方法。

好在，飞船距离那颗奇怪的星星还很远。我卸下内心的不安，起身离开驾驶舱，去其他舱室看看我的臣民在干些什么。

我的人分散在飞船的各处,有的在休息舱内休息,有的在各个通道内来回走动,还有的聚在飞船最大的房间里。他们在那里三三两两地说话,透过舷窗欣赏壮观星空。

我走进最大的厅室,里面的人立即向我看过来,站起来深深行礼。我满足地看着他们,骄傲地享受着他们的膜拜。

"你们喜欢飞行吗?"我问道。

大厅里一片寂静,这些人的脸上都露出茫然的表情。其中一个人说:"陛下,我们都知道,这是唯一能够使我们幸免于难的方法。我们对陛下耿耿忠心,不论陛下带我们去哪里,我们都会紧紧跟随!"

"这么说,你们有点害怕?"我又问。

"我们永远不会害怕!"他们齐声说。

"好吧,我知道你们还不习惯待在这样一个飞行器中,我保证这种日子不会太长,我们很快就能在一个新世界里降落,并且成为统治那里的贵族阶层!"

"我们永远跟随陛下,为陛下效劳!"又有一个人用坚定的语气对我说,其他人都跟着坚定地点头。

这样的情形最让我满意不过。

"继续你们的消遣吧!"说完,我离开了,重新回到只有我才可以进入的飞船重地——驾驶舱。

舷窗外的景观令我大吃一惊。刚才还很小的那颗怪星,此时竟变大了两倍多!我冲向驾驶台,目光凌乱地搜寻着控制台上的各种按键、手柄和屏幕,想搞清是哪里出了问题。

我取消自动飞行,想改变方向,但却发现主管方向的坐标仪根本不起作用。无论我怎样设置,飞船都不听使唤。

我拿出飞船手册,翻着那些我早已翻过很多遍的残页,希望能发现有用的内容。然而这是徒劳的,所有页面上的内容我都读过了,那些被扯掉的页面上的内容,我仍然想不起来。

此时,我面前的一个显示屏忽然亮了,上面显现出木斯塔的身影。他穿着王子惯常的服装,佩着剑,仿佛正受万众仰望那样,表情既严肃又冷然:

"你好,亲爱的船长。我知道这个时候你看到我出现在这里会很惊讶,但我要说,你身处的这个情形也令我惊讶。我想不出,像你这样一位在背后操纵帝国的大人物怎能看不出这样做的危险。这么危险你都能迎头赶上,我能想到的唯一解释就是,你对死亡的恐惧掩盖了你的狡猾,使你走上了这条由我设计好的不归路……"

我的双手微微抖动,不得不继续听那个小崽子肆无忌惮的话:

"当我学会用飞船上的机器录下我的影像时,我就录下了这个给你看。你瞧,这是一艘了不起的飞船,有很多功能,不但能感知大地的怒火,也能看到天空的敌人。你一定已经明白了,我已经探知到可能毁掉楼兰的两个灾难,一个来自地下,一个来自远空。来自地下的,我会带领所有人齐心合力进行抵御;而来自天空的威胁,那就要由你来阻挡了。"

说到这里,屏幕上的木斯塔露出一抹轻蔑又得意的笑:"现在你一定知道是谁撕去了飞船手册中的那些缺页,以及是谁让飞船改变方向朝那颗小星星飞去。没错,就是我,我已经设定好航向,在着陆以前都不能更改!简单说,飞船会带着你,坚定不移地飞向那颗毁灭之星……"

不!不可能!听到这里,我感到胃里一阵痉挛。

"还有一件小事,是我附加给你的礼物。"屏幕上的木斯塔停顿了一下,"有一种神奇的草,它只长在皇宫的花园里。这种草有很多神秘功能,它甚至不像魔法那样会受到科技的影响,它的名字叫萨拉曼那草!"

我不由地扑向前去,我的脸都要贴到屏幕上了。

"萨拉曼那草有很多用处,不同状态下,这种草就有不同的用处。说得太多你也许不得要领,我还是直奔要点吧。"这个可恨的家伙用明显带有嘲笑的口吻说,"假如我没有料错,你一定是用风干的萨拉曼纳草将七芒星钻融化后注入了燃料箱,可你不知道的是,这是一种极其危险的融石方式,真正正确的融石方法,是用新鲜的萨拉曼那草来催化那些钻石!所以,你现在就很可悲了,现在七芒星钻一定都因干草的魔力化成了液体,正充满着飞船的整个燃料舱。当飞船凭着这个世界上没有的科技飞向宇宙时,这些由风干的萨拉曼那草融化的七芒星钻会受到科技气息的影响,从而散发出一种诡异的能量。这种能量可以穿透飞船的各个壁舱,充满飞船的各个地方,使所有吸入这种气息的人失去理智,变得疯狂或呆滞!当然,有一种人不会受到影响,那就是'非楼兰出生'的人。所以,如果你发现自己没有发疯,那也不要庆幸,因为你的船员都会发疯,他们疯狂的身影很快就会向你冲过来了。为了安全,我劝你锁好舱门!"

锁好舱门？这时，屏幕上光波乱闪，影像不见了。

就在这时，驾驶舱外隐隐传来纷乱、急切的奔跑声，似乎有很多人正朝这个方向赶来，奔跑声中还夹杂着不像人声的尖叫和狂吼。我打了个寒战，冲到门边，拉下门锁。

舱门外很快就聚集起成片凌乱的脚步，紧接着就有兵器在狠狠地攻击我的门。

外面的人更是发狂地尖吼："砸开地狱之门！杀死异端怪物！"

我环顾驾驶舱，发现这里没有一样东西可以自卫，座椅都是固定在地板上的，无法拿起来去顶舱门。让我心惊胆战的是厚厚的舱门上已经鼓起了数个小包，其中一个还越来越大！谁能有这样大的力量呢？一定是黑里奇，那个跟妖精混种的帝国将军！

"砸开地狱之门！杀死异端怪物！"

我背靠在门上，想要顶住门。一个金属包猛地在我背后鼓起，将我的背砸得生疼，我向前扑倒在地，惊恐地看着门上另一个大金属包迅速变薄，最后在中间出现一个洞。随即，一个重重的锤子好几次又砸到这个洞上，很快将它扩大到能容一个人钻进来的大小。

接下来的事发生得太快，我来不及思想，就被一个探进门洞里的疯子用大手抓住双脚，硬生生地从这个洞拖了出去。我的肌肉在洞口边缘尖锐的裂口上扯过，疼痛顿时包围了我，我大叫起来。

我的叫声立刻被周围那些疯子的狂吼淹没，剧痛朝我袭来。我的双脚被一件利器砍掉，双手又被一柄重锤砸得粉碎，紧接着，许多利刃开始切割我的身体……

"砸碎他的骨头！剐下他的肉！"

狂徒们一边对我施暴，一边不断狂呼。我被无法言表的痛苦折磨着，只希望快些死去。

也许是冥冥中的力量听到了我的渴望，我终于听到飞船与星体相撞时发出的轰天巨响，紧接着是充盈四周的耀眼火焰。

就在那一瞬间，卡鲁尔的身躯死去，我的灵魂也失去了意识。

剧痛消失了，我进入一种混沌的休眠状态。

不知过了多久，我醒了。发觉自己正脸冲下，被拉直身体横捆在一根木棒上，还被架在一堆干柴之上。我忍受着被绳索勒捆、悬吊的痛苦，又望着地面上那堆干柴，开始思索我究竟身在何处。

在那场撞击和爆炸中,我的灵魂得以逃脱,离开了卡鲁尔的身躯,冲进了另一个世界的另一个躯体之中。

我用这具躯体的眼睛打量这个地方,只见四周青草丛生,像是野外。我尝试着念咒,甚至已经念出了声,当咒语落在木柴上之后,我看到了一些奇怪的影像,画面里有木斯塔和那个木晶女子,他们曾是我的阶下囚。此刻,他们却坐在一个高耸的塔楼顶端的空亭里,双双望着天空,然后,我听到了他们的说话声。

"你认为魔法会生效吗?"木晶女子说。

"那不是魔法,是两种很有特质的物质混在一起时产生的必然反应,它们释放出的气息可以扰乱人的神经,即使是再有意志力的人也会疯。"

"这就是你受刑来欺骗休曼金相信的谎言吧?"

"是啊,等他认为已经把我折磨得够狠时,才会相信我的话。"

"撞击后的碎片会落在楼兰吗?"木晶女子说。

"我想那颗星星和撞落的碎片已经改变了方向,飞向不可测的远空。不过,少量石块还是会掉到这里,希望它们会落在没有人烟的荒漠里。我阅读过一些不可思议的书,写书的人把这种从天而降的石头称为陨石。"木斯塔说。

"陨石?"

"对,你会看到的。它可能像钻石那样光彩夺目,也可能像城墙倒下后摔碎的石块那样平淡无奇。"

"不管怎么样,我很高兴这一切都结束了。"

"这一切的成功还要感谢艾尔塔,是他从城墙里找出那个红色小盒子,里面的遥控器可以对飞船进行控制。有了这一重保险,我们才能万无一失地让飞船朝那颗小星星撞去。"

"你觉得他死了吗?"

"他寄宿的身体一定化为灰烬了,但他的灵魂,我相信就连地狱也不会收留。他将品尝某种永世不灭的感觉。"

木晶女子笑了,影像就在她那可恶的笑意中渐渐消失了。

一种由远及近的呼喊声传进耳中,是一群正往这边走来的人。他们操着我不懂的语言大声叫喊,声音里包含着相当程度的兴奋。

我扭过头横向望去,看到草原上跑来一群几乎不穿任何衣服的人。他们肤色很深,介于黑色和红色之间,眼睛奇大无比,两边嘴角处都向外伸出一颗又尖又长的牙齿。他们都举着火把,我望着身子底下架好的木柴,恐惧袭上心头。

那些人将手中的火把投到木柴上,上蹿的火苗把高温带到我的脸上、胸口、膝盖上。

我哀号着,那些人则拿出利刃从我的脸上剜去一块块被火烤焦的肉,放进嘴里大嚼。

我叫得惨烈,因为痛苦是如此绵长。

终于,我又一次死了,我的灵魂终于离开了这个被利刃剔得只剩下骨头的躯体。随后,我的意识跨越星空,不断前行。

一阵空茫之后,我再一次睁开眼睛。

"叫屠夫老金来,就宰这一头!"一个我听得懂的声音闯进耳中。

我发现自己待的地方是一个巨大的猪圈,拥挤,奇臭。我绝望地意识到,自己是一头待宰的猪。

一个满脸横肉的男人拿着一把长柄大刀来到我面前,又有两个人把我捉出来,捆住手脚,将我挂在一个可怕的钩子上。我发疯地狂叫,可从我口中发出来的只是猪的号叫。

"嘿,它知道自己要死了,叫得那么响。"一个人笑着说。

"我们是不是该先用毒气把它迷昏,然后再杀?"另一个人说。

"别废话,它不过是头猪。"老金示意另外两人往后站,然后拿起长刀,一下子就捅进了我的心窝。

巨大的绞痛淹没了我,我再一次尝到了什么叫"死去活来"。我盼着死,盼着永远的死,可是,这一次死掉之后,我的灵魂又会飘向哪个将死的动物呢,新的死法又是什么?我在剧痛中战栗,恐惧无边无际……

第 37 回：丝雨私语·娜菲赛

细雨一连下了十天，仍然没有停止的迹象。

麦提格尔岛宛如一个雨雾笼罩中的天堂，湿润的气息弥漫在森林里，所有绿叶都显得更翠、更嫩、更饱满。林中的小精灵舞动着透明翅膀，在细雨中飞来飞去。他们偶尔会被雨滴打到，在空中打个小趔趄，然后快乐地抖抖翅膀继续飞舞。

我从来都不知道，木晶仙子的王宫会是这样一种与森林完美合一的样子。那些美丽的树雕巨柱没有一根不是活的，柱干透着生气，灵巧的叶子在缝隙里生长，不时开出淡雅的花。宫殿依树环建，一切都晶莹生辉。

我让宫女送来一把漂亮的伞，然后顺着王宫那神奇晶莹的旋转楼梯来到地面，踏着白玉石和宝石铺就的路，走进宫殿前方一片布满雨气、花木葱茏的林中。这里依然有花朵开放，那些花朵我从未见过，有近乎透明的蓝色花朵，有全部透明的无色花朵，只有光线的折射才能让人看清它们充满迷魅的姿容。

走着走着，我发现一棵巨树，虽然没有王宫之树那样大，但依然使我惊叹。它的根部几乎被碧草埋住，藤萝满树攀爬，它的高度让我看不到头。我喜欢这棵古树，于是，就在树下站立，听雨，想象大海对岸那片土地如今是什么样子。

"幸好陨石没有击中麦提格尔岛。"木斯塔当时这样说，"我们已经尽力让那颗星星远离楼兰，但无法阻止它的一些碎片落向这里，好在它们坠落的地方没有人烟。"

关于陨石，有人说那是上天降下的惩罚布鲁斯达人的石头，因而只落在罗布海那一边的大地上。但木斯塔告诉人们，那只是一些来自天外的石头，既非降罪，也非赐福，就像秋天来时胡杨树会落叶一样，只是大自然的一种现象。

木斯塔和艾西丽塔曾乘着飞龙前往海的那一边，拾回几块陨石，这些陨石有着斑斓的绿色和蓝色花纹，闪着珍珠般的光泽。艾西丽塔派人送给我一小块，它的大小恰好可以握在手中把玩。

很快，人们不再对陨石议论纷纷，而是盼着雨过天晴，万物复苏。那样他们便能驾船回到海的那一边，去看看被火海淹没的家园。

七天前，艾尔塔下令在海边为死难者举行了一个没有遗体的葬礼。海滩被打着伞的人们占据，我在布鲁斯达人脸上看到的是一个世界消逝后的悲哀以及对未来充满忧郁的神情。在木晶仙子脸上，我看到的是不同的神情，岛内的木晶仙子表情严肃，他们心怀大义。从岛外来的木晶仙子，则无不泪流满面，在他们心中，悲痛与喜悦共存。

葬礼上，艾西丽塔站在木斯塔和艾尔塔中间，艾尔塔的另一边站着我。我被艾西丽塔无与伦比的姿容折服，她那长长的、银光流动的美发即使在阴雨天也照样焕发着优雅光泽，那是我见过最闪亮的银色。

木斯塔和艾尔塔走到人群前方，聆听木晶王国大臣用肃穆的声调向所有在场的人讲述楼兰灾难的始末和休曼金的阴谋。

大臣讲述完，是艾尔塔讲话。如今，当楼兰大地多数葬入火海后，艾尔塔是仅存的唯一一座王宫的主人。木斯塔低调、无言地站在那里，目光宁静。尽管连木晶仙子都对他在这场灾难中的表现大加赞赏，但他却并不想让人回想起他的王子身份。

艾尔塔说："今天，我们在这里哀悼所有死难者，不论他们是木晶仙子、布鲁斯达人、森林里的精灵还是大地上的生灵，他们都是这片大地上的生命！愿他们的灵魂能够安息，也愿所有幸存下来的人能够获得永恒的平静！"

然后，所有人都在默哀，岛上的各种小精灵衔着各种奇异的叶子，来回飞舞，把片片叶子投进海里。

"这是楼兰生灵的古老传统，这些叶子的中心包裹着树木的种子。随水漂流的叶子如果遇到能够生根发芽的地方，就会在那里停留下来，叶片会枯萎，里面的种子会吸收叶片的营养，然后就地生根。"艾尔塔走到我身边，轻轻对我说，"每当有木晶仙子意外而亡，我们就用这种挥洒绿叶种子的方式告慰他们，希望他们的生命能够在另一个地方重新燃起。"

现在，葬礼已经过去了七天，但雨还未停。上天像是要一次性彻底浇熄岛外的地火，所以才这样缠缠绵绵地下个不停。

我忽然听见雨中大树的另一边传来了脚步声，有两个人正朝大树走来，很快便停在了树的另一侧。他们离我很近，但看不见我。有一串脚步声很熟悉，那是艾尔塔。

"这棵树有两千岁了，比王宫之树小三千年，是这片森林中除了王宫之树外最大的树。"艾尔塔的声音绕过树干，飘到我的耳边。

"树精灵和草精灵都说它有灵性，你说呢？"这是艾西丽塔的声音。

"任何生灵都有灵性。"艾尔塔说。

"只有最懂得生命灵性的人才能统治好这片土地。"艾西丽塔说，"大地的烈火熄灭了，来自天空的危机也化解了，灾难结束了，一切都将重新开始。虽然你说要等这雨停了再做打算，但我知道，你心里并没有想好。"

大树另一边有了片刻的沉默。好一会儿，我才听见艾尔塔答非所问却又有所暗指地说："你看见木斯塔了吗？今天我没有见到他。"

"木斯塔去见他的妃子，从某种意义上说，那些妃子是他的家人。他还要去见几位幸存下来的布鲁斯达贵族，他们如今一无所有了，正盼着他们的王子给他们带去安慰。他很忙，不但穿梭在他的子民中间，还常常把自己关在宫里，埋头书写东西。"她说。

"写什么？"

"不知道。"

"对了，休曼金会再次闯进这里吗？"

"不会，我和木斯塔用魔法挡住了他可能前往这里的路。"

过了一会儿，艾尔塔说："布鲁斯达人的皇帝死了，木斯塔就是他们眼中的皇帝，他们期盼着他能成为他们的主人，或者整个楼兰的主人。他也许和我一样，在想同一件事，楼兰的子民需要一个选择，是分立两国，还是合为一国。"

"我认为他想的和你不一样。虽然我不再主动去打量他的思想，但我曾经看到过他的心，根据他以往的思想碎片，我能拼出来的结果是另一种情形。"

"什么情形？"

"他会利用他的身份改变布鲁斯达人的内心，让他们了解现实，接受你的统治！"

"我的统治？"

"对！木斯塔早就明白，楼兰是属于木晶仙子的。"艾西丽塔说，"当休曼金的灵魂还附在子法女巫身上时，他通过女巫的魔力看到了未来的部分预言，将有两个特别的人会威胁帝国的根基，其中一个人能够看透人心，另一个人则能改变人心。那时，卡鲁尔派木斯塔去寻找这两个人，巫师说只有木斯塔能感知那两个人是谁。休曼金的预言并不是假的，那两个人的确存在，只是子法巫术太浅，没能看得更深。"

"那就是你和木斯塔！"艾尔塔深深地吸了口气，"他找到了你,也找到了他自己！"

"我的生命是艾西丝和伊丽塔创造的，艾西丝是你妹妹，伊丽塔却是木斯塔的妹妹，所以他所感受和所做的事，并不是空穴来风，一切都有根缘。我虽然可以看到别人的内心所想，但这是一种不能滥用的能力，也改变不了这个世界。但木斯塔不同，他不需要魔力，只要用他布鲁斯达王子的身份就可以平息子民心中的恐惧。而要让他们永远获得安宁与祥和，那就需要你的努力了。艾尔塔，你是国王！"

"我一个人统治不了布鲁斯达人。"

"你不会是一个人！"

他们暂停了交谈，两人间的交流似乎转而用一种我听不见的寂静之声在悄然继续。我的泪水无声地滑过脸庞。

良久，我又听见艾西丽塔的声音："我该走了。"

"我和你一起回宫。"

"不，你留下。"

"为什么要我留在这里？"

"因为你会是个好国王，而且你不会是一个人！"

一串优雅的脚步声踩着湿漉漉的林中碧草向着他们来时的方向走去，那是艾西丽塔独自离开了。

我站在树下，听着雨，默不作声。我不知道是该动身离开，还是等听到艾尔塔离去的脚步声后再离开。就在我闭目静听时，我感到自己的一只手被人握住了，那只握着我的手将一股暖流传进我的全身。

"娜菲赛！"艾尔塔轻轻地唤着我的名字。

我睁开眼睛，看见他就站在我面前，金色长发和深蓝色的长袍都被雨水打湿了。

"我不是有意站在这儿的……"我连忙向他解释，并把我的手从他的手中抽出来。

"我知道你早就在这儿了。"他说。

"你一来就知道了？"

"不，是艾西丽塔暗示我的，她要我留下，而且告诉我，我不是一个人。"

我的心底泛起一股伤感："你很喜欢她，对吗？"

"我的确很喜欢她，她是独一无二的木晶仙子。"

"没错，她就像太阳，没有哪一颗星星、哪一个凡人有她那样多的光芒。她是女神。我见过你望向她的眼神。"我说着，垂下眼睛。

面对艾西丽塔那样神仙般的女子，我算什么？我就像其他幸存的布鲁斯达人一样，在等待木斯塔的安慰，或许，我们可以集体回到那片已经恢复宁静的土地，重新开始耕耘，靠自己的双手创造生活。然而我的心却远远不能满足于这样的结果。

"我知道你看到过我望着她的眼神。"艾尔塔再次握起我的手，"可你却从来没有好好地、认真地看过我望着你的眼神！"

我的心因他的话而狂跳。

"我也知道你一直爱着你胸前那颗七芒星钻的主人，你也从来没有给过我一个鼓励的眼神。但现在我想知道，我是否会有这种荣幸？"

"艾尔塔！"我的眼中再次滑下滚烫的泪，雨伞从我的手中跌落。我伸开双臂扑进他的怀中，而他立刻将我紧紧抱住。

"我是多么爱你，娜菲赛！"他在吻我的空隙这样说，"但你也同样爱我吗？"

我拿起他的一只手放在我的胸前，让它伸入里面触及我的肌肤："在这里，你可以摸到我的心！"

他的手游弋着，脸上随即露出笑容："你已经放下他了？"

"他将活在我的记忆中，而你将活在我此后的生活中！"

雨中，我们拥在一起，让无边丝雨成为爱吻的伴奏。

雨停了。

我们望着叶缝里透出的天空，一抹阳光从大地一侧的云头钻出，照进林中，在水雾迷漫的林子里幻化出道道七彩光晕，高高的树梢上还传来一声欢快的鸣叫。

"是奥吉。"艾尔塔说，"想跟我一起到天上去看看吗？我敢说外面一定有一道美丽无比的彩虹，从幽雪城堡一直跨到罗布海对岸。"

"当然！"我高兴地说。

艾尔塔朝空中呼唤了一声，一只神采飞扬的飞龙凌空落下，停在空地上。它的双翼碰掉了大树枝叶上停留的雨滴，让我和艾尔塔的周围又"下"了一场雨。

奥吉俯下身来，艾尔塔扶我坐上龙背，他坐在我身后，搂住我的腰。奥吉舞动双翼，腾空跃起，跃过森林之巅，飞上阳光灿烂的天空。

有一道壮丽的彩虹，从远处的雪峰之巅一直跨向罗布海对岸的土地，像一座绚丽宏大的桥，把麦提格尔岛和海外陆地完美地连在一起，七彩分明，艳光流动。

"太美了！"我惊叹。

"的确美极了！"他在我耳边轻语，"来吧，我们去雅鲁达峰顶的幽雪城堡，去看看我妹妹艾西丝公主！"

第 38 回：地角天涯·艾西丽塔

灾难平息后的第三十七天，是一个美丽气爽的秋日，也是一个重要日子，因为，艾尔塔的加冕礼及他与娜菲赛的婚礼就在这一天举行。

艾尔塔穿着灿烂华服，戴着木晶王冠，全身闪耀着光芒。而娜菲赛，我本不该去看她的内心，但我还是没有忍住。曾经笼罩在她心头的哀伤已烟消云散，虽然她永远不会忘记，但那些记忆已经不再使她痛苦，她的心愈合了。她当然也不会忘记死在树城的家人，但这并不影响她从今往后的美妙人生。娜菲赛此刻美若天仙，她与艾尔塔站在一起，黑发与金发相互辉映，令人百看不厌。

这样的场景，用木斯塔的话来说就是，"他们是最完美的国王和王后"。木斯塔曾对我说，艾尔塔是木晶仙子的国王，原本就是这片土地的统治者，而娜菲赛成为王后，则是送给布鲁斯达人的礼物，他们虽然没有了布鲁斯达的统治者，却有了一位布鲁斯达王后，这样的结局再好不过。

为艾尔塔和娜菲赛戴上王冠的是帝俊，为他们送祝福的还有罗姆水仙，以及从灵魂变成神祇的艾西丝公主和伊丽塔公主。

神祇们并没有空手而来。帝俊带来一对凤凰，这对凤凰将居住在木晶王宫，以它们天生的吉祥能力，为劫后重生的楼兰带去好运与昌盛。帝俊表示，他将留在楼兰，努力为这个星辰带来祥和与宁静。

加冕之后，帝俊对艾尔塔说："楼兰国运的恒久，需要每一个人、每一个神的共同爱护。世界有如生命，无论如何轮回，我们都愿它能够渡过任何灾难，永远生生不息！"

罗姆水仙为国王和王后带来一泓源源不断的清澈河水，并将这泓水置于王宫的喷水池中，让清水长久喷涌，永世不竭。

艾西丝公主的礼物是绿钻宝花，她让这些花开在婚礼上，特别是开在娜菲赛周围。

伊丽塔公主带来一本全新的魔法书,那是她集合了楼兰大地各种生灵的古老魔法,将它们进行重新编排而成的新的魔法集。她表示,这些魔法只能授予善良理性的君主,而艾尔塔和娜菲赛就是她心中最适合掌握这些魔法的统治者。

"我曾在梦里见过我妹妹和艾尔塔在一起。"木斯塔在我身旁小声说,"我一直认为,那并不仅仅是梦,伊丽塔和艾尔塔一定有着某种联系。"

"你和艾尔塔之间也应该有着某种联系,否则你们不会长得这么相似。而且,我知道在娜菲赛心中,她也猜想你和艾尔塔与她的一个故人有着某种联系。"我也小声对他说。

他微笑了一下:"也许都是巧合。"

我也微笑了一下,心想,无论有没有联系,这个星辰的一段时期终于结束了。

"轮到我为国王王后送礼物了,"木斯塔说,"愿意和我一起去吗?"

"荣幸之至!"我说。

我和木斯塔一起走到艾尔塔和娜菲赛面前。木斯塔从怀里取出一卷纸页,这就是他前段时间埋头书写的东西。

"陛下,"木斯塔恭恭敬敬地呈上这卷装订成册的纸,"在这卷册子里,你会看到另一个世界的某些景象,房屋的样子,机器的种类和功能,以及那个世界的人们管理国家的制度。我把我知道的都写在里面了,也许对你治理楼兰会有一些帮助。"

"谢谢你,木斯塔!"艾尔塔亲切地拥抱了木斯塔,并把那卷册子握在手中,"你带给楼兰的永远都是惊喜!"

接下来,轮到我献上礼物了。我走向娜菲赛。

"王后陛下,"我微笑着说,"我的礼物是给你的,也是给艾尔塔的。借由我的礼物,你将和我们的国王一样获得永生的能力,这样你就可以长长久久地与他相伴,共同统治这片神奇的土地。"

在娜菲赛带着惊奇的眼光看着我的时候,我伸手到自己的额头,一边念咒语,一边取下七芒星钻,然后,我把这颗七芒星钻放在娜菲赛的额头,并用咒语让它长进她的骨骼,从此滋润她的容貌和生命。

艾尔塔见到我的礼物,又惊又喜,但看得出,他也有担忧:"你把钻石送给娜菲赛,会影响到你的永生之力吗?"

"我把我的未来交给上天定夺。"我说。

婚礼和加冕礼之后，秋意更深，圣美森林里的落叶树都在不断抖落身上那些已变得金红和金黄的美叶，让它们回归大地。不落叶的针叶树则让叶色更加深绿，针叶更加坚实，用来应付即将到来的冬季。

在艾尔塔的安排下，在麦提格尔岛避难的人们渐渐坐船返回海对面的家园。他们带着从岛上运去的物资，在灰烬之地重新盖起房子，在房子周围的土地上开垦新的田地，布鲁斯达人都在向曾经的木晶奴隶学习如何种地。命运让他们不得不抛弃从前的浮夸日子，开始自食其力的生活。土地是辽阔的，地火流过的土地又是相当肥沃的。幸存下来的所有人都相信，现在做好准备，来年春种，一定能轻轻松松地收获丰硕的果实。

对于有幸活下来的棕海奇和红摩奇，艾尔塔依然让他们成为将军；对于木斯塔的随从泰吉、泰亚和泰戈，艾尔塔让他们成为木晶王宫的侍卫。对于木斯塔的诸多妃子，艾尔塔在征得木斯塔及那些妃子本人的同意后，让她们住在宫中，成为王后的女官和侍女，掌管王宫里的各项事务，而她们的统领者则是迪丽亚。如今，这些女官和侍女有了重新恋爱成婚的自由。

"你爱过她们吗？"我问木斯塔。

"我拥有她们的时候，还不知道什么是爱。"他回答，"我想，她们也同样不太懂。现在不一样了，她们应该有自己的生活、自己的爱情。"

看起来，万事都恢复了平静。国王和王后生活在木晶王宫里，统领着各阶层的人们。无论是大臣还是捕鱼人，他们都尽可能地让每一个人都生活得富足祥和。他们自己的生活也相当美满，爱情徜徉在他们心中，只要看一眼他们的脸，就知道他们是多么幸福。

当麦提格尔岛落下初冬的第一场雪，木斯塔和我收拾好行装，准备去探访不可知的远方。艾尔塔非常不舍，但他知道那是我们的意愿，便命人为我们的旅行准备必要的给养。

"你们非走不可吗？"王后专门来问我，"是不是因为艾尔塔和我成为楼兰的统治者……"

"不是那样。"我连忙打消她的疑虑，"木斯塔从来就不想成为国王，即使当他还是旧帝国的王子时，也从来没有在乎过王子这个身份。你和他曾经有过交往，应该对他有些了解啊。"

"那么，他想去哪里？"

"他想去看看更广阔的天地。"

"你也想去吗?"

"我也想去。"我说,"我的生命不像你看到的这样,好像已经有过许久经历。我从来没有过童年,生来就是这个样子,这让我觉得有些遗憾。我不想就这样待在王宫,我想和他一起去旅行,去冒险,去经历未知的一切。"

"远方是个不可知的世界,一定会有很多危险。"

"我想,不会再有超得过双重灾难那样的危险了。我们还有魔法,我们的旅途一定会风平浪静的。"

"你们还会回来吗?"

"我不知道,但我会想念这片土地的。"

"我会等着你们回来!"

"谢谢你。"

"你知道我有多爱你们两个。"

"我们也爱你!"

几天后,白雪落毕,麦提格尔岛宛如一片白玉世界。

我们离开时,是一个晴朗的清晨。艾尔塔和娜菲赛一直骑马将我们送到海边,看着我们升起帆,用魔法驱使,向海上航行而去。很快,麦提格尔岛渐渐淡出我们的视野,前方烟波浩渺,海天相连,一眼望不到头。

"很久以前,我就想看看帝国之外的远方是什么样子,现在终于可以去看个究竟了。"木斯塔站在船头,迎风而立,心满意足地说道。

"也许在前面很远很远的地方,仍然只是海。"我说。

"如果那样,我们终有一天会回到这里。"

"你想回来吗?"

"我愿意跟随未来的脚步。"

随着船的远行,我们渐渐成为蓝色水面上唯一的景观。四周全都是海,无论向哪个方向望去,都是一望无际的纯美蓝色。

"你害怕不可知的未来吗?"木斯塔问我。

"曾经很怕。经过了那么多事,现在我对未来只有憧憬。你呢,你抛却过去走向未来,就从来没有片刻的不安吗?"

"我不在乎船会带我驶向哪里,我只在乎是否和你在一起。"他温柔的眼光落在我的眼里。

他将我拥进怀里,我同样热切地投入他的怀抱。

这醉人的航行,我们一连经过了三个多月。冬去春来,冰凉的海水开始泛起阵阵暖意,吹过脸颊和发际的风也不再冷感,一切都好像重新开始,令我们感到无比宁静。

从第四个月开始,我们惊讶地发现,海水不那么蓝了,它渐渐呈现出越来越绿的颜色。然后我们看到,船的前方有两块陆地,它们分立在海的两边,中间是一带宽阔的水域。

"看,这里若不是地角天涯,就是一个新国度!"我对木斯塔说。

"我想,这将是我们探寻未来的第一步!"他说。

船驶进一条相当宽广的大河,我们发现两岸整整齐齐地生长着庄稼。在一块块细长优美的绿色田埂上,活动着许多身影,他们戴着尖顶遮阳草帽,时而弯腰忙碌着,时而直起身体望向我们的船。

我看清了岸上的一些人,他们的样貌与木晶仙子、布鲁斯达人不同,他们梳着黝黑的发髻,有着黑亮的眼珠,肤色仿佛混合了白、红、黄三色,五官温和,线条平静。

一个袅娜秀美的女子在岸边一处绿野里直起身。她穿着我从未见过的服装,上身两襟交叉,长袖至腕,下面是几乎席地的长裙,腰上束着一条绣着花样的腰带。她的乌发在头上盘起,仿佛云朵一样。这女子的手中握着几株刚刚采到的野花,她用惊奇的目光打量我们,特别是打量木斯塔。她用一种我从未听过、但易懂的语言大声问:"你们是谁?从哪里来?"

我和木斯塔相视微笑。木斯塔也听懂了,他用他们的语言与她说话:"我叫木斯塔,她是艾西丽塔,我们从遥远的海域来。能告诉我们这是什么地方吗?"

女子笑了,柳眉杏眼加上可爱的红唇让她显得越发好看。她的目光不停地在木斯塔的脸上流连:"这里是东土,我叫瑶姬,我父亲名叫炎,是这里许多部落的共同首领,大家都称他炎帝,他有神的血统,也有很多神力。瞧这里的庄稼,都是我父亲发现并教会大家种植的,是他让各部落的人过上不再挨饿的日子。要知道,以前大家只靠狩猎为生,那时食物总是不够。你们认识我父亲吗?"

"我们从未见过他!"我说。

"看得出,你很崇拜你父亲。"木斯塔说。

"是的,我在学他品尝百草,也许我也能像他一样发现能吃的谷物和能治病的草药。"她向我们示意了手中的花草,并把它们拿到鼻间闻了闻。然后,她从中挑出一枝淡蓝色的花,将它抛向木斯塔。

"你使我想到我父亲,我希望你们去见见他。"她说。

"我们也很想上岸看看。"木斯塔接住瑶姬抛来的蓝色小花,说道。

"我带你们去见我父亲、母亲,还有我的姐姐和妹妹,我妹妹精卫最喜欢到有水的地方去玩。如果她知道你们是从遥远海域来的,一定会缠着你们给她讲海上的风物。我家就在那边的山坡上,我父亲今天没有出门,正忙着配制新草药。"

船停在浅滩后,木斯塔和我一起顺着踏板登上了这片奇异的土地。

瑶姬身边很快聚集了许多人,有些人的手中还拿着沾有芳香泥土的农具。他们在岸上嘻嘻哈哈地说着话,目光从我身上转到木斯塔身上,又从他身上转到我身上。

瑶姬引领我们去往她家,我们走过成片农田,田野上的庄稼形成了美丽的绿色条纹。前方,我们正要前往的地方有一道山坡,由庄稼形成的碧绿条纹也延伸到了山坡上,配着旁边滚滚奔流的河水,形成一幅美丽的画卷。

"这里真美!"我不禁感叹道。

瑶姬回过头来对我说:"这些土地不光漂亮,还能喂饱很多人!"

"你父亲真了不起!"我说。

瑶姬放慢脚步,和我们并排走到一起,用若有所思的语气说:"我们东土众部落里流传着一个预言,说有一天,会有两个来自地角天涯的奇人到达这里。他们的身体里流着神灵的血液,头脑里深藏着未来的智慧,将与我们融为一体,为我们带来自上古以来最多的好运!"

"预言?"这是我第二次听到预言,不禁感到惊奇。

瑶姬没有回答我的疑问。我们已经随她走上碧绿的山坡,一幢用木头、竹子和干草建成的二层楼宇也出现在眼前。在这屋宇前面的草地上和大树下,一群小鸡在自由自在地漫步,不时吃着草丛里的小虫。原来,这就是炎帝的宫殿,原来东土的统治者像平民百姓一样,住着一座平实简单的木屋。

"我家到了。"瑶姬带着喜悦和自豪的笑容,冲着柴门喊道,"父亲,我带来两位远道而来的客人!"

很快,柴门开处,一位看上去难以辨别年纪的男子出现在我们眼前。他有黑色头发,向上梳着简单的髻,用一根木簪固定在头顶。他既不显得有年纪,也不显得青春稚嫩，叫人无法猜想他至今生活过的时光有多长。他的眼睛炯炯有神，黑色眼珠明亮有光。他还长着些许长须，为他的形象增添了一种慈祥的味道。无论他有什么不同，他看上去都很像两个人。他的神情、形貌分明就是艾尔塔，也分明就是木斯塔！

木斯塔与我一样惊奇。

"父亲，他们是……"瑶姬转向我们，"我还没有问过二位姓名，你们是？"

没等我们回答，炎帝就接口道："欢迎木斯塔，欢迎艾西丽塔！你们是敝国的尊贵客人！"

我们忍住好奇，看着炎帝转身领我们向他的屋宇走去，瑶姬陪伴着我们一同前行。

走进木门，只见偌大的厅堂中，铺着简单而未经细磨的木地板，两边陈列着不少竹编座椅，正中间有一张木桌，两边有两张竹椅，桌子上方挂了一幅清秀的画，画上有一对男女，上半身是人，下半身是蟒，蟒尾相缠。

在这间厅堂里，我们忽然看到了另一个人。他正坐在木桌的一边，一手捧着一盅茶，一手持着一柄优雅折扇，正带着意味深长的微笑望着我们。

"帝俊阁下！"我惊呼。

帝俊站起来，将茶盅放在桌上，忽地一下收起手中折扇。随着那柄扇子的收起，眼前的一切都变了样。

炎帝的屋宇不见了，取而代之的是一片无穷无尽的白色云海，云一朵一朵，虹一道一道。万丈霞光在远方闪耀，奇异美丽的楼台亭阁在云间隐现，仙乐飘飘，天花飞舞。

"这是往日东方吗？"木斯塔问。

"这是今日东方。"帝俊回答。

"是重建，还是轮回？"我问。

"是重建，也是轮回。"帝俊回答。

一只彩鸟飞过云间。

"很像凤凰！"我说。

"是今日东方的凤凰。"帝俊说。

帝俊的神迹再次使我们惊叹，木斯塔问出了我同样想问的问题："我们还在东土吗？"

"你们正和我一起,站在东土虚无缥缈的上空云端,也就是今日东方。这里说有就有,说无就无,来到这里,时间可以停止,也可以飞速向前。现在,时间对于下界来说是静止的;对于和我在一起的你们来说,则是比别人多出了这一刻的时间。"

"为什么带我们来这儿?"我问。

"没有原因。如果非得有,那就是,我很想和你们絮叨几句在尘世间不太有人知道的事。"

我和木斯塔静静地站在他对面的云中,脚下犹如踩在光滑的美玉上。

"你们见到炎帝了,他很像几个人,对吗?"帝俊说。

"他很像木斯塔,也很像艾尔塔。"我说。

"他还像一个人。"帝俊又说。

我静想了片刻,说:"还像伊尔穆。这之间有关联吗?"

"你们相信轮回吗?"

"对于所有不可知的事,我们最起码不会一开始就否定它。"木斯塔说。

"轮回存在于生命之间,也存在于世界之间;有的生命会轮回,有的不会;有的世界会轮回,有的不会。有的轮回始于一个源头,有的轮回来自于多个源头的聚合;生命如此,世界也是如此,一切都看机缘和人的力量。"

"那究竟是什么意思?"我问。

"等你们有足够多的生命历程后,就会懂了。"帝俊说,"楼兰和东土在一个星辰上,我们曾把这颗星辰也叫作楼兰,现在我把这颗星辰改名为'地',让大地之力佑护这颗星的子民。"

"地?"木斯塔轻问。

"轮回。"帝俊说。

然而我还是有疑问:"为什么天神容忍一地的毁灭,却又帮助另一地重生?"

"当人类的力量堪比众神时,神力就会消失在星辰的远空之中,而人类也会滋长毁灭之力。这就是为什么众神无法拯救人类的自我毁灭。"帝俊说,"不过,你们了解旧地的毁灭,又目睹新地的生机,所以,去为人类指引方向吧,让他们生生不息!从现在起,你们有了两个家园,一个是尘世,一个是神殿!"

帝俊的话令我立刻拥有了一种从头到脚的通透感。木斯塔一定与我一样产生了这种奇妙的感觉,我们的内在发生了变化。只要我愿意,就能随心所欲地飞抵世界的远空。

"你们现在是神了。"帝俊说。

"是阁下点化的吗?就像点化艾西丝和伊丽塔两位公主一样吗?"我问。

"不是我,是自然天成!我只是知道而已,所以选了这个时刻来告诉你们。"帝俊说,"现在,你们决定回到人间吗?你们可以带着新身份,去炎帝家里做客,他的时间还停留在将你们迎进厅堂的那一刻。"

"炎帝一定知道这些。"我说。

"他只有预感,却并不完全知道,不像你们能看到我的存在。在他眼里,他的厅堂里并没有我的身影。现在,你们该去和他一起品茶了!"

帝俊一向来无影去无踪,这一次,他依然消失得通透彻底,像一团光芒一样,片刻便化为乌有。

我和木斯塔相视而笑。

是时候了!该回到炎帝的屋里,回到我们刚进屋的那一刻了。